Anna Bailey

Anna Bailey est une auteure britannique et journaliste indépendante à Cheltenham. Son premier roman, *Une pluie de septembre*, a paru en 2021 chez Sonatine.

UNE PLUIE DE SEPTEMBRE

ANNA BAILEY

UNE PLUIE DE SEPTEMBRE

Traduit de l'anglais
par Héloïse Esquié

SONATINE ÉDITIONS

Titre original :
TALL BONES

Éditeur original :
Transworld Publishers,
une maison du groupe Penguin Random House

ISBN : 978-2-266-32764-0
Dépôt légal : février 2023

Pour ma mère, Jane

1

Le grondement du feu de camp est difficile à distinguer du brouhaha des mecs du camping et des nanas du lycée qui braillent et dansent à l'ombre des Tall Bones. C'est une nuit typique pour une petite ville – la dernière que verra Whistling Ridge avant de nombreuses années, mais personne ne le sait encore –, ce genre de villes où les coyotes mâchent les mégots abandonnés pendant que les bandes de garçons se chargent de hurler à la lune.

À la lisière du bois, Abigail Blake se retourne et sourit à Emma. Ce sera le souvenir qu'Emma gardera d'Abigail longtemps après que le reste aura été effacé par l'alcool : longue et pâle comme un rayon de lune, avec ses cheveux roux rebelles qui frisottent gentiment dans la moiteur ambiante, les mains enfoncées dans ses manches, elle se dandine sur la pointe des pieds comme si elle allait partir en courant d'une minute à l'autre.

« Ça va aller », dit-elle.

Ses yeux qui dardent vers la forêt la trahissent. On n'est qu'au tout début de septembre, mais l'automne arrive plus vite dans les montagnes et, déjà, la nuit précoce a gagné les sapins aux ombres opaques à peine brisées par le faisceau d'une lampe torche isolée.

« Mais comment tu vas rentrer ? »

Elle a dans le front un petit creux, remarque Emma, juste la bonne forme et la bonne taille pour y placer le gras de son pouce.

« Em. »

On dirait que sourire lui demande un effort.

« Je sais pas, j'appellerai un taxi. Je me débrouillerai. Vraiment, ça va aller. » Elle contemple la lumière qui plane entre les arbres et, derrière elle, l'ombre indistincte d'un garçon. Emma suit son regard, mais il fait trop sombre pour voir qui c'est.

« Je trouve que tu ne devrais pas y aller. »

Le sourire d'Abigail est tellement crispé qu'il doit lui faire mal aux joues. « C'est juste pour le fun, Em. T'en fais pas. »

Emma s'en fait. Elle n'est pas grande comme Abigail, n'a pas comme elle le fameux espace entre les cuisses que veulent toutes les ados ; la seule chose que lui ait donnée son père, c'est son teint latino, qui l'a tracassée pendant tout le lycée : elle n'est pas le genre de filles que les garçons invitent à les suivre dans les bois, alors qu'est-ce qu'elle en sait ? Mais elle secoue la tête en scrutant l'obscurité.

« Je t'attends ici.

— *Non.* » Abigail respire un grand coup et fait un nouveau sourire ferme. L'odeur de son stick à lèvres à la fraise chatouille les narines d'Emma. « Allez, Em, laisse-moi vivre un peu, OK ? Ça va aller. *Promis.* »

Abigail Blake a dix-sept ans et, comme toutes les filles de son âge, elle croit qu'elle vivra éternellement.

Au fond d'elle, Emma le croit aussi, et c'est pour cette raison qu'elle laisse son amie là, à l'endroit où l'herbe piétinée cède la place aux arbres, et qu'elle repart, dos voûté, jusqu'à sa voiture, derrière les Tall Bones. Le feu crépite encore et se reflète, en spirale, sur la surface de ces imposants rochers blêmes. Les fêtards poussent des petits cris en écrasant des cannettes de bière avant de les jeter dans le brasier. Ils roucoulent de joie lorsque les flammes s'élèvent plus haut dans la nuit avec un chuintement sourd.

Emma ne se retourne pas. Si elle l'avait fait, elle aurait pu voir Abigail hésiter, la main tendue, comme si peut-être, en fin de compte, elle ne s'était pas vraiment attendue à ce qu'Emma s'en aille.

Il y a un autre jeune homme qui la fixe de l'autre côté du feu. Il a un regard un peu cruel, qui fait frissonner Emma alors qu'elle n'a pas froid. Il traîne dans les parages depuis le printemps, mais elle ne le connaît que de vue. Un profil tranchant comme une lame de rasoir, des cheveux bruns qui tombent sur le col de son vieux blouson de cuir : à voir le mouvement de ses hanches, sa manière d'avancer le menton, on imaginerait aisément qu'il a été bandit de grands chemins dans une autre vie. La pluie du soir a dissipé la chaleur de la journée, et son haleine chargée de tabac plane dans l'air frais tels des nuages d'orage sur un pic montagneux. Lorsqu'elle relève les yeux, il a disparu.

« T'étais où ? » Dolly Blake écrase sa cigarette tandis que son fils aîné tente de refermer la porte sans bruit derrière lui.

« Nulle part. »

Noah émerge de la pénombre du couloir et, l'espace d'un instant, Dolly se tend, reconnaissant dans sa forme mince, efflanquée, la silhouette de son mari. De loin, on les confond souvent – mêmes chemises à carreaux pouilleuses, même tignasse rousse, mêmes épaules remontées comme s'ils craignaient que quelqu'un regarde par-dessus et voie ce qu'ils préfèrent cacher. Mais même si, à vingt-deux ans, Noah est désormais un homme, son visage garde la rondeur de la jeunesse, que son père Samuel Blake a depuis longtemps troquée contre une barbe rêche et une peau burinée par les longues heures passées à trimballer du bois. Dolly pousse un soupir de soulagement.

« T'as de la chance que ton père soit allé se coucher tôt, lance-t-elle. Qu'est-ce que t'as fait avec ton jean ? Il est dégoûtant.

— Ça te regarde pas. »

Au-dessus de lui, sur le mur, est accrochée la grande croix incrustée de pierreries que la belle-mère de Dolly lui a offerte pour son mariage, il y a près d'un quart de siècle. Et derrière, elle le sait, se cache le trou que Samuel a fait jadis d'un coup de poing dans la cloison de plâtre.

« Surveille ton attitude, jeune homme, dit-elle, mais elle ne regarde pas son fils, elle regarde la croix. Je m'en fiche, de l'âge que t'as. Tant que tu habites sous ce toit, tu rentres à l'heure et tu parles à ta mère avec plus de respect que ça.

— Abi, tu la cuisines jamais comme ça. »

Il la contourne avec ses longues jambes couvertes de boue et bat en retraite, comme d'habitude, en haut de l'escalier, dans sa chambre.

Dolly pousse un soupir et s'enfonce les ongles dans la peau du crâne. Elle regrette qu'il soit la seule personne avec qui elle puisse se permettre de perdre son sang-froid, mais elle sait qu'elle en a besoin de temps en temps. Sans quoi un jour elle risque d'exploser vraiment.

Emma allume l'autoradio, un programme de nuit avec un médium, qui ne dit rien des événements à venir, donc elle laisse Abigail sans plus d'hésitation. Des flaques sur la route de campagne jaillissent, jaunes, dans ses phares, et l'odeur du bitume mouillé qui s'engouffre par les bouches d'aération la fait penser à des pastels. Elle connaît bien l'itinéraire, même de nuit. Des deux côtés, les pentes raides sont couvertes de conifères, au-dessus desquels s'élèvent des sommets poussiéreux, où les arbres se font courtauds avant de disparaître complètement vers les cimes.

Au bout d'un kilomètre et demi, la végétation dense qui suit la courbe de la route se raréfie. Des scolytes ont attaqué les sapins, et de vastes portions de bois sont grises et cassantes. En journée, à travers leurs minces branches mortes, on aperçoit les vestiges calcinés de la maison Winslow, ravagée par un incendie il y a plus d'un siècle. En général, on peut même voir de l'autre côté à travers les fenêtres vides, et même si Emma sait que dans le noir ce ne sera pas possible, elle jette un coup d'œil en passant, machinalement.

Une faible lueur brille dans l'encadrement d'une fenêtre disparue. Emma ralentit, mais la lumière vacille brusquement, et s'éteint.

Elle le dira aux policiers quand ils l'interrogeront, plus tard, décortiquant avidement les dernières informations si précieuses qu'il lui reste au sujet d'Abigail.

Maintenant que le feu de camp a été éteint, le cercle noirci ressemble au site d'atterrissage d'un OVNI. Les Tall Bones, silhouettes silencieuses, se détachent dans le ciel nocturne éclairé par la lune. Les fêtards se sont dispersés : ils ont disparu au bout du chemin, dans le camping de Jerry Maddox, ou se sont entassés dans des voitures pour rentrer par les bois. Il ne reste donc personne pour entendre le coup de feu.

Demain, c'est dimanche, et les Blake ne peuvent pas encore imaginer qu'Abigail ne sera pas avec eux lorsqu'ils vont prendre place dans leur rangée de chaises pliantes habituelle, à l'église. Demain, c'est dimanche, et Emma est censée décolorer les cheveux d'Abigail, parce que Abigail en a marre d'être rousse, même si elle sait que ses parents vont dire que ça fait pouffe. Demain, c'est dimanche, et Emma, dans son lit, ne dort pas, elle écoute les coyotes gémir en se disant qu'elle aimerait être l'un d'entre eux. Au matin, elle consultera son téléphone, qui ne contiendra aucun message d'Abigail pour la rassurer, lui dire qu'elle est bien rentrée. Ses yeux tomberont de nouveau sur ce flacon de crème décolorante posé sur la commode, pas entamé, et, inexplicablement, elle saura.

Avant la fin de la semaine, le visage d'Abigail étalera un sourire vide sur une centaine d'affichettes placardées sur les poteaux téléphoniques et les panneaux de l'église, claquant dans le vent des Rocheuses. Samuel Blake se rendra dans la forêt avec la police, et criera le prénom de sa fille entre les arbres. Noah frottera les taches sur son jean jusqu'à s'en écorcher les doigts, et Emma cachera le flacon de crème décolorante sous son lit. Dolly, tirant avidement sur ses cigarettes, triturera la peau écaillée de son crâne et contemplera cette grosse croix qui cache le trou dans le mur, craignant que, maintenant, tout ce qu'il ne faut pas ressorte.

2

« Bouge pas, Jude. »

Dolly prend son plus jeune fils par le menton et le maintient immobile pendant qu'elle applique de l'anti-cerne sur son cocard. Il grimace, mais elle se contente de secouer la tête et de resserrer sa prise en pinçant bien la peau entre son majeur et son pouce.

« Tu ne peux t'en prendre qu'à toi-même. Tu sais très bien comment il est, ton père, quand on le réveille tôt. »

Le maquillage ne plaira pas à Samuel. Mes garçons ne portent pas de maquillage, grommellera-t-il. Avec ses soixante-deux ans, il est assez vieux pour être le père de Dolly et, souvent, la frontière est suffisamment floue pour qu'elle fasse ce qu'il dit sans discuter. Mais là, c'est autre chose. Le maquillage ne lui plaira pas, mais il trouvera quand même ça mieux que toute une église qui chuchote derrière sa bible en les dévisageant. Pas étonnant que la fille ait disparu, diront-ils, dans une maison comme ça. Pas étonnant que la fille soit morte.

Morte. Elle a entendu ce mot au Safeway, l'autre jour, marmonné dans le rayon surgelé. Mr Wen, le caviste, et Carla Patterson, une des profs d'Abigail quand elle était en seconde, l'ont prononcé à mi-voix sous le bourdonnement des néons et des congélateurs. Ils espéraient peut-être qu'on ne les entendrait pas. Au moins, ils ont eu la bonne grâce de prendre un air mortifié quand ils ont repéré Dolly au bout de l'allée avec son chariot vide. Elle n'a rien dit, comme si souvent. Peut-être parce qu'elle ne savait pas vraiment ce que ça lui faisait.

Morte. Ça ressemblait à un point, à la fin d'une phrase. Elle s'est imaginée envoyer un télégramme avec le mot « morte » à la place des points. Abigail s'en sortira morte Abigail reviendra morte. À ce moment, cela ne faisait qu'une semaine que sa fille avait disparu, mais Dolly trouvait le temps étrange et long, étiré comme les fils de caramel dans une de ces vieilles machines qu'on voit parfois dans la vitrine des confiseries.

Aujourd'hui, ça fait tout juste deux semaines, et Dolly est retournée au supermarché presque tous les jours, juste pour pouvoir appuyer son poids sur la poignée du chariot et se laisser entraîner. Sillonner les rayons lui donne quelque chose à faire. Elle refuse de devenir dingue comme ces femmes dans les films qui attendent que le téléphone sonne, clouées chez elles. Le temps continue de s'écouler – donc, pense-t-elle, ça ne peut pas être la fin de la phrase.

Dans la salle de bains, Jude fait ressortir sa lèvre inférieure, un tic qu'il a copié sur son grand frère, même si, pour tout le reste, lui et Noah sont comme le jour et la nuit. Dix ans d'écart, Jude si menu quand Noah est tout en épaules ; brun, bonne pâte, enclin à la propreté, tandis que son frère a la crasse de cette ville incrustée dans les spires de ses empreintes digitales. Et bien sûr, il y a la jambe de Jude. Un os pulvérisé, cogné trop fort comme du métal chauffé à blanc sur l'enclume d'un forgeron, complètement déformé. Un garçon de douze ans ne devrait jamais être forcé de marcher avec une canne.

Dolly applique une autre couche d'anticerne sur l'orbite enflé de son fils mais évite son regard. Pauvre Jude, qui n'était pas prévu. Jude, dont elle a tenté de se débarrasser en prenant des bains de siège brûlants pendant des heures, en vidant les deux tiers d'une bouteille de gin chipée dans l'armoire à liqueurs de son mari jusqu'à se faire vomir. Un mauvais tour du Seigneur, s'est-elle dit à l'époque, de faire venir un autre enfant dans cette maison. Elle se demande encore si elle n'avait pas raison.

« Là », dit Dolly en reculant d'un pas pour évaluer son travail.

La paupière va mettre un jour ou deux à dégonfler, mais au moins, elle a réussi à neutraliser le rouge insolent laissé par la main de son mari.

« Je suis obligé de venir ? » Jude s'approche du miroir aux rebords gris, lève ses doigts vers son œil comme s'il avait désespérément envie de toucher la meurtrissure pour vérifier que c'est toujours lui en dessous. « J'ai pas envie d'aller à l'église. Tout le monde va nous regarder. »

Évidemment qu'ils vont nous regarder, se dit Dolly. Les Blake restants ont passé les deux derniers dimanches à écluser cannette sur cannette de Lone Star, à arpenter les rayons du supermarché, ou à traîner au lit en pleine journée en écoutant le cliquetis rythmique du ventilateur au plafond. (Dolly ne sait pas ce qu'a fait Noah, mais elle a remarqué qu'il regardait par-dessus son épaule encore plus souvent que d'habitude.) Hier, cependant, le pasteur Lewis l'a surprise en train de faire semblant de lire les ingrédients d'un paquet de pain de mie. Il a annoncé que la First Baptist Church de Whistling Ridge tiendrait un service exceptionnel ce dimanche afin que l'assemblée des fidèles puisse dédier ses prières à Abigail et à la famille Blake, et que tout le monde aimerait beaucoup les y voir. Dolly a été déconcertée par la facilité avec laquelle il lui mentait : ils savent tous les deux très bien ce que l'assemblée des fidèles pense de sa famille. Mais ce n'était pas une question, malgré les sourires et les petites tapes sur le bras.

Nous pouvons prier ou laisser les autres prier pour nous, se dit-elle, et peut-être est-ce cette impression de devoir choisir entre activité et passivité qui fait qu'elle tient tant à y aller. Elle essaie d'expliquer ça à Jude, mais il se contente de se mâchonner la lèvre en fixant le sol d'un air boudeur.

« Peut-être qu'Abi s'est enfuie parce qu'elle ne voulait plus aller à l'église », lâche-t-il d'une voix si méprisante que Dolly a envie de lui en coller une à son tour. Au lieu de ça, elle se détourne et cherche une cigarette dans sa poche. L'envie de briser quelque chose la démange – *alors brise-toi toi-même, pas Jude. Après tout, si quelqu'un est responsable ici...*

« Abigail ne s'est pas enfuie », réplique-t-elle, et il est forcé de la croire, car c'est sa mère. Abigail ne l'aurait jamais abandonnée comme ça sans rien dire, même si, à ce qu'il semble, la police s'imagine le contraire. Mais les doigts de Dolly tremblent lorsqu'elle porte la cigarette à ses lèvres, comme si elle se collait un bouchon pour s'empêcher d'en dire plus. Si Abigail ne s'est pas enfuie, alors que lui est-il arrivé ? Elle l'entend de nouveau dans le déclic monosyllabique du briquet. *Morte.*

Tout est sa faute. C'est ce qui se dit au lycée. Les couloirs puent la colle et le détergent, et Emma se tapit dans un coin des toilettes des filles pour tenter de noyer l'écho de leurs voix en sifflant les mini-bouteilles de whisky que collectionne sa mère en prévision de voyages qu'elles ne font jamais.

« T'imagines, Emma Alvarez qui l'a abandonnée là-bas comme ça ?

— Sans déconner, tu crois que c'est pour ça qu'elle a été enlevée ?

— Elle a pas été enlevée. Elle s'est enfuie avec le gitan.

— Mais non. Lui, je l'ai vu au *diner* la semaine dernière.

— Ouais, ben moi j'ai entendu dire qu'elle avait été dévorée par des coyotes.

— Je laisserais jamais *ma* meilleure copine se faire bouffer par des coyotes. »

Son mascara colore ses larmes en noir, et elle fourre ses poings dans sa bouche pour étouffer ses sanglots.

Une semaine après la fête aux Tall Bones, Mrs Handel, la principale, convoque une assemblée extraordinaire dans le gymnase. Elle demande aux lycéens et aux collégiens de garder Abigail dans leurs pensées et prières et d'apporter leur soutien à sa famille et à ses amis. Le petit Jude Blake se mordille la lèvre et s'enfonce dans le col de sa chemise comme s'il espérait que personne ne le remarque. Emma, un peu éméchée, observe la scène à travers ses paupières lourdes, et se dit : C'est tout. Nous deux, ici présents. La famille d'Abigail et son amie. Personne d'autre ne se rappelle les taches d'herbe sur les socquettes d'Abi, assise dehors sur le vieux canapé au fond du jardin des Blake, d'innombrables étés ; ou quand elles faisaient leurs devoirs en copiant l'une sur l'autre et en mangeant des bonbons qui leur bleuissaient la langue. Personne d'autre qui l'ait entendue dire, quand elle avait treize ans : « Je vais devenir artiste. » Emma s'était moquée : « Quoi ? À Whistling Ridge ? » Mais Abi avait répliqué que certainement pas : elle allait prendre un car pour Denver et ne jamais plus regarder derrière elle. Ça l'avait beaucoup impressionnée à l'époque. Abi, elle aurait pu sortir d'un film. Elle avait regardé Emma avec candeur et ajouté : « Tu viendras avec moi, hein ? »

À présent, Emma descend une autre mini-bouteille dans les toilettes. Une fois rentrée chez elle, elle vomit.

Cette nuit-là, Emma rêve d'une meute de coyotes qui hurlent dans la forêt. Elle fonce dans le tas en voiture et leur sang bousille ses pneus. Ensuite, elle décolore les cheveux d'Abigail et, dans la puanteur de l'ammoniac qui leur picote les narines, elles sirotent le bourbon de Samuel Blake. *Ça brûle, ça brûle*, n'arrête pas de dire Abigail, ou bien elle se contente d'articuler les mots, ou bien les mots ne font qu'apparaître dans la tête d'Emma. Abi l'embrasse, faisant couler du sang sur les lèvres d'Emma, sur le devant de son corps, sa poitrine, ses bras, ses *mains*…

Lorsque Emma se réveille, il fait à peine jour. Les silhouettes noires des montagnes fument d'une pluie de septembre toute fraîche, et il lui reste dans les narines une odeur de bile séchée parce qu'elle a vomi hier soir. Elle s'enroule dans sa couverture, file sans bruit à la salle de bains et se lave les mains plusieurs fois, jusqu'à ce qu'elles soient si froides qu'elle ne les sente presque plus. Melissa doit entendre le robinet car, sans un mot, elle la rejoint et la prend dans ses bras. Lorsque Emma cesse enfin de grelotter, elles se traînent jusqu'au lit de Melissa, qui caresse les cheveux d'Emma jusqu'à ce qu'elles s'endorment – mère et fille recourbées telle une rune bizarre sur les draps. Le lendemain matin, Melissa vide toutes les bouteilles d'alcool qu'elle trouve, mais elles n'en parlent pas. La grand-mère d'Emma aimait dire que les gens qui habitent dans des maisons de verre ne devraient pas jeter des pierres, et Melissa a vieilli prématurément à cause de la culpabilité d'avoir épousé un homme qui n'a pas pu l'aimer assez pour rester, ou du moins c'est qu'elle dit.

Avant la disparition d'Abi, avant l'alcool, Emma n'avait jamais remarqué toutes les décisions qu'elle était obligée de prendre rien que pour arriver au bout d'une journée. *Est-ce que je fais l'effort de petit-déjeuner ? Est-ce que je prends ma voiture pour aller au lycée, ou est-ce que je chope le bus ? À côté de qui je m'assois au déjeuner ? Qui a le moins de chance de me regarder comme si j'étais un chewing-gum collé sous son bureau ?* Mais commencer la journée par un verre signifie qu'il n'y a qu'une seule décision à prendre : *Est-ce que je continue à boire ?* Tout le reste se met en place assez naturellement à partir de là. Emma sait que les intentions de sa mère sont bonnes, mais ce n'est pas ça qui l'empêchera de chialer dans les toilettes des filles. Il reste encore un mois avant les vacances de Noël, et elle n'est pas certaine d'arriver à prendre toutes les décisions qui vont se présenter d'ici là.

Elle sait – elle *sait* – que c'est pire si Abigail est morte. Mais au lycée, tout le monde dit qu'elle s'est enfuie, et comment lui en vouloir – n'empêche que cette hypothèse déchire le ventre d'Emma comme un couteau de chasse. Abi ne serait pas partie comme ça sans rien dire. Elle n'aurait pas pris un car pour Denver sans en souffler mot. On n'abandonne pas une amitié de dix ans comme une vieille chaussette, c'est juste impensable. Mais bon, est-ce que ce serait mieux si Abigail était morte ?

Le matin, une fois que sa mère est partie pour la clinique où elle est généraliste, Emma ne va pas au lycée. Elle se rend chez le caviste, Mr Wen, et glisse une bouteille de Jack Daniel's sous son manteau. Elle est presque sortie lorsqu'elle remarque le jeune homme au blouson de cuir qui lui adresse un grand sourire depuis le parking, un sourire étincelant, tout en dents, comme s'il avalait des couteaux au petit déjeuner. Il y a quelque chose de familier dans son allure, et cette familiarité semble la prendre par la peau du cou pour lui rappeler de se tenir droite, si bien qu'elle laisse échapper la bouteille.

Mr Wen a un visage bienveillant, ridé comme un lampion. Il lui promet qu'il ne va pas porter plainte pour cette fois, mais il lui fait payer la bouteille cassée. Il l'examine bien : son mascara dégoulinant, ses yeux bouffis, ses ongles rongés, et lui souhaite un prompt rétablissement. Elle sait, sans qu'il ait besoin de le préciser, qu'il comprend ce que ça signifie d'être différent dans ce pays. Cette seule pensée – cette impression de solidarité fragile – lui donne envie de fondre à nouveau en larmes et, sur le parking, elle s'appuie contre sa voiture pour calmer sa respiration entrecoupée.

« Dis, ça va ? »

Lorsqu'elle lève les yeux, le mec en blouson de cuir l'observe. La tête penchée sur le côté, avec ses cheveux qui se soulèvent dans le vent comme des plumes, il ressemble à un gros corbeau. Emma déglutit et tente de ne pas trop plisser les yeux quand elle hoche la tête.

« J'ai pas de papiers d'identité. »

Elle déteste la petite voix qui sort d'elle, couverte par le grondement de la circulation sur la rue principale.

« Je vais te l'acheter, dit-il avec un accent vaguement est-européen. Tu pourras boire avec moi. »

Emma se passe une main dans les cheveux, et le résidu de graisse qui se dépose sur ses doigts lui donne la nausée. D'ici quelques années, ses amies de la fac lui diront de ne pas se laisser offrir de verres par des hommes qu'elle ne connaît pas. Déjà, sa tête résonne de mises en garde folkloriques : rien n'est jamais gratuit, tout a un prix. Mais pour l'instant, il n'y a rien de plus adorable, se dit-elle, que la lumière qui filtre à travers le whisky mordoré et, bouteille à la main, elle pourra oublier l'impression laissée par le mauvais rêve de la nuit dernière.

Elle renifle bruyamment.

« OK. Cool. »

Tout a un prix, mais elle ne peut pas encore imaginer ce que va lui coûter cette bouteille de whisky en particulier. Ils ne le peuvent ni l'un ni l'autre.

3

Alors

Le mois précédant la disparition d'Abigail, Noah et sa sœur vont à la rivière. Il ne se rappelle pas avoir proposé à Abigail de l'accompagner, mais elle prend ses grosses lunettes noires de star de cinéma et le suit sans un mot.

Ils traversent des hectares d'un mois d'août étouffant. Avachis sous les arbres, des touristes font une pause pour reprendre leur souffle. Des enfants se roulent dans l'herbe couleur chicot de vieillard. La clim de Noah est en panne, et ils ont l'impression d'avoir de la laine mouillée dans les poumons, mais ils n'osent pas ouvrir les vitres de peur que les insectes s'engouffrent dans l'habitacle, les forçant à se gratter jusqu'au sang. Le visage à demi dissimulé par ses énormes lunettes, Abigail se tait. Noah ne sait pas trop si elle le regarde ou pas.

Il choisit un coin à la sortie de la ville, côté sud, qui est en général boudé par les touristes à cause des rochers escarpés qui masquent la vue pittoresque.

Frère et sœur descendent le long de la berge en crapahutant. Des aiguilles de pin s'enfoncent dans leurs pieds nus, des branches basses leur fouettent les joues, et ils ne se parlent toujours pas. La chaleur dégage un parfum d'arrogance, comme si elle était installée là depuis si longtemps qu'elle ne pourrait s'imaginer être délogée par l'automne. Dans les hauts-fonds, ils se couchent sur le dos tout habillés, comme quand ils étaient petits, et laissent l'eau encore délicieusement froide des torrents de montagne glisser sur leurs corps. Des colibris repus de nectar vont et viennent comme des flèches au-dessus de leurs têtes. L'appel nasillard d'un geai bleu s'élève dans les arbres. Finalement, Abigail dit : « Tu aurais passé ta licence cette année, à la fac. »

Noah sait qu'elle le regarde, mais il continue de fixer le ciel à travers les branches.

« Tu nous pardonneras un jour, Noah ? »

Tu t'es trop habituée au pardon, a-t-il envie de répliquer. Il n'est pas Dieu. Il n'est pas obligé de la pardonner rien que parce qu'elle le demande.

Au lieu de ça, il répond : « Tu partiras à la fac l'an prochain, toi. À ce moment-là, tu t'en ficheras, de ce que je pense. Tu te feras de nouveaux amis, tu découvriras de nouveaux endroits, tu oublieras que j'ai été en colère contre toi un jour. »

Elle garde le silence un moment, mais il devine ce qu'elle pense. *Je ne me ferai pas de nouveaux amis. On ne se fait pas de nouveaux amis, nous.*

Lorsqu'elle reprend la parole, on dirait qu'elle est sur le point d'éclater de rire.

« Encore un an ? Je crois que je vais devenir folle si je dois attendre encore un an. »

Ce n'est pas un rire joyeux. Noah frissonne, et il sait que ce n'est pas seulement à cause de la fraîcheur de l'eau.

« Non, reprend-elle. Évidemment que tu es toujours en colère. Je péterais les plombs si tu me bousillais mon unique chance de me tirer d'ici. Je te défoncerais le crâne. »

Noah pousse un soupir.

« Qu'est-ce que tu veux de moi, Abi ?

— Je veux juste que tu *fasses* quelque chose. T'en as même pas parlé en *quatre ans*, et j'en peux plus. Si t'as pas l'intention de me pardonner, tu ferais peut-être mieux de me défoncer le crâne.

— Abi... »

Elle se lève. Sa robe d'été détrempée colle aux contours de son corps. Noah l'évite depuis si longtemps qu'il n'avait pas remarqué que sa petite sœur était devenue une femme. Il détourne les yeux précipitamment, et elle rit.

« Je suis la seule femme que tu aies vraiment vue de ta vie, pas vrai ? Pauvre Noah. »

Il se redresse trop vite et l'eau glisse de sa poitrine comme un solide. Ça lui rappelle son baptême, quand le pasteur Lewis l'a trempé dans la cuve.

Abigail ricane.

« Pauvre, pauvre Noah. T'as pas réussi à convaincre Chrissy Dukes de te rouler une pelle, t'as pas réussi à convaincre Sabrina McArthur de coucher avec toi, t'as même pas réussi à convaincre Erin Broadstreet de te tenir la main dans la pièce sur la Nativité.

— Ta gueule. »

Elle l'éclabousse du pied.

« C'est ça, exprime-toi. »

Plusieurs oiseaux s'envolent, surpris par sa voix, leurs ailes battant comme les pas de quelqu'un qui s'enfuit.

« Il y a quelque chose qui tourne pas rond, chez toi, hein ? »

Les cheveux de Noah lui retombent dans les yeux et il ne peut pas la voir, mais il a envie de lui faire ravaler ses sarcasmes.

« T'y serais jamais allé, à la fac, de toute façon, parce que tu sais qu'il y a quelque chose qui tourne pas rond chez toi. Je me souviens, Noah. C'est pour ça que t'as pas d'amis. C'est pour ça que t'arrives pas à garder une copine. *C'est pour ça que Maman et Papa t'aiment pas.*

— Ta *gueule* ! »

Il bondit sur elle à l'aveuglette et se cogne la pommette contre son coude, mais la douleur soudaine lui fait du bien. Ils retombent dans l'eau avec fracas, et elle se débat, mais plus grand qu'elle, plus fort qu'elle, il la maintient sous lui. Les secondes s'écoulent. La rivière passe au-dessus d'Abigail en bouillonnant comme si sa sœur n'était qu'un rocher de plus sur son lit. C'est ce son apaisant qui aide Noah à calmer sa respiration, à se rendre compte de ce qu'il est en train de faire. Il lui maintient la tête sous l'eau en la clouant au fond par les épaules. Elle a le regard fixé sur lui, et les coins de sa bouche sont relevés en un sourire imperceptible, mais elle ne bouge pas, ne cligne pas des yeux.

Pendant un court instant, Noah se dit qu'elle est morte, si ça se trouve, et son esprit se projette dans un avenir où ses chaussures, à lui, prennent toute la place dans le couloir, où ses diplômes de la fac sont accrochés au mur au lieu des colliers de nouilles de sa sœur. Leur mère lui souhaite bonne nuit en premier, et son père n'a pas d'autre choix que de tenir la main de *son fils* lorsqu'ils prient avant le dîner. C'est sur sa journée qu'ils posent des questions, ses Steinbeck et ses Vonnegut qui traînent sur le canapé au lieu des magazines d'Abi, ses cheveux à lui qui encombrent la douche. Bien sûr Noah sait, au fond de lui, que l'absence de sa sœur ne changerait rien à tout ça, que l'espace que leurs parents ont créé pour elle et n'ont pas pour leurs fils serait rapidement comblé par leur chagrin. Lui, il disparaîtrait dans le fond, une fois de plus. Sachant cela, il lâche, levant les mains en l'air, comme s'il se rendait, comme s'il attendait de se faire arrêter.

Et puis elle se redresse, s'essuie les yeux, prend de longues inspirations qui font trembler tout son corps, et le soulagement inonde Noah. Elle le regarde, il la regarde, et il comprend qu'elle est la seule chose qui les fasse tenir, tous ensemble.

Sur la route du retour ils ne se parlent pas. Ils restent assis sans rien dire, et l'eau baptismale qui dégouline de leurs corps forme de petites flaques sur le sol du pick-up. Ils ne reparlent jamais de cette journée.

À présent

La First Baptist Church de Whistling Ridge ressemble à un centre aéré sur le toit duquel on aurait cloué un clocher blanc en fibre de verre. Noah sait que c'est à ça que ressemblent la plupart des églises de la région. Mais il sait aussi que, sur la côte Est, il y a d'immenses églises gothiques en lourdes pierres, aussi majestueuses que Dieu Lui-même. Dieu devrait être en pierre, s'Il est en quelque chose, se dit Noah. Dans ce bled, Il est fait de polystyrène, Il sent le goudron et Il a un goût de frite. Dieu, c'est un relais routier ou un panneau publicitaire. Ça n'aurait pas de sens de Le faire en pierre, parce que la pierre, c'est fait pour durer. Dieu est perpétuellement remodelé selon les besoins.

En allant se garer sur le parking de l'église, les Blake passent devant le grand panneau LED de l'entrée, où les horaires des services sont affichés comme des promotions exceptionnelles dans un drive. Noah s'appuie contre la voiture et fixe les lettres noires de travers ; derrière lui, sa mère aide Jude à s'extraire du siège arrière, et son père crache dans l'herbe. « SERVICE INFORMEL 9 H/11 H TOUS LES DIMANCHES. QUELQU'UN D'AUTRE EST-IL MORT POUR VOS PÉCHÉS ? »

Noah se pose la question.

Les voitures se font plus nombreuses, et les gens qui en sortent ne se gênent pas pour couler de longs regards vers les Blake. Il y a Samuel, un épouvantail de GI Joe, avec les ombres de la jungle vietnamienne dans ses yeux gris et des épaules voûtées. Il y a Dolly, avec ses cheveux fourchus, ses doigts tachés de nicotine, les talons de ses meilleures chaussures usés si irrégulièrement que sa silhouette penche comme un arbre déraciné par le vent. Il y a Noah, tout en jean et en velours côtelé, qui pourrait être beau comme Marlon Brando sans ses lèvres gercées et son nez tordu, le même regard hanté que son père. Il y a le petit Jude avec sa démarche de vieillard, les longues manches de sa chemise de récup en flanelle, qui cachent tant de secrets. Mais où est Abigail ? C'est ce que tout le monde voudrait savoir, et tous regardent les Blake encore plus fixement lorsqu'ils leur passent devant, en file indienne. Ils espèrent peut-être les perforer des yeux pour voir la vérité derrière.

Noah sait que c'est pour ça que la plupart des gens s'attardent dehors. Ils s'affairent dans le parking, se serrent la main ou s'embrassent, collés au béton comme autant de mouches. Dans ce purgatoire étrange où ils évoluent, on dirait que la Grande Dépression s'est produite il n'y a pas si longtemps, et que le présent est bizarrement lointain. La disparition de sa sœur n'est pour eux qu'un fait divers juteux.

Le hurlement soudain d'une moto déchire l'oisiveté ambiante. Noah se tend et fourre ses mains dans ses poches. De l'autre côté de la rue, dans le parking du Dairy Queen, Rat Lăcustă retire son casque et secoue ses cheveux noirs rebelles. Il bouge comme une pute qui doit payer son loyer en vitesse, et il a l'air de se foutre que son blouson remonte quand il se penche sur sa moto. Il y a quelque chose de primitif dans les réactions provoquées par cette bande de peau nue. Les adolescentes en robe du dimanche se mordent les lèvres et jettent un œil à leurs mères qui, elles, osent regarder le jeune homme car elles savent que ça va mettre leurs maris dans une rage noire.

Même Dolly ne peut pas s'empêcher de pencher la tête sur le côté et de dire, d'une voix lente comme de la mélasse :

« C'est pas le jeune homme du camping ? Le gitan ?

— Il est roumain, pas romani. » Noah s'emploie à racler la boue sèche de ses meilleures chaussures contre le bord du trottoir. « Il habite juste dans un camping-car.

— Et on dit pas “gitan”, intervient Jude. C’est un terme raciste. »

Samuel pousse un petit grognement.

« Non mais c’est pas vrai. » Il donne un coup de coude à Jude, qui chancelle légèrement sous l’impact. « Cette génération, hein ? Franchement. »

Dolly fusille son mari du regard, comme pour dire : Pas en public. Samuel se contente de sourire et de décocher un petit coup de pied bien senti dans l’arrière des chevilles de sa femme. Noah voit sa mère trébucher, observe le rose de la honte qui lui monte aux joues tandis qu’elle promène son regard sur le parking, de peur que quelqu’un ait remarqué. Mais la vérité, c’est que, pour un court instant, tout le monde a oublié les Blake. Au moins, les Blake sont d’ici, ils ont la même église, la même foi. Rat – avec ses jeans moulants et les consonnes latérales, coulantes et obscures, de son accent inconnu – est un étranger. Il est une balle qui a pénétré la ville et n’a pas encore laissé de plaie en ressortant. Les gens n’ont pas encore décidé où il se place, comment ils vont se former autour de lui, ou même s’ils vont le faire.

Noah entend vaguement son père dire : « Venez, on va à l’intérieur », mais lui-même fixe toujours l’autre côté de la rue. Il a l’impression d’avoir été aspergé d’essence, et ça le fait frissonner, de ces frissons qui vous font arquer le dos et recourber les orteils. Rat place une cigarette entre ses lèvres et lui décoche un grand sourire, comme s’ils partageaient un secret intime ignoré de tous les autres.

4

Hunter Maddox ralentit et plisse les yeux pour y voir à travers le pare-brise couvert de pluie tandis qu'ils entrent sur le camping que possède son père. Il y a des centaines d'années, lorsque la famille Maddox est arrivée dans le Colorado, c'était un site de sépultures. À présent, le terrain est occupé par des rangées de mobile homes avec des rideaux poussiéreux et des toits goudronnés qui s'écaillent. Dans l'herbe, ils semblent rabougris, comme si les vents furieux de la montagne les avaient enfoncés dans la terre meuble. Par des jours comme celui-ci, lorsque la pluie tombe à verse et fait déborder les torrents en amont, le sol recrache encore des os et des pointes de flèches. Ces jours-là, les habitants du camping restent à l'intérieur.

C'est pourquoi Hunter est surpris de voir une silhouette familière avancer péniblement dans la boue. Il secoue la tête et marmonne :

« La revoilà. »

À côté de lui, son père, Jerry, ne lève pas les yeux de son téléphone.

« Qui revoilà ?

— Emma Alvarez. Elle va encore voir le gitan. »

Le jean d'Emma est constellé de boue et elle ne cesse de trébucher. Ça pourrait être juste le sol détrempé et glissant, mais Hunter lui a déjà vu cet air vitreux au lycée. Il a passé assez d'après-midi défoncé sous les gradins pour reconnaître l'ivresse quand il l'a sous les yeux. Une sourde culpabilité le traverse et il doit détourner le regard.

« Bon, dit son père, la manière dont Melissa Alvarez-Jones-je-sais-plus-quoi veut élever sa petite métisse ne nous regarde pas. »

Jerry est un homme aux épaules larges, avec la mâchoire carrée et une coupe militaire, qui prend de la place sans remords et porte toujours son col avec les deux boutons ouverts. Hunter sait qu'il y a beaucoup de son père dans son propre visage, et il est à un âge où il n'est plus très sûr de s'en réjouir.

Jerry lève enfin les yeux sur lui.

« Tu as jeté un coup d'œil aux fascicules que ta mère a commandés ? »

Hunter fait la moue aux branches de l'essuie-glace devant lui. Il ment :

« Oui, oui.

— La fac va vite arriver, tu sais. Il y a beaucoup de bonnes places pour le basket. Tu as regardé la Caroline du Nord ?

— Ouais. N'importe.

— Non, pas *n'importe*, jeune homme. Si tu te reprends pas dare-dare, tu vas gâcher ta vie comme ce Roumain, et tu finiras à broyer du noir dans un taudis de ce genre. » Jerry fronce les sourcils. « La plupart des ados seraient un peu plus reconnaissants du fait que moi et ta mère, on t'aide encore après ce que tu as fait, tu sais. »

Hunter crispe ses doigts sur le volant. Il regarde Emma frapper à la porte du camping-car, observe la façon dont elle écarte ses cheveux trempés de son visage.

Après ce que j'ai fait.

Il se mord la lèvre.

« Oui, Papa, je suis très reconnaissant. »

Tu n'as pas idée de ce que j'ai fait.

Assis sur un monticule de couvre-lits aux couleurs byzantines, Rat gratte la guitare de sa grand-mère. La lumière gris migraine qui filtre par la fenêtre du camping-car clignote sur le croc de loup qu'il porte enfoncé dans son lobe d'oreille gauche. Emma hésite à la porte. La pluie dégouline de ses manches sur le sol en plastique écaillé. L'encens qui se consume sur le plan de travail dans la cuisine rend l'atmosphère un peu trouble.

« T'es revenue ? »

Emma joue avec l'ourlet de son blouson.

« Ça te dérange pas ? »

Il place la guitare de sa grand-mère respectueusement sur le côté.

« Reste pas là comme ça, *drăguță*. Tu mets de l'eau partout.

— Oh. » Emma avance d'un pas de plus. « Désolée. »

Elle retire son blouson en jean alourdi par la pluie, mais elle ne sait ni où le poser ni où se mettre, alors elle reste plantée là, avec l'eau qui ruisselle dans sa nuque.

Rat secoue la tête et lui fait son sourire paresseux, bouche en cœur.

« La matinée a mal commencé ? »

Il se lève et se dirige vers la kitchenette, tendant déjà la main vers le placard où Emma sait qu'il range ses bouteilles d'alcool. Elle regarde son tee-shirt remonter tandis qu'il farfouille, révélant quelques pétales d'un tatouage qui disparaît sous sa ceinture.

« Un jour, je te trouverai de la bonne *pălincă*, mais pour l'instant, on va devoir se contenter d'un bon vieux N° 7. »

Elle ne voit même pas la bouteille, sent simplement son poids lorsqu'il la pousse dans sa main. Quand elle renverse la tête en arrière pour laisser le whisky glisser sur sa langue, le rebord frais du verre pressé contre ses lèvres est le meilleur baiser qu'elle ait reçu de sa vie.

« Tu veux en parler ? »

Non. Ce n'était rien.

Elle prend une autre gorgée de Jack Daniel's.

Juste un truc stupide qui s'est produit ce matin – une blague dont elle s'est souvenue, et sans réfléchir elle a sorti son téléphone pour envoyer un message à Abigail. Lorsqu'elle a réalisé ce qu'elle était en train de faire, il lui a fallu un moment pour se déconnecter du son de sa propre respiration.

Les petits cheveux dans la nuque d'Abigail qui ne restaient jamais dans sa queue-de-cheval, la manière particulière dont le caoutchouc s'usait sur la semelle de ses baskets, son parfum de fraise, tout cela lui manque – mais elle se demande quand ces petits détails vont se fondre en un sentiment d'absence plus vaste. Quand c'est Abigail tout entière qui va lui manquer. Déjà, son absence lui semble trop familière, mais c'est peut-être parce qu'elle avait commencé à lui manquer avant même de disparaître. Ces derniers mois, Abigail parlait souvent au futur – un espace dans lequel, même aujourd'hui, Emma ne sait pas se projeter.

Au moins quand elle boit, le temps semble relâcher son étau. Quand elle boit, Emma sent qu'elle se rapproche peut-être d'un jour de… quoi ? Ça fait déjà deux semaines, et Abigail n'a pas reparu.

Je veux juste vivre un peu. C'était ce qu'avait dit Abigail.

Emma s'affale dans le nid de dessus-de-lit et de couvertures. Les ombres projetées par les gouttes de pluie qui roulent au bas des fenêtres donnent l'impression que le camping-car est en train de fondre autour d'eux. Rat s'installe à côté d'elle et ils se passent la bouteille. Emma a l'impression d'avoir la tête énorme et lourde, et elle se demande si elle sera un jour capable de la redresser, et si ça a la moindre importance. Elle regarde le plafond ; une mosaïque un peu absurde, éclectique, dont Rat lui explique certaines parties, passant sur d'autres discrètement. Il y a des morceaux de plans, presque exclusivement d'Europe et, sur certains, des villes et des villages sont encerclés au crayon de couleur. L'éclat pétillant de l'œil de sa grand-mère et la pente marquée du front de son père sont immortalisés sur plusieurs photos. Des cartes postales du Colisée, de villages anglais en pierre et de châteaux roumains avec leurs tours gothiques chevauchent des pages jaunies de classiques de la littérature, arrachées et collées au plafond tels des papillons morts.

« Tu es qui, en fait ? lui demande Emma.

— Je suis comme toi, *drăgută.* » Il passe un doigt sur le goulot de la bouteille. « Je suis à l'extérieur. »

Elle y réfléchit un instant.

« C'est pour ça que tu me laisses boire avec toi ?

— Tu poses beaucoup de questions.

— Je t'ai vu, tu sais. Ce soir-là, aux Tall Bones. »

Rat est tellement proche qu'elle peut sentir sa chaleur planer entre eux, deviner les relents de clope et d'encens qui s'attardent sur ses habits. Ce qu'elle se rappelle le mieux de son père, ce sont ses jambes, en train de passer devant elle, toujours devant elle, sans s'arrêter, et elle se rend compte soudain, nichée contre ce corps chaud qui sent la fumée, qu'elle n'a jamais vraiment été aussi près d'un homme. Dans le silence, elle entend son propre cœur qui bat en rythme avec le fracas de la pluie sur le toit métallique.

Enfin, Rat répond :

« Je sais. »

Le goût de l'alcool sur sa langue donne de l'aplomb à Emma.

« Et on va jamais en parler, c'est ça ? »

Il soupire, tire un paquet de Marlboro tout aplati de la poche de son jean.

« C'est pas à moi d'en parler.

— Tu te moques de moi ? » Emma le regarde s'allumer une cigarette comme s'ils avaient une conversation anodine. « Tu sais... » Elle s'appuie sur son coude, agite un doigt vers lui. « T'as pas de famille, pas d'amis, pas de boulot à ma connaissance. Les gens ne savent rien de toi à part des trucs qu'ils ont entendu dire. Et tu as seulement, quoi, vingt-cinq ans ? Vingt-six ? Tu crois pas que tu vas attirer l'attention, dans un trou pareil ? Comme par hasard, tu arrives là et quelques mois après ma meilleure amie disparaît, et tu t'imagines que personne va se poser de questions ? »

Rat tire paresseusement sur sa Marlboro ; la lumière ricoche sur ses bagues. Emma reprend :

« À mon avis, tu devrais avoir des réponses toutes prêtes, juste au cas où ça dégénère.

— Parce que ça dégénère, en général, par ici ?

— J'ai déjà vu des gens s'en prendre plein la gueule. » Elle entraperçoit de nouveau son père, une image de bras basanés, robustes, et d'ecchymoses toutes fraîches, de sang sur du verre brisé. « Tu l'as dit, on est à l'extérieur. »

Rat pousse un soupir et pivote pour lui faire face. Il la prend par les épaules et, pendant un instant effrayant, elle croit qu'il va se mettre à la secouer, mais il se penche et lui dépose un baiser sur le front.

Il n'y a rien de romantique là-dedans – le geste lui semble presque fraternel – mais sa respiration se bloque une seconde.

« Je t'aime bien, dit-il, d'un ton très factuel. Mais mettons une chose au clair : si on doit continuer, si tu veux venir ici, les questions doivent cesser. Tu dois cesser, sinon c'est moi qui couperai les ponts, tu comprends ? J'ai droit à mes secrets, *drăguță*, comme tu as droit aux tiens. »

Elle regarde son cou pâle qui se gonfle quand il boit une longue gorgée à la bouteille. Lorsqu'il a terminé, il s'essuie la bouche du revers de la main et lui rend le whisky.

« J'ai pas de secrets. » Elle a l'impression qu'elle pourrait se couper rien qu'à croiser son regard.

« Si, tu en as. »

Il reprend la guitare de sa grand-mère, comme s'il fallait remplir le silence laissé par toutes les choses qu'ils n'ont pas dites.

5

Le shérif Gains a l'air d'un bout de bois sculpté qu'on a laissé sous la pluie. Ce n'est pas un vieil homme – Jude sait qu'il a à peine quarante ans – mais il émane de lui une odeur de forêt, toute de résine et de feu de bois, qui, obscurément, lui donne l'air d'un vieillard. Debout dans le salon des Blake, il feuillette son carnet avec sa main estropiée par un piège à ours, et gratte la plaie de l'absence d'Abigail.

« Bon, vous avez dit que vous ne saviez pas qu'elle comptait se rendre aux Tall Bones. »

Ses voyelles sont traînantes, nasillardes, un accent typique du Kansas. C'est peut-être pour ça que Dieu l'a créé si grand, se dit Jude. Pour qu'il puisse se tenir au milieu d'un haut champ de maïs et voir tout de même par-dessus les têtes.

« Vous en êtes absolument sûrs, les garçons ? »

Jude coule un regard vers Noah, mais son frère se contente de hausser les épaules, deux doigts enfouis dans son Thomas Mann pour marquer la page, comme si ça le rassurait de savoir qu'il peut retourner à cet univers n'importe quand. Noah secoue la tête, alors Jude l'imite.

« Abigail ne va pas dans les fêtes, normalement, monsieur », ajoute Noah.

Dans son fauteuil déplumé, Samuel Blake pousse un grognement sonore.

« On n'a pas déjà vu tout ça, chef ? »

Le visage de Gains ne trahit aucune émotion, mais il ignore Samuel et continue de parler à Jude et Noah, avec douceur.

« Je sais que, la semaine dernière, vous étiez tous en état de choc, et parfois il peut être difficile de se remémorer les détails. On fait juste le suivi, au cas où quelque chose vous soit revenu ces derniers jours. Par exemple… » Il tourne une page de son carnet. « … vous savez si elle rejoignait quelqu'un, à cette fête ?

— Elle est copine avec la petite Mexicaine, intervient Samuel. Cette gamine, elle suit Abi partout. C'est elle que vous devriez interroger, pas mes fils. »

Jude regarde sa mère qui se ronge les ongles. Elle a les yeux fixés sur un carré de broderie encadré, sur la cheminée, qui dit : *Proverbes, 14, 25 : Un témoin véridique délivre des âmes, mais un faux témoin dit des mensonges.*

« Vous voulez parler d'Emma Alvarez, c'est bien ça ? demande Gains ?

— Qui d'autre ? Y en a pas tellement, des Mexicains, à Whistling Ridge. »

Jude sent une lourdeur dans son visage. Cela ne fait qu'une journée, et l'hématome autour de son œil ne semble pas près de s'estomper, mais il aurait préféré que sa mère le laisse tout de même aller en cours. Même s'il peut se sentir très isolé au collège, pour

Jude Blake, fils d'ivrogne, n'importe quel endroit est préférable à cette maison.

Sa mère n'a pas eu le temps de le tartiner d'anticerne avant que Gains frappe à la porte, mais son explication hâtive – « Vous ne le croirez jamais, il est tombé dans l'escalier ! » – semble suffire, bien que ce soit l'excuse passe-partout. L'un des policiers qui l'accompagnent a même ri, et pourquoi pas ? Tomber dans l'escalier. C'est le genre de trucs qui n'arrivent que dans les dessins animés.

« Je me suis déjà entretenu avec Miss Alvarez, explique Gains. Elle dit qu'Abigail s'est enfoncée dans les bois avec un garçon, mais elle ne sait pas qui. Vous sauriez quelque chose là-dessus ? Abigail avait un copain ? »

Il les regarde tour à tour : Jude et Noah sur le canapé, Samuel avachi dans son fauteuil, Dolly calée dans l'entrée, jetant parfois un coup d'œil sur le vestibule et la grosse croix couverte de pierreries.

Jude entend le plancher grincer à l'étage ; les policiers fouillent la chambre d'Abigail pour la seconde fois. De temps à autre, il oublie que c'est eux et son cœur s'emballe au son familier de pas dans le havre de sa sœur. Puis il se souvient, et ses ongles laissent de petits croissants dans le gras de ses paumes.

« Un copain ? » Samuel se redresse. « Notre Abi ? Jamais de la vie. »

Dolly fronce les sourcils.

« Je crois que ce qu'essaie de dire mon mari, c'est qu'Abigail est un peu jeune pour avoir un petit ami.

— Je sais ce que j'essaie de dire, femme. Abi est une fille bien, une fille *pieuse*, et elle est pas du genre à courir les garçons.

— Mr Blake, intervient Gains. Votre fille a presque dix-huit ans ?

— Quel rapport ? » Samuel plisse les yeux, mais le shérif reporte son attention sur Dolly.

« Est-ce qu'il manque des affaires dans la chambre de votre fille ? Je sais qu'on a déjà regardé, mais vous êtes mieux placée pour vous en rendre compte. Vous avez remarqué quelque chose, ces deux dernières semaines ? Des vêtements disparus, peut-être ?

— Qu'est-ce que c'est que cette question ? » Dolly le dévisage. « Pourquoi des vêtements d'Abigail auraient-ils disparu ? »

Jude regarde le shérif frotter ses moignons de doigts sur sa main déformée.

« Eh bien, c'est que, dans des cas comme ça, des jeunes de cet âge-là… Il est possible qu'Abigail ait quitté la ville de son propre chef.

— Aucune chance, coupe Samuel. J'espère vraiment que vous avez une meilleure piste que ça, Gains. »

Jude espère que non. S'il faut qu'elle ne soit pas là, il espère que c'est parce qu'elle s'est enfuie. Ils regardaient ensemble des séries policières sur l'ordinateur d'Abigail, donc il sait ce qu'on dit : après soixante-douze heures, les chances de retrouver une personne disparue en vie s'amoindrissent drastiquement. Dans deux semaines, il y a trois cent trente-six heures. Jude le sait parce qu'il a cherché. Il a aussi cherché le temps que met un cadavre à se décomposer. Le site Web qu'il a trouvé fournissait une chronologie, donc il sait qu'en trois cent trente-six heures – si vraiment elle est morte – les organes internes de sa sœur auront commencé à pourrir, son corps aura enflé, et de la mousse aura coulé de sa bouche et de son nez. Encore quelques semaines et ses ongles et cheveux tomberont. Dans un mois, elle commencera à se liquéfier. Jude aimerait désespérément savoir si tout cela n'est qu'un mensonge propagé par Internet, mais il n'a pas le cœur de demander à sa mère.

Des pas dans l'escalier semblent donner à tout le salon une excuse pour pousser un soupir collectif. Un policier avec une grosse moustache apparaît à la porte à côté de Dolly. Il porte des gants en latex et brandit un carnet flétri.

« On a trouvé le journal intime de la fille, patron », annonce-t-il.

Jude n'aime pas l'ombre de sourire qui retrousse ses lèvres sous sa moustache, ni sa manière d'appeler Abigail « la fille », comme si tout cela n'était qu'un jeu auquel ils ont réussi à la battre.

« Mais… Abigail ne tient pas de journal intime. »

Dolly promène des yeux inquiets entre Gains et son mari.

Avec une grimace, Jude se lève en s'appuyant sur sa canne et boitille jusqu'à sa mère pour tenter de la réconforter. Elle ne le regarde pas mais lui serre si fort la main que la pression lui fait mal. Presque imperceptiblement, Samuel lève les yeux au ciel et marmonne quelque chose dans sa barbe. Le policier ne leur accorde même pas un coup d'œil en les frôlant pour aller remettre le carnet à Gains.

« Je l'ai trouvé coincé entre les lattes du sommier, précise-t-il. J'ai cru que c'était un vieux, mais il y a des dates de cet été. »

Dans la périphérie de son champ de vision, Jude remarque que la mâchoire de son frère se crispe.

Le shérif hoche la tête, feuilletant déjà les pages cornées. Jude n'a jamais vu ce cahier.

« Il y a des pages qui ont été arrachées, là, dit Gains. Et d'autres, plus loin. Les dernières, apparemment. Ça vous dit quelque chose ? »

Samuel gratte ses moustaches, qui descendent sur son menton.

« Les ados passent leur temps à se mettre en colère et à déchirer des trucs.

— Votre fille avait une raison d'être particulièrement en colère, Mr Blake ?

— Non », répond Dolly à sa place.

Jude sent l'alliance de sa mère imprimer son empreinte dans ses jointures.

« Abi a toujours été une fille heureuse. »

Il la voit couler de nouveau un regard vers la cheminée. *Un faux témoin...*

« Bon, entendu. » Gains coince le cahier sous son bras. « Je vais garder ça pour le moment, si ça ne vous dérange pas. Prévenez-moi si les pages manquantes réapparaissent. »

Samuel ne se lève pas pour le départ de Gains et des autres officiers, mais Noah leur fait tout de même la politesse de les raccompagner à la porte, suivi par Jude et sa mère. Peut-être, avec sa moue boudeuse, comprend-il que ça se passera mieux pour eux s'ils peuvent au moins faire semblant d'être une famille normale.

Mais sur le seuil, Gains se retourne.

« Une dernière chose, Mrs Blake. On a trouvé une douille près des Tall Bones. Calibre 9 millimètres automatique, apparemment. »

Il marque une pause, comme s'il attendait une réaction, mais Dolly n'a pas l'air de comprendre.

« Un revolver ? Ma fille ne sait pas se servir d'un revolver.

— Vous n'avez pas d'arme de poing sur la propriété ? Peut-être votre mari, ou votre fils, là ? » Gains désigne Noah, qui se crispe à nouveau.

Dolly avance le menton.

« Non, certainement pas.

— Notre père a un vieux fusil, concède Noah. C'est un souvenir du Viêtnam, mais il est sous clé.

— Très sage, approuve Gains. Bon, bon. Je veux juste procéder par élimination, Mrs Blake. » Il met son chapeau, qui ressemble trop à un chapeau de cow-boy pour que Jude continue de le prendre au sérieux. « Dès qu'on a du nouveau, vous serez la première informée. »

Ils n'ont pas plus tôt refermé la porte sur Gains que Noah prend ses bottes et enfile son gros blouson en velours côtelé.

Dolly le dévisage.

« Où tu crois aller comme ça ?

— Dehors.

— *Dehors*, comme la nuit où ta sœur a disparu ? Où est-ce que tu t'enfuis comme ça, Noah ? Tu t'imagines qu'on n'a pas remarqué ?

— Maman, j'ai vingt-deux ans, je peux sortir si j'en ai envie. »

Jude les regarde tous les deux avec un air implorant, tentant de les empêcher de se disputer par la force de sa volonté. Pas maintenant. Pas aujourd'hui, quand les dents et les ongles d'Abigail sont peut-être en train de tomber.

Noah pose la main sur la poignée de la porte.

« Pourquoi tu veux que je reste ici, au fait, Maman ? Tu avais prévu une activité familiale amusante ? »

Les épaules menues de leur mère s'affaissent légèrement. Ne lui parle pas comme ça, voudrait dire Jude. *Ne lui parle pas comme Papa.* Mais il veut que Noah redevienne son ami, comme quand ils étaient plus jeunes, comme il l'était *avant*, alors il se tait.

« Je me disais qu'on pourrait prier pour Abi », répond Dolly, pleine d'espoir.

Noah regarde les chaussures alignées sous le portemanteau – les santiags d'Abigail, les sandales d'Abigail, les brogues en cuir véritable qu'Abigail met pour aller à l'église. Son visage se durcit peu à peu et Jude se dit qu'il est le portrait craché de leur père.

« Faites ce que vous voulez », marmonne-t-il, et il sort en claquant la porte.

De retour dans le salon, leur mère pousse un soupir et s'accroche à la cheminée, examinant une fois de plus la broderie. *Un témoin véridique délivre des âmes.* C'était Abi qui l'avait confectionné au catéchisme. Jude se renfonce dans le canapé et ferme les yeux pour ne plus voir l'inscription. Il a bien été témoin de quelque chose, mais il va s'écouler bien des jours avant qu'il ne comprenne ce que signifie ce qu'il a vu.

6

Alors

« Pourquoi tu retournes pas au Mexique comme ton père ? » Par certains côtés, c'est presque un soulagement. Pendant tout le lycée, Emma s'est mise en sourdine : elle a rasé les épais poils noirs de ses bras jusqu'à ce que sa peau soit irritée et couverte de croûtes ; elle s'est enduit le visage de fond de teint juste un ton trop clair ; elle a vomi ses repas dans l'espoir de perdre des cuisses, afin de tenter de se remodeler en un être qu'ils trouveraient moins repoussant – mais ça n'y a jamais rien changé. Par cette soirée de mai, dans sa robe du bal de fin de première, tandis que ses cheveux, qu'Abigail lui a tendrement bouclés, retombent dans la chaleur du gymnase, c'est à la fois un coup de poing dans l'estomac et un poids qui tombe de ses épaules de les entendre enfin le dire franchement : c'est pour *ça* qu'ils l'ont toujours détestée.

« Qu'est-ce que tu viens de dire, Dalton Lewis ? »

Abigail se poste à ses côtés, et Emma a presque l'impression d'être à l'extérieur de son corps et d'observer la scène. Elle doit paraître toute petite, penchée en avant pour tenter de cacher l'épaisseur de ses bras, à côté d'Abigail qui se dresse de toute sa hauteur, raide comme l'index d'un prédicateur.

« Dis donc, la rouquine, calmos. Je t'ai pas sonnée. »

Dalton Lewis, le fils du pasteur, se recule un peu. Son visage rond est fendu d'un sourire si large qu'on croirait que les coins de sa bouche sont accrochés à des hameçons.

« Vous avez vos ragnagnas, les filles, ou quoi ? »

Derrière lui, Cole Weaver et Bryce Long ricanent.

Emma cherche des yeux un prof ou un surveillant, mais le gymnase est une mer de visages en sueur et de gobelets en plastique écrasés. Elle aperçoit les jumelles Orozco dans leurs robes blanches assorties, comme une paire de poteaux en pierre, et les supplie des yeux : Je vous en prie, dites quelque chose. Mais elle sait déjà qu'elles vont lever le nez et murmurer quelque chose en espagnol, une langue qu'elles savent qu'elle ne parle pas, parce que sa mère blanche ne la lui a jamais apprise.

Elle est déjà trempée sous les aisselles, et tout à coup, elle redoute qu'ils s'en aperçoivent. Cette sensation de moiteur lui retourne l'estomac. Elle pose une main sur le bras d'Abigail.

« Viens, on se casse.

— Ouais, c'est ça, raille Dalton. À quelle heure il part, le dernier car qui quitte la ville ? Vous pouvez peut-être encore le choper.

— Je crois qu'il part à 20 heures », intervient Beau Dukes, serviable, avec son visage obtus.

Dalton l'ignore et se penche sur Emma en chuchotant :

« Mon père sait *toutes sortes de trucs* sur ce qui est arrivé à ton père. »

Son haleine sent le goudron chaud et, cette fois, elle croit vraiment qu'elle va avoir un haut-le-cœur. Ça doit se voir sur son visage, car Dalton se redresse, et sa grappe d'amis se presse davantage autour de lui.

« Qu'est-ce qui t'arrive, la noiraude ? » gémit-il, et c'est là qu'Abigail lui jette son verre au visage.

Le temps que les profs remarquent (« Zut, le punch, déplore Carla Paterson. Ta mère va avoir du mal à ôter ces taches, Dalton »), Emma et Abigail se sont déjà enfuies dans le hall en courant, doigts entremêlés. Le rire et l'adrénaline leur coupent le souffle, ainsi qu'une envie de pleurer si puissante que les yeux manquent leur sortir de la tête.

Sur le parking, elles reprennent haleine contre le métal frais de la voiture d'Emma et se serrent très fort ; à cet instant, Emma se dit qu'elle aime Abigail plus que tout au monde. Pas parce qu'elle a jeté du punch à la figure de Dalton Lewis (même si elle racontera cet épisode à Melissa de nombreuses fois dans les jours à venir), mais parce que même ainsi, quand il n'y a pas de public à impressionner, Abigail la laisse sangloter sur son épaule. Elle ne dit rien quand le mascara d'Emma laisse de hideuses veines noires partout sur sa robe de bal. Elle n'a jamais protesté, toutes ces années, quand Emma est venue se pelotonner contre elle. Elle se contente de frotter les bras nues de son amie et d'embrasser le sommet de son crâne, laissant des notes sucrées de baume à lèvres à la fraise dans ses cheveux.

« Salut », dit quelqu'un.

Emma se redresse brusquement, manquant heurter le menton d'Abigail. Avec ses cheveux blond clair et sa mâchoire carrée comme une brique, le garçon qui se tient à côté de la voiture ressemble à un mannequin d'une affiche de propagande allemande des années 1940. L'espace d'un instant, elle a peur qu'il s'agisse d'un ami de Dalton, mais lorsqu'il s'approche, elle le reconnaît. Lui et l'odeur du joint qu'il vient de fumer. Elle sent Abigail se raidir.

« Tu cherches quelque chose, Hunter ? »

Il hausse les épaules.

« Je vous ai vues sortir en courant. Tout va bien ? »

Il adresse ces mots-là à Abigail mais, à la lumière graisseuse du parking, on dirait que c'est elle qui va vomir à présent.

Emma renifle, pressant la main de son amie.

« On va bien, pas vrai, Abi ?

— Allons-y, dit brusquement Abigail. Allez, Em, on se casse d'ici. » Puis, presque comme si elle avait oublié quelque chose, elle ajoute : « Eh non, Hunter, on veut pas acheter d'herbe. »

Elles montent en voiture et se rendent aux Tall Bones. La nuit tombe plus vite à présent et, dans les ombres denses de ces rochers imposants, les deux filles retirent leurs chaussures et enfouissent leurs orteils dans l'herbe fraîche. Abigail met Fleetwood Mac en sourdine sur son téléphone et elles dansent en entrant et sortant du cercle de rochers comme deux sorcières, tendant le cou vers le ciel en jouant à celle qui criera « MERDE » le plus fort.

« On sait rien sur eux, en fait », dit Emma une fois qu'elles sont étendues côte à côte au milieu des Tall Bones.

Il y en a six au total : un cercle de rochers blancs, d'environ quatre mètres de haut, gravés de générations de graffitis adolescents, de fissures dues au gel et de sillons à l'endroit où les élans ont frotté leurs ramures. Personne ne sait qui les a mis là. À la connaissance d'Emma, personne n'a jamais cherché à le découvrir. Elle se demande souvent à quelle profondeur ils descendent, si une grande partie de leur masse est enfouie sous terre. Par la suite, elle se dira que, sur ce point, les Tall Bones lui rappellent un peu Abigail.

Abi écarte les bras dans l'herbe, comme si quelqu'un était en train de lui faire l'amour.

« Peut-être que les vieilles familles le savent. Celles qui sont là depuis toujours.

— Comme les Lewis ou les Maddox. » Emma roule sur le flanc et sourit. « Tu devrais poser la question à ton ami Hunter.

— C'est pas mon ami. » Abigail se met à se gratter le bras. « Toi, tu es mon amie. Tu es la seule personne bien, Em.

— Qu'est-ce que tu racontes ? Je voudrais être comme toi – rembarrer des mecs, leur jeter des verres à la figure. Tu vis à fond. »

Abigail se gratte plus fort.

« Tu voudrais pas être comme moi, Em. Fais-moi confiance. »

Facile à dire pour toi, se dit Emma. Personne n'a insulté Abigail à son bal de fin de première. Personne ne lui a dit de quitter la ville. Abigail a la possibilité de porter du maquillage adapté à son teint. Les garçons traversent tout le parking pour demander à Abigail si elle va bien. Son père a beau être l'ivrogne de la ville, elle est davantage respectée que la fille d'un médecin. Ne me dis pas que je ne voudrais pas ça, songe Emma. *Je parie que tu préfères tout de même être toi que moi.*

En rentrant, Abigail trouve Noah avachi sur le canapé, à moitié allongé, et l'angle de son corps est tellement bizarre que l'espace d'une seconde, elle imagine qu'il s'est passé quelque chose de terrible, que c'est leur père qui lui a fait ça. Mais il lève les yeux de son livre, remarque son maquillage baveux et dit : « Halloween, c'est pas avant octobre », aussi s'autorise-t-elle de nouveau à respirer.

« Ah, super, tu es là. Je t'ai rapporté un truc. »

Elle sort sa main de sa pochette, majeur dressé.

Noah cligne à peine des yeux.

« C'était assez sinistre, en fait, tout ce cinéma, reconnaît-elle, pas tout à fait prête à laisser l'interaction prendre fin.

— Quel scoop.

— J'ai vu ton ancienne copine, au fait. » Comme son expression ne change pas, elle ajoute : « Sabrina McArthur ? Elle était parmi les chaperons.

— Ah, dit-il, comme s'il se souvenait à peine de la seule fille avec laquelle il soit jamais sorti. Les premiers seront les derniers. »

Abigail approuve de la tête.

« Maman et Papa sont encore debout ?

— Papa s'est couché tôt, il avait la migraine, il a dit. Maman fume une clope derrière.

— Alors tu lis ici tout seul, hein ?

— Apparemment.

— *Feuilles d'herbe*, dit-elle, inclinant la tête pour voir la couverture. C'est bien ?

— Oui. Pas mal. »

Abigail hoche une nouvelle fois la tête.

« Bon, alors bonne nuit.

— Bonne nuit. »

Elle fait une pause sur le seuil et jette un coup d'œil par-dessus son épaule. C'est la première fois qu'il lui souhaite une bonne nuit en quatre ans. Elle s'attarde un instant dans le salon, espérant qu'il va relever les yeux et qu'elle lira le pardon dans son visage, pas juste la cassure de son nez. Finalement, lorsqu'elle se dirige vers l'escalier, elle évite de regarder la croix couverte de pierreries sur le mur.

Dans sa chambre, elle ne prend pas la peine d'allumer la lumière ; elle préfère l'intimité de la pénombre, qui lui évite de voir son reflet dans le miroir quand elle se déshabille. Elle ne s'est pas regardée dans la glace depuis longtemps. Pas depuis que c'est arrivé.

En retirant sa robe de bal, elle fronce le nez en sentant l'odeur rance de sa sueur, mais elle est trop fatiguée pour se doucher maintenant, trop fatiguée pour faire quoi que ce soit, à part se planquer dans son lit. Ses yeux sont toujours cerclés d'eye-liner noir qui va baver dans la nuit et, demain matin, elle aura l'air d'avoir des cocards. Elle bâille et s'étire. Quelque chose a changé dans ce geste, dernièrement, comme si ses os ne remplissaient plus tout à fait sa peau comme autrefois.

« Seigneur Jésus, je sais que je suis une pécheresse, et je te demande pardon », récite-t-elle d'un ton monocorde dans le noir.

Au catéchisme, ils disaient qu'on devait prier pour demander subsistance, pardon et protection, et terminer toutes ses prières en insistant sur la gloire de Dieu. Abigail ne l'avouera à personne – peut-être parce que ça apaise ses parents de penser le contraire, peut-être parce qu'elle a honte de s'être trompée si complètement – mais elle n'est pas certaine d'y croire encore vraiment, à la gloire de Dieu. Il ne peut pas être si glorieux que ça, s'Il S'est contenté de regarder ce qui lui est arrivé sans lever le petit doigt. Elle ne sait plus quoi dire à Dieu. Ça ne rime à rien de demander subsistance, pardon ou protection. C'est un peu tard pour ça.

Avec un soupir, elle abandonne la prière et roule sur le flanc pour consulter son téléphone. Un message d'Emma : *Je t'adore. Bonne nuit*, et un de sa mère qui dit qu'elle espère qu'elle s'amuse au bal. Il lui vient à l'esprit à ce moment-là, tandis qu'elle plisse les yeux dans la clarté de son écran, qu'il y a une personne à qui elle pourrait demander pardon.

Salut. Drôle de soirée.

Ses doigts sont engourdis et son corps réclame le sommeil à grands cris, et elle a le plus grand mal à garder les yeux ouverts, mais finalement elle parvient à taper à peu près ce qu'elle veut.

Franchement, Hunter, je suis désolée de m'être enfuie comme ça. Mais je ne crois pas qu'on devrait se montrer ensemble en ce moment. Mes parents me tueraient.

7

À présent

Du côté ouest de la ville, là où le béton s'effrite et où des chariots de supermarché renversés encombrent les trottoirs, roulettes en l'air, faisant des formes étranges, il y a un vieux bar routier. Pour les estivants, c'est le Riverside Roadhouse, même si les touristes n'y vont jamais, en fait : la rivière a été détournée depuis longtemps. À présent, le bâtiment a l'air desséché, le crépi couleur chair se craquelle autour des vitres teintées graisseuses des fenêtres. Il y a un panneau d'affichage à l'entrée, couvert de flyers qui bruissent comme des feuilles mortes, annonçant des concerts et des soirées open mic qui se sont déroulées il y a une décennie. Ça fait maintenant deux semaines que le visage d'Abigail claque au vent parmi eux, sous les mots « M'AVEZ-VOUS VUE ? ».

Noah trouve que ce lieu évoque l'intérieur d'une bouche. On le croirait fait entièrement de recoins sombres où des hommes qui mettent beaucoup trop de flanelle et de denim jurent en renversant leurs verres, et où des femmes à la peau tannée roulent des cigarettes avec des faux ongles rouge vif. Des verres à shot s'entrechoquent et Merle Haggard le solitaire gratte sa guitare dans les haut-parleurs suspendus en hauteur. Noah se déplace lentement, conscient de n'être pas à sa place ici, craignant de laisser une empreinte en s'avançant vers la table du fond.

« Pourquoi tu as choisi littéralement le pire endroit de la ville ? »

Il se laisse tomber sur la banquette qui empeste le tabac froid. Sur celle d'en face, Rat Lăcustă tripote le croc de loup à son oreille et sourit.

« Ton message disait *incognito* – j'ai dû chercher ce que ça voulait dire, au fait, donc merci pour le vocabulaire. » L'éclairage tamisé se reflète sur l'ambre d'une ses bagues tandis qu'il fait un geste paresseux vers le bar. « Je connais personne ici, et j'imagine qu'ils vont pas au catéchisme avec toi ? » Il hausse les épaules. « Incognito. Tu veux boire quelque chose ?

— Non…

— T'es sûr ? Je prendrais bien un daiquiri. »

Noah ne pense pas que ce soit le genre d'établissement qui sert des daiquiris.

« Tu vas me dire de quoi il s'agit, Blake ? » Rat l'observe par-dessous l'éventail noir de ses cils, tapotant sa bouche d'un doigt, comme s'il regrettait de n'avoir rien à fumer. « Te méprends pas, j'aime beaucoup causer avec toi, mais j'ai une amie qui m'attend. »

La faible lumière fait ressortir ses pommettes hautes lorsqu'il sourit, et Noah a l'impression qu'il se moque secrètement de lui.

« Ferme-la et écoute, OK ? » Il fourre ses mains dans ses poches et tente de se concentrer sur le revêtement imitation bois du dossier de leurs sièges. « La police vient de passer chez moi. Ils disent qu'ils ont trouvé une douille aux Tall Bones. Venant d'une balle de revolver.

— Oui, je sais ce que c'est qu'une douille, Blake.

— Tu *n'écoutes* pas. »

Rat pose les coudes sur la table et joint les mains par-dessus.

« Je t'écoute, Blake. Mais je crois pas que tu aies besoin de te rendre malade pour ça. Il y avait beaucoup de monde, aux Tall Bones, ce soir-là. »

Noah voit les veines délicates sous la peau des poignets nus de Rat. Il serre les poings dans ses poches.

« Mais j'étais pas *censé* être là. J'étais pas invité à la fête débile de Hunter Maddox. Si les flics découvrent que j'y étais, ils vont revenir poser des questions, et si mes *parents* apprennent que j'y étais…

— Eh bien, invente un truc. Tu sais très bien mentir.

— Putain, tu sais quoi ? Fais ce que tu veux, bordel. Je voulais juste te prévenir, mais j'en ai assez, là. OK ? J'en ai assez. »

Rat rit doucement.

« Tu sais ce que c'est, ton problème, Blake ? Tu es inhibé. »

Noah sent une chaleur désagréable lui parcourir les épaules. L'image de la croix en pierreries dans le couloir lui revient sans prévenir et, derrière, celle du trou dans le plâtre effrité, qui aurait tout aussi bien pu être un trou dans sa tête.

« Je suis pas *inhibé*.

— C'est pas ta faute. Tous les Américains le sont. »

Noah sent les grains de sable dans les coutures de ses poches s'enfoncer sous ses ongles. Il remue sur sa banquette pour ne plus être pile en face de Rat.

« Écoute, visiblement, les flics ratissent les bois, dit-il en s'adressant à son épaule. T'as pas peur de ce qu'ils pourraient trouver d'autre ? »

C'est un après-midi de grisaille, et les nuages sont si bas qu'on dirait que le soleil a disparu pour toujours. Après les cours, Emma rejoint Rat sur le toit de son camping-car, et ils s'envoient des shots de bourbon bon marché en écoutant les sapins gémir dans le vent. Il y a quelque chose de paisible dans ce moment – ça lui rappelle un peu Abigail, la fois où elles ont volé le whisky de son père et passé l'après-midi dans le jardin d'Emma à se mettre au défi d'en boire encore juste un peu. Abi avait une meilleure descente qu'elle à l'époque, comme si elle avait plus d'entraînement, et c'était peut-être le cas, puisque c'était la fille de Samuel Blake, même si Emma juge qu'à présent, Abigail devrait se lever tôt pour la surpasser. C'était seulement au printemps, mais déjà on dirait que c'est arrivé à quelqu'un d'autre.

De quoi avaient-elles parlé, grimaçant et riant du goût amer dans leurs bouches ? Un sujet banal – parents, frères, mecs, toutes choses qu'Abigail semblait avoir en abondance comparée à Emma et, à l'époque, elle se faisait une joie de tout lui raconter par le menu. Emma n'a pas eu une conversation de ce genre depuis, pas même avec Abi.

Comme si elle avait exprimé cette dernière idée à haute voix, Rat lui demande : « Vous aimez les garçons, Miss Alvarez ? »

Emma hoche doucement la tête.
« Oui. »
Il la regarde les yeux mi-clos, la bouche juste entrouverte, comme s'il fallait que tous ses gestes crient *Baise-moi*, et Emma commence à se balancer lentement sur elle-même, sans savoir si c'est l'alcool ou le garçon qui la rend ivre. Elle a l'impression qu'il se moque peut-être d'elle, alors elle rit et ajoute :
« Et vous ? »
Rat avale une gorgée de Wild Turkey.
« Qui tu veux que j'aime ? Ici, les gens sont trop occupés à prendre leur pied avec Jésus. Ou alors, ils sont dans les cames légales jusqu'aux yeux. »
Emma pousse un petit ricanement.
« Tu veux parler de Hunter Maddox ?
— Tu sais qu'il vient chercher mon loyer en personne ? » Rat secoue la tête et lui passe la bouteille. « Comme si lui et son paternel ne pouvaient pas me faire confiance pour le payer moi-même. *Bulangiu.* »
Elle se rappelle ce qu'a dit Rat hier au sujet des questions, donc elle ne lui demande pas d'où il tient son argent. Mais elle sait qu'il y a une vieille boîte de cookies en fer-blanc dans le placard où il range leurs bouteilles, et plus d'une fois elle l'a vu en tirer une poignée de billets froissés au point d'être amollis, avec une faible odeur de méthadone, comme les garçons de l'équipe de basket.
Le vent fait des rides dans l'herbe, un bruit comme s'ils étaient encerclés par une entité solide. Emma serre plus étroitement son blouson en jean contre elle et appuie sa tête ensommeillée sur l'épaule de Rat.
« Je l'ai jamais aimé, de toute façon. Hunter, je veux dire.

— Non ?

— Non. »

Elle le murmure la bouteille déjà en bouche et le mot retentit comme s'il était piégé dedans – le même mot coupant qu'Abigail lui a répondu avant de s'enfoncer dans les bois cette nuit-là.

« Il vendait de la beuh, quand on était au collège. Il la récupérait dans des dispensaires, je sais pas comment, et il la revendait au bahut avec une marge. Franchement, je m'en fiche, mais ensuite il organisait toutes ces fêtes dans les bois et les gens disaient… » Emma regarde les arbres qui entourent le parc à caravanes en plissant les yeux, puis se redresse brusquement. « C'était sa fête, aux Tall Bones. C'est ce que tout le monde a dit : c'était la fête de Hunter.

— Et alors ?

— Et alors, je l'ai pas vu de la soirée. »

Rat scrute les arbres aussi, jouant avec ses bagues, sa jolie bouche retombant aux coins.

« T'as pas dit que ta copine était partie dans les bois avec un mec ? »

Il faisait sombre, et le visage du garçon était dissimulé par les branches. Ça aurait pu être n'importe qui, se dit-elle, mais ça ne veut pas dire que ça ne pouvait pas être Hunter.

« On devrait y retourner.

— Pour faire quoi, Scooby-Doo ? Chercher des indices ? »

Rat pousse un petit rire cinglant.

Il ne comprend pas. Certes, elle n'a pas voulu abandonner Abigail – et Emma la déteste presque, la déteste un peu pour ne pas être remontée dans la voiture cette nuit-là, pour l'avoir quittée comme ça – mais

Abi n'en manque pas moins à l'appel. *C'est quand même ma faute, même si c'est pas ma faute*, se dit-elle, saisissant de nouveau la bouteille. Elle n'a pas du tout hérité du catholicisme de son père, donc elle n'est pas du genre à demander l'absolution, mais elle s'imagine à présent trouver un indice parmi les sapins – une mèche des cheveux du type, un mégot de joint – et entrer dans le bureau du shérif, tête haute, pour annoncer : *Hunter Maddox sait ce qui lui est arrivé. C'est sa faute*, et ça marche bien mieux que Dieu ou le bourbon.

« Je sais pas, répond-elle. Peut-être. »

Mais Rat ne rit plus. Il tend la main et lui confisque la bouteille, puis renverse la tête en arrière pour boire les dernières gouttes de marc. Peut-être que c'est la force que suggèrent les mains de Rat, ou l'alcool qui bouillonne dans son sang, ou l'angle canaille de sa gorge, mais Emma sent quelque chose comme du désir se dérouler dans le creux de son estomac. Même lorsqu'il jette la bouteille par-dessus son épaule et qu'elle entend le verre exploser sur le sol en-dessous, elle reste assise sans bouger et le laisse se pencher sur elle, son haleine chaude contre sa joue, et dire : « Ne va pas dans les bois, *drăguță*. »

8

Alors

On est en avril, avant la disparition, et la neige se retire enfin en haut des flancs de la montagne, révélant des bancs d'ancolies d'un bleu intense et des plaques rêches d'herbe incolore. Les journées sont douces, mais une odeur âcre surnage dans l'air quand vient le soir, dérivant des profondeurs de la forêt tel un avertissement. Le pollen des pins sera dense cette année, tout le monde le dit. Ils font des stocks d'antihistaminiques et de décongestionnants comme s'ils se préparaient à une guerre bactériologique.

Hunter Maddox, qui arrive en ville à pied après son entraînement de basket, repère deux filles devant lui dans la rue, mouchetées de lumière verte printanière. Abigail Blake passe ses doigts dans les branches basses d'un sorbier, dispersant des fleurs qui tombent comme une couche de neige fraîche sur les bras nus et bruns d'Emma Alvarez. Hunter les regarde échanger des coups de coude en riant doucement. Par moments, elles se tiennent si proches l'une de l'autre qu'on croirait qu'elles se donnent la main.

Il suit les filles jusqu'à Hickory Lane sans se demander pourquoi. Elles continuent à marcher, et lui aussi, comme si elles l'entraînaient par un fil invisible. Du sommet de l'allée, il ne peut pas voir la maison des Blake, seulement le terrain vide et broussailleux qui épouse doucement la pente de la montagne, racheté par un promoteur immobilier. Dans les mois à venir, Abigail lui confiera qu'elle déteste cette maison ; que, parfois, elle a l'impression que ses parents et ses frères sont les seuls individus au monde.

Les filles se font la bise et se séparent : Emma se dirige vers la grappe de logements modernes au nord-ouest de la ville, et Abigail descend le chemin en flânant pour rejoindre sa maison solitaire. Hunter reste posté en haut de l'allée, dissimulé par la rangée de micocouliers qui borde la route, et la regarde diminuer à mesure que l'écart se creuse entre eux. Avec un soupir, il fait demi-tour pour s'en aller, mais un mouvement brusque d'Abigail attire ses yeux. Elle a quitté le chemin et s'est penchée dans l'herbe. Sa silhouette ressemble à une lettre étrange et pâle écrite sur le paysage sombre. Elle retire ses chaussures et décrit un arc en l'air avec ses jambes, l'une après l'autre, comme pour explorer l'espace qu'elle a le droit d'occuper. Hunter prend une profonde inspiration, lentement, car il n'aurait jamais cru qu'une chose si simple – si peu destinée à provoquer l'excitation – pourrait l'émouvoir à ce point.

Puis, sans prévenir, Abigail détale sur le sol irrégulier et disparaît, ses cheveux longs flottant derrière elle telle la queue d'une comète sinistre. Quand viendra l'automne, quand viendra son absence, Hunter ira de nouveau se poster en haut d'Hickory Lane, et il se demandera si elle n'avait pas prévu de s'enfuir dès le début.

À présent

Les Maddox habitent un grand pavillon en bois cerné par une végétation dense au bord d'Elkstone Bend, à trois kilomètres des Tall Bones. Andie Maddox vient de l'est du Texas : le shérif Gains l'entend à sa manière de manger les *e* de ses *je*, de faire légèrement chuinter les *j :* « Ch'peux vous offrir un thé sucré ? dit-elle quand lui et son adjoint, Saidi, s'assoient en face de Jerry Maddox.

— Non, merci, m'dame. »

Jerry Maddox demande :

« Du nouveau sur cette pauvre petite ?

— Pauvre petite, reprend sa femme. Comment la famille encaisse le coup ? »

Eh bien, ça, c'est une bonne question.

« Ils sont très inquiets, bien sûr, répond Gains, car c'est ce qu'il est censé dire, tout comme c'est ce qu'Andie était censée demander. Très inquiets. »

Il y a une télé large à peu près comme un homme bras écartés sur le mur derrière, et le jeune Hunter Maddox tend le cou pour continuer à regarder un match des Broncos en sourdine par-dessus l'épaule de Gains.

« En quoi pouvons-nous vous aider, Eli ? »

Jerry regarde la télé d'un œil, lui aussi.

« Vous avez des armes à feu sur la propriété, Mr Maddox ? »

Ça fait longtemps qu'il n'a pas eu envie de l'appeler Jerry.

« Hmm ? Ah, des armes à feu, bien sûr. On a le Weatherby, le Finnlight, deux Ruger et, Andy, on a toujours le vieux Marlin de ton père ? *Ça*, c'était un fusil de chasse, parfait pour le chevreuil, je vous le dis. »

L'adjoint Saidi siffle admirativement.

« Mon paternel en avait un dans le temps. J'ai abattu ma première biche avec. Ils n'en font plus, des comme ça. »

Gains sait que c'est faux – le père de Farid Saidi était gardien de prison en Algérie, et les seules biches sur lesquelles il ait jamais tiré, c'étaient des michetons – mais il laisse Saidi raconter son boniment. C'est le genre de choses qui comptent pour un homme comme Jerry Maddox, qui approuve :

« *Amen.* Je vous le dis, ce Finnlight, il chauffe assez pour se faire frire un œuf dessus. »

Gains se penche vers lui.

« Et un 9 millimètres automatique, Mr Maddox ? Vous en avez un ? »

Jerry se gratte la nuque.

« Ah, dit-il lentement, non, rien dans ce goût-là. »

Hunter a cessé de regarder la télé. Gains essaie de capter son regard, mais le garçon a les yeux fixés sur la fenêtre.

« Et toi, Hunter ? demande-t-il. Tu as déjà vu une arme de ce type ?

— Allons, Eli. » Jerry jette un rapide coup d'œil à son fils. « Pourquoi toutes ces questions ?

— On a retrouvé une douille ce matin, répond Saidi. Venant d'un 9 millimètres. »

Jerry fronce les sourcils.

« Vous pensez que ça a un rapport avec cette gamine disparue ?

— On n'a pas moyen de savoir à quelle heure le coup est parti, explique Gains, mais on sait que quelqu'un a récemment tiré à l'arme à feu dans la portion exacte des bois où une adolescente a disparu – la portion des bois qui longe à la fois les Tall Bones et votre propriété. Ça serait très précieux pour notre enquête si vous et votre famille pouviez réfléchir, tenter de vous rappeler si vous avez vu ou entendu quoi que ce soit qui puisse nous aider à déterminer exactement quand ce coup de feu a été tiré.

— Bien sûr, Eli, répond Jerry. On va y réfléchir pour toi, mais je suis sûr que si l'un d'entre nous avait vu quelqu'un tirer ou entendu un coup de feu, on s'en serait souvenus, pas vrai, chérie ?

— Absolument, renchérit Andie. Une chose pareille, on s'en souviendrait. Mais, vous savez, chef, des armes à feu en tout genre, dans ces bois, il y en a presque toute l'année, avec la chasse et tout ça. Ça ne peut pas être tout simplement ça ?

— On ne chasse pas le chevreuil au 9 millimètres, chérie. C'est sans doute seulement des jeunes qui faisaient les cons. » Jerry coule un nouveau regard vers son fils. « D'ailleurs, Eli, tu veux mon opinion ? Moi, je crois que cette gamine, elle a sauté dans un bus et elle s'est fait la malle. Tu sais comment ils sont, ces Blake. »

Gains repense aux Blake dans leur salon froid, avec mugs, verres à whisky et même une vieille boîte de crayons de couleur éparpillés partout en guise de cendriers, aux pages arrachées du journal intime d'Abigail.

« Vous avez sans doute raison », dit-il. On ne pourrait guère reprocher à une adolescente de vouloir s'évader d'une famille pareille. « Je dois juste procéder par élimination. »

Une fois le shérif parti, Hunter est soumis à une étreinte guindée de sa mère, qui enfonce son menton dans son épaule en disant :

« J'aime pas ça, Jerry. J'aime pas ça du tout.

— Je sais, chérie. » Son père fait le même bruit sifflant qu'un vieux car scolaire en train de s'arrêter. « Et depuis quand Eli a laissé entrer un musulman dans la police locale ? Ce pays part vraiment en…

— Oh, je sais, mon trésor, mais tu t'en es bien sorti. Au moins ils n'ont posé de questions qu'au sujet d'un revolver. »

Hunter écarte sa mère et se dirige vers la porte.

« T'avise pas de t'en aller en courbant le dos et en faisant cette tête, jeune homme, dit-elle. Pas après ce que tu nous as fait vivre cette année. Si les flics se mettent à fouiner par ici, c'est toi qui vas avoir des problèmes. »

Il trouve que son père a l'air presque compréhensif en cet instant.

« C'est ton avenir qui est en jeu, Hunter. C'est ça qui compte vraiment – les éliminatoires, la fac, les possibilités concrètes. La disparition de cette fille, c'est une tragédie, bien sûr, mais au bout du compte, c'était quand même une Blake. Franchement, on peut s'attendre à quoi ? Il y a quelque chose qui ne tourne pas rond, dans cette famille. Quelque chose de malsain chez ces enfants, malgré toutes les bondieuseries du père. Ton petit… problème n'a pas à être traîné là-dedans. »

Andie hoche la tête avec lassitude, et Hunter doit se mordre le poing pour se retenir de dire à sa mère ce qu'il a vu cette nuit-là – comment, tandis qu'il se tenait au bord de la route, à côté des ruines de la maison Winslow, il a vu son propre père se faufiler entre les arbres.

9

Alors

Aujourd'hui, le pasteur Lewis annonce qu'il va parler de *l'homosexuel*. Noah n'a que sept ans et il ne sait pas qui est l'homosexuel, mais il est clair que le pasteur Lewis ne l'aime pas, car il le décrit comme « arrogant » et « sans cœur » et, pire que tout, « ennemi de Dieu ».

Le pasteur n'est pas très grand, ou plutôt, on dirait qu'il aurait dû l'être, mais que Dieu en a eu marre avant de l'avoir créé jusqu'en bas : du coup, il a un torse tout en longueur, porté par deux jambes courtaudes. Pourtant, Noah l'a toujours trouvé gigantesque. Il prononce ses sermons juché sur une estrade placée devant l'assemblée et, aujourd'hui, quand il brandit sa New King James Bible édition rouge en montant sur son podium, il commence déjà à trembler d'excitation à la perspective de captiver son auditoire. Noah l'écoute attentivement, espérant saisir un peu ce qu'a fait l'homosexuel pour mettre tout le monde tellement en colère, mais plus leur pasteur parle, moins il comprend.

« La société permissive dans laquelle nous vivons prêche qu'il n'y a rien de mal dans les relations entre personnes du même sexe ; c'est ce qu'apprennent vos enfants et vos petits-enfants à la télé, et je dois vous le demander, mes frères : comment en sommes-nous arrivés là ? La réponse est que la plupart des chrétiens ne comprennent pas comment Dieu voit l'homosexualité, ou quand ils comprennent, ils n'ont pas le cran de se lever pour montrer Son amour à ceux qui se débattent. »

Noah écoute les mains dans les poches et trouve cette phrase très étrange. Le cran, c'est une chose dont son père parle souvent, et il sait qu'il est très difficile d'aimer son père. Selon Samuel Blake, Noah n'a pas beaucoup de cran non plus. Il se demande si c'est pour ça qu'il trouve ça si difficile d'aimer Dieu, aussi.

Le pasteur Lewis a beaucoup à dire sur l'homosexuel. Tout le monde doit consulter des extraits de l'Épître aux Romains et du Lévitique que Mrs Lewis a photocopiés à cet effet. Le père de Noah souligne quelques phrases, alors il fait pareil. Le pasteur leur lit également un passage de la Genèse sur Sodome et Gomorrhe. Noah préfère ce récit-là, parce que Dieu détruit une ville entière, et ça a un côté exaltant, mais il ne voit toujours pas trop ce que ça vient faire dans l'histoire. Donc Sodome était une ville pleine de garçons. Et alors ? Il préférerait vivre avec des garçons qu'avec Abigail, qui se plaint tout le temps, ou sa mère, et son odeur de tabac qui lui colle la nausée. Les garçons, eux, ils ont une odeur un peu salée, comme le sel qui fait enfler les lèvres quand on a mangé trop de chips – c'est sans doute pour ça que Noah est toujours hyperconscient de sa bouche en leur compagnie.

Le pasteur Lewis agite frénétiquement sa bible. « Alors maintenant, dites-moi un peu : pourquoi irait-on même suggérer que Dieu nourrit la moindre complaisance envers des gens qui adoptent ce mode de vie ? Un mode de vie qui est si manifestement opposé à Ses enseignements. Devons-nous maintenant accepter les adultères dans nos églises ? Et les voleurs et les ivrognes ? Et les assassins ? Mais, à cause des pressions que ce groupe d'individus exerce sur la société, le monde prétend que les homosexuels sont acceptables. Parce que les rejeter, c'est se faire traiter d'homophobe, ou pire, et oh, on ne supporterait pas d'être mal aimé parce qu'on a osé s'élever pour défendre Dieu ! On ne supporterait pas d'être raillé par ses enfants ou nargué par des inconnus aux infos ! Mais dans notre lâcheté, nous avons autorisé l'humanité à s'imposer avec l'*outrecuidance* de dicter ses lois à Dieu. »

À présent, le pasteur Lewis est tout rouge, et ses doigts sont tout blancs tant il les crispe sur sa bible. Il boit une gorgée d'eau d'une bouteille en plastique à côté de l'estrade, comme une rock star entre deux chansons.

« Mais il y a de l'espoir. Cet espoir réside dans le repentir. S'en remettre à Jésus-Christ pour être purifié par lui. En tant que chrétiens, notre mission n'est pas de condamner, mais de prier pour les âmes de ces égarés. Notre devoir est de leur montrer la voie du pardon et de la délivrance qui réside en Jésus-Christ. Oserons-nous nous montrer à la hauteur de cette responsabilité ? Mes frères, mes sœurs, *oserons-nous* ? » Il ponctue ces deux derniers mots en pointant un doigt vers l'assemblée. Puis il sourit, s'incline légèrement, et dit : « Merci beaucoup, messieurs dames. »

Un jour, Noah lira au détour d'un site Internet imagé qu'être dans le placard, c'est comme avoir quelqu'un qui vous donne constamment des petites tapes sur le bras. Au début, c'est juste agaçant. Puis ça devient insupportable. À la fin, vous ne pouvez penser à rien d'autre. Pour le restant de ses jours, il se souviendra de ce dimanche comme de la toute première tape.

En sortant de l'église, Samuel pose la main sur l'arrière de la tête de son fils et dit :

« J'espère que tu as été bien attentif. »

Noah attend que son père l'ait dépassé et tire la langue. Bien sûr qu'il a été attentif. Il est tout le temps attentif. D'ici plusieurs années, il va voir une chose qui n'était pas du tout destinée à ce qu'il y prête attention, mais comme pour le sermon du pasteur Lewis, il ne comprendra sa signification que quand il sera trop tard.

À présent

« Dolly, je te l'ai dit cent fois… »

De la chambre d'Abigail, Dolly entend son mari monter l'escalier. Elle se sent assiégée par le son de sa voix mais elle ne peut se résoudre à s'éloigner des affaires que sa fille a touchées. Pas encore.

« Faut pas mettre les poêles à frire dans le lave-vaisselle. Le revêtement fout le camp. J'en rachèterai pas, Dolly. J'ai pas de fric à jeter par la fenêtre. »

Et si tu faisais la vaisselle, pour une fois, dans ce cas ? Elle passe la main sur le bureau d'Abigail, consternée de le trouver couvert de poussière. Déjà, les choses commencent à changer.

« Comment ça se fait que t'arrives pas à retenir ça, hein, Dolly ? *Dolly ?* Hé, t'es là-haut ? »

Elle ne répond pas. Au lieu de ça, elle s'agenouille à côté du lit d'Abigail, où la forme de sa fille est encore légèrement imprimée dans le matelas, quelques cheveux roux toujours accrochés à la couette. C'est un bizarre semblant de prière – de s'agenouiller ici, les mains jointes, sur la moquette rugueuse qui produit de l'électricité statique au contact de ses collants. *Est-ce mon châtiment ?* Elle lève les yeux au plafond, se faisant l'effet d'une enfant qui croit encore que Dieu habite dans le ciel. *Vous me punissez parce qu'on ne se parle plus comme avant ?*

« Qu'est-ce que tu fais là, Dolly ? »

Elle sursaute au son de la voix de Samuel et, quand elle se retourne, il se glisse dans la chambre. Aussitôt, on dirait qu'il n'y a plus assez de place pour eux deux.

« Tu pries ? »

Son mari s'appuie contre le bureau, et ses mains desséchées heurtent un pot de crayons qui tombe bruyamment par terre. Dolly avale sa salive. Elle ne peut l'expliquer, mais par moments elle a le sentiment que s'ils laissent la chambre exactement telle qu'elle est, il se pourrait qu'ils la retrouvent un matin endormie sous ses couvertures, emplissant la forme qui lui appartient sur le lit.

Elle ne se souvient pas de la dernière chose qu'elle a dite à sa fille, ni même de la dernière fois qu'elle l'a vraiment vue. Elle se rappelle juste la présence vague d'Abigail descendant l'escalier et sortant de la maison pour monter dans la voiture d'Emma Alvarez. Dolly a dû dire quelque chose comme *Ne rentre pas plus tard que 9 heures* ou *Laisse ton téléphone allumé.* Certainement pas *Je t'aime.*

« Tu pries pour notre petite Abi ? demande Samuel, et Dolly se demande à présent comment elle a pu un jour trouver du charme à son accent traînant, guttural, de Louisiane. Ou tu pries pour toi ? »

Elle s'étire le cou, pour soulager la tension, puis se relève.

« Je prie, c'est tout, Sam. C'est rien.

— La prière, c'est jamais rien, Dolly. De toutes les femmes dans le monde, le Seigneur trouve le temps de t'écouter, toi, même après ce que t'as fait. C'est pas rien.

— OK, alors. Peut-être que je priais pour Abi. Quel mal à ça ?

— Pas de mal à ça. » Samuel secoue la tête et fait un petit sourire en regardant le poing qu'il serre et desserre. « C'est calme ici, sans elle, tu trouves pas ? Elle chantait tout le temps, tout le temps en train de fredonner une chanson ou une autre. Ça me manque. »

Dolly ne sait que répondre à ça. Elle esquisse le geste de toucher l'épaule de Samuel, car elle pense que c'est ce qu'il attend d'elle, mais il saisit brusquement sa main et lui écrase les doigts dans les siens si fort qu'elle commence à craindre qu'il les lui brise.

« Tu devrais peut-être demander un peu de cran, dans tes prières, Dolly. » Sa voix est posée. « Demander le cran de faire ce qui doit être fait. J'ai parlé avec le Seigneur, et je sais pourquoi Il nous a pris Abigail. Nous avons laissé entrer le péché dans cette maison.

Ôte cette expression larmoyante de ta figure – tu sais exactement de quoi je parle. » Il accentue encore la pression sur sa main, et elle doit aspirer sa langue pour se retenir d'émettre un son. « Le fils, avec toutes ses sorties en douce, je sais ce qu'il fabrique. Il a recommencé, Dolly. Nous avons négligé notre devoir. Nous devons lui montrer le chemin du repentir en Jésus-Christ. Dès qu'on aura rejeté le péché, Dieu nous ramènera Abi. »

Une fois Samuel sorti, Dolly s'accroupit de nouveau au chevet du lit de sa fille et pose la joue sur les couvertures. Le tissu est frais, avec un fond d'humidité, mais il a encore son odeur, un mélange de laque, de fraise artificielle et du petit quelque chose qui a toujours un peu rappelé à Dolly le pain frais. En bas, elle entend son mari claquer bruyamment la porte du lave-vaisselle. Elle frotte sa main endolorie et se dit : *Si Dieu a vraiment pris ma petite fille, c'est qu'Il sait que n'importe où vaut mieux qu'ici.*

10

Whistling Ridge parvient à peine à garder les yeux ouverts. Dans le *diner* Aurora, au carrefour de Seventeenth Street et de Main Street, Emma et sa mère soufflent distraitement sur leur deuxième café du matin en contemplant la rue principale. La saison touristique s'est enfin terminée et les commerces estivaux éphémères ferment boutique, ayant pillé la ville de toutes ses ressources. Des tas de feuilles mortes bordent les rues, ponctués par des poteaux téléphoniques et des bancs publics à la peinture écaillée. Le tout est surplombé par les montagnes solides et blanches qui aiguisent le vent des cimes lorsqu'il s'engouffre en ville en suivant les pentes. C'est la même vue qu'Emma contemple depuis sa plus tendre enfance, sauf que, désormais, quelque chose semble différent, inatteignable, comme reprendre une conversation avec de vieux amis qui observent maintenant des codes qu'on ignore.

« Je crois que ça te ferait du bien de manquer un peu le lycée, dit Melissa, à voix basse pour que personne d'autre dans la salle ne l'entende. Histoire de t'éloigner de toutes ces histoires, juste quelques semaines. Qu'est-ce que tu en penses ? »

Emma hoche la tête et boit une gorgée de café. Elle ne sait pas vraiment ce qu'elle en pense. Elles ont fini par aborder la question de l'alcool, après que sa mère l'a retrouvée à genoux devant les toilettes en train de vomir le reste de Wild Turkey. Melissa a maintenu ses cheveux en arrière et parlé doucement, disant que tout allait s'arranger, mais ensuite, sur le palier, Emma a entendu sa mère respirer avec difficulté, comme si elle se retenait de pleurer. Elle n'avait pas l'intention d'écouter aussi longtemps qu'elle l'a fait, mais elle savait que dès qu'elle ferait un pas, le plancher trahirait sa présence, et elle ne voulait pas gêner Melissa.

En même temps, elle lui en a voulu pour ses larmes. Ce n'est pas comme si Emma buvait pour lui faire du mal. Ça n'a rien à voir avec elle : c'est une question de maîtrise. La seule maîtrise qu'a Emma, c'est sur ce petit corps en colère qui est le sien, et le bousiller un moment lui donne une impression de puissance, comme un roi fou qui massacrerait son peuple juste pour prouver qu'il le peut.

T'imagines qu'Emma Alvarez l'a abandonnée là-bas comme ça ?

Elle n'a pas parlé à sa mère de son amitié récente avec Rat : ce garçon plus âgé qui la laisse boire son whisky. Au lieu de ça, Emma a inventé une histoire sur une fille du lycée avec une fausse carte d'identité, une fable qui détournera l'attention de Melissa pour un temps. Rat est à elle, et à personne d'autre pour l'instant. Par moments, elle a l'impression qu'il n'existe qu'au camping, et qu'elle est la seule personne à le voir. Il a été bizarre quand elle a parlé de fouiller les bois, mais peut-être est-ce juste qu'il la protégeait ; elle croit le comprendre à présent. Comme il comprendra à son tour, la prochaine fois qu'elle le verra, pourquoi elle doit le faire, et ensemble ils prouveront que c'était Hunter Maddox, le garçon dans les bois, et Emma n'aura plus jamais besoin de boire du bourbon bas de gamme.

Elle sourit dans son café, et sa mère semble prendre ça pour un bon signe.

« J'ai gardé des jours de congé à prendre. Je me disais que je pourrais peut-être faire un break avec toi. On pourrait prendre la bagnole et aller au parc national. On faisait ça tout le temps quand tu étais petite, tu te souviens ? »

Emma n'a qu'un vague souvenir d'une longue route sous un ciel bleu, avec du blanc de tous les côtés, mais de toute façon, ces excursions ne lui étaient pas vraiment destinées. L'idée, c'était que ses parents puissent être assis côte à côte à l'avant de la voiture et s'émerveiller de l'étendue sauvage qui défilait par les vitres, rayonnant ensemble de la caution apportée par ce sentiment d'être « nous contre le monde » qui les a fait tenir ensemble le temps que ça a marché entre eux.

Mais Emma sait que sa mère ne veut pas entendre ça. Melissa n'a pas davantage envie de parler de Miguel Alvarez que du rapport de sa fille à l'alcool. Ce sont des rappels d'une route pas empruntée, de son propre sentiment de culpabilité à cause d'un choix qu'elle a fait il y a longtemps. Emma connaît ce sentiment à présent, la culpabilité, elle le reconnaît dans la peau gercée des mains de sa mère, dans la forme abattue de son corps quand elle reste au lit après la sonnerie du réveil, dans les sanglots qu'elle cherche à étouffer avec tant d'efforts aux oreilles de sa fille.

« OK, Maman, bonne idée », dit-elle.

Une voiture de police se gare sur le parking, et le shérif Gains en sort. Assailli par le vent, il remonte le col de son blouson et retient son Stetson.

Melissa se redresse un peu, et marmonne dans son mug :

« Tiens, qui voilà donc ? »

La mâchoire de Gains est noircie par une barbe de trois jours, mais Emma se souvient qu'il était rasé de frais quand il l'a interrogée il y a bientôt deux semaines. Il lui a mis une main sur l'épaule – sa main avec trois doigts en moins – et dit : « Je sais que ça doit être l'enfer pour toi, en ce moment. » À présent, dans le parking, il cale une cigarette entre les moignons de ces mêmes doigts et la protège du vent avec l'autre main. Il fume vite, avec avidité, comme si c'était un besoin plus qu'un détail esthétique (contrairement à Rat), et Emma se dit : Ça, c'est un homme.

Melissa repose sa tasse et se met à enrouler son écharpe autour de son cou.

« Viens. On n'a qu'à sortir par l'autre porte.

— Tu évites les flics ? »

Melissa bredouille une dénégation presque inaudible en enfilant sa grosse parka.

« Bien sûr que non. » Elle marque une pause, un bras en l'air, qu'elle s'apprête à faire passer dans sa manche. « C'est juste que je ne pense pas qu'il soit… Oh, Em, je suis coincée. Tu peux tirer sur ma manche, s'il te plaît ? »

Emma s'exécute, ne comprenant toujours pas ce qu'a sa mère à s'inquiéter comme ça. Elle se méfie de

Gains aussi, à sa manière – comme les jeunes femmes se méfient toujours des hommes plus âgés, comme les femmes de couleur se méfient de la police – mais il est plutôt lent et doux, comme une rivière. Ses grands yeux noirs lui font penser à un âne, et les ânes ont toujours une tête tellement triste. La vue de ses moignons de doigts ouvre en elle un puits profond de tendresse qu'elle ne comprend pas tout à fait. Mais l'angoisse de Melissa est tangible, tel un parfum dans l'air qu'elle ne peut éviter d'inhaler, donc elle se surprend à son tour à jeter des coups d'œil nerveux par la vitre tandis que Gains finit sa cigarette et jette le mégot d'une pichenette.

« Maman, pourquoi t'aimes pas le shérif Gains ? »

Melissa coince ses épais cheveux jaunes sous son bonnet.

« Je n'ai pas d'opinion sur lui.

— T'es pas, genre, *sortie avec lui*, si ? » Emma fronce le nez. « Maman, c'est crade.

— Pas si *fort*, Em. »

Melissa regarde autour d'elles, mais le *diner* est presque vide. Il y a juste le gros Mo Dukes qui compte sa monnaie au comptoir, et sa fille Chrissy qui essuie les tables, ainsi qu'un couple d'inconnus en anoraks et chaussures de randonnée.

Melissa remonte les épaules, sa dignité épargnée pour le moment.

« Non, Em. Jamais de la vie. Mais j'lui fais pas confiance, c'est tout. »

Elles se dirigent vers l'autre porte, celle qui donne sur la petite promenade pavée le long de la rivière.

« Comment ça se fait ?

— Comment quoi se fait ?

— Comment ça se fait que tu lui fasses pas confiance ? »

Melissa rapproche son manteau de sa gorge tandis qu'elles tournent dans le vent.

« Secret médical. Oublie ce que j'ai dit. »

Alors

Un jour de juillet, l'été d'avant la disparition d'Abigail, Melissa regarde la rue principale depuis la salle du personnel de la clinique, tentant de profiter d'une petite brise qui s'engouffre par la fenêtre ouverte. La boutique de vêtements hippies au coin fait des soldes – beaucoup de contrefaçons de bijoux amérindiens, et des tee-shirts avec l'altitude de Whistling Ridge imprimée en travers d'une grosse feuille de marijuana avec le slogan : « Toute la ville plane. » Les rubans jaunes d'une des banderoles annonçant les promotions se sont détachés et roulent dans la rue comme des virevoltants fluo. Melissa pousse un soupir. L'été traîne en longueur, se dit-elle, mais c'est mieux que l'automne, quand les enfants rapportent des os d'animaux des bois, et que la vallée ressemble à une bouche pleine de sang et d'eau de pluie, sur le point de poser une question à laquelle Melissa sait qu'elle ne pourra répondre : *Qu'est-ce que tu fais encore là ?*

Un semi-remorque chargé de bûches de la scierie s'arrête au carrefour. Le bras poilu du chauffeur pend à la vitre, et ses doigts tapotent distraitement la portière au rythme de la chanson à la radio, qui claironne que tout le monde est amoureux.

Plié entre les cartes de fidélité de Melissa et ses billets d'un dollar froissés, le visage souriant de son mari – souriant parce que c'était le jour où ils s'étaient enfuis pour se marier, et que tout semblait si simple à l'époque. On fait un sac et on prend la route. On roule toute la nuit jusqu'à ce qu'émerge la lueur du jour avec la lune encore coincée dans sa gueule, et tout à coup on se retrouve dans une autre ville, un autre monde, où les parents ne peuvent vous retrouver et arracher l'amour de votre vie à vos bras. *Oh, Miguel.* La douleur dans sa poitrine est trop familière. *Pourra-t-on se pardonner un jour ?*

Elle se fait une queue-de-cheval, tirant bien fort sur les racines de ses cheveux pour se changer les idées. Elle s'apprête à se détourner de la fenêtre quand quelque chose retient son regard. Abigail Blake, qui marche, le visage neutre, sur le trottoir, se penche pour ramasser les rouleaux de rubans jaunes qui dérivent dans la rue. Et à ce moment-là, le shérif Gains lui bute dedans. Melissa regarde leurs lèvres bouger tandis qu'ils rient un peu et se présentent leurs excuses, et lorsque Abigail s'apprête à partir, Gains pose sa main dans le creux de ses reins.

11

À présent

S'ils s'étaient rencontrés en hiver, les choses auraient peut-être été différentes, se dit Noah. Au moment de la première neige, tout le monde est déjà crevé, gercé par le vent et personne ne ressemble plus à rien. Il est difficile de fantasmer sur quelqu'un qui est emmitouflé dans des couches d'écharpes, de Thermolactyl et de polaire. Il est même difficile d'avoir la moindre idée sur soi-même, quand on porte des vêtements trempés de neige fondue et qu'on a les mains roses et à vif. L'hiver, les gens se contentent de rentrer la tête et de s'efforcer de tenir jusqu'au printemps. Si ça s'était passé en hiver, Noah est persuadé que ça ne se serait pas passé du tout.

Mais les nuits d'été sont sensuelles. Elles sont lentes, faciles, et tellement intimes. On peut réaliser ses fantasmes dans les bois, derrière une grange, dans l'ombre, avec les étoiles pour seuls témoins. La nuit est faite pour les désirs imprononçables. La nuit est faite pour ne pas parler du tout, elle est faite pour les regards furtifs sous les réverbères des petites routes poussiéreuses, pour le parfum des cheveux d'un amant, pour les doigts qui se frôlent dans le noir.

À présent, dans les vestiges de l'ancienne propriété Winslow, Rat et Noah farfouillent dans les fougères et les débris couverts de mousse pour tenter de défaire l'été.

Noah balaie un assortiment de bougies – qui ont fondu ensemble, produisant une couleur indescriptible – dans un sac-poubelle, puis s'arrête un instant pour se masser les reins. La maison Winslow est le genre d'édifice dont on croirait qu'il a toujours été en ruine. Les orages et le lierre ont percé le toit squelettique et arraché de grands pans de murs. Les poutres noircies qui ont dû céder pendant l'incendie dépassent désormais à l'extérieur, où des fleurs sauvages jaillissent du mortier effrité à l'endroit où une femme au foyer du XIXe siècle faisait peut-être jadis pousser des roses.

Rat, qui dégonflait un vieux matelas, se redresse à son tour, soûlé.

« C'est le truc le plus débile que j'aie fait de ma vie. »

Noah pousse un soupir et écarte ses cheveux de ses yeux.

« Ça m'étonnerait.

— Non, t'as raison. Un jour, quand je vivais en Angleterre, j'ai pissé dans les bouches d'aération du collège pour me venger de mon prof d'EPS. Il leur a fallu une semaine pour se débarrasser de l'odeur. » Il décoche un grand sourire et sort son paquet de Marlboro de la poche de son blouson. « Mais ça, ça arrive juste derrière.

— Je te l'ai dit, il y a des flics dans les bois. On peut pas laisser traîner tout ce bordel. » Noah étire ses bras au-dessus de sa tête pour faire craquer ses épaules. « Pourquoi t'étais tellement en colère contre ton prof d'EPS ?

— Il voulait que je me coupe les cheveux. Il disait qu'il me ferait jouer au netball avec les filles si je refusais.

— C'est pas si terrible que ça.

— Ça te va bien, de dire ça, monsieur Équipe de Basket du lycée. »

Pendant un quart de seconde, tout est presque comme avant, et Noah lui fait un demi-sourire.

« Ça a duré un an, puis ils m'ont jeté. Mais je devais faire des études d'anglais à l'UCLA. Même toi, ça t'impressionne un peu.

— Carrément. Je savais pas que la Bible comptait pour de la littérature. Alors qu'est-ce que tu fous encore dans ce trou ? »

Comme par un fait exprès, c'est le moment que choisit le soleil pour glisser derrière un épais nuage blanc, et la ruine est subitement plongée dans la pénombre. Noah se racle la gorge.

« Des problèmes familiaux. »

Rat s'appuie contre un mur calciné, s'allume une cigarette et tire une longue bouffée.

« Tu crois qu'on aurait continué à venir ici, si ta sœur avait pas disparu ? »

Noah fronce les sourcils, mais Rat l'arrête d'un geste.

« Tu peux arrêter ton cinéma, Noah. Tu m'as dit qu'ils avaient trouvé une douille dans les bois, et ta première pensée, ça a été que quelqu'un risquait de découvrir qu'on baisait, toi et moi, pas que ta sœur avait pu se faire tuer.

— C'est pas vrai. »

L'absence de sa sœur est pareille à une pierre dans sa poitrine, comme si toutes les choses qu'il ne lui a jamais dites s'entassaient désormais en lui. Il ne cesse de repenser à ce jour-là, à la rivière – en remontant dans son pick-up, elle lui avait mis une main sur l'épaule, et il l'avait laissée faire. Qu'auraient-ils pu se dire, si la route pour rentrer avait été juste un peu plus longue ? À présent, à ce qu'il semble, ils n'ont plus le temps.

Noah renifle, puis s'accroupit de nouveau pour racler du bout des ongles de la cire séchée sur la cheminée constellée de lichen. Il s'efforce de respirer régulièrement, mais l'atmosphère est alourdie par l'odeur de tabac.

Rat insiste :

« Si tu le dis. Mais t'as l'air de t'inquiéter plus de ces foutues bougies que de ta sœur.

— Tu connais pas cette ville comme je la connais. Si les gens apprennent ça, ça craindra pour toi aussi. »

Ils finissent de remballer l'été en silence jusqu'à ce que le ciel se mette à bouillonner des premiers signes du crépuscule. La soirée est douce et humide, on dirait qu'il va pleuvoir ; Noah remarque que les cheveux de Rat se mettent à frisotter dans la moiteur.

« Voilà, c'est bon, je pense. »

Rat regarde autour de lui en hochant distraitement la tête.

« Oui, t'as raison. »

Noah, appuyé contre le vieux tas de bûches, se mâchonne la lèvre et dit :

« À plus. »

Ils restent là, debout, à se regarder dans la lumière crue du soir, n'écoutant qu'à moitié le bruissement des trembles et l'appel des corbeaux. Rat promène les yeux sur le visage de Noah comme s'il s'efforçait de le mémoriser.

« En Europe, je t'embrasserais sur la joue pour te dire au revoir.

— Fais pas ça. » Noah se frotte le nez et sent sa ligne brisée. « Ça vaut pas le coup.

— Peut-être que ça vaut le coup, pour moi. »

Noah voudrait le toucher là où la lumière tombe sur lui – ses cheveux, ses pommettes, le bout de ses oreilles – mais il est trop loin, et il y a tellement plus entre eux que les fougères recourbées et les bûches carbonisées de la ruine Winslow. Il la sent de nouveau, cette petite tape sur son bras, et il voudrait dire quelque chose, il le voudrait vraiment, mais il sent aussi l'emplacement des ecchymoses passées, il entend la voix de son père dans sa tête, il voit le trou dans le mur derrière la croix. Quand des catastrophes se produisent, les gens lèvent les yeux au ciel et demandent : *Pourquoi ? Pourquoi ?* Mais Noah sait déjà. Le poing de son père était la main droite de Dieu la nuit où il a fait ce trou dans le plâtre, et Dieu lui a dit : J'ai pas élevé une pédale.

« Blake, ça va ? »

Rat fait un pas dans sa direction. Noah écrase violemment sa propre main contre la pierre moisie derrière lui, et quelque chose tombe de la cheminée.

Plus tard, pendant que les Blake se donnent la main autour de la table du dîner afin de remercier le Tout-Puissant pour leurs restes de lasagnes réchauffées au micro-ondes, Dolly ouvre un œil et regarde son fils aîné. Peut-être pour s'assurer qu'il est encore là. À un moment donné, au cours des dix dernières années, les traits qui sont maintenant les siens se sont assemblés en un arrangement définitif, et elle a le sentiment de l'avoir remarqué bien tard. Cela fait un bon moment qu'il est cette personne, et elle ne s'en est pas rendu compte.

Mais il y a autre chose, et ça lui fait le même effet que si une petite boule dure logée dans sa poitrine tombait brusquement dans son estomac, car elle comprend que c'est de la peur qu'elle lit sur le visage de son fils. Et cette même nuit, tandis qu'Emma Alvarez écoute les coyotes hurler depuis son lit, pensant au goût du whisky qu'elle voudrait être en train de boire ; tandis que Jude rêve de sa sœur en train de se décomposer ; tandis que Samuel se rappelle qu'il a un jour tenu dans ses bras une femme morte au milieu d'arbres noirs et de voix de soldats, Dolly Blake, allongée dans son lit, se sent écrasée par le poids de sa propre culpabilité.

À l'autre bout de la ville, Rat Lăcustă plaque des accords sur la guitare de sa grand-mère et regarde fixement le sac qui est tombé de la cheminée dans la maison Winslow.

12

« Il y a toujours eu un truc qui clochait chez eux, de toute façon, dit Ann Traxler en coupant les pointes fourchues des cheveux de Debbie Weaver. Et maintenant la fille a disparu – difficile de ne pas se poser de questions. »

Emma fait semblant d'être absorbée par son magazine, mais elle devine leur reflet en périphérie de son champ de vision et, jusque-là, elles n'ont pas songé à baisser la voix malgré sa présence.

Eleanor Lewis, assise sous une lampe chauffante avec des papillotes d'alu dans les cheveux, hoche la tête d'un air docte.

« Toujours un truc bizarre. Le père, pour commencer – oh, Debbie, raconte-nous cet abominable anniversaire. »

Debbie, dont le plus jeune fils, Cole, a un jour traité Emma de « fille de sale dos-mouillé », croise ses jambes massives, se préparant pour une course de fond. Elle leur sourit à toutes les deux dans le miroir, ravie que la femme du pasteur lui ait fait l'honneur de lui passer la parole.

« C'était à l'époque où Luke était dans le club de basket junior avec le fils – comment il s'appelle ? Noah ?

— Lui, je préfère même pas en parler, réplique Eleanor.

— Eh bien, un jour, il a invité Luke à un anniversaire chez eux – c'était *avant*, vous comprenez, alors comment j'aurais pu savoir ?

— Bien sûr.

— Donc je vais récupérer Luke en fin d'après-midi, et il se met à pleurer dans la voiture. Il explique que Samuel Blake leur a raconté qu'un jour il a tué une femme d'une balle dans le dos pendant qu'elle s'enfuyait.

— Tu déconnes ! s'écrie Ann.

— C'était dans un endroit nommé Sơn Tịnh, je crois. Au Viêtnam. Il l'a exécutée comme ça. Naturellement, Luke n'a jamais voulu y retourner. »

Emma avait entendu des rumeurs, comme c'est toujours le cas dans une petite ville, et Abigail lui avait souvent expliqué que Samuel faisait peur à tous leurs amis, mais elle n'avait jamais parlé d'une femme morte.

La coupe de cheveux, c'était une idée de Melissa : « Ça te fera du bien de te chouchouter un peu », avait-elle dit. Sauf qu'ensuite, elle avait dû filer à la clinique, laissant Emma en peignoir avec une serviette sur les épaules, complètement en marge de l'attention d'Ann Traxler. Mais ça convient très bien à Emma, maintenant qu'elles entrent vraiment dans le vif du sujet. Même Melissa a évité de lui parler d'Abigail en face, et elle commence à avoir l'impression qu'Abi n'a été qu'un long rêve dans le coma de sa jeunesse.

Ces femmes, elles, se fichent complètement des sentiments d'Emma, et elle est contente d'entendre ces prénoms familiers prononcés de nouveau à haute voix.

« C'est ça, aussi, bien sûr, dit Ann. On est forcé de se demander pourquoi Dolly l'a épousé, ce Samuel. Déjà, il est beaucoup plus vieux, et niveau casseroles, c'est du lourd.

— Elle était enceinte, à ce que j'ai entendu dire », fait Debbie.

Ann hausse les sourcils.

« Tu crois qu'il l'a engrossée ? Et c'est pour ça qu'elle l'a épousé ?

— Pas Dolly. La femme qu'il a tuée, elle était enceinte. C'est ce qu'a dit Luke. »

Eleanor Lewis se rembrunit.

« Il est affreux, cet homme. Il vient à l'église en empestant la bière, et il s'imagine que parce qu'il dit *Amen* plus fort que tout le monde, tout est pardonné. En plus, ajoute-t-elle, baissant la voix, j'ai remarqué les genoux de ses enfants : tout écorchés, et le petit garçon m'a dit que parfois il les force à s'agenouiller dans les graviers pour prier. » Elle secoue la tête. « Alors je suis une bonne chrétienne, et ces choses-là, c'est leur affaire, mais à mon avis, si c'est ça, la ferveur, ça ne va pas du tout. »

Emma se fiche pas mal de ce qu'elles pensent de Samuel. Ou même de Dolly, d'ailleurs. Penser à Dolly aggrave encore son désarroi. L'autre jour, elles l'ont croisée au Safeway, courbée sur son chariot, qu'elle suivait plutôt qu'elle ne le poussait, on aurait dit. Elle a fixé Emma tout du long, semblant à peine remarquer la présence de Melissa, et Emma savait qu'elle s'imaginait Abigail à côté d'elle.

« Non, j'ai pas beaucoup de sympathie pour Dolly Blake, j'en ai peur, poursuit Eleanor. Les femmes comme ça, elles en font des tonnes. Elle était au comité de l'église, avant, et on voyait qu'elle faisait pas beaucoup d'efforts pour dissimuler les bleus sur ses bras et son visage. Ça mettait tout le monde mal à l'aise. »

Ann lève les yeux au ciel.

« C'est Internet et tout ça, ça a perverti la culture. Les gens s'imaginent qu'ils doivent tout exposer.

— Exactement. » Eleanor la montre du doigt. « Et si c'était vraiment si terrible, elle le quitterait et puis c'est tout.

— C'est pour ça que vous l'avez remerciée, en définitive ? demande Debbie. J'ai toujours trouvé que ses choix d'hymnes étaient vraiment bien. Elle apportait un peu de classe, une touche côte Est.

— Elle nous prenait de haut, voilà ce qu'elle faisait, intervient Ann.

— Je l'ai remerciée parce qu'elle a arrêté de venir. Après cette affaire bizarre il y a quelques années – vous vous rappelez ?

— Ah oui, approuve Debbie. L'histoire avec le fils. *Ça*, c'était bizarre.

— Eh bien, c'est ce que je voulais dire, fait Ann. Maintenant, c'est la fille qui disparaît… Difficile de ne pas se poser de questions. » Elle baisse les yeux sur les cheveux de Debbie mais, ce faisant, elle croise ceux d'Emma dans la glace. « Oh, tu veux un verre d'eau, ma chérie ? »

Eleanor lui coule un regard par-dessus l'épaule de Debbie, sa petite bouche en cœur se plissant en une grimace familière lorsqu'elle la retrousse d'un air désapprobateur. Debbie cligne des yeux avec une lenteur bovine et agite une main potelée dans la direction d'Emma.

« Fais pas attention à nous, mon chou, dit-elle, se forçant à pousser un petit rire qui peine à sortir. On est juste une bande de vieilles poules qui caquettent pour passer le temps. »

Sur la route de la maison, Emma demande si elles peuvent passer devant chez les Blake, et Melissa lui caresse doucement l'épaule en conduisant avant de tourner dans Hickory Lane.

Avec les rideaux pâles tirés sur toutes les fenêtres, la maison semble presque aveugle. Pourtant Jésus regarde depuis le porche, Son visage en plastique un peu fondu par la chaleur de l'été, se lamentant en silence de leurs péchés. Un ange est perché sur les branches de l'épicéa bleu qui rentrent dans le mur au premier étage, les mains jointes, en prière. Sur le poteau de la clôture, un crâne d'élan, une ramure cassée, pose son regard vide sur Emma et sa mère, et elle sent que, s'il pouvait parler, il leur dirait de faire demi-tour.

Aucune des voitures de la famille – la petite berline de Dolly, le pick-up rouillé de Samuel, ou celui de Noah, avec son moteur comme une scie à os – n'est garée dans l'allée. *Il les force à s'agenouiller dans les graviers pour prier...* Retirer des petits cailloux des écorchures aux genoux d'Abigail, appliquer de la crème antibactérienne sur les plaies pour éviter l'infection, presser tendrement les épaules d'Abi tandis qu'elle marmonnait quelque chose sur la cruauté – Emma se souvient aussi bien de ces épisodes qu'elle se souvient d'avoir fait bouillir des os de chevreuil avec Abi afin de les nettoyer pour en faire un objet en cours d'arts plastiques, ou d'avoir porté des robes assorties, ou d'avoir couru ensemble chez elle, dans le jardin, les pieds maculés d'herbe, frissonnantes et puant le chlore de la piscine du voisin.

« Doux Jésus, dit Melissa. J'avais oublié que c'était un tel taudis. »

Emma approuve d'un hochement de tête.

« Oui, on peut s'en aller, si tu veux. Je sais pas, j'avais juste envie de voir la maison.

— Bien sûr. » Melissa regarde par-dessus son épaule en passant la marche arrière. « J'arrive pas à croire que j'aie pu te laisser venir jouer ici. J'ai l'impression que ça fait une éternité. »

Les mots d'Eleanor Lewis lui reviennent à présent. *Après cette affaire bizarre il y a quelques années – vous vous rappelez ?* Quatre ans, se dit Emma, c'est le temps qui s'est écoulé depuis la dernière fois qu'elle est entrée dans la maison des Blake. *L'histoire avec le fils. Ça, c'était bizarre.*

Pendant des jours, Noah n'était pas venu au lycée. D'après Chrissy Dukes, il ne s'était pas non plus présenté à son travail au *diner* Aurora, et personne ne l'avait vu à l'église, même si des gens avaient repéré Dolly en train de pleurer sur le parking. Au départ, Abigail racontait que Noah s'était blessé en jouant au basket, mais Noah avait quitté l'équipe quand il était en seconde, or à ce moment-là, il était en terminale. Abi devenait toute bizarre et évasive quand Emma tentait de creuser davantage. Puis, lors d'une rencontre tendue dans le rayon chips et sauces, Dolly avait hâtivement expliqué à Melissa que Noah était déprimé parce qu'il n'avait été admis dans aucune des facs auxquelles il avait postulé et, bien sûr, c'était la version qu'elle avait fait circuler à l'église également. Mais Emma était la seule amie que Samuel n'avait pas réussi à effrayer. Elle connaissait les parents de Noah : ils ne *croyaient* pas en la dépression chez les jeunes. À les entendre, c'était juste un stratagème pour leur vendre des médicaments dont ils n'avaient pas besoin. Donc un jour Emma était passée voir Abigail, et c'est là qu'elle avait vu Noah le visage démoli. Après ça, elle n'avait plus jamais eu le droit de venir chez eux. Personne n'en avait le droit – jusqu'au jour, quatre ans après, où le shérif Gains s'était présenté pour annoncer aux Blake que leur fille avait disparu.

En regardant la maison diminuer dans le rétroviseur, Emma repense à Noah avec son visage noir et violacé, à Abi, des graviers dans les genoux, et à tous les secrets que les gens ordinaires trimballent avec eux, et elle entend de nouveau la voix d'Ann Traxler : *Difficile de ne pas se poser de questions.*

13

Le problème avec Abigail, c'est qu'elle a une âme d'artiste. (Jude refuse de penser à sa sœur autrement qu'au présent, même si elle a disparu depuis maintenant quatre cent trente-deux heures.) Il y réfléchit depuis un long moment et, appuyé contre le chariot tandis que son frère hésite devant les épices pour fajitas, il pense avoir enfin compris le fond du problème. Abigail a une âme d'artiste, et c'est pour ça que Noah l'a toujours détestée. Il la détestait même *avant*.

Leur mère avait une âme d'artiste, il y a longtemps. Jude la revoit vaguement leur montrer comment modeler de petits personnages en argile quand ils étaient petits, et s'extasier surtout devant les tentatives d'Abi. Il est difficile de voir leur mère comme une personne créative à présent, mais c'est peut-être pour cette raison qu'elle semblait toujours accorder davantage d'attention à Abi.

« Hé, Patte folle, tu préfères barbecue fumé ou tomate séchée ? »

Jude est content que son frère lui pose une question, même s'il s'agit seulement d'assaisonnement.

« Barbecue », répond-il, et Noah jette le paquet dans le chariot.

Abi est douée avec crayons et fusains, mais pas tellement dans les autres matières au lycée, et Dolly recycle les vieux devoirs de Noah pour qu'Abigail se les approprie. « Fais pas cette tête, Noah. Ça fait de mal à personne, si ? » Puis, quand Abigail hérite des meilleures notes, leur père dit des choses comme : « Ça, c'est ma fille », et il colle son bulletin sur le frigo. Il n'adresse jamais ce genre de compliments à Noah. Par conséquent, décide Jude, même si ce qui s'est passé – ça fait vraiment quatre ans ? – ne s'était pas passé, son frère aurait tout de même détesté sa sœur.

Samuel Blake ne dit jamais « Ça, c'est mon fiston » à Jude non plus, mais Jude ne s'y attend pas. Il est le signe de ponctuation à la fin de sa fratrie : Noah, Abigail, *Jude*. Un nom bref, qui lui indique la quantité d'espace qu'il a le droit de prendre. *Un accident*, l'a un jour appelé son père. Sa mère ne l'a pas contredit. Alors Jude parle bas, rentre ses coudes et donne tout ce qu'il peut, comme Jésus le lui a appris. Ses parents sont comme les élans qui descendent parfois de la montagne et mangent les baies dans leur jardin – si vous êtes patient avec eux, de temps à autre, ils finiront par vous laisser caresser leur museau. Sans doute qu'ils se fichent un peu des baies, ses parents, mais il peut leur accorder sa patience. Il la leur accordera jusqu'à ce qu'il ait renoncé à suffisamment de lui-même pour loger dans leur vie.

Et Noah ? De quoi a-t-il besoin, Noah ?

« Dis, attends avec le chariot, OK ? » Ce n'est pas vraiment une question. Son frère disparaît au coin du rayon épices sans laisser à Jude le temps de répondre.

Celui-ci rejoint le bout de l'allée en boitillant, prenant appui sur la poignée du chariot, et examine distraitement les décorations d'Halloween exposées en avance. Son frère parle au Roumain, qui n'a en tout et pour tout que six boîtes de raviolis dans son chariot, si bien que Jude a du mal à ne pas éprouver un peu de peine pour lui. Les gestes de Noah sont très saccadés, et il s'écarte brusquement lorsque l'autre garçon tente de poser la main sur son bras. Enfin Noah dit, assez fort pour que Jude l'entende :

« J'ai dit que je voulais rien avoir à faire avec ça. Je veux rien avoir à faire avec *toi*.

— Mais l'argent, Blake ! Tu pourrais enfin te casser d'ici, *on* pourrait…

— Fous-moi la paix. »

Noah part dans l'autre direction. Il ne ralentit même pas quand sa manche s'accroche à un panneau « PROMOTION » et fait dégringoler la moitié de l'étalage, donc il ne voit pas ce que voit Jude : le Roumain planté là, les bras croisés, fixant des yeux l'espace où se tenait Noah, sans un mot.

Jude se replie dans le rayon épices et assaisonnements et se dit : Recommence pas, Noah. Recommence pas.

Emma fixe le sachet : une petite pochette de plastique transparent refermable, pleine de poudre blanche, nichée dans les restes d'un vieux sac du Safeway.

« Faut que t'apportes ça à la police. Mais où tu l'as trouvé, déjà ?

— C'est tombé d'une cheminée, explique Rat, dans la ruine Winslow.

— La maison flippante à côté des Tall Bones ?

— Pas question que j'aille voir la police. » Il s'appuie contre l'évier, et lui fait son sourire insolent, en demi-lune. « Avec un potentiel commercial pareil ?

— Mais c'est de la cocaïne, Rat. Littéralement de la cocaïne.

— Vingt grammes. Plus ou moins.

— Alors quoi, t'es dealer ? C'est ça ? »

Elle pense à la boîte en fer-blanc pleine de billets dans le placard – billets avec lesquels, pas de doute là-dessus, il a payé leur bouteille – et soudain, elle éprouve le besoin irrépressible d'être dans les bras de sa mère, aussi loin que possible de cet endroit, loin de ce sachet de coke et du côté coupant de Rat. Ce désir la prend si violemment qu'elle se met à pleurer.

Dehors, les nuages se sont assombris, mais il ne tombe qu'une petite bruine, telle une fuite dans le ciel, un faible goutte-à-goutte contre le toit métallique.

« Hé, dit Rat. N'aie pas peur. Je t'en prie. »

Elle se frotte les yeux du revers de la main, se souvenant trop tard de son maquillage et, à présent, debout devant lui avec du mascara étalé partout sur les joues, elle a juste envie de pleurer de nouveau.

« Je suis pas dealer, Emma. » Pendant une seconde, il prend sa lèvre inférieure entre ses dents d'une manière qui la fait penser à Noah Blake. « Pas depuis que je suis arrivé en Amérique.

— Et c'est censé me rassurer, ça ? C'est pour ça que tu voulais pas que je fouille, hein ?

— Je te l'ai dit, je l'ai *trouvée* dans les ruines de la maison Winslow. »

Emma prend une inspiration superficielle et exhale longuement. Ça pourrait être vrai, ce qu'il dit. Bon sang, elle voudrait tant que les choses soient simples de nouveau, être simple elle-même, étouffer des petits rires avec Abigail en sirotant le bourbon de Samuel Blake comme si c'était la pire chose qu'elles aient faites de leur vie, l'une et l'autre.

« Mais… » Emma s'essuie de nouveau les yeux, et ses doigts en sont tout tachés de noir. « Tu vas la vendre quand même ?

— On peut se faire un peu de fric, *drăguță*, toi et moi. Je t'achèterai tout ce que tu voudras – Jack Daniel's, Russian Standard, champagne français, putain – à ta guise.

— On ? Comment ça, *on* ? M'implique pas là-dedans. »

Rat se gratte sous la mâchoire.

« Je t'aiderai avec Hunter Maddox. »

L'appât est tellement gros qu'il lui fait l'effet d'une claque. Emma a envie d'être en colère, de lui rendre sa gifle par principe, mais elle veut aussi prouver le rôle de Hunter dans tout ça. Et avant tout, elle veut découvrir ce qui est arrivé à la seule vraie amie qu'elle a jamais eue, et en filigrane, elle veut aussi que ça ne soit pas sa faute, et Dieu, Jésus, T'imagines qu'Emma Alvarez l'a abandonnée là-bas comme ça ? T'*imagines ?* Emma sait que ce n'est pas la vérité, mais elle entend de nouveau les coyotes hurler, et il y a trop d'images qui s'accumulent dans sa tête : Abi dans sa robe de bal dansant aux Tall Bones, Abi au clair de lune s'apprêtant à s'enfoncer dans les bois, Abi avec de l'herbe sur la plante des pieds, du sang sur les genoux, un sourire aux lèvres, se grattant encore et encore jusqu'à s'écorcher, et Emma sent le poids de leurs années ensemble, l'amour, l'ennui et la folie de cette époque qui s'affaissent sur elle comme si elle avait été enterrée vivante et que ses poumons étaient pleins de boue.

« Emma… »

Sans transition, elle se retrouve par terre, secouée de sanglots si abominables, vides, que Rat la prend dans ses bras jusqu'à ce qu'elle cesse de trembler. Elle émet des sons bizarres, ensuite, des sons tristes lorsqu'elle enfouit son visage dans le creux de son épaule, où il est chaud et imprégné d'une odeur d'encens qui lui monte à la tête. Plus tard, en y repensant, elle se dit qu'elle avait peut-être espéré qu'il ait la même odeur que son père.

« Je ne laisserai rien t'arriver », dit-il, comme s'il ne se considérait pas lui-même comme un événement.

14

Une grande partie de son passé ressemble désormais à un brouillard obscur et vague dans le fond de son esprit. Samuel a assez bu pour s'en assurer. Mais de temps en autre, il sent encore le linoléum de la cuisine de ses parents, dur et froid sous ses genoux, tandis qu'il récupérait les vestiges d'un plat de dinde dans la poubelle. « Tu trouves que ma cuisine est bonne à jeter à la poubelle ? gueulait sa mère. Eh ben, t'as qu'à la manger *dans* la poubelle. » La viande était tiède et gluante de restes de pâtée pour chien de la veille. Encore maintenant, il a un haut-le-cœur en y pensant.

La peau du revers de sa main droite est tendue et pâle, et il est content de laisser les gens supposer que c'est une cicatrice de guerre. Il préfère qu'ils ne sachent pas que sa mère l'a surpris en train de se masturber, quand il avait onze ans, et lui a écrasé la main au fer à repasser brûlant. « Ne refais jamais ça, avait-elle dit. Tu mets Dieu en colère. » Lorsqu'il avait pleuré, elle l'avait poussé contre le buffet et était partie avaler du Valium dans sa chambre, rideaux tirés. Il ne lui avait pas échappé, même petit, que les choses qui mettaient Dieu en colère gonflaient aussi prodigieusement sa mère.

C'était la première leçon que lui avait donnée Constance Blake : il est très facile de brouiller la frontière entre les souhaits de Dieu et les siens propres. La deuxième leçon avait trait au sexe. Constance n'approuvait pas le sexe, et donc Dieu non plus, ce qui compliquait la vie de Samuel, car il avait envie d'essayer.

Georgia Lafitte était la fille de la bonne, et elle avait seize ans au moment où Samuel était au seuil de la virilité. Il s'en souvient encore : sur la véranda de la vieille maison de planteur qui tombait en ruine, avec les cigales qui chantaient en chœur dans le fond, les petits gémissements de la fille tandis que le soleil plongeait derrière les arbres. La mousse espagnole se balançait dans l'air qui se rafraîchissait. Il ne s'était pas rendu compte que sa mère était rentrée avant qu'elle ne sorte l'appeler pour le dîner.

Elle n'avait même pas laissé Georgia rassembler ses vêtements. Samuel revoit la fille en train de traverser la pelouse en courant, à moitié nue, tout ébouriffée car Constance l'avait empoignée par la racine des cheveux pour l'arracher à lui. Mrs Lafitte avait été renvoyée le lendemain. Samuel avait été informé que son attitude avait besoin d'être corrigée, et deux semaines plus tard, il était à bord d'un vaisseau de la marine en partance pour Da Nang.

Au départ, le châtiment ne paraissait pas particulièrement sévère. Samuel n'avait jamais eu tellement d'amis au lycée et, tout à coup, voilà qu'il faisait partie d'une fraternité, et, mieux encore, des milliers de kilomètres le séparaient de sa mère. Malgré la sueur, la pluie et le danger tapi dans chaque ombre, il avait l'impression qu'on lui avait enfin octroyé assez d'espace pour respirer.

Mais à présent, il se dit : C'est étrange, les choses vers lesquelles on se tourne dans nos heures les plus sombres. Et lorsqu'il enjambait des corps, tenait la main d'un cadavre, observait un visage – la peau entièrement arrachée – qui flottait devant lui dans une coulée de boue, il y avait eu des moments où sa mère lui avait manqué.

La culpabilité est un corps qu'il est difficile d'ensevelir, quel que soit le nombre de fois où vous affirmez que Dieu vous pardonne. Si vous laissez certaines choses mijoter assez longtemps, il va leur pousser des crocs et des griffes, et elles finiront par remonter à la surface.

Samuel est encore pris par ces spasmes de temps en temps. Ses bras se tendent brusquement et il pousse un petit cri soudain, bizarre, comme si quelqu'un venait de surgir derrière lui et d'enfoncer les doigts dans le bas de son dos. Alors Dolly dit : « Oh, Sam », et les gens pensent que c'est de la tendresse.

Il se souvient que c'est arrivé une fois à l'église, en plein milieu du sermon du pasteur Lewis. Ensuite, Dolly s'est excusée *pour lui*. Le petit Dalton Lewis, qui passait la tête derrière les jambes de son père, voulait savoir : comment ça se fait qu'il a crié, comment ça se fait ? Dolly avait répondu « Il a fait la guerre », et Dalton avait cru qu'elle parlait de la Seconde Guerre mondiale. Les enfants, de nos jours, ne savent même pas, se dit-il, et s'ils savent, ils s'en fichent. C'est du pareil au même, pour eux. Ils sont absorbés par leurs téléphones, et ils ignorent le monde.

C'est la peur dans leurs yeux qu'il ne supporte pas. Chaque fois que les gens le regardent avec peur, c'est un autre visage qu'il voit, un visage qu'il préférerait oublier. « Dolly, proteste-t-il, tout ce que tu fais, c'est me coller la honte », et il lui apprend, avec des feintes et des plongeons, à rester impassible, à tenir l'effroi à distance. Il a vu trop d'effroi dans les yeux des femmes.

Sauf ceux d'Abigail.

Abi le regarde droit dans les yeux – depuis qu'elle est née – pas comme le premier fils, ou le second. Quand il fait ses bruits, elle le regarde et dit « Papa, passe-moi la mayonnaise, s'il te plaît », ou « Bref, je disais que… » et elle poursuit comme si de rien n'était.

Abigail était pour lui un don du ciel, tandis que Noah – Noah avec ses mains moites, ses lèvres mordillées, toujours enfoui dans ses livres – était une épreuve. Quand il était tout juste en âge de marcher, Constance Blake téléphonait deux fois par semaine, demandant quand elle pouvait venir dans le Colorado pour rencontrer son premier petit-fils. Son mari, le père de Samuel, était mort l'année d'avant et, à en croire Constance, ça lui avait fait l'effet d'un électrochoc. Elle mangeait mieux, passait plus de temps avec d'autres femmes de la paroisse, et prenait ces nouveaux médicaments qui contribuaient à stabiliser ses humeurs. Mais Samuel ne voulait pas en entendre parler. Tout ce Valium qu'elle avalait dans son enfance n'avait jamais semblé lui faire le moindre bien, alors pourquoi ce serait différent avec ces nouveaux cachets ? C'était la même merde, seule changeait l'étiquette.

De plus, Noah ne ferait que la décevoir, ce qui rejaillirait sur Samuel.

« Il s'est évanoui, Dolly, se rappelle-t-il avoir dit un jour à Dolly. Il n'y a pas d'autre mot. Il s'est mordu la langue quand le ballon l'a touché, puis il s'est *évanoui*. S'il peut même pas supporter le goût du sang dans sa bouche, quel genre d'homme ça va être ? »

Et Dolly l'avait regardé et avait répondu « Il a trois ans », comme si ça suffisait.

Plus tard, Samuel avait dit à son fils : « Tu déçois Dieu. »

Mais Abi, il avait vraiment prié pour Abi. Il ne s'attendait pas à avoir une fille, mais lorsqu'il l'avait emmenée s'entraîner avec son vieux fusil d'assaut M-16 et qu'elle avait descendu une rangée de cannettes de Lone Star vides à vingt pas, au claquement métallique des balles dans la chaleur, pareilles à des lucioles, il avait su que c'était elle, l'enfant à façonner à son image. Une chance de faire les choses bien lui avait cette fois été accordée.

Ensuite, Abi avait ramassé toutes les douilles et Samuel lui en avait fait un bracelet. Il lui avait fabriqué pas mal de bijoux au fil des années, même si Dolly ne l'autorisait pas à les porter au lycée. Mauvais goût, disait-elle. Mais à présent, lorsqu'il monte dans la chambre d'Abigail et en chasse Dolly parce qu'elle la remplit trop de sa misérable odeur de clope, il s'assoit sur le lit dans le silence tendre que sa fille lui a si souvent apporté, et il trouve l'une des douilles sous son oreiller.

Quelquefois, il entend sa mère parler à travers lui. Dieu me pardonne, dira-t-il, mais c'est moins une prière qu'une affirmation. S'il le répète assez souvent, tout le monde le croira. Mais Abigail, où qu'elle soit à présent, a choisi de garder ce petit souvenir du temps passé ensemble. Comme si elle, au moins, le pardonnait.

Jude lève les yeux de ses devoirs et voit son père sur le seuil de sa chambre.

« Prends tes chaussures, dit-il. On sort prier. »

La brise nocturne sent l'hiver, une odeur de fumée et de mouillé. Debout dans l'allée, Jude resserre son écharpe autour de sa gorge en levant les yeux vers le ciel clair, et se dit que si les étoiles étaient des grains de sel, d'ici, on dirait que Dieu a renversé la salière.

Sa mère l'aide à se mettre sur un genou. L'autre jambe, qui commence déjà à le faire souffrir à cause du froid, traîne derrière lui, raide, et il se tient à sa canne pour garder l'équilibre. Puis elle et Noah s'agenouillent de chaque côté de lui, formant un demi-cercle, que Samuel viendra compléter. Les graviers s'enfoncent dans ses mollets à travers son jean, et quand il regarde sa mère et son frère, faiblement éclairés par la lueur orangée qui brille derrière les rideaux, eux aussi serrent les dents pour ne pas grimacer. Ça faisait longtemps que son père ne leur avait pas ordonné de faire ça. Jude se demande pourquoi il a choisi ce soir.

La bible de son père, c'est la volumineuse King James, avec la reliure de cuir noir et la gouttière dorée, et un ruban bleu effiloché qui lui sert de marque-page. Jude en voit le bout s'agiter dans la brise glaciale, mais ce soir il y a aussi plusieurs bouts de papier qui indiquent des passages, et Jude avale sa salive. Ce soir, apparemment, Dieu et son père ont beaucoup à dire.

« Psaumes, 5, 5 : *Les insensés ne subsistent pas devant tes yeux ; Tu hais les insensés qui commettent l'iniquité.* » On croirait que la voix de Samuel a été traînée dans le lit d'une rivière à sec. « On nous dit clairement que notre Seigneur hait ceux qui se présentent à Lui avec arrogance. »

Dolly serre et desserre les mains une fois, deux fois, trois fois. Jude sait qu'elle a sans doute envie d'une cigarette, mais il n'y a pas que ça ; elle ne cesse de plisser les lèvres et de promener des regards furtifs entre Noah, le sol et son mari. *Je croyais qu'il allait être question d'Abi.*

« Comme il est dit dans l'Apocalypse, toutes les *personnes immorales* seront jetées dans le lac de feu et de soufre. »

Samuel les regarde un à un, et ses yeux s'attardent quelques secondes de plus qu'ils ne le souhaiteraient tous. Jude fait un effort conscient pour ne pas tressaillir, et la douleur provoquée par les cailloux qui s'enfoncent dans son genou commence à lui faire monter les larmes aux yeux. Il garde la tête baissée, espérant que son père ne va pas croire qu'il pleure.

« Je vais vous dire ce qui attend ces personnes immorales : c'est le lac de feu, avec pour seule compagnie le diable lui-même, jusqu'à la fin des temps. Nous sommes tous des pécheurs, oh, oui, en vérité nous sommes tous revêtus du manteau du pécheur, mais nous avons trouvé la rédemption dans l'amour de Jésus-Christ. *Amen !* » Il aboie ces deux dernières syllabes et la famille les reprend dans un murmure sourd. « Et pourtant il y a ceux qui détournent leur visage de l'amour du Seigneur, qui continuent à se présenter à Lui avec arrogance, malgré la menace de souffrance et de tourment, et ce sont ces personnes immorales qui sont le plus grand affront à Dieu, car elles rejettent Son offre de rédemption. »

Il prend une profonde inspiration par le nez et la laisse ressortir par la bouche dans un nuage de vapeur, comme si, à la place de Samuel Blake, un démon était agenouillé avec eux dans l'allée.

Lentement, il se relève et commence à tourner autour d'eux.

« Cela ne m'apporte aucune joie de vous annoncer qu'il y a une personne de cette sorte dans cette famille et que, pour son vice, nous sommes tous punis. »

Jude sent sa nuque le picoter lorsque son père passe derrière lui.

« Les langues fausses de la police aimeraient nous faire croire qu'Abigail a fugué, mais la vérité, c'est que Dieu lui-même l'a prise pour la mettre sous la bienveillante protection de Ses anges jusqu'à ce que nous éradiquions le péché de cette maison. Alors, et seulement alors, Il nous la renverra. »

Brusquement, il pointe un doigt vers Dolly.

« Tu veux le retour de ta fille ? »

Quand il la regarde, Jude s'aperçoit que son visage est baigné de larmes, bien qu'il ne l'ait pas entendue pleurer. Il ne l'entend jamais. Le simple fait de hocher la tête semble l'épuiser.

« Toi, dit Samuel, et Jude découvre avec effroi que son père le désigne à son tour. Tu veux le retour de ta sœur ? »

Il hésite, mais le regard lourd de Samuel semble le pousser plus fort contre les cailloux coupants, et il finit par hocher la tête aussi.

Son père reprend sa bible, et lit lentement en venant se poster derrière Noah.

« Lévitique, 20, 13 : *Si un homme couche avec un homme comme on couche avec une femme, ils ont fait tous deux une chose abominable... leur sang retombera sur eux.* »

À ces mots, il place sa botte contre le dos de Noah et le projette par terre, puis se tient debout, un pied sur la tête de son fils, enfonçant sa joue dans les graviers. Dolly plaque ses mains contre sa bouche et gémit dans ses paumes, mais ne bouge pas. Jude essaie de se lever, mais perd son équilibre, et doit empoigner sa canne pour ne pas tomber. Noah gratte les cailloux autour de lui, s'étouffant dans la terre.

« Tu l'as cherché, mon gars, dit Samuel, la voix comme un couteau de chasse, en maintenant son fils au sol. Les voies que je t'enseigne sont les voies du Seigneur, et pourtant tu Le rejettes. » Il prend une brève inspiration et s'humecte les lèvres, regardant Noah se débattre sous lui. « Jure sur le Seigneur notre Dieu que tu vas renoncer à ce mode de vie immoral et rechercher la rédemption et le pardon en Jésus-Christ. »

Jude sait qu'il devrait faire quelque chose, mais la scène entière est trop familière, et le pincement de sa jambe douloureuse lui dit : Ferme-la, ou il va te casser l'autre.

Dolly remue comme si elle s'apprêtait à se lever : « Sam…

— Reste à genoux, femme, ou tu vas sentir le revers de ma main. Nous faisons l'œuvre de Dieu, là. » Samuel enfonce davantage sa botte dans la joue de Noah. « J'ai dit jure. »

Noah pousse un grognement, la bouche à moitié pleine de gravier.

« Jure-le ! »

Lentement, douloureusement, Noah hoche la tête.

Jude voit un sourire fendre le visage de son père.

« Corinthiens, annonce-t-il, et le triomphe dans sa voix donne un tranchant doré à ses mots. *Ne savez-vous pas que les injustes n'hériteront point du royaume de Dieu ? Ne vous y trompez pas ; ni les efféminés ni les infâmes n'hériteront de Son royaume.* » Il sort la flasque rangée dans sa ceinture et verse le contenu sur son fils : « *Et c'est là ce que vous étiez, quelques-uns de vous ; mais vous avez été lavés, mais vous avez été sanctifiés, mais vous avez été justifiés au nom du Seigneur Jésus-Christ, et par l'Esprit de notre Dieu.* Amen. »

Puis, toujours souriant, Samuel jette la flasque dans la terre à côté de la tête de Noah, et sans même un coup d'œil aux autres, il fait volte-face et rentre dans la maison.

15

« Où vas-tu ? Il commence à faire nuit. »

Melissa arrive en bas de l'escalier et voit sa fille en train d'enfiler ses baskets, téléphone dans une main, blouson dans l'autre.

Emma rejette ses cheveux en arrière.

« Maman, il est à peine 7 heures. » Elle porte une teinte de rouge à lèvres que Melissa ne lui a jamais vue.

« Tu vas retrouver quelqu'un ? Em, tu ne vas pas retrouver cette fille, j'espère – celle qui t'a acheté de l'alcool la dernière fois ? »

Emma cligne des yeux pendant un instant, visiblement interdite. Puis :

« Ah. Non, je ne suis plus amie avec elle. »

Que faire quand votre ado vous ment. Melissa a cherché ça sur Internet le soir où elle a trouvé Emma en train de vomir dans les toilettes, et à présent, elle passe en revue les conseils phares du site. *Numéro un : restez calme.* Bon, OK, mais il n'y aurait pas un truc un peu plus concret ? *Numéro deux : faites-leur comprendre que vous êtes là pour eux.* Hier, elle a emmené

Emma chez la coiffeuse, puis elles ont bu de la limonade en mangeant des doughnuts à l'Aurora, et Melissa lui a acheté du vernis à ongles à paillettes en rentrant. Elle l'a retirée du lycée et elle a évité d'aller à la confrontation même si elle sait qu'elles ont toutes deux le cœur brisé, mais Emma continue de lui faire ce sourire vide en disant : « Super, Maman », et elle sent les pastilles à la menthe et l'excès de déodorant.

Numéro trois : gardez du recul, ce n'est pas contre vous.

« Bon, tant mieux, Em. Mais tu sais, je ne suis vraiment pas rassurée de te voir sortir seule soir en ce moment, tant que la police n'a pas… Enfin, tu sais.

— Écoute, Maman, je sors pas longtemps, et je t'enverrai un texto. Mais tout va bien. Je vais juste voir un copain. »

Melissa regarde de nouveau son rouge à lèvres.

« Ah. »

Emma baisse les yeux, espérant peut-être que son petit sourire va échapper à sa mère. Cette vue provoque une déchirure dans la poitrine de Melissa, qui a mal pour sa petite chérie dont la jeunesse, dans son inexpérience, est encore si pleine d'espoir.

« Un copain, hein ? Il est comment ? »

Melissa se racle la gorge.

Emma sourit encore furtivement à ses chaussures.

« Il est vraiment sympa, Maman. »

Melissa sait que le jour approche où elle va devoir dire la vérité à sa fille : au fond, la plupart des hommes sont médiocres. Comme la plupart des gens, d'ailleurs, mais les hommes, on leur laisse le droit de grandir avec la certitude que le monde leur appartient, tandis que les femmes n'ont pas cette option. Alors quand vient la quarantaine, ils se demandent pourquoi la promesse ne s'est pas encore réalisée et, si une femme a le malheur de se trouver sur leur chemin, elle en prend plein la figure.

« Sois quand même prudente, OK ? Quelquefois, les garçons peuvent... Eh bien, ils cherchent toujours quelqu'un sur qui rejeter la faute.

— C'est ce qu'a fait Papa ? »

Numéro quatre : donnez l'exemple de l'honnêteté par votre propre comportement.

« Non, Em. Ton père a dû partir parce que... »

Melissa pousse un soupir. Emma regarde la vitre de la porte par-dessus son épaule : elle ne veut pas vraiment la réponse à cette question pour l'instant, car elle est attendue ailleurs. Mais avant de s'en aller, elle caresse l'épaule de sa mère.

« C'est pas grave, Maman. Je sais. »

Et Melissa presse la main de sa fille et se dit : Non, tu ne sais pas. J'espère que tu ne sauras jamais.

Emma consulte de nouveau son téléphone.

« Il est en retard. »

Rat s'adosse à la roche fraîche de l'un des Tall Bones et s'allume une cigarette. Derrière eux, la lune surgit au-dessus de la forêt, peinant à s'élever au-dessus de l'enchevêtrement de branches nues qui rognent ses contours.

« Il va arriver. »

Quand elle a appelé Rat hier soir pour demander quel était son grand projet, il a dit : « C'est pas la fin du monde, *drăguță*. J'ai vingt grammes de coke à écouler, tu as des questions, tu veux des réponses, alors... » Elle a presque entendu son haussement d'épaules dans sa pause, comme si sa phrase était tout ce qu'il y a de plus banale. « On fait d'une pierre deux coups. Tu m'as dit toi-même que Hunter Maddox faisait du deal, donc on le contacte, on lui explique qu'il y a de la marchandise à récupérer. On l'attire dans un coin tranquille, on récupère le fric, et on lui demande ce qu'il sait.

— C'est complètement nul. On lui pose juste la question ?

— La vraie vie, c'est pas *Les Experts*, *drăguță*. Si on va fouiller les bois, tout ce qu'on va trouver, c'est des squelettes d'oiseaux et des aiguilles de pin. Parfois, la meilleure approche est la plus simple. » L'impatience de Rat crépitait dans la friture sur la ligne. « Et puis on lui rappelle qu'il est à présent en possession d'une substance illégale, et que s'il ne coopère pas, la police de Whistling Ridge va recevoir un tuyau anonyme, OK ? Fais-moi confiance, c'est tout, Emma. Je sais ce que je fais. »

Un vent cinglant fait branler les arbres. Lorsque Emma était enfant, la forêt semblait toujours si pleine de promesses, comme si on sentait le goût de l'aventure dans l'air. Avec Abigail, elles aimaient courir se réfugier dans les bois quand elles étaient plus petites – elles faisaient des potions avec de la poussière de sapin et de la sève figée, hurlaient vers les montagnes, un vrai cri primal, comme les élans, pour chasser les fantômes, puis rentraient tranquillement à la maison, les pieds nus rougis par la terre. Mais Emma a grandi, et lorsqu'elle regarde les sous-bois, elle pense à des crocs de coyote, et à des membres refroidis étalés sur la terre sombre, et elle s'interroge : C'est ça que ça veut dire, devenir adulte ? Comprendre que la magie et les fantômes n'existent pas, et que le véritable danger, dans toutes ces histoires, venait toujours de la réalité, des loups et des bois ?

Non. Le danger venait toujours des gens.

« Dis, demande Rat en regardant sa cigarette, qu'est-ce que tu sais de Noah Blake ?

— Noah ? » Emma hausse les épaules. C'est le frère d'Abi, donc elle le connaît depuis toujours, mais il a toujours été trop grand pour passer du temps avec elles. Le *best of* de Creedence Clearwater Revival, le café noir, les bottes pleines de boue, c'est ce qu'elle se rappelle de Noah. Il préfère de loin lire des histoires sur des personnages de fiction que passer du temps avec des personnes réelles.

« Il est un peu bizarre.

— C'est quoi, son histoire ?

— Qu'est-ce que ça peut te faire ?

— Peut-être que j'ai envie de me faire des amis, *drăguță*. Tu peux pas me garder pour toi toute seule. »

Emma sourit.

« Mais qui a dit que je voulais de toi ? »

Le vent se lève de nouveau et un frisson la parcourt. Rat retire son blouson et le place sur ses épaules. Il est doublé de la chaleur de son corps et elle s'emmitoufle dedans, tentant de ne pas penser à ce qu'il vient de dire. Il l'observe en souriant.

Emma sort de nouveau son téléphone.

« Il a vingt minutes de retard. Et s'il a compris qu'il y avait un truc louche ? »

Le grondement d'un moteur les fait se retourner à temps pour voir des phares lécher les arbres ; une voiture se gare à l'orée du champ. Puis la silhouette imposante de Hunter Maddox s'extirpe de l'habitacle et se dirige vers eux à grandes enjambées.

Rat dit :

« Quand on parle du loup.

— Qu'est-ce qu'elle fait là ? »

Emma se cache autant qu'elle le peut dans le blouson de Rat tandis que Hunter promène les yeux sur elle.

« T'as pas dit qu'il y aurait d'autres gens.

— T'as apporté le fric ? » demande Rat.

Hunter continue de dévisager Emma encore un instant et, dans la lumière crue de sa lampe torche, on le croirait peint d'un pinceau plus sombre, plus violent.

« Oui, dit-il enfin. En petites coupures, comme t'as dit. »

Rat approuve d'un hochement de tête.

« *Drăgusă.* »

Emma s'éclaircit la gorge, ne voulant pas spécialement les regarder ni l'un ni l'autre, en cherchant le vieux sac en plastique Safeway plein de coke sous son pull. Tout à l'heure, Rat a suggéré qu'elle le fourre dans son soutien-gorge et, sur le coup, l'idée qu'il allait voir ses seins l'a suffisamment émoustillée pour qu'elle en ait envie. Mais il n'a rien vu, il s'est retourné pour regarder un poème collé sur le mur. À présent, au moment de donner à Hunter Maddox un sachet de cocaïne qui a été coincé entre ses nichons toute la soirée, elle a l'impression d'être le dindon de la farce dans une espèce de blague secrète que connaissent tous les garçons du monde.

Hunter hausse les sourcils.

« Alors c'est pour ça que tu l'as emmenée, hein ? »

Rat ne dit rien, et Emma voudrait que le sol se fende pour l'avaler. L'effet du shot de vodka qu'ils ont bu tous les deux avant de quitter le camping-car s'est quasiment évanoui et, à présent, même avec le blouson de Rat, elle a froid et se sent sonnée.

« Finissons-en, dit-elle. Tu veux la came ou pas ?

— OK, t'emballe pas, meuf. » Hunter dénoue le sac Safeway, mais reste là à cligner des yeux dans le faisceau de sa lampe torche. « Hé, mais c'est quoi, ce bordel ? »

Rat crache sa fumée dans le soir glacé.

« C'est vingt grammes de poudre, mon pote. Comme on a dit.

— Ouais, mais c'est… Où est-ce que t'as eu ça ?

— Ça me regarde.

— Mais *comment* t'as…

— C'est de la cocaïne, Maddox. » Rat a l'air de s'ennuyer, maintenant. « Je vais pas te dire comment je l'ai chopée. Si tu la veux, super. On prend le fric et on se casse. Sinon, pas la peine de me faire perdre mon temps. »

Emma trouve que Hunter a l'air triste alors qu'il trempe un doigt dans le sachet refermable puis le fourre dans sa bouche et se frotte les gencives.

« Non, je la prends. Tiens. »

Il sort une enveloppe de son teddy et la tend à Rat.

« OK, le compte est bon. Bravo. »

Hunter remballe la coke et la range soigneusement dans son blouson.

« Hé, Maddox. T'en va pas comme ça. Mon amie ici présente voudrait te dire un mot. »

Une vibration soudaine les fait tous sursauter. Rat grimace et sort son téléphone de sa poche arrière.

« Parlez entre vous, OK ? » Il coince l'appareil entre son menton et son épaule et s'éloigne. « Hé, hé, doucement, je ne… Ils ont fait quoi ? Ça va ?… Ouais, je sais. Tu peux conduire ?… Hmm, hmm. Bien… Non, pas là-bas, il fait trop froid. Retrouve-moi chez moi. Je suis déjà en route.

— Hé, siffle Emma, comment ça, t'es déjà en route ? Tu peux pas me laisser là. »

Il y a en lui une énergie nerveuse qu'elle n'a jamais vue, une espèce de bourdonnement cinétique.

« Écoute, j'ai un ami qui a un problème, il faut que j'y aille.

— Quel ami ?

— Juste un ami.

— Tu peux pas me laisser avec *lui.* » Elle désigne Hunter par-dessus son épaule. Apparemment, il s'emploie à présent à enfoncer le bout de sa basket dans la terre. « Je croyais qu'on devait le faire parler ?

— Ah. » Rat semble incapable de tenir en place, et son corps est comme propulsé vers les sapins où, tout à l'heure, ils ont garé sa moto. Plissant les yeux un instant, il dit : « Putain… quel timing… phénoménal.

— Tu vas *pas* me laisser. Pourquoi tu me ramènerais pas ?

— T'inquiète. Ça va aller. » Quand il jette un nouveau coup d'œil vers la moto, on croirait qu'il essaie surtout de se convaincre lui-même. « Maddox est trop trouillard pour assassiner quelqu'un tout seul, de toute façon.

— Tu te fous de ma gueule.

— Écoute, il sait que je te laisse avec lui. S'il tentait quoi que ce soit, ce serait trop évident. Ça va bien se passer, je te promets. Je t'appelle, OK ? » Rat jette le mégot de sa cigarette d'une pichenette et l'obscurité engloutit bien vite la moindre trace de la minuscule lueur rouge. « Tu peux garder le blouson.

— Mais…

— Écoute, je suis désolé, Emma. Je *dois* y aller. »

Elle sent la chair de poule lui picoter les bras et les épaules tandis qu'elle le regarde s'éloigner à grands pas déterminés vers sa moto de l'autre côté du champ. Pendant un court instant, ce n'est pas lui, mais Abigail Blake qui disparaît dans les fourrés.

« Comment je suis censée rentrer ? »

Quelque part dans le noir, elle entend la rivière au courant rapide, ponctué par le coassement rythmique des grenouilles. Puis, brusquement, du fond des bois, loin dans l'autre direction, s'élève le cri d'un coyote. Emma sursaute.

Hunter Maddox la prend dans le faisceau de sa lampe torche et montre sa voiture d'un signe de tête.

« Hé, *señorita*, tu veux que je te dépose ? »

Il a beau avoir la main sur les seins lourds de Beth Farmer à l'arrière de sa voiture qui sent le renfermé, Dalton Lewis, le fils du pasteur, ne peut s'empêcher de remarquer les trois silhouettes regroupées à l'ombre des Tall Bones. C'est difficile de distinguer de qui il s'agit. Ils n'ont qu'une lampe torche pour trois, et celui ou celle qui la tient ne la dirige jamais vers le visage de personne.

L'un d'eux tend quelque chose à l'autre. Celui qui tient la torche s'en sert pour examiner ce qu'on lui a donné – il fouille dans le sac, puis se met un doigt dans la bouche, et Dalton se dit *Oh*. Puis, enfin, autre chose est donné en échange.

Beth Farmer gémit dans son oreille, et peut-être que c'est un peu forcé, se dit-il, mais il est trop occupé à observer l'étrange transaction pour s'en préoccuper vraiment.

L'une des silhouettes reçoit un coup de téléphone – il voit la lueur de l'écran – puis se détache du groupe. Ce n'est que lorsqu'il entend le vrombissement de la moto que Dalton comprend de qui il s'agissait.

16

Alors

Dans un motel à Langmont, Colorado, dix-huit ans avant que sa fille n'entre dans une forêt pour ne jamais en ressortir, Dolly regarde le soleil se lever sur les montagnes. La silhouette des Rocheuses ressemble à une énorme vague grossissant au-dessus du paysage, et elle ne peut s'empêcher d'avoir la sensation que, d'une minute à l'autre, elle va s'abattre et l'engloutir. Elle a déjà décidé que c'était ce qu'elle méritait.

Son petit déjeuner a un goût un peu jaune, et le jet de la douche est si minable qu'elle a l'impression de se faire pisser dessus doucement. Ensuite, Dolly monte dans sa voiture et part pour la longue route du retour, vers les montagnes et Whistling Ridge.

Toute seule dans l'allée gravillonnée d'Hickory Lane, elle reste immobile un instant, valise à la main, et se prépare. Il est encore assez tôt pour que des nuages de rosée s'élèvent de l'herbe tels des fantômes errant dans le jardin, et la pluie de la veille au soir a ramené toutes les odeurs à la surface. Elle sent l'acier dans le sol, la perspective de la neige dans l'air, elle sent l'odeur de vieilles languettes de viande sur la carcasse de chevreuil que Samuel fait sécher dans la remise. Est-ce que c'est Dieu ? se demande-t-elle, parce qu'à ce moment-là sa croyance est encore le fruit d'une réflexion personnelle. *Est-ce que c'est comme ça que Dieu nous parle ?* L'idée qu'Il l'accompagne lui permet d'ouvrir la porte et d'entrer.

La maison entière lui fait l'effet d'une vieille plaque de beurre aux rebords croûteux. Un relent rance dans l'atmosphère lui apprend que depuis qu'elle est partie, hier après-midi, rien n'a été lavé, ni personne, vu l'odeur. Elle laisse sa valise dans l'entrée, et se déplace lentement, comme si elle visitait une scène de crime. Sur le canapé du salon, il y a un carton à pizza vide, avec des taches de gras plus sombre, et plusieurs cannettes de bière écrasées jonchent le sol. Une tache sur la moquette au coin sent un peu l'urine.

« Samuel ? » Elle se poste dans l'escalier et tend l'oreille. « Noah ? »

L'odeur persiste dans la chambre de son fils, et lorsqu'elle appelle une fois de plus elle entend un coup sourd à l'intérieur du placard.

« Oh, mon Dieu, Noah. »

Quelqu'un a placé une chaise contre la porte pour qu'elle ne puisse s'ouvrir de l'intérieur. Lorsqu'elle la retire, Dolly constate que les petites mains de son fils sont rouges et enflées. Elle ne veut pas imaginer combien de temps il a tambouriné sur cette porte. Sa poitrine lui fait mal, comme si elle s'efforçait envers et contre tout d'absorber sa douleur, et un désir soudain de le prendre dans ses bras la surprend. Mais il pue l'urine – la sienne, découvrira-t-elle –, donc elle lui refuse le réconfort de son étreinte. Noah, quatre ans seulement, se tient là sans bouger, dans les habits dont elle l'a vêtu hier matin.

« Qu'est-ce qui s'est passé ? » Dolly s'agenouille en face de lui. « Où est Papa ? »

Noah fixe intensément ses mains rougies et se met à sucer sa lèvre inférieure.

« Hé, regarde-moi. C'est Papa qui t'a mis là-dedans ?

— Je pleurais trop fort.

— Et il est où, maintenant ? »

Noah pousse un soupir, comme si c'était évident.

« Papa est parti. Comme toi. »

Dolly se sent coupable depuis qu'elle s'est réveillée dans ces draps en coton bas de gamme ce matin. Elle s'est sentie coupable pendant toute l'heure où elle a roulé entre les arbres en silence pour rentrer et, à présent, c'est devenu une douleur sourde dans sa nuque. Mais s'en vouloir est une chose, se dit-elle. En prenant conscience que son fils lui en veut aussi, ce qui confirme qu'effectivement, tout est sa faute, elle a l'impression d'être une coquille d'œuf qu'on piétine brutalement.

Elle se relève, baisse les yeux sur son petit garçon dans ses vêtements sales, avec ses mains qui tremblent, et tout ce qu'elle parvient à dire c'est : « Allez, viens, on va te laver, tu pues, c'est immonde. »

À présent

Noah attend dans le pick-up, moteur coupé, phares éteints, et il évite de croiser son propre regard dans le rétroviseur. Il ne veut pas voir à quoi il ressemble. Si c'est moitié aussi terrible que ce qu'il éprouve, ça ne fera qu'aggraver les choses.

Le camping est un patchwork décousu de carrés orange et jaunes – lumières tardives sur le fond noir des montagnes. Noah regarde une vieille dame, à la fenêtre la plus proche, refermer ses lèvres parcheminées sur une cigarette ; ses épaules s'affaissent lorsqu'elle recrache la fumée. Il se demande si elle est seule ici, si elle a toujours été seule. Y a-t-il des enfants quelque part, et est-ce qu'elle leur manque ? Est-ce qu'ils lui manquent ? Serait-elle restée les bras croisés pendant que leur père leur enfonçait la tête dans la terre sous ses yeux ?

Au grondement de la moto de Rat, Noah se redresse. Il s'essuie les yeux et le nez dans sa manche avant de se glisser silencieusement dehors et traverse la pelouse à pas de loup jusqu'au camping-car. Au frôlement du vent, il trébuche. Il pourrait pleurer tant il se sent fragile, et quand Rat le cueille dans ses bras et referme la porte derrière lui, il a la sensation qu'il pourrait se désintégrer à son contact, comme une pêche pourrie.

« Je savais pas qui appeler d'autre.

— *Dragul meu* », chuchote Rat contre son cou, traçant de petits cercles entre ses omoplates.

Noah n'a pas envie de lui demander ce que ça signifie. Quelque chose dans sa façon de prononcer ces mots, si tendrement – il ne croit pas pouvoir le supporter.

Pendant un petit moment, Noah laisse juste Rat le serrer contre lui. Comme Rat est plus petit que lui d'une bonne dizaine de centimètres, il doit courber son cou et ses épaules, mais la douleur en vaut la peine, pour presser son visage dans ses cheveux, respirer cette odeur qui le fait penser à l'été, à des ronds de fumée, aux crosses étroitement enroulées des fougères, et à des baisers dans des zones sur lesquelles il n'avait pas idée que les gens s'en donnaient.

Rat le fait asseoir sur son tas de couvertures et nettoie les plaies sur son visage avec de l'eau chaude et de la vodka pure. Le picotement fait grimacer Noah, mais c'est une bonne douleur : un petit exorcisme. Par moments, Rat parle en anglais, par moments, dans sa langue maternelle. Par moments, il ne parle pas du tout, mais ses mains sont toujours douces, le métal de ses bagues est frais contre la peau de Noah, aux endroits où elle lui semble brûlante et gonflée. C'est la douceur de ce contact qui fait qu'il se met à pleurer, comme si, jusqu'à cet instant, il avait oublié ce que ça faisait d'être touché sans violence.

« Là, là…, souffle Rat tout bas. Ça va aller.

— C'est juste… ma mère, tu sais, c'est même pas mon père. » Il s'essuie furieusement les yeux de la paume de la main. « Je sais pas ce que c'est, son problème. Sans déconner, c'est quoi ? On dirait qu'elle me *reproche* quelque chose, alors elle laisse Papa faire tout ce qu'il veut. Mais en plus, on dirait qu'elle me déteste parce qu'elle se sent coupable à cause de ça, alors elle… elle… *Merde.* »

Il jette un coup d'œil à Rat. Sa respiration est entrecoupée, comme s'il tentait d'aspirer tout l'air dans la pièce.

« Et tu sais le pire ? Je la déteste même pas. Ce serait tellement plus facile, si je pouvais juste la détester comme je déteste mon père, mais… Putain, c'est juste, malgré tout, il y a encore cette partie de moi qui est restée enfant, pleine d'espoir, *stupide*, et qui continue d'appeler ma mère au secours, en espérant qu'elle sera là, mais elle répond jamais, mec. Jamais. Des fois, j'aurais envie de savoir que je peux lui demander de me prendre dans ses bras, et c'est tout, quelque chose comme ça. Je voudrais que ce soit possible. De demander ça. Mais quand je la regarde, c'est comme d'être assis à l'extérieur d'une maison dont toutes les lumières sont allumées tout en sachant que tu n'habites plus là. »

Il prend une nouvelle inspiration hoquetante. Sa gorge palpite encore comme s'il avait vomi, mais la main de Rat sur son dos le calme.

« Tu sais que c'est des conneries, tout ça, hein ? Les trucs que dit ton père ? » dit Rat.

Noah renifle. Ce n'est pas comme s'il vivait dans une bulle. Il a Internet ; il sait la forme que prend le monde, ces temps-ci. Ce n'est même pas comme s'il avait encore envie de croire en *Dieu*. Mais de temps en temps, il a l'impression de L'entrevoir, une silhouette tout en longueur, qui se glisse d'arbre en arbre, ou se tient sur le seuil de sa chambre, à la lisière de son champ de vision. Et s'Il est là, si Noah ne peut cesser de croire en *Lui*, alors n'est-il pas forcé de croire aussi le reste de ce que raconte le pasteur ?

Il bat énergiquement des paupières, tentant d'empêcher ses yeux de s'emplir de nouveau de larmes.

« Désolé. »

Sa voix est un murmure, mais il se sent trop épuisé pour essayer de parler plus fort.

« Je sais même pas ce que je raconte. Je suis désolé. T'as pas envie d'entendre parler de tout ça, t'es pas… Je suis juste un mec que tu… »

Rat se penche en avant et l'embrasse – leurs nez se cognent, la bouche de Noah est enflée et croûteuse, leurs dents s'entrechoquent, faisant couler juste un peu de sang de leurs lèvres douces, et tout a goût de rouille, mais la fragilité du moment semble exiger la certitude de l'acier, la dureté de ce contact et, par conséquent, se dit Noah, c'est le meilleur baiser qu'on lui ait jamais donné.

La chaleur provoquée par la concentration d'hommes adultes dans une même pièce a laissé une couche de condensation sur les fenêtres et les tables en Formica de la salle de catéchisme. Le pasteur Lewis remue les papiers devant lui, puis se penche en avant sur sa chaise en bout de table et se masse l'arête du nez.

« Dernière chose à l'ordre du jour, donc. Quelques-unes de nos dames considèrent qu'il devrait y avoir une espèce de couvre-feu pour les jeunes tant que la regrettable affaire de la disparition de la fille Blake n'a pas été éclaircie. »

Jerry Maddox, assis à la droite du pasteur, regarde les autres gars s'agiter sur leur siège. Il fait trop chaud et tout le monde est un peu somnolent, et le comité des hommes de l'église de Whistling Ridge semble à la traîne, comme d'habitude : ils ne savent pas trop ce qu'ils veulent tant que Jerry ou le pasteur ne le leur ont pas dicté.

« Je trouve que c'est une excellente idée, Ed, dit-il. Personne de moins de dix-huit ans dans les rues après la tombée de la nuit, qu'en dites-vous ? On peut prévenir Gains. »

Bill Tucker, le borgne, hoche la tête, et Drew Farmer, le bourrin, renâcle et appuie ses bajoues sur ses mains. Mo Dukes, cependant, des taches de gras sur sa chemise d'avoir passé la journée à la friteuse de l'Aurora, joint les mains et fait la grimace.

« C'est très bien pour certains, mais mon Beau voit un prof particulier tous les lundis et mercredis. Est-ce qu'il va se faire aligner par un policier rien que parce qu'il rentre chez nous ? Et l'entraînement de basket ? Ils doivent se préparer pour les éliminatoires.

— Les éliminatoires sont importantes pour nous tous, approuve Jerry. Mon fils joue à l'arrière. Je suis conscient des enjeux. »

Lui, il l'est, même s'il se demande parfois si Hunter en a la moindre idée. Le jeune homme n'est pas exactement porté sur les études, c'est le moins qu'on puisse dire. Son engagement supposé dans les sports universitaires va pourtant devoir être le *la* de toutes ses candidatures en fac.

Jerry se tourne de nouveau vers Mo.

« Ton môme, il pourra pas jouer s'il est mort dans un fossé, si ? »

C'est la même chose tous les mois, se dit Jerry. Où en arrive ce bled, si même les hommes ont besoin qu'on leur tienne la main pour prendre la décision la plus élémentaire ?

Le pasteur Lewis pousse un soupir, mais s'il est fatigué, c'est sûrement parce que ça fait une heure qu'il est obligé de se taper ces gens.

« On n'a qu'à demander au lycée de déplacer l'entraînement à l'heure du déjeuner, dit-il. Quant à ton fils, Mo, tu pourrais peut-être envisager de faire venir son prof chez toi, à partir d'aujourd'hui.

— On n'est jamais trop prudent, Mo », renchérit Jerry, et le pasteur Lewis approuve d'un hochement de tête.

Mo Dukes leur jette un regard vindicatif et ne reste pas pour serrer les mains après la réunion.

« En parlant de cette affaire regrettable, dit Bill Tucker, ramenant ses épaules en arrière, ils en savent plus sur ce qui est arrivé à la fille Blake ? »

Il ne reste plus que Bill Tucker, Drew Farmer et lui à présent ; les autres sont sortis à la hâte dans la nuit fraîche. Drew et Bill, ce sont des bons gars, à l'ancienne, se dit Jerry, le genre de colonne vertébrale dont cette ville a besoin dans la confusion du monde d'aujourd'hui.

« Vous savez, cette fille, avec une famille pareille, je lui jetterais pas la pierre si elle s'était tout simplement fait la malle. Une jolie petite créature comme elle, elle pourra trouver du boulot n'importe où, si vous me suivez. »

Bill Tucker secoue la tête, mais il fait un sourire si large que Jerry aperçoit les plombs de ses dents du fond. Les bajoues de Drew Farmer tremblotent comme de la gelée lorsqu'il éclate de rire.

« Attention à ce que tu racontes, Jer. Quelqu'un finirait par dire que t'es pas *politiquement correct*.

— Tout ce que je dis, c'est que ces gamines d'aujourd'hui, elles ont l'air d'avoir dix-huit ans, facile. Je parie qu'elle est en train de graisser une barre de pole dance quelque part à Denver, à l'heure qu'il est. »

Ils se saluent d'un geste sur le parking de l'église. Quelque part au loin, de la musique s'élève d'un autoradio puis s'évanouit peu à peu à mesure que la voiture s'éloigne, mais le rythme interrompt Jerry dans son élan tandis qu'il se dirige vers son pick-up.

Il y avait de la musique dans l'air, ce soir-là. Une douce soirée de juin, une obscurité accueillante, soulagée par les lampions accrochés entre les mobile homes, et Abigail Blake s'était retournée pour le regarder. Pas très loin, le Roumain grattait sa guitare, mais elle avait levé son visage vers Jerry et il avait pu voir le dessin des taches de rousseurs sur son nez. Elle sentait la fraise et l'alcool bon marché et tout doucement elle avait dit : « Merci. »

17

Elle n'a pas dit non. Elle ne voit pas comment elle aurait pu. La nuit possède un territoire bien à elle, où les règles du jour ne s'appliquent pas toujours, et Emma a lu suffisamment de faits divers, entendu suffisamment d'histoires horribles pour savoir ce qui arrive à une fille seule, la nuit, si elle s'avise de repousser un garçon comme Hunter Maddox. Alors quand il le lui propose, elle monte dans sa voiture.

Ils roulent sans échanger un mot pendant un moment, comme par un accord tacite, et Hunter fredonne en sourdine. Elle n'aurait jamais imaginé que c'était le genre de type qui fredonne en conduisant.

Enfin il brise le silence :

« T'as des projets pour la fac ? »

Emma fixe son reflet obscur dans la vitre et se passe la main dans les cheveux, se demandant à quand remonte la dernière fois qu'elle a pris une douche digne de ce nom. Elle s'asperge de déodorant pour masquer l'odeur de whisky, mais tout à coup elle a la sensation d'avoir poussé son corps au-delà de son seuil d'épuisement. Peut-être qu'il ne va pas être intéressé si je suis dégueulasse et que je pue les clopes de Rat, se dit-elle.

« Mes parents tiennent beaucoup à ce que j'aille à la fac dans un autre État, poursuit-il. J'ai dit va pour la Californie, ou un truc comme ça, tu vois ? Mais ils veulent pas que j'aille dans un État où ils ont légalisé la beuh. Ils s'imaginent que ça va me cramer. Comme si ce trou n'y suffisait pas. »

Emma regarde le point de la route où les phares disparaissent et imagine qu'ils sont en train de s'engouffrer dans une énorme gorge noire.

Hunter tapote le volant.

« Alors, comment ça se fait que tu traînes avec Rat Lăcustă ?

— Qu'est-ce que ça peut te faire ?

— Ah, elle parle ! » Il lui fait un grand sourire. « Je sais pas, c'est juste que t'as l'air d'être une fille bien. Trop bien pour une fouine dans son genre.

— Rat n'est pas une fouine, c'est mon ami.

— Ben voyons. » Il rit. « Je peux te garantir qu'il ne l'est pas. »

Jamais un garçon comme Hunter Maddox ne lui avait dit qu'elle était une fille bien. Elle n'arrive pas à le cerner. Elle a accepté de monter avec lui parce qu'elle n'avait pas le choix, mais il y a quelque chose chez lui – peut-être la manière dont il parle de ses parents, ou ses rêves d'évasion – qui lui rappelle un peu Abigail. Ce qui lui remet alors en mémoire pourquoi elle voulait lui parler à l'origine. Abi a besoin d'elle, et si Rat refuse de l'aider, elle devra s'en occuper seule.

Emma jette un coup d'œil à Hunter, jouant avec la fermeture éclair de son blouson.

« J'ai besoin d'aller aux toilettes.

— Ah, eh bien – tu veux passer chez moi ? On est à deux minutes.

— D'accord, si tu le proposes. »

Elle essaie de ne pas avoir l'air trop en demande. Quoi qu'il se passe entre eux, quelque chose d'Abi colle encore à la peau de Hunter, et Emma veut récupérer ça.

Il y a de la lumière aux fenêtres du rez-de-chaussée, mais Emma ne voit personne lorsque Hunter la guide sans bruit dans le vestibule de chez ses parents.

« Tu vas devoir aller à l'étage, dit-il en montrant l'escalier. Maman est en train de transformer les toilettes d'en bas en une espèce de mini-atelier d'artiste. »

Emma fronce le nez et Hunter hoche la tête.

« Ouais, je sais pas. C'est la deuxième porte à droite quand tu arrives en haut. »

Dans les toilettes, Emma prend bien soin de fermer bruyamment la porte et d'ouvrir le robinet. Puis, lentement, afin de ne pas faire grincer les gonds, elle débloque le loquet et se glisse de nouveau sur le palier. Si Hunter a gardé quelque chose qui pourrait la conduire à Abigail, sa chambre semble l'endroit idéal où chercher. Elle ouvre la porte d'un bureau, d'un placard, et d'une chambre d'amis en cours d'aménagement, qui sent le renfermé, avant de trouver ce qu'elle cherche.

Dans la chambre de Hunter plane une légère odeur d'allumette et le plancher est jonché de papier à cigarette et de filtres, entre des chaussettes raidies de crasse, un équipement de basket et divers câbles USB. Emma n'ose pas allumer le plafonnier, mais enclenche la lampe torche de son téléphone, et c'est là qu'elle voit les Polaroid. Les murs de bois nu, comme dans un chalet traditionnel, sont couverts de petits visages. Elle en reconnaît certains du lycée – Bryce Long et Beau Dukes de l'équipe de basket, clope au bec, Shana Tyson, reine de beauté des campings, avec sa volumineuse coiffure afro, Beth Farmer qui sourit à côté d'elle sur le capot d'une bagnole, les frères Weaver avec leurs carcasses dégingandées et leurs poings en sang. Elle s'étrangle une seconde quand elle voit Rat. Le Polaroid en deux dimensions ne rend pas justice à ses pommettes saillantes, mais c'est bien lui. Pris de profil, des fleurs dans les cheveux, il crache des ronds de fumée vaporeux dans la nuit – un revolver sur les genoux.

Un bruit au rez-de-chaussée la fait sursauter, et elle prend une seconde pour calmer sa respiration. La photo de Rat n'a pas d'importance, se dit-elle. Rat n'a pas d'importance, pas pour l'instant. Ce n'est pas pour ses secrets à lui qu'elle est venue.

Elle parcourt du regard le reste des photos, en quête d'une trace quelconque d'Abigail, se répétant Je reconnaîtrais son épaule, sa main, l'angle de sa mâchoire. Mais elle n'en trouve pas l'ombre, et lorsqu'un autre son se fait entendre à l'étage en dessous, son pouls s'emballe, si bien qu'elle sent les palpitations jusqu'au bout de ses doigts. Elle consulte son téléphone : six minutes qu'elle est en haut. Excusable, mais le temps paraît plus long quand on attend quelqu'un. Hunter peut décider de venir la chercher à tout moment. Elle prend une profonde inspiration, puis une autre, et se presse le poignet, comme si elle pouvait calmer son rythme cardiaque en se tâtant le pouls.

Elle se détourne des Polaroid, dirige la lampe de son téléphone sur le placard qui déborde, le bureau encombré, le duvet en boule comme un gros animal endormi sur le lit – elle ne sait pas ce qu'elle cherche au juste, mais s'accroche à l'espoir qu'elle le reconnaîtra en le voyant. La lune jette des ombres étranges à travers les persiennes et peint la chambre de bandes noir et bleu qui guident son regard vers la petite table de nuit.

Et c'est là, à genoux entre les mouchoirs en papier et les miettes de tissu, qu'elle ouvre l'unique tiroir : le visage d'Abigail lui sourit sur un Polaroid.

Emma descend à peine lorsque arrivent les parents de Hunter. Sa mère s'exclame : « Tu nous avais pas dit que tu amenais une copine ! », mais son père pointe Emma du doigt sans la moindre gêne, et elle se tait.

« Qu'est-ce que vous faites ici, jeune femme ? »

Il avance son menton carré dans la direction d'Emma et Hunter pense : Pitié, non, fais pas ça ici, pas maintenant, pas à *elle*.

« Elle avait juste besoin d'utiliser les toilettes, intervient Hunter. Je lui ai dit qu'elle pouvait y aller.

— Je te croyais pas si inconscient, Hunter, laisser une étrangère entrer dans notre maison. » Andie Maddox examine Emma de la tête aux pieds, remarque son rouge à lèvres pas tout à fait assorti à son teint, le blouson pour homme qui la fait paraître trop petite. « Tu dois faire extrêmement attention à qui tu laisses entrer chez nous.

— *Maman.* »

Emma regarde très fixement l'espace de sol vide entre Hunter et ses parents.

Sur un ton sarcastique, Jerry reprend : « Est-ce qu'elle parle anglais, au moins ?

— Ouais », réplique Emma. Hunter entend le tremblement dans sa voix lorsqu'elle se tourne vers lui : « Merci de m'avoir laissée pisser dans ta maison. »

Puis elle descend rapidement les quelques dernières marches, traverse le vestibule et sort sans ajouter un mot.

Sa mère plaque une main sur son front en entendant la porte se refermer et pousse un bruyant soupir : « Hunter, chéri, me regarde pas comme ça, s'il te plaît.

— Zut, Maman.

— Ne parle pas à ta mère sur ce ton. » Jerry le prend par la nuque. « Après toutes les conneries que t'as faites cet été, t'as pas gagné le *droit* d'être déçu par tes parents.

— Vous comptez me laisser tourner la page, un jour ?

— De la drogue, Hunter ! » Sa mère agite les mains comme pour essayer d'illustrer ce que ça signifie. « La marijuana, c'est une chose, mais cet été tu as apporté de la cocaïne dans cette maison. De la cocaïne ! On a donné tout ce qu'on avait pour t'élever correctement, te préparer à la fac, à la *vie*, et toi, tu nous renvoies tous nos efforts en pleine figure en rapportant des drogues dures sous notre toit. Comme si ça ne signifiait rien pour toi, tout ça. Cette famille a une réputation à tenir, Hunter, alors je suis *désolée* si on t'a froissé en n'appréciant pas ta petite copine mexicaine, mais ce que tu éprouves maintenant, ce n'est rien – *rien* – à côté de ce que tu nous as fait vivre. »

Hunter mâchonne l'intérieur de sa joue.

« Papa, dit-il. Qu'est-ce que t'en as fait, de la coke ?

— Quoi ?

— Tu m'as dit que tu t'en étais débarrassé. Qu'est-ce que t'en as fait ? »

Son père pousse un grognement méprisant.

« Pour que tu puisses aller la déterrer ? Je ne crois pas, non.

— Eh bien, quelqu'un l'a déjà trouvée, donc visiblement, tu l'as pas enterrée assez profond.

— Quelqu'un l'a trouvée ? » Sa mère ramène ses cheveux en arrière, tirant jusqu'à ce que les racines soient plaquées contre son crâne. « Bon sang, Jerry. »

Son père hausse les épaules.

« Il raconte n'importe quoi, Andie. Ne l'écoute pas. C'est pas possible.

— Ah ouais, parce que tu l'as si bien cachée que ça ? Tu sais, Papa, peut-être que si tu ne voulais pas que quelqu'un la retrouve, t'aurais pas dû la planquer là où Rat Lăcustă emmène des gens pour baiser. »

Sa mère sursaute.

« Ton vocabulaire, Hunter, pour l'amour du Ciel.

— Comment tu sais où je… ? »

Jerry le fixe, mais il ne semble plus en colère.

Ce n'est qu'un réconfort minime de se rendre compte que c'est ce que son père était en train de faire, planquer la coke, quand Hunter l'a aperçu entre les arbres cette nuit-là. S'il comprend que je l'ai vu, se dit Hunter, il saura que j'étais dans les bois moi aussi, et il voudra savoir pourquoi.

« Hunter, ne te referme pas si vite, il faut qu'on parle de ça. » Débarrassé de sa tension habituelle, le visage large de son père semble s'adoucir tout d'un coup. « Tu as un bel avenir, fiston. Inutile de le ficher en l'air à cause d'une erreur, comme une histoire de drogue. Mais s'il y a autre chose, on peut t'aider, Hunter. Il faut juste que tu nous parles. »

Il voit son père chercher cet instant précaire comme s'il devait suturer le trou que Hunter a fait dans l'été de ses parents, mais il sait – il sait depuis l'instant où il a passé la porte, la nuit où Abigail Blake a disparu – qu'il n'y a rien qu'il puisse dire pour réparer ce qu'il a fait.

18

Un jour, au lycée, Emma avait dû regarder des photos montrant différentes sortes de larmes sous un microscope. Pour la plupart, les images bizarres évoquaient des amibes, mais les larmes de deuil ressemblaient à une vue aérienne d'une ville bombardée. Un paysage raréfié, abandonné. C'est comme ça qu'elle se sent maintenant, se dit-elle.

Il n'y a pas de trottoir le long de la route qui mène de la propriété des Maddox au centre-ville, donc elle marche près des arbres, éclairant la chaussée avec la lampe de son téléphone. Il reste environ vingt kilomètres, et elle sait qu'en définitive elle va devoir appeler sa mère pour lui demander de venir la chercher, mais pour l'instant elle a juste envie de marcher, de sentir le vent dans ses cheveux, la certitude du froid contre sa peau.

C'est comme si elle avait besoin d'étaler devant elle tout ce qui s'est passé ce soir, d'isoler physiquement chaque événement, de se faire une idée de sa forme et de son poids, avec toutes ses nuances, avant de décider ce qu'elle en pense. D'abord il y a eu Rat, qui l'a plantée là comme un toquard au bal du lycée après un rancard raté, avant de réapparaître sur un Polaroid accroché au mur de la chambre de Hunter. La seule chose qu'elle puisse cerner de lui avec une certaine clarté maintenant, c'est qu'il n'est rien de toutes les choses qu'elle a cru qu'il était, juste les espaces entre.

Ensuite, il y a l'autre photo : Abigail, ses longs cheveux soulevés par la brise, les verts et les jaunes vifs de l'été rugissant dans le fond, une marguerite derrière l'oreille. Hunter garde cette image dans le tiroir de sa table de chevet. Il *dort* à côté. Abi le savait-elle ? Qu'est-ce que ça signifie ?

Une chouette ulule quelque part au-dessus de sa tête, et Emma jette un coup d'œil par-dessus son épaule, vers la route noire qui s'étire derrière elle. Devant, c'est exactement pareil. Elle s'arrête un instant, écoutant le craquement du bois contre le bois dans le vent qui secoue les trembles, et elle regrette de ne pouvoir se transformer en arbre, pour rester là, sans bouger, à hurler vers le ciel comme ils le font.

En fait, si elle a un regret, c'est plutôt de n'avoir pas hurlé sur les Maddox. *Maintenant*, elle peut se mettre en colère, se repasser l'accent du Sud traînant d'Andie Maddox, et le « Est-ce qu'elle parle anglais, au moins ? » sarcastique que Jerry lui a lancé avec autant d'égards que s'il jetait son mégot d'une pichenette. *Maintenant*, elle parvient à convoquer toute la rage dont elle a besoin, et sa tête en est prête à exploser. *Maintenant*, elle veut se cogner les poings contre un tronc d'arbre pour faire sortir la colère. Mais, plantée dans le vestibule, elle n'a ressenti que de la fatigue. Un abattement si profond que regarder sa vie lui faisait le même effet que regarder cette longue route noire – la même vue glauque, qu'elle regarde en arrière ou en avant.

En fait, si elle a un regret, c'est de ne pas avoir une bouteille de Jack pleine.

Elle marche depuis une heure, à quelque chose près, lorsque le grondement sourd d'une voiture la fait se retourner. Elle plisse les yeux dans les phares juste à l'instant où la sirène de la police retentit une fois, stridente, et les gyrophares la repeignent momentanément en rouge et bleu.

Le shérif Gains descend de la voiture, sa torche orientée de façon à ne pas l'éblouir. Son haleine forme une buée lorsqu'il dit : « Emma Alvarez, c'est toi ? Qu'est-ce que tu fais si loin de chez toi ? »

Salut. Drôle de soirée.

Puis : *Franchement, Hunter, je suis désolée de m'être enfuie comme ça. Mais je crois pas qu'on devrait se montrer ensemble en ce moment. Mes parents me tueraient.*

Allongé dans la pénombre fraîche de sa chambre, Hunter scrute l'écran de son téléphone en plissant les yeux. Ce ne sont pas les derniers messages qu'Abigail lui a envoyés, mais les autres, il n'a pas envie de les relire maintenant. Ce sont ceux qui lui ont fait faire un truc stupide, un truc qui lui aurait presque échappé ce soir, si ses parents n'avaient pas été aussi bloqués sur la coke.

Tout semble avoir ralenti en l'absence d'Abigail. C'est comme si toute la ville attendait son retour et ne pouvait supporter de faire quoi que ce soit de notable tant qu'elle n'est pas là. Mais les choses étaient différentes à la jonction prometteuse entre le printemps et l'été. Au mois de mai, Hunter et tous les gens qui comptaient pour lui finissaient leur avant-dernière année de lycée. C'était une période charnière, qui regorgeait de papiers d'identité trafiqués et de musique vaporeuse, où l'on goûtait beaucoup la salive les uns des autres. Tous étaient sur le point d'avoir dix-huit ans, et tous voulaient être amants.

Le soir du bal du lycée, celui-là même où Abigail lui avait dit d'aller se faire voir, sur le parking, Hunter était parti dans la montagne en pick-up avec une boîte de cookies à la marijuana et une bande de jeunes du camping de son père, trop attaqués pour se saper en vue d'un bal. Ils s'étaient assis dans les arbres, laissant pendre leurs jambes nues, le visage caché par les branches, pour regarder les lumières de la ville dans la vallée en bas. C'était la nuit où il avait vu Rat Lăcustă, chaussé de santiags blanches à franges, abattre une cannette de Budweiser sur une branche d'un seul coup de feu. À ses oreilles, l'explosion du verre avait retenti comme un applaudissement, et quelque chose dans la férocité de ce son lui avait donné chaud partout. Shana Tyson avait tressé une couronne de fleurs sauvages pour Rat et Hunter avait pris une photo de lui, qu'il avait ensuite oubliée. Puis il avait reçu le message d'Abi.

Rat avait demandé : « Qu'est-ce qui te bouffe comme ça, Maddox ? »

Hunter, perché comme la lune, lui avait répondu qu'il était amoureux.

« Ah ouais, ça fait cet effet-là. Tu veux aller faire un tour en bagnole ? »

Il y avait des bougies dans la maison Winslow. Il se souvient que ça l'a fait rire : *Des bougies dans les bois, on dirait de la sorcellerie.* Et c'en était, un peu. Rat avait des fleurs dans les cheveux et des fleurs tatouées sur la hanche – des églantines de Roumanie pour lui rappeler le pays, avait-il expliqué – et Hunter avait suivi leur contour de ses doigts malhabiles tandis que Rat glissait sa main dans son pantalon.

Dans son lit, à présent, Hunter roule sur le ventre et enfouit sa tête sous son oreiller. Ça ne porte pas vraiment à conséquence, se dit-il. *Tout le monde est un peu comme ça, de nos jours, non ?* C'était juste qu'il était en colère contre Abi, et Rat en colère contre *quelqu'un*, ça, c'était clair, au moins, entre le coup de feu et la friction rude de sa main. De toute évidence, ça ne porte pas à conséquence pour Rat non plus : il l'a à peine regardé quand Hunter lui a donné l'argent de la coke et que leurs doigts se sont frôlés. C'est juste une ironie cruelle que son père l'ait planquée dans la ruine Winslow, et que ce soit Rat qui l'ait trouvée.

« Bon Dieu », murmure-t-il à haute voix, et il espère que personne ne répondra.

Peut-être Rat était-il suffisamment défoncé cette nuit-là pour avoir oublié. En tout cas, il n'a pas l'air de se souvenir de ce qui s'est passé ensuite. Il ne sait pas ce qu'a volé Hunter.

Hunter pousse un soupir, se retourne de nouveau et fixe les veines du bois, presque invisibles, au plafond. Pas le choix, se dit-il.

Il s'extrait de son lit, enfile son pantalon de survêt et ses baskets, et récupère la lampe torche sur le bureau. Dans le placard, il y a un vieux sac à dos, alourdi d'un côté par un objet sur lequel il voudrait tant aujourd'hui n'avoir jamais ne serait-ce que posé les yeux. Il passe le sac sur son épaule avant de sortir dans la nuit.

De chez lui, il y a environ vingt minutes de marche jusqu'à la maison abandonnée. Il n'ose pas prendre la voiture de peur de réveiller ses parents, mais l'accès est assez facile en suivant la rivière qui coule presque tout droit entre les deux propriétés. Une petite pluie crépite sur le feuillage dense tandis qu'il se fraie un chemin entre les arbres. Les aiguilles de pin craquent sous ses semelles, le sac cogne contre son dos. La cocaïne, il la jette dans la rivière, autant pour ses parents que pour lui. Il n'aurait jamais dû l'acheter, déjà ; il n'aurait jamais dû rouler jusqu'à Boulder pour aller la chercher, mais ses priorités étaient différentes à l'époque. Son sang n'a fait qu'un tour quand Emma lui a tendu le sachet et qu'il a vu ce qu'il contenait, mais il n'avait pas d'autre choix que la racheter. Au moins, maintenant, il a repris le contrôle des événements. Le moindre milligramme incriminant doit disparaître.

Mais il y a l'autre truc.

La ruine Winslow est encore plus moche de nuit – une ombre déchiquetée avec sa seule lampe torche pour éclairer les pierres noires effritées. Les bougies ne sont plus là, remarque-t-il en enjambant un rebord de fenêtre pour rejoindre le lit de fougères détrempées à l'intérieur. Le lieu est aussi abandonné qu'il se doit, ce qui convient parfaitement à ses besoins. Il évite soigneusement de regarder le coin où Rat l'a plaqué contre la maçonnerie. Muni d'une lourde pierre, il attaque le sol dur et sent ses doigts s'accrocher à des brindilles et des débris, de la terre s'accumuler sous ses ongles, mais il continue de creuser jusqu'à ce que le trou soit assez profond pour contenir ce qu'il a apporté. Les nuages sont lourds de pluie, et il n'y a pas de lune pour éclairer ce qu'il laisse tomber dans le trou puis recouvre, avant de piétiner le monticule pour l'aplatir au niveau du sol avoisinant.

Un raton laveur grimpe à une branche au-dessus de sa tête, ses yeux noirs scintillent un court instant dans le faisceau de la torche : le seul témoin tandis que Hunter passe le sac vide sur son épaule et reprend le chemin de chez lui.

Le reflet des phares sur le mur de la chambre ressemble à deux yeux géants, et Melissa entend le crachotement d'un moteur qui s'arrête juste devant la maison. Elle se glisse à l'autre bout du lit et soulève le rideau. Juste un peu. Il est presque 21 h 30, et elle sait qu'elle a parfaitement le droit de se demander qui a retenu sa fille dehors si tard dans une période comme celle-là, mais elle n'a pas envie de se faire surprendre en train d'espionner. Immédiatement, elle se félicite de sa prudence, car une voiture de flic est garée devant sa maison.

L'étape cinq de *Que faire quand votre ado vous ment* consistait à l'aborder avec franchise, sans chercher à le prendre sur le fait, car ce serait malhonnête en soi et encouragerait le même comportement chez lui. Melissa se dit que la personne qui a écrit cet article ne devait pas avoir d'adolescent chez elle. Elle n'avait sans doute même pas d'enfant, sinon elle comprendrait, ne serait pas si condescendante. Melissa imagine que demain, quand elle sera assise devant sa fille au petit déjeuner, et qu'Emma mentira sur la façon dont elle est rentrée ce soir, elle *saura* que c'est un mensonge et, malgré toute sa frustration, il y aura en elle une parcelle de satisfaction.

Finalement, Emma descend de voiture et le shérif Gains aussi. Ils s'attardent un moment sous le réverbère, leur respiration lourde faisant de la buée dans l'air froid, puis il pose une main sur le dos d'Emma et la pousse doucement vers l'allée.

Melissa écarte vivement la tête de la fenêtre. Elle sait qu'ils ne peuvent pas l'entendre de la rue, mais elle plaque néanmoins sa main sur sa bouche pour s'empêcher de dire tout haut : Pas ma fille.

19

Encore aujourd'hui – peut-être surtout aujourd'hui – Dolly repense souvent au fait qu'elle s'était décidée à quitter Samuel dès le jour de leur mariage. Pour commencer, il s'était planté dans leurs vœux. Elle frémit encore en se revoyant debout devant tous ses amis et sa famille, et lui qui l'avait appelée *Darlene*, comme si Dolly avait pu être le diminutif de ce prénom-là. Elle le lui avait d'ailleurs fait remarquer après, si confiante en la légitimité de son indignation qu'elle était certaine qu'il allait lui demander pardon. Mais non, il avait simplement grogné et dit : « En tout cas, j'espère que c'est pas à ça que va ressembler la suite de ce mariage. »

Ça aurait été impossible de le quitter juste après la cérémonie, bien sûr. Tout le monde aurait secoué la tête en soupirant : « Je te l'avais dit », comme s'il fallait être particulièrement sage pour observer ce qu'elle savait depuis le début : Samuel Blake allait être un très mauvais mari. Si elle l'avait choisi en espérant s'être trouvé un bon partenaire de vie, elle aurait sans doute été davantage déçue, mais la jeune Dolly Hopkins s'était mariée pour prouver quelque chose, à savoir qu'elle était capable de prendre ses propres décisions, et aussitôt que ses parents commenceraient à la traiter en adulte, elle se trouverait une excuse et ficherait le camp. C'était son plan, en tout cas.

Quelquefois, la nuit, quand elle entend la voiture de Samuel s'arrêter dans l'allée, quand elle l'entend jurer en laissant échapper ses clés, quand elle se le représente en train de tituber jusqu'à la porte, bourré au bourbon, elle regrette qu'il n'ait pas loupé un virage. Elle voit parfaitement la scène – il enfonce la pédale de frein, il tourne brusquement le volant, mais ça ne suffit pas : la voiture dévale le flanc de la montagne. D'autres fois, par exemple quand il lui donne un petit coup de pied à l'arrière des chevilles, elle regrette que les Viêt-cong ne l'aient pas battu à mort avec la crosse de leurs fusils.

Quand elle l'a rencontré, pendant l'été moite de 1992, elle sortait tout juste de la fac. Elle rendait visite à des amis à Shreveport, il avait déjà trente-huit ans. Le côté austère de sa vie solitaire l'avait attirée. Il avait un appartement dans le quartier de Riverfront, et elle l'y laissait l'immobiliser et s'enfoncer en elle, confondant la transpiration avec de l'excitation. Une fois qu'ils s'étaient mariés, cependant, il l'avait installée dans la maison de ses parents, sous prétexte qu'ils y auraient plus de place. En fait, Dolly le savait, c'était parce que Constance Blake, la mère de Samuel, l'avait ordonné.

Constance critiquait toujours Dolly sur sa façon de faire sa lessive. On était censé bien secouer les vêtements au moment de les plier. *Il faut qu'ils claquent bien quand tu les secoues. Sinon ils vont se froisser dans les tiroirs.* Dolly se fichait que les vêtements de Samuel se froissent, mais pas Constance. Celle-ci s'inquiétait beaucoup pour son fils. Dolly voyait bien que Samuel s'inquiétait aussi beaucoup pour sa mère (dont le mari, Jason, un homme falot, était presque invisible et faisait chambre à part), mais cependant mère et fils étaient incapables d'échanger deux mots aimables.

Un dimanche, après l'église – l'église baptiste désormais, que Dolly trouvait à la fois terne et trop sérieuse, elle qui avait été élevée mollement dans la foi anglicane –, Constance lui avait demandé : « Il t'a déjà frappée ? »

Dolly avait été très déconcertée, moins par le contenu de la question, toutefois, que par le fait que sa belle-mère lui pose une question personnelle. Non, avait-elle répondu poliment, Samuel ne l'avait jamais frappée. Mais pour toute réaction, Constance avait reniflé et secoué énergiquement la chemise qu'elle était en train de plier.

Plus tard dans la soirée, après plus de sangria qu'elle ne l'aurait jamais avoué, Constance avait dit : « C'est comme d'être sur la plage et de voir une énorme vague qui grossit au large ; elle arrive sur vous, de plus en plus grosse, de plus en plus bruyante, et vous savez qu'elle va vous engloutir d'un coup, mais vous ne pouvez pas détourner les yeux. C'est comme ça avec Samuel. Depuis qu'il est revenu. »

Avec le recul, Dolly regrette de n'avoir pas mieux écouté Constance. À l'époque, elle n'aimait pas sa belle-mère par principe : Constance rendait Samuel encore plus nerveux que d'habitude et laissait toujours à Dolly le soin de le calmer. Mais la méfiance réciproque entre mère et fils aurait pu lui mettre la puce à l'oreille, si seulement elle avait bien voulu y prêter attention. En ce temps-là, elle avait cru comprendre. Elle connaissait le sort des femmes battues, elle avait fait le vœu de ne jamais laisser ce genre de choses lui arriver. Imbécile, se tance-t-elle maintenant en enfouissant le visage dans son oreiller – comme si c'était jamais les femmes qui *permettaient* que *ce genre de choses* leur arrive.

Plusieurs mois après leur mariage, elle avait décidé de mettre son plan à exécution. Quelques jours auparavant, elle avait reçu une lettre de sa mère, qui lui annonçait qu'elle allait l'appeler en fin de semaine pour discuter de quelque chose, et Dolly s'était joyeusement imaginé qu'elle allait lui dire : « Je suis désolée qu'on ne t'ait pas prise au sérieux avant, Dolly. Si tu veux devenir sculptrice, évidemment qu'on va t'aider. Reviens à la maison, je t'en prie. » Elle ne céderait pas tout de suite, bien sûr, afin de bien s'assurer que ses parents seraient reconnaissants de son retour, mais elle irait. Elle s'en irait.

Mais lorsqu'elle avait appelé, Mrs Hopkins voulait savoir quand Dolly pensait venir pour Thanksgiving.

« On ne peut pas venir le lundi, Maman. Sam a du travail.

— Oh, mais chérie, je ne pensais pas à Samuel. On croyait que tu viendrais toute seule. Il faut que j'en parle avec ton père.

— Sam est mon mari, Maman, avait-elle répliqué, faisant siffler le S de son nom à travers la ligne de la Louisiane au New Hampshire. Vous ne pouvez pas m'inviter sans l'inviter. » Ce n'était pas juste. Sa mère aurait été scandalisée si quelqu'un l'avait invitée, elle, en excluant son père. « C'est nous deux ou rien. »

Elle avait raccroché si violemment que le combiné s'était fendillé. Ce n'était même pas qu'elle avait envie que Samuel vienne fêter Thanksgiving avec sa famille. Côté nourriture, il était difficile, il ne faisait jamais la conversation et il avait tout le temps la migraine. Mais elle l'avait épousé, non ? Les gens devaient respecter ça. C'était le manque de respect qui l'avait offusquée, et elle détestait l'impression de devoir le réclamer, comme si elle n'était qu'une enfant qui tapait du pied.

C'était l'époque où elle transportait une petite boule de rage chauffée à blanc au fond de sa poitrine partout où elle allait, et elle savait que celle-ci pouvait s'embraser d'un instant à l'autre. Elle se demande ce qu'il est advenu de cette petite boule de colère. Fondue désormais, avachie, sans forme, telles les figurines de cire dentaire incolore qu'elle modelait autrefois, oubliées dans la chaleur de l'été par sa mère, piétinées par son père.

Oui, la colère lui avait fait du bien, pendant ce court instant, quand elle avait raccroché. Mais ensuite, lorsque c'était sa propre vie qui s'était mise à se fendiller, il ne lui restait pas d'échappatoire. Elle ne pouvait pas franchement retourner chez ses parents la queue basse. Que penseraient-ils d'elle, après le cinéma qu'elle avait fait ? Ils ne la prendraient plus jamais au sérieux.

Elle était mariée depuis à peine un an lorsqu'elle avait découvert qu'elle était enceinte. Samuel n'avait pas dit grand-chose quand elle le lui avait annoncé mais, quelques jours plus tard, il l'avait informée qu'il avait accepté un nouveau travail, un travail qui paierait mieux, dans une entreprise d'exploitation forestière du

Colorado. Ça, avait dit Dolly à ses amies, c'était sa façon de montrer qu'elle comptait pour lui. C'était la dernière fois qu'elle leur adressait la parole.

Whistling Ridge devait son nom aux vents qui descendaient de la montagne, et Dolly trouvait ça très romantique. Peut-être était-ce ce détail qui l'avait aidée à accepter son rôle de femme de pionnier des temps modernes avec une telle ardeur. Pendant cette période trop brève, elle avait préparé le dîner de son mari, mis la table ou fait sa lessive en prenant plaisir à la tâche. C'était le genre de choses qui se font dans une *famille*. Dans le ventre rond dont elle était fière, elle était en train de donner forme à cette famille, de sculpter cette nouvelle petite personne comme s'il s'agissait de l'une de ses figurines en cire – oubliant, au passage, qu'elle n'avait rien produit depuis leur mariage.

Peut-être Samuel aurait-il pu aider un peu plus à la maison, concédait-elle. Peut-être aurait-il pu faire les courses une fois de temps en temps, au lieu d'attendre d'être rentré du travail, affalé sur le canapé avec sur les genoux un plateau sur lequel est posée une assiette de poitrine de bœuf braisée, pour dire : « Ah, on n'a plus de sauce barbecue. Dépêche-toi d'aller en chercher à l'épicerie, tu veux ? »

La première fois, alors qu'elle n'en était qu'à quelques mois, elle avait senti la boule de colère familière dans sa poitrine, et répliqué sèchement : « Pourquoi t'y vas pas, toi ? Dieu sait que tu fais jamais rien pour moi. » Dans un premier temps, Samuel ne lui avait pas répondu, mais ses paupières s'étaient mises à tressauter, et il avait écarté les bras, les doigts raides et contractés comme des griffes, tandis que sa bouche s'ouvrait tellement grand qu'elle s'était dit qu'il allait se fendre le visage en deux. Et Samuel s'était mis à hurler. Ce n'était pas un son qu'elle avait jamais entendu sortir de la bouche d'un être humain. Il avait versé sur le côté et il était tombé du canapé, et avant qu'elle ne puisse l'arrêter, il était à quatre pattes, et gémissait comme un animal en flammes. Après ça, elle avait obéi.

De temps en temps, dans les brefs moments de vulnérabilité entre le réveil et le lever du soleil, quand il la laissait le prendre dans ses bras, il lui parlait du Viêtnam, par phrases inachevées, marmonnées. Il racontait les rivières de boue, ce que ça lui avait fait de ramper par-dessus les cadavres d'hommes qu'il connaissait. Dolly avait de la peine pour Samuel en ces moments, même si, à présent, elle voit qu'elle a confondu ce sentiment avec de l'amour. Elle était obscurément convaincue, cependant, que ses hurlements n'étaient pas seulement quelque chose qu'il avait rapporté de la guerre. Il s'agitait chaque fois que sa mère téléphonait, et pendant que Dolly racontait à Constance qu'il était au travail, il se rendait dans la chambre d'un pas lourd et renversait tout sur les étagères. Dans ces moments-là, Dolly prenait son ventre à deux mains et adressait à Dieu une prière muette : Fais que mon bébé ne soit pas comme *lui*, je T'en prie.

Mais lorsqu'il était né, Noah Isaac Blake n'arrêtait pas de pleurer. Dolly était convaincue que c'était anormal, même pour un bébé. Elle avait tenté tout ce que conseillaient les livres, mais Noah continuait de hurler quoi qu'elle fasse – et elle avait le sentiment, paré d'une certitude qu'elle ne parvenait pas à comprendre pleinement, que c'était contre elle, tout spécialement, qu'il hurlait. Samuel s'était mis à boire, puis à hurler contre elle, lui aussi.

« Tu peux pas lui faire fermer son clapet une minute, à ce petit bâtard ? » Il donnait une claque du plat de la main sur la table en disant ça, au dîner, faisant déborder la sauce de son assiette. « Je bosse toute la journée, et c'est ça qui m'attend quand je rentre chez moi ? Je déteste ce boucan, Dolly, vraiment, je peux pas blairer ça. »

Moi, par contre, j'adore ça, bien sûr, se disait Dolly.

Le pire, c'était qu'elle aurait vraiment voulu aimer ça. Dès l'instant où la sage-femme avait placé Noah dans ses bras, quand il avait levé ses yeux vers elle, grands ouverts, comme s'il avait trop hâte de commencer sa vie, elle s'était dit que là, enfin, elle tenait un ami. Un allié. Ils allaient se protéger mutuellement. *C'est toi et moi contre le monde, mon petit.* Mais tout ce qu'il faisait, c'était pleurer et vomir, et toutes les conneries que font les bébés, ce qui ne faisait qu'accroître la colère de Samuel – – comme si c'était sa faute, à elle, si leur fils n'était pas sorti de son ventre sous les traits d'un bon petit Américain pleinement formé, qu'il pourrait emmener chasser ou tirer au revolver sur des cannettes de bière. Une innommable sensation de deuil submergeait Dolly chaque fois qu'elle observait son fils en train de brailler, et elle s'était mise à fumer rien que pour avoir quelque chose qui mobilise ses mains, qui auraient dû lui servir à tenir son bébé.

Et bien sûr, à présent, tous ses projets d'évasion avaient capoté. Tout avait changé. Elle avait un bébé. Que pouvait-elle faire ? Le ranger dans sa valise ?

Un jour – en fait, la première fois que Samuel lui avait donné un coup de pied dans les chevilles par-derrière, quand ils avaient dû sortir de l'église en avance parce que Noah n'arrêtait pas de pleurer – Dolly s'était enfermée dans la salle de bains et s'était fourré une serviette dans la bouche pour ne pas s'entendre dire : *Je voudrais n'avoir jamais eu ce fichu bébé.* S'il n'y avait pas Noah, se disait-elle, elle se trouverait désormais à des années-lumière de Samuel.

C'était vers ce moment qu'elle s'était prise à imaginer que son mari allait picoler assez pour faire une sortie de route. À moins qu'il meure écrasé par un arbre qui lui tomberait dessus à la scierie. Ou bien qu'il s'électrocute avec son rasoir électrique un matin. Allongée dans la fraîcheur indigo précédant l'aube, fixant la silhouette sombre, compacte qui ronflait dans le lit à côté d'elle, elle se disait : Un jour, je vais te quitter. Je vais le faire. *C'est certain.*

Elle avait essayé. Plus d'une fois, elle avait commencé à faire son sac pendant que Samuel était au travail. Un soir, quand Noah était encore petit, elle avait même réussi à aller jusqu'à Longmont, et elle s'était pris une chambre de motel avant que la conscience de la gravité de la situation ne la rattrape vraiment.

« Comment on fait ? avait-elle demandé à un homme, au bar, qui lui avait raconté qu'il venait de quitter sa femme. Comment on décide quelles parties de sa vie on veut garder et quelles parties on veut abandonner pour toujours ? »

Il avait répondu que quand c'était vraiment la catastrophe, on se contentait de prendre les choses qu'on ne pouvait remplacer. Dolly avait pensé à Noah en train de pleurer, à Samuel en train de monter le volume de la télé de façon à ne pas l'entendre, et elle avait pris la route du retour le lendemain matin.

Elle lui avait raconté que Debbie Weaver avait eu un gros coup de blues, et que c'était pour ça qu'elle avait découché. Il ne s'était pas montré très compréhensif.

À partir de là, chaque fois que le désir de s'échapper remontait en elle, elle se mettait à genoux et tentait de peser le pour et le contre en s'entretenant avec Dieu. Chaque fois, elle arrivait à la même conclusion : elle était déraisonnable. Samuel avait ses démons, mais qui n'en aurait pas eu, après tout ce qu'il avait vécu ? Même si ce qu'il avait vécu, elle ne savait pas trop ce que c'était – tout ce qu'elle avait, c'étaient ses marmonnements occasionnels, et une vague idée de la guerre du Viêtnam, tache sinistre et hideuse sur la conscience nationale. Il n'empêche qu'une bonne épouse serait plus compatissante. Et de quoi pouvait-elle se plaindre, au fond ? Certes, il lui arrivait de crier, de perdre un peu les pédales, de boire jusqu'à plus soif, une petite claque par-ci par-là, un coup de pied dans l'arrière des chevilles, mais au moins, il ne lui avait jamais flanqué de vraie dérouillée. C'était déjà ça, non ? Toutes les femmes ne pouvaient pas en dire autant. Il ne les avait jamais frappés trop fort, ni les uns ni les autres, jusqu'au soir où il avait fait un trou dans le mur d'un coup de poing, le soir où tout avait dégénéré.

Elle sait que tous, ils portent encore un peu de cette soirée en eux, et elle a beau chanter dans toute la maison, Abigail ne fait pas exception.

Et à présent, sa fille a disparu. Peut-être a-t-elle fait précisément ce que Dolly n'a jamais pu.

20

Cela fait trois semaines qu'Abigail Blake a disparu, et les équipes du shérif retournent le lit de la rivière, pataugeant dans l'eau noire. Il y a seulement quelques jours, à environ un kilomètre et demi en amont, à l'endroit où les berges sont plus escarpées et le courant plus rapide, ils ont retrouvé la douille. À présent, les cris des corbeaux perchés dans les pins ressemblent à des voix humaines, et les policiers ne cessent de se jeter des coups d'œil pour voir si la personne à côté d'eux a parlé. Ils plongent les mains dans les buissons de joncs flétris, laissent traîner leurs manches sur des rochers couverts de mousse, en s'efforçant de ne pas se déconcentrer. Finalement, l'une d'entre eux lève une main en l'air et crie : « Chef, je crois qu'on a quelque chose par ici ! »

Gains descend tout au bord de la rivière, suivi de son adjoint, Saidi. L'agent Moore, dans l'eau jusqu'aux genoux, tient une masse tachée et informe.

« Je crois que c'est un gilet en laine, m'sieur », dit Moore en laissant la masse tomber dans le sachet en plastique tendu par Saidi.

Gains hoche la tête. La laine détrempée est encore pâle par endroits, laissant deviner sa couleur d'origine, mais le vêtement est chiffonné et déchiré, gonflé de rouge brunâtre. Il est difficile de dire combien de temps il a séjourné dans l'eau, mais il s'en dégage encore un vague relent de cuivre qui fait serrer les dents à Gains.

« Venez, dit-il, repartant vers la voiture. On ferait bien d'aller les prévenir. »

« Oui. » Dolly Blake prend la pochette scellée, lisse les plis du plastique transparent de ses pouces. « C'est le gilet en laine d'Abigail, j'en suis certaine.

— C'est du sang ? » demande Samuel en montrant le vêtement.

On est vendredi matin, et il n'est pas à la scierie. Gains ne pose pas de questions à ce sujet, mais il remarque les cannettes de Lone Star écrasées au pied de son fauteuil.

« Il faut qu'on l'envoie au labo à Denver pour s'en assurer, mais c'est une possibilité, étant donné qu'on l'a repêché pas loin de l'endroit où on avait trouvé la douille.

— Alors qu'est-ce que vous êtes en train de nous dire ? » Dolly le fusille du regard, le visage défait. « Vous nous dites que… qu'elle est morte ? C'est ça ?

— Je ne suis pas en position de confirmer ou de démentir ça pour l'instant, Mrs Blake. Je suis désolé. »

Dolly ne le raccompagne pas à la porte cette fois, mais à sa surprise, Samuel suit Gains dehors.

« Eli, dit Samuel, à voix basse. Si c'est… » Il se passe la main sur le visage. « Si c'est le sang d'Abigail, je veux dire, vous pensez qu'il reste une chance qu'elle ait survécu ? »

Gains frotte les moignons de ses doigts manquants. Il n'a pas envie d'être acculé par cet homme dur.

« Je pensais ce que j'ai dit, à l'intérieur. En l'absence d'un corps, ça ne sert à rien de spéculer, à ce stade.

— Allez, Eli. C'est de ma fille qu'on parle. J'ai besoin de savoir.

— Samuel, je suis désolé, il y a beaucoup trop de facteurs en jeu : où elle a reçu la balle, sa compétence en premiers secours, si le tireur l'a suivie ou pas. Et tout ça en supposant que c'est bien son sang. Franchement, oui, bien sûr… » Il lève les mains, comme pour tenter de retenir une force puissante. « Si *c'est* son sang, mais que la balle l'a simplement égratignée, si elle a su exercer une compression et nettoyer la plaie, alors il est *possible* qu'elle s'en soit sortie. Mais on parle d'une adolescente : si on lui a tiré dessus, il est beaucoup plus probable qu'elle ait paniqué. »

Samuel hoche lentement la tête.

« D'accord, dit-il enfin, se retournant vers la porte du salon. À l'avenir, je préférerais que vous évitiez de déranger ma femme avec ce genre de trouvaille tant que vous n'avez pas de certitude. Elle a des problèmes de… » Il fait un petit cercle sur sa tempe avec son doigt. « Si Abigail est vraiment morte, Eli, dites-le-nous franchement. Ne nous emmerdez pas avec des détails à la con. »

Jusque-là, Eli Gains n'a jamais eu à annoncer à personne la mort de son enfant, mais, ce soir, il va s'entraîner à prononcer les mots devant le miroir de sa salle de bains.

« Tu peux me dire un peu ce que tu as fabriqué hier soir ? » Melissa secoue la tête en regardant sa fille qui mange des céréales à même la boîte, avachie contre le plan de travail. « Je ne peux pas te laisser partir je ne sais où sans me dire où tu es ni quand tu rentres. Une fille a disparu. On n'est pas en sécurité dehors, en ce moment. »

Une image de son mari, la lèvre fendue, les yeux noirs et gonflés comme des prunes trop mûres, passe brièvement dans son cerveau. Elle l'entend presque cracher du sang et dire : *Quand est-ce qu'on a été en sécurité ici, au juste ?*

« Je suis désolée, Maman. »

Emma a une voix fatiguée. Elle en a l'air aussi, avec ses cheveux pas brossés et l'eye-liner d'hier soir qui bave encore sous ses yeux. Melissa a envie de la prendre dans ses bras, de croire qu'elle le pense vraiment, mais peut-être que ça a toujours été ça, son problème. Avec sa fille, avec son mari, et même avec Dieu – elle n'arrive jamais vraiment à se forcer à croire jusqu'au bout.

« Je ne veux plus te voir dans la voiture du shérif Gains. » Elle lève une main pour faire taire Emma avant qu'elle ait le temps d'ouvrir la bouche. « Je ne m'attends pas à ce que tu me dises pourquoi c'est lui qui t'a ramenée à la maison hier soir, mais je veux que tu me promettes que tu éviteras de te retrouver seule avec lui.

— On m'a laissée en rade. Il a fait ça par gentillesse. Où est le problème ?

— On n'est pas censées être en tête à tête, toi et moi, Em. Normalement, il devrait y avoir quelqu'un pour m'aider à te guider dans la bonne direction, mais ce n'est pas le cas. Il n'y a que moi. Alors quand je te demande de faire quelque chose, j'ai besoin que tu coopères, OK ?

— Maman, t'es trop bizarre, là. Qu'est-ce que t'as avec le shérif ? » Emma pose la boîte de céréales. « Il t'a... fait quelque chose ?

— Non. » Melissa se frotte les bras, sent sa peau hérissée. « Pas à moi.

— Maman ? De quoi tu parles ? Tu sais quelque chose ? Ça a un rapport avec Abi ? »

Melissa ferme les yeux un instant. Pourquoi a-t-elle dit ça ? Les mots lui ont échappé, mais elle ne peut pas se permettre ce genre d'imprudence, pas dans un moment comme celui-ci.

« C'est rien, Em. Laisse tomber.

— Ce n'est pas rien, c'est clair que tu es bouleversée, alors qu'est-ce qui s'est passé ? Le shérif Gains a fait quelque chose à Abi ? Il faut que tu me le dises.

— J'ai dit que c'était rien, Em. Allez. » Elle se racle la gorge. « Tu as vu les livres que j'ai laissés sur la table ? J'ai demandé au principal Handel le programme d'anglais de terminale de cette année. Je sais que tu fais un break, mais il faut que tu te mettes à jour dans tes lectures, si tu veux être prête pour le diplôme. »

Elle ne sait pas trop si Emma l'entend vraiment. Elle la fixe à travers la cuisine avec ses yeux noirs. *Elle sait que tu sais quelque chose.* Savoir, c'est un grand mot, peut-être. Mais Melissa se souvient très bien d'Abigail, debout dans l'entrée de la clinique, entortillant une mèche de ses longs cheveux roux autour d'un doigt, une fine pellicule de sueur sur son front pâle. C'était début avril, et il y avait encore des plaques de neige sur le sol. On voyait sa chaussette par un trou au bout d'une de ses baskets. « Je t'en prie, Melissa », avait-elle dit. Elle avait les deux joues rosies par le froid, mais l'une semblait meurtrie, comme si elle venait de prendre une gifle. « Tu es la seule personne à pouvoir m'aider. »

Ça avait perturbé Melissa, à l'époque, cette incertitude. Mais juillet était arrivé, et elle vu Gains mettre la main sur le bas du dos d'Abigail. À présent, l'explication de ce qui est arrivé à cette pauvre fille semble se modifier de semaine en semaine, en fonction de ce que dit le shérif.

Jude a besoin de s'échapper, ne serait-ce qu'un petit moment. Il boitille jusqu'à l'arrêt de bus et prend la navette qui transporte les touristes dans les hauteurs du parc national. Le véhicule est quasiment vide à cette période de l'année et, s'il y a des conversations à bord, Jude ne les entend pas vraiment. Il regarde par la vitre et pense à sa mère : en rentrant de l'école, il l'a trouvée assise dans la chambre de sa sœur, en train de boutonner un vieux gilet en laine d'Abi. Il enfonce ses doigts dans ses paumes pour tenter de calmer la créature tremblante qui s'est mise à grandir à l'intérieur de lui. Pris d'une panique soudaine, il demande au chauffeur de le laisser descendre.

Ils ne roulaient que depuis une vingtaine de minutes, et Jude se rappelle avoir repéré la pancarte du camping des Maddox il y a quelques instants, donc il décide de s'y rendre en coupant à travers bois. À un moment donné, il lui faudra appeler sa mère pour lui demander de venir le chercher, mais il se promet que tout ira bien. Je vais marcher jusqu'au camping, se dit-il, et le temps que j'y arrive, Maman se sera reprise.

Jude marche tête baissée, faisant bien attention où il pose sa canne pour éviter qu'elle s'enfonce trop dans la terre meuble. Lorsqu'il lève enfin les yeux, la ruine Winslow s'élève devant lui. Il pousse un petit soupir, content de découvrir qu'il a bien marché dans la bonne direction, mais il s'immobilise en entendant des voix s'élever derrière les murs éboulés et noircis.

« Encore qu'au secret des sous-bois à l'essai, à l'abri d'un rocher en plein air… Au sommet d'une colline, pourquoi pas… »

C'est la voix de son frère, bien qu'il n'ait jamais entendu Noah parler comme ça auparavant.

« Ou bien en mer, avec toi, en voilier, sur une île tranquille, sur une plage. Je te donne permission de déposer un baiser sur mes lèvres[1]. »

Jude boitille jusqu'au flanc de la maison pour épier entre les fougères et les briques manquantes et, sans surprise, le jeune Roumain est là, adossé à la maçonnerie – son corps ressemble à un point d'interrogation géant. Et à côté, son frère, avec son visage éraflé et ses cheveux tout décoiffés, tient un livre tout corné contre sa poitrine. Sa posture, le dos droit, le menton en l'air, rappelle à Jude le Noah d'il y a des années, avant le trou dans le mur. On dirait un acte de rébellion, la façon dont se tient son frère. Il a l'air fier, presque. Là, il prend le Roumain par la taille comme si l'espace qui

1. « Toi qui que tu sois, qui me tiens à cette heure dans ta main », in *Feuilles d'herbe*, Walt Whitman, traduction Jacques Darras, Gallimard, coll. « Poésie », p. 173. (*N.d.T.*)

les sépare lui appartenait ; ça faisait longtemps que Jude ne lui avait pas vu une telle assurance.

Il ne *les* observe pas, il observe son frère, mais il devient vite flagrant qu'il ne devrait pas faire ça non plus. Le Roumain se met à genoux. Jude sent la sueur l'inonder si complètement qu'elle dégouline même dans les zones les plus bizarres, comme l'arrière de ses genoux. Il assure sa prise sur sa canne, se prépare à s'écarter du mur d'une poussée, mais quelque chose captive son regard et il ne parvient pas à détourner les yeux. Noah défait sa ceinture en un seul geste rapide, et Jude a la nausée. Il a déjà vu quelqu'un faire ça.

Noah arque le dos et pousse un cri curieusement primitif, et Jude a déjà entendu un son comme celui-là, aussi.

21

Alors

À la toute fin du mois d'août, alors que les serpents à sonnette prennent encore le soleil sur le bitume chaud, Noah tient la caisse de l'Aurora quand entrent quatre anciens de l'équipe de basket du lycée de Whistling Ridge.

Ethan McArthur porte beau dans son pantalon de treillis désormais un peu élimé, mais il a encore le petit côté intello qui a toujours plu à Noah. Il lui fait un petit signe tandis que ses camarades s'installent à la première table – Luke Weaver, tout dégingandé, qui vient de foutre en l'air sa bourse d'études sportives en Arizona ; Jaden Tucker, avec ses bras capables d'écraser la tête d'un homme comme un bouquet de balsamines ; et Austin Traxler, qui a réussi à se faire pousser la barbe.

« Salut, mec, ça fait un bail. »

Ethan sourit quand Noah s'approche de la table pour prendre leur commande. Il a les dents très blanches, comme s'il avait fait un traitement. Noah lui rend son sourire sans ouvrir la bouche.

« Je savais pas que tu bossais toujours ici, sans quoi on t'aurait invité. »

Bien sûr que non.

Austin ajuste ses lunettes de hipster à monture épaisse et consulte le menu avec ostentation.

« Qu'est-ce que tu recommanderais, mon bon serveur ?

— Les gaufres sont correctes, j'imagine. »

Les autres ricanent et Noah se mordille la lèvre.

« Après une recommandation si enthousiaste, j'aurais du mal à refuser ! déclare Austin, avec un faux accent britannique. Ce sera des gaufres, mon bon. Des gaufres pour tout le monde. »

Noah prend son temps pour disposer leurs couverts. Il se rend aussi invisible que possible tout en restant près d'eux, et il a beau se dire qu'il s'en fiche, que ça ne change rien puisque ce qui est fait est fait, il a envie de les entendre parler de la fac, quitte à remuer le couteau dans la plaie.

« Alors c'est comment, Denver ? demande Ethan.

— Oh, tu sais, répond Jaden. J'envisage de m'y établir.

— Jessica et moi, on cherche un coloc, intervient Austin. Si t'es tenté par Boulder. »

Luke renifle avec mépris.

« Boulder, c'est pour les hippies et les chochottes d'extrême-gauche.

— Tu penses pas te réinstaller ici, donc ?

— Putain, non. » Jaden jette un coup d'œil à Noah. « Je voudrais pas être coincé ici pour le restant de mes jours. »

Noah retourne au comptoir et pose son menton dans ses mains. Il observe les adolescents dehors, vautrés sur les bancs comme des lézards dans la chaleur. Dans une semaine environ, ils vont commencer une nouvelle année de lycée ou boucler leurs valises et partir pour la fac, et lui restera là, au *diner*. Elle est un peu facile, Jaden, se dit-il.

La clochette accrochée à la porte tinte et l'énergie se modifie sensiblement dans la salle lorsque Rat entre d'un pas nonchalant, blouson de cuir sur l'épaule, cigarette derrière l'oreille. Chrissy Dukes, qui est en train de remplir les distributeurs de serviettes en papier, lui jette un regard noir, mais elle tire sur son décolleté dès qu'elle s'imagine que tout le monde a le dos tourné. Les garçons à la table le regardent avec une prudence de loups, ne sachant comment réagir à sa démarche arrogante.

« Salut, Blake, lance Rat, coudes sur le comptoir. Tu sais ce que je veux. »

Noah le dévisage, et son cœur bat comme un petit oiseau coincé dans sa poitrine.

Rat lui décoche un grand sourire.

« Frappucino au caramel ? Comme d'habitude ?

— Oh. » Noah se demande comment il supporte de porter un jean si serré par ce temps.

Il déteste préparer des trucs au caramel, car il se met toujours du sirop plein les mains. Il l'a bien dit à Rat, mais le salaud, il revient quand même toutes les semaines commander la même cochonnerie.

« J'aime pas comment tu prononces ça, *car-mel*. C'est ca-ramel, lui a fait remarquer un jour Rat, très lentement, comme si Noah était stupide. Mais j'aime bien quand tu le lèches sur tes doigts. Ça me donne envie de te lire de la poésie. »

Noah se planque derrière la machine à expresso et espère – *prie* – que Rat ne va pas se fendre de ce genre de réflexions devant les anciens de l'équipe de basket. Je suis peut-être stupide, se dit-il, mais au moins j'ai l'instinct de conservation.

« Je vous assure, s'exclame Luke Weaver, assez fort pour qu'ils l'entendent du comptoir, ce camping, il est plein de gitans et de pédés. »

Jaden Tucker pousse un soupir.

« Mon vieux, tout le pays est plein de gitans et de pédés. »

Noah sent une fois de plus cette petite tape sur le bras. Il sait qu'il devrait dire quelque chose – il a envie de dire quelque chose ; ces garçons ne sont pas Samuel Blake, après tout – mais il a le sentiment d'être un imposteur. Comme si, peut-être, il faisait juste semblant d'être gay ; est-ce que ça ne serait pas l'horreur d'en faire tout un plat maintenant, si ça devait lui passer plus tard ? Ça n'en vaut pas la peine, pas dans un bled comme celui-là.

Lorsqu'il jette un nouveau coup d'œil vers le comptoir, Rat a disparu.

Luke tambourine sur la table en Formica du bout des ongles quand Noah pose son assiette de gaufres devant lui.

« Hé, les gars, vous voulez une bonne blague ? Vous savez ce que ça veut dire, LGBT ? *Let God Burn Them.* Que Dieu les crame tous. C'est un pasteur de Phoenix qui me l'a apprise. »

Jaden pousse un petit grognement, et Austin sourit de toutes ses dents. Noah se mordille de nouveau la lèvre.

« Sans déconner, mec, c'est vraiment nase, fait Ethan.

— Oh, pardon, je t'ai vexé ? »

Ethan lève les yeux au ciel.

« Je croyais que la fac était censée te rendre plus intelligent. »

Noah déglutit et pense au dégoûtant frappucino inachevé de Rat qui se fige dans une tasse solitaire derrière le comptoir. Il voudrait ne pas puer le lait et le lard. Quand il voit ces quatre mecs qu'il a connus autrefois, il a l'impression de ne s'être pas lavé depuis des jours.

« Oh, ça va, je blaguais. » Luke cherche la sympathie dans les regards des autres. « Tout le monde est trop susceptible, de nos jours. »

Noah dit à Chrissy qu'il a une migraine et quitte le boulot en avance. Ça faisait longtemps qu'il n'avait pas été tout seul chez ses parents dans l'après-midi, et la maison en a l'air différente, un peu dangereuse, même. Il règle la clim à fond et s'affale sur le canapé avec un sachet de glaçons sur la figure.

Avec le soleil, tout est pâle et lumineux derrière ses paupières. Il ne se sentait jamais comme ça, avant. Il y a quatre ans, il avait un peu de cran, comme dirait son père. Avant le soir où Samuel Blake a fait ce trou dans le mur, Noah aurait peut-être dit quelque chose à ces mecs au *diner*. Mais quand les doutes vous tenaillent suffisamment longtemps, vous en arrivez à cette manière de penser : le malheur est une maladie mortelle. Peut-être tiendrez-vous encore un an, encore cinq, encore dix. Mais en définitive, tout deviendra trop lourd, et vous avalerez quelques antidouleurs, vous trancherez votre artère ulnaire avec les ciseaux de la salle de bains, et vous vous allongerez dans la baignoire en écoutant l'eau couler. Quelque chose comme ça. Vous y succomberez comme à un cancer. Jusqu'à ce jour, vous pensez sans cesse : à quoi bon ? À quoi bon faire des économies, partir de chez ses parents, aller à la fac ? De toute façon, vous allez mourir.

Il y a un petit coup à la fenêtre et il sursaute. L'épicéa bleu frotte contre la vitre dans la brise paresseuse de l'été. Posé sur une branche, l'ange qu'a fait Noah autrefois en EMT oscille avec le vent, mais garde les yeux fixés sur lui. Bizarrement, sans pouvoir l'expliquer, il a le sentiment que s'il levait les yeux maintenant, la forme sombre de Dieu se tiendrait sur le seuil, en train de l'observer.

Et tout à coup le souvenir lui revient. Il jure qu'il n'a pas repensé à cette première fois, mais l'effort fourni pour ne pas y penser lui donne un charme supplémentaire, comme s'il s'était affamé et brisait enfin son jeûne. C'était le dernier dimanche d'avril que Noah l'avait vu pour la première fois en train de garer sa moto sur le parking du Dairy Queen, de l'autre côté de la rue. Rat lui avait lancé : « Hé, l'enfant de chœur, tu vas où ? », et il avait coincé sa langue entre ses dents en souriant. Rat était là le dimanche suivant, et le suivant, et Noah avait toujours gardé la tête baissée en traversant le parking de l'église, dos voûté, ne s'autorisant à lever les yeux qu'une fois à l'abri dans son pick-up, sachant que ses parents étaient à bonne distance. Puis, un matin, il avait trouvé un exemplaire tout corné des *Feuilles d'herbe* de Walt Whitman coincé dans ses essuie-glaces. Rat n'était pas là, mais Noah avait su, obscurément, que c'était lui qui l'avait déposé là. « T'aimes même pas Whitman », lui avait reproché Noah plusieurs semaines après.

Et Rat avait répliqué : « N'empêche que t'as compris. »

L'ange se balance dans son arbre. Lorsque Noah se tourne finalement vers le seuil, il n'y a personne, mais il entend des pas dans le vestibule. Prudemment, il se lève, se rend à la porte du salon et glisse un regard dans l'interstice entre le bois et les gonds. Il avait cru que son père était encore à la scierie, mais Samuel Blake retire la grosse croix en pierreries et la pose par terre avec précaution, touchant les cristaux colorés avec une telle tendresse que le cœur de Noah se serre.

Le trou dans le mur lui paraît plus gros que dans sa mémoire. Noah sent le souvenir du sang dans sa bouche. Son père sort un objet de sa poche et le place délicatement dans le trou avant de le recouvrir de nouveau avec la croix.

22

À présent

Samuel s'arrête dans l'allée. Il y a du sang sur ses pneus – un animal mort sans forme sur la route en rentrant de Boulder, qui s'était déjà fait rouler dessus tant de fois qu'il était impossible de dire de quoi il s'agissait. Il remarque la lumière qu'il a laissée allumée dans la chambre d'Abigail tout à l'heure. Pendant un instant, il a seulement envie de rester assis là et de faire comme si. Mais à ce moment précis, Dolly laisse échapper quelque chose dans la cuisine, ajoutant sans doute un accroc dans le linoléum pendant qu'elle y est, et le bruit soudain le fait sursauter.

Ces réunions de soutien où il se rend, à Boulder, elles ne valent rien. Il peut l'admettre, maintenant qu'Abi n'est plus là. Elle était en train de tourner aussi mal que son frère, ces quatre dernières années : elle ne le regardait plus dans les yeux quand il parlait, elle était toujours en colère à cause du trou dans le mur. Mais pour Abi, il était prêt à faire un effort.

Ce n'était pas si mal, au début. Bien sûr, ces groupes de vétérans, c'était surtout du *moi, moi, moi* : les gens voulaient parler d'eux, et ils n'étaient pas contents quand il leur fallait passer le relais. Mais Samuel trouvait que c'était un soulagement, parfois, de se taire. Il gagnait un infime réconfort à s'inquiéter pour quelqu'un d'autre, l'espace d'un moment et, surtout, il y trouvait une reconnaissance.

Un homme dont la joue et le cou étaient tout luisants de cicatrices de brûlures avait dit : « On a fait ce qu'on a dû, dans la jungle. On a fait ce qu'on avait à faire pour traverser ça. » Mais en un sens, il avait tort, se disait Samuel. Dire qu'ils avaient *traversé*, ça impliquait qu'ils s'en étaient sortis.

Elle s'appelait Hoa et elle habitait au-dessus de ce qui tenait plus ou moins lieu de bar à Sơn Tịnh. Au départ, il la payait pour l'emmener à l'étage, dans sa petite chambre qui sentait la sueur, et le chevaucher vigoureusement sur sa paillasse rugueuse, mais au bout de la troisième fois, elle avait dit qu'elle ne voulait pas de son argent. Elle le voulait, lui.

Bien sûr, ce n'était pas strictement vrai. Ce qu'elle voulait, c'était l'Amérique, mais il la lui aurait donnée quand même, à l'époque : aucune femme ne lui avait jamais parlé comme elle. Si seulement elle n'avait pas parlé autant. Si seulement elle ne lui avait pas dit – cette nuit-là, tandis qu'ils étaient appuyés contre le métal chaud de la Jeep, pendant qu'à l'intérieur les hommes trinquaient bruyamment – qu'elle portait son enfant.

C'était comme si tout à coup Constance Blake se trouvait dans la jungle avec eux. Un sentiment proche de la terreur l'avait empoigné et secoué violemment, et tout ce qu'il se rappelle avoir pensé, c'est : Merde, qu'est-ce que va dire Maman ?

Constance ne devait jamais le savoir, en fin de compte. Personne ne le saurait – sauf une poignée de petits garçons, aux huit ans de Noah, qui étaient tombés par hasard sur Samuel Blake lorsque, soûl et entouré d'enfants, il avait repensé tout à coup à celui qu'il aurait pu avoir. La plupart des hommes de son escouade, qui avaient vu la scène – qui avaient vu Hoa s'enfuir en courant dans les bois tandis que Samuel armait son fusil –, étaient sans doute morts depuis.

Hoa lui avait un jour confié que son nom signifiait « comme une fleur » et, encore aujourd'hui, il lui arrive de se demander s'il y a des fleurs qui poussent à cet endroit, à l'endroit où elle est tombée.

Samuel ne parle jamais de Hoa ou de Sơn Tịnh aux réunions de vétérans. Les péchés qu'évoquent les autres sont tout aussi graves, mais lui ne parvient jamais à se résoudre à dévoiler le sien. Le regard que les hommes pourraient ensuite porter sur lui le gêne. Ils ne le jugeront pas, mais lui-même a pitié de certains d'entre eux, de ce avec quoi ils ont dû vivre, et il refuse de faire à son tour l'objet de leur pitié.

Il a envisagé de laisser tomber dès janvier. Ça faisait une sacrée trotte jusqu'à Boulder, avec les routes de montagne toutes verglacées, mais comme Abi commençait juste à s'adoucir un peu à son égard, il avait acheté des chaînes neuves pour ses pneus. Il était presque fier de lui, à l'époque : il avait l'impression d'être en train de se transformer pour sa petite fille. Mais c'est alors que le type qui animait le groupe de soutien s'était jeté du pont de St Vrain. Ça avait un côté comique, l'animateur du groupe de soutien qui se foutait en l'air. Ils avaient engagé un jeune gars pour le remplacer. Le mec avait effectué deux services en Irak, *excusez du peu.* Son arrivée avait attiré tout un tas de nouveaux membres, et ça s'était gâté.

Ces gamins – des anciens d'une autre guerre, d'une autre époque – n'étaient pas ses frères. Leurs visages ne lui étaient pas familiers, ils employaient des termes qu'il ne connaissait pas pour décrire des lieux dont il ne savait rien et, de leur côté, ils ne comprenaient rien à la guerre du Viêtnam. Oh, bien sûr, ils en avaient une vague notion. Certains l'avaient même étudiée en cours d'histoire – *d'histoire*, comme si c'était la Rome antique, putain. Cependant, à leurs yeux, ça restait un événement qui était arrivé à d'autres, en un autre temps. Au bout du compte, même s'il n'aurait su le formuler vraiment, il les haïssait.

Il n'ira plus aux réunions, se dit-il à présent, assis dans sa voiture dans le noir. La lumière est peut-être allumée dans la chambre d'Abigail, mais elle a disparu, alors qui s'en soucie, qu'il y aille ou pas ? Dolly, elle s'en fout. Elle pense sans doute qu'il va se planquer dans un bar tous les vendredis soir, de toute façon.

« Père, nous devons affronter une place vide à notre table. Sois auprès de celle qui nous manque ce soir, et aide-nous à avoir foi en l'opportunité de Ton dessein, et en Ton immense amour pour nous tous. Nous prions pour Ta bénédiction sur Abigail Eden Blake et l'espace entre cet instant et celui où nous la reverrons. D'ici là, que cette nourriture bénisse nos corps et nous donne la force de supporter ce qui nous attend. Au nom de Jésus, *amen.* »

Après avoir lâché la main de son fils aîné, Samuel s'essuie la paume sur son pantalon.

« C'est super bon, Maman », fait Jude.

Dolly hoche la tête, donne un petit coup de fourchette sur le plat à gratin.

« C'est pas moi qui l'ai fait, c'est Melissa qui l'a apporté. »

Samuel grogne en retirant la languette de sa cannette de bière. Melissa Alvarez-Jones est le genre de femme qu'il imagine parfaitement en train de dire : « Toutes mes condoléances », et « Malheureusement, on ne peut pas refaire l'histoire » à un enterrement.

« Tu sais que j'aime pas cette famille », gronde-t-il, pensant : Rien de bon ne peut sortir du métissage.

Dolly est pâle, la mine défaite.

« Elle voulait juste être gentille. »

Toutes mes condoléances.

Samuel est trop fatigué pour une engueulade, donc il passe à un sujet sur lequel il sait que personne ne se risquera à lui répondre.

« Tu as meilleure mine, Noah. Ta mère t'a soigné ? »

Son fils remue son gratin dans son assiette sans le regarder, mais le petit Jude jette un coup d'œil bizarre à son frère.

« Tu l'as fait toi-même ? »

Si Samuel semble impressionné, c'est qu'il l'est, un peu. Le gonflement s'est considérablement atténué depuis hier soir, et les écorchures cicatrisent proprement. S'il est capable de rafistoler un visage, ce garçon n'est peut-être pas tout à fait bon à rien, après tout.

Noah déglutit ostensiblement.

« Qui s'en est occupé ? demande Samuel. Allez, dis-moi, qui a nettoyé ça ? »

Noah porte le bout de ses doigts à sa joue, et Samuel croit, l'espace d'une seconde, apercevoir l'ombre d'un sourire. Il ouvre la bouche, mais juste au même moment, Jude pose son verre – trop bruyamment, trop brusquement – et Samuel sursaute et fait tomber sa cannette.

Sa bière se déverse sur la nappe avec un *glou-glou* insolent. Dolly fait « Oh, Sam », et il a l'impression d'être un vieil homme qui vient de se pisser dessus en public.

Emma enveloppe son mug de ses mains. Le café est encore trop chaud, mais ses doigts sont tellement froids que ça ne la dérange pas de se brûler un peu. Pour un samedi matin, l'Aurora est étrangement vide, mais l'atmosphère est tout de même chargée de l'arôme du café et d'une espèce d'arrière-goût de graisse qui s'attarde sur son palais. Au comptoir, Noah leur fait un signe de tête, à elle et Melissa, installées à leur place habituelle près de la fenêtre. Il a tout le côté droit du visage couvert de petites plaies, comme autrefois les genoux d'Abigail.

Abigail. Emma serre plus fort sa tasse, bien que le bout de ses doigts commence vraiment à cuire. Sa mère sait quelque chose sur Abigail, un secret que, même maintenant, Emma n'a pas le droit de partager. Abi connaissait tous ses secrets, à elle, mais manifestement, de son côté, elle en gardait au moins un pour elle. Un truc qu'elle n'avait pas eu de problème à confier à la mère d'Emma, visiblement, mais pas à son amie.

« C’est quand même chouette, tu sais, que tu n’ailles pas au lycée en ce moment, observe Melissa. On ne s’est pas beaucoup vues, ces derniers temps, pas vrai ? Même cet été, on était débordés à la clinique, et toi tu étais tout le temps fourrée avec Abi. »

En fait, se dit Emma, ce n’est pas complètement vrai. Elle avait à peine vu Abi pendant l’été. Non, elle avait passé le plus clair de son temps à se gaver de séries télé ou à se promener toute seule dans les bois. Mais un après-midi, elles étaient allées au parc national en voiture ; elles avaient fait une randonnée sur l’un des plus petits sentiers contournant Wild Basin, et Abi avait dit : « Je suis vraiment crevée, en ce moment, c’est tout. » C’est sûr qu’elle en avait l’air, avec ses yeux tout bouffis, son maquillage qui formait des croûtes sur les trop nombreux boutons qu’elle avait explosés sur son menton.

« C’est ton père, qui vous empêche encore de dormir ? » avait demandé Emma. Elles s’étaient arrêtées pour se reposer sur un énorme rocher près d’un torrent paresseux, avaient retiré leurs chaussures pour laisser respirer leurs ampoules et s’étiraient sur la pierre chauffée par le soleil.

« J’ai pas envie de parler de mon père. » Abigail se grattait de nouveau le bras. « Mes parents, ils pigent rien. Ils sont tellement cons que ça me rend folle, des fois. »

Emma l’avait regardée enfoncer ses ongles dans sa peau.

« Mais ça va ?

— Oui, oui. Je suis juste de mauvaise humeur, Em. J’en ai marre de mes abrutis de parents. Ils sont pas comme ta mère. Elle, elle comprend. »

Sur le moment, Emma n'avait pas pensé à demander ce que c'était, au juste, que sa mère comprenait. Elle était trop occupée à se réjouir du fait qu'Abigail trouve sa mère cool, ce qui, par procuration, signifiait qu'elle l'était aussi. Elle était descendue dans le torrent, avait pris de l'eau froide dans ses mains en coupe et éclaboussé Abigail, qui avait arrêté de se gratter suffisamment longtemps pour rire et se laisser glisser à son tour dans le cours d'eau afin de l'éclabousser à son tour. Elles avaient oublié la conversation et profité de leur joie simple de gamines, mais leurs paroles reviennent à présent à Emma, comme si elle se trouvait de nouveau dans ce torrent, et lorsqu'elle entend sa mère dire : *On était débordés à la clinique*, elle a un déclic.

« Maman, ce que tu as dit hier, sur Abi, c'était un truc médical ? »

Melissa fronce les sourcils.

« J'ai rien dit sur Abi. Je croyais qu'on s'était mises d'accord pour laisser tomber.

— Elle est venue te voir à la clinique ? Elle avait un problème ?

— Em, arrête. Tu sais que je peux pas te dire ça.

— Alors c'est vrai ? »

Sa mère regarde le contenu de sa tasse, comme si elle allait y trouver la réponse.

« J'ai pas dit ça. »

Emma se penche en avant et baisse la voix : « Est-ce que ça a un rapport avec le shérif Gains ? » Aussitôt qu'elle a prononcé ces mots, elle sent un froid glacial s'abattre sur elle. « Oh, Maman. Il lui a fait quelque chose ? »

Elle fouille des yeux le visage de sa mère dans l'espoir d'y trouver un réconfort, mais Melissa regarde par la fenêtre le carré compact en adobe de sa clinique de l'autre côté de la rue.

« Il était bizarre avec elle, concède-t-elle enfin. C'est tout ce que je sais. Je l'ai vu lui parler une fois, et il se comportait bizarrement.

— Enfin, Maman, il faut que tu le dises à quelqu'un, si c'est vraiment ce que tu penses. »

Melissa secoue la tête.

« À qui tu veux que je dise ça ? Et en plus, Emma, je ne sais pas ce que je pense. Il y avait un truc pas net dans sa manière de se comporter avec elle, mais c'est tout. » Elle jette un bref coup d'œil par-dessus son épaule en direction de Noah Blake, qui essuie les tables. « Tu ne dois répéter tout ça à personne. »

Emma se sent coupable, à présent, d'avoir été secrètement en colère contre Abigail. *Oh, Abi. Pourquoi tu ne m'as rien dit ?* Melissa n'a pas nié, elle n'a pas dit : Non, c'est pour une autre raison qu'Abi est venue me trouver. Mais le shérif Gains ? C'est peut-être ses yeux tristes de mule, mais Emma n'arrive pas vraiment à y croire. Abi ne s'intéressait pas aux hommes plus âgés – elle s'intéressait à peine aux garçons, point barre, sans quoi ses parents lui auraient pourri la vie – donc elle n'aurait pas été flattée par l'attention d'un homme comme Gains.

Non. Emma tape du pied sous la table. Si quelqu'un a fait quelque chose à Abigail, n'est-il pas plus plausible que ce soit le garçon qui dort à côté d'une photo d'elle toutes les nuits ? On en entend parler, de ces mecs, se dit-elle, les mecs qui développent une obsession pour une fille qu'ils ne peuvent pas avoir et qui se montent tellement la tête qu'un matin ils se pointent au lycée et la descendent d'un coup de feu. Ça arrive tout le temps, de nos jours. Elle n'arrive toujours pas à s'en remettre – Hunter qui dort à côté de ce Polaroid. Ça lui donne la chair de poule. Mais s'il avait violé Abigail – bon Dieu, s'il avait fait ça, il aurait eu peur qu'elle le dise à quelqu'un, n'est-ce pas ? Et s'il avait découvert qu'elle avait consulté un médecin, c'est clair que ça lui aurait mis les nerfs. Peut-être assez pour vouloir la faire taire définitivement.

Lorsque le shérif Gains entre, c'est par la porte de derrière, donc contrairement à l'autre fois il est trop tard pour l'éviter. Il se dirige droit vers leur table et, malgré ses soupçons sur Hunter, Emma se surprend à croiser les jambes à son approche.

« Madame et mademoiselle Alvarez, ensemble. » Il retire son Stetson et le cale sous son bras. « Mon jour de chance. »

Melissa s'absorbe de nouveau dans la contemplation du contenu de sa tasse.

« Vous avez besoin de quelque chose ? »

Sous la table, Emma sent la jambe de sa mère s'agiter nerveusement.

« À vrai dire, Emma, c'est avec toi que j'espérais parler. » Il retire son carnet de sa poche de poitrine et le feuillette. « Ah, voilà – Emma, quand tu as été interrogée pour la première fois il y a deux semaines et quelque, tu as déclaré à un de mes hommes que tu avais vu une lumière bizarre dans les bois. Tu te souviens d'avoir dit ça ?

— Bien sûr. C'était vers la maison Winslow. Quand je suis rentrée en voiture.

— Tu as une idée de ce que ça pouvait être ?

— On aurait un peu dit une lampe torche. » Elle ajoute : « Plus près de là où vivent les Maddox que des Tall Bones. »

Elle remue un peu sur sa chaise, comme si elle pouvait s'asseoir sur le souvenir de la maison Maddox et l'écraser.

Du coin de l'œil, elle voit sa mère lui jeter un regard furtif. Gains hoche lentement la tête.

« Tu me dis ça à cause de ce qui s'est passé jeudi soir entre toi et les Maddox ? » demande Gains.

Emma cogne un ongle contre l'anse de son mug et secoue la tête.

« Non. Mais vous avez du nouveau ? Sur l'enquête ? »

Gains frotte les moignons de ses doigts manquants.

« Tu sais bien que je ne peux pas trop en parler.

— Mais il y a quelque chose. » Melissa regarde les mains de Gains, prises de légers soubresauts. « C'est clair qu'il y a quelque chose. Emma a le droit de savoir. Abigail est sa meilleure amie. »

Gains les regarde toutes les deux prudemment, puis baisse les épaules.

« Écoutez, ce n'est rien de certain, mais une de nos enquêteuses a trouvé un gilet en laine dans la rivière, pas loin des Tall Bones. Sa mère dit qu'il est à elle, mais le sang…

— Le sang ? » Emma sent ses mains devenir toutes moites. « Quel sang ? C'est le sang d'Abi ?

— On attend encore les résultats des analyses.

— Oh, mon Dieu.

— On ne peut pas tirer de conclusions hâtives.

— Mais si ça se trouve, elle est là quelque part, c'est encore possible – pourquoi vous perdez votre temps ici ? Ça fait trois semaines ! Vous devriez être en train de la chercher dans les bois.

— Em. »

Sa mère pose doucement la main sur son bras. Une famille, deux tables plus loin, les observe.

Gains secoue la tête.

« Emma, on ne fait que ça, chercher. On a dû ratisser chaque centimètre carré de ces bois, ces trois dernières semaines. Tout ce qu'on peut faire maintenant, c'est attendre que le résultat des analyses d'ADN arrive de Denver, et suivre la moindre piste qu'on ait entre-temps. » Il pousse un soupir. « Écoute, je vais aller l'inspecter moi-même, ta ruine. Mais je ne veux pas que tu t'amuses à t'y rendre pour essayer de comprendre toute seule ce qui s'est passé. En fait, Melissa, j'aimerais que vous vous assuriez qu'elle évite complètement les bois. Les gars du comité de l'église m'ont même demandé de mettre en place une espèce de couvre-feu, et je crois qu'ils n'ont pas tort, cette fois. Faut qu'on garde nos enfants à l'œil tant qu'on ne sait pas ce qui est arrivé à cette pauvre fille. »

Emma n'aime pas l'entendre parler d'Abi au passé. Elle le fait remarquer à sa mère, mais Melissa semble préoccupée, les yeux sur la porte du fond qui se referme derrière Gains.

« Attends ici une minute, Em », dit-elle.

Dehors, sur la petite promenade derrière le *diner*, avec la rivière rendue furieuse par la pluie récente, Melissa doit hausser la voix pour se faire entendre.

« Vous croyez que vous faites quoi, au juste ? »

Gains s'arrête, et il a le culot, se dit-elle, de prendre l'air sincèrement perplexe.

« Il y a un problème, Mrs Alvarez ?

— Je sais quel genre d'homme vous êtes : le genre qui s'approche trop des adolescentes. Laissez mon Emma tranquille.

— Hé là. » Il lève les mains comme s'il était coupable, ou se moquait d'elle à cette idée. « Je suis obligé d'interroger tous les témoins potentiels. Je ne peux pas *ne pas* faire mon travail.

— Vous savez très bien que ce n'est pas de ça que je parle. Qu'est-ce qui vous a pris de ramener Emma à la maison, l'autre soir ? Vous auriez dû m'appeler. Je serais venue la chercher.

— J'ai juste rendu service à votre fille.

— De la même façon que vous avez rendu service à mon mari il y a des années ? »

Gains renifle, incrédule, et secoue la tête.

« Eh bien, ça, on aurait peut-être pu y faire quelque chose si Miguel était resté assez longtemps pour témoigner. Bizarre, qu'il se soit évaporé comme ça, vous ne trouvez pas ? »

Elle le fixe. La terreur se manifeste comme une douleur sous son sternum. Et lorsqu'il touche son chapeau en disant : « À la prochaine, Mrs Alvarez », elle ne le suit pas.

23

Alors

Le soir où Samuel Blake a fait un trou dans le mur d'un coup de poing est aussi le soir où il a poussé Jude dans l'escalier. Jude n'avait que huit ans à l'époque, mais il s'en souvient très distinctement. On n'oublie pas une chose pareille.

Noah venait de passer la porte. C'était une soirée humide du milieu de l'été, la menace d'un orage planait dans l'air, et il rentrait d'une visite chez sa copine, Sabrina McArthur (pour rompre avec elle, Jude l'apprendrait par la suite). Jude était enfant, mais il trouvait que son frère, debout au pied de l'escalier, avait l'air très adulte. En particulier quand Noah avait regardé leur père bien dans les yeux et lui avait annoncé : « Je vais faire des études d'anglais à l'université de Californie, à Los Angeles », et même s'il ne l'avait pas dit, Jude avait entendu *Et je ne reviendrai pas.*

Noah n'était pas adulte à cette époque, bien sûr. Il n'avait que dix-huit ans, et les os de son nez étaient encore bien à leur place.

Le fond du problème – comme c'est encore le cas, même maintenant –, c'était Abigail. Elle était allée dans la chambre de Noah pour se servir de son ordinateur pendant qu'il était sorti, et elle avait vu des photos qu'elle n'était pas censée voir. Par la suite, quand Noah leur adressait à peine la parole et qu'ils n'avaient plus l'un que l'autre pour s'épauler, elle avait parlé à Jude de ces photos.

« J'avais jamais vu le machin d'un homme tout dressé comme ça », avait-elle dit.

Jude avait dû reconnaître que lui non plus, et il avait eu le sentiment qu'Abigail, à treize ans, était très adulte elle aussi, car elle savait quelque chose sur les garçons qu'il ignorait.

Abigail avait été perturbée par les photos. Elle l'avait expliqué à Jude aussi par la suite. Dans sa précipitation à sortir de la chambre de Noah, elle avait renversé sa chaise de bureau, et le bruit avait réveillé leur père qui cuvait un pack de Lone Star dans la chambre d'à côté. Il n'y avait plus moyen de se cacher de lui à partir de là. Pendant un moment, il n'avait rien dit. Il était juste allé se planter dans l'escalier, les yeux fixés sur la porte d'entrée.

Lorsque Noah était rentré et l'avait regardé avec morgue, lorsqu'il avait déclaré qu'il irait à l'université de Californie, à Los Angeles, leur père avait répliqué : « Il en est pas question. Je sais ce qui se passe dans cette saleté de Californie, et laisse-moi te dire une chose, fiston, c'est pas la liberté pour laquelle je croyais me battre quand je…

— Oh, fais chier avec tes histoires de guerre, Papa. On s'en fout, du Viêtnam. C'était il y a un million d'années, personne n'en a plus rien à secouer. »

Leur père avait pointé un doigt vers lui.

« Répète ça, petite tarlouze, et je vais…

— Personne. N'en. A. Rien. À. Foutre. Bordel de Dieu. »

Leur mère était sur le palier, un bras autour d'Abigail. Jude, à côté d'elles, l'avait vue se plaquer une main sur la bouche quand Noah avait prononcé ces mots, comme si elle savait d'instinct que ce qui allait se passer serait aussi terrible que ça l'avait été. Dans le souvenir de Jude, c'était la première fois qu'il la voyait tenter de retenir leur père et, à vrai dire, c'était aussi la dernière.

Il était devenu très silencieux, leur père. Très silencieux, mais les veines de ses bras et de son cou grossissaient, hideuses, et tout à coup il s'était mis à pousser un hurlement.

Jude n'a jamais réussi à se débarrasser de ce son. Il le déballe dans sa tête de temps à autre et se le repasse quand les choses deviennent difficiles, juste pour se rappeler qu'il a déjà vécu pire. C'est leur cas à tous. Mais la chose qui a cogné la tête de sa mère contre la rampe, la chose qui empoigné Jude par le col de sa chemise et l'a projeté au bas de l'escalier, cette chose n'était pas leur père. Jude – le seul d'entre eux qui restera attaché à Dieu jusqu'à la fin – pense que c'était le diable en personne ce soir-là, qui hurlait dans l'escalier.

Abigail n'avait pas pleuré. Elle ne pleurait jamais face aux choses que leur père faisait ou disait, et lorsqu'il avait jeté Jude dans l'escalier, elle s'était juste aplatie contre le mur comme si elle voulait se faire aussi petite que possible. Jude, en revanche, ne pouvait cesser de pleurer, surtout pas quand son tibia traversait la jambe de son pantalon, coupant et plein de sang. Son père avait descendu l'escalier à grands pas, telle une énorme créature, et il aurait sans doute écrasé la tête de Jude contre le mur si Noah ne lui avait pas fait un tacle à ce moment-là.

Jude aime à imaginer que Noah a dit quelque chose d'héroïque, comme : « Ne le touche pas ! » Ça les aurait aidés, lui et Abi, dans les années qui ont suivi, s'ils avaient pu faire comme si Noah les aimait encore un peu. Mais Jude sait que son frère n'a sans doute rien dit du tout.

Il avait rendu coup pour coup, ce soir-là, ce pauvre Noah. Enfin presque. Mais Samuel Blake ne les avait jamais battus avec une telle furie auparavant, et c'était comme s'il avait emmagasiné sa colère depuis le jour où on l'avait évacué de Saigon en chopper. Il avait complètement déformé le visage de Noah, et il l'aurait sans doute tué si Abigail n'avait pas hurlé.

« Papa, arrête ! Je t'en prie, arrête ! »

Alors il avait enfoncé son poing dans le mur juste à côté de la tête de Noah.

On n'avait pas vu Noah en ville pendant un certain temps après ça – sauf Emma Alvarez, qui l'avait aperçu sur le palier, le visage noirci d'hématomes, le nez tenu tout juste en place par deux pansements. Ensuite, il avait raconté qu'il se l'était cassé en jouant au basket. Emma n'avait plus jamais eu le droit d'entrer chez eux.

Leur mère s'était tartiné le visage de fond de teint et elle avait tenu la main de Jude dans l'ambulance en route pour l'hôpital d'Estes Park, mais elle n'avait pas parlé, sauf pour raconter aux médecins qu'il était tombé de l'épicéa bleu de leur jardin. Il lui avait fallu longtemps pour recommencer à leur adresser la parole, à tous.

Quelques jours plus tard, elle avait récupéré dans un carton la croix en pierreries que Mamie lui avait offert pour son mariage et s'en était servie pour cacher le trou dans le mur. Elle les avait prévenus : « Ils vont vous emmener, si quelqu'un l'apprend. » Jude n'avait qu'une vague idée de qui était « ils », mais il savait qu'il ne voulait pas qu'ils l'emmènent.

Jude devait apprendre par la suite que ses parents avaient payé ses frais médicaux avec la seule somme conséquente dont ils disposaient. Noah avait dû écrire à l'UCLA pour annoncer qu'il ne pouvait accepter leur proposition. *Problèmes financiers*, expliquait-il.

Jude se revoit debout avec sa sœur dans l'embrasure de la porte de Noah, lorsqu'il avait appuyé sur *Envoyer* pour faire partir le mail. Les yeux pleins de larmes, Abigail répétait : « Je suis désolée, Noah, je suis tellement désolée, je ne pensais pas… »

En silence, leur frère s'était levé et lui avait fermé la porte au nez.

24

Pendant trois nuits, Dolly n'avait pas dormi, tentant de décider quoi, bon Dieu, mais quoi faire après ça. Trois nuits depuis que Samuel avait cassé la jambe de son fils et enfoncé le poing dans le mur. Elle était allée rendre visite à Jude à l'hôpital tous les jours. Pas parce qu'elle en avait envie, mais parce que la longue route entre Whistling Ridge et Estes Park, engorgée de touristes, lui faisait l'effet d'une pénitence. De même pour l'affreuse odeur de désinfectant de l'hôpital des enfants, et la chaleur moite de la voiture avant que la clim ne se mette en marche.

Elle avait passé la troisième nuit recroquevillée sur elle-même tel un insecte à l'agonie, les paupières hermétiquement closes, à supplier Dieu de lui indiquer quoi faire ensuite. Elle Lui promettait tout ce qu'elle avait à offrir : elle se porterait volontaire pour des missions, elle inscrirait les enfants à des programmes caritatifs, elle essaierait d'aider Noah dans son égarement sexuel, elle mettrait fin à la cigarette, elle appellerait ses parents, elle arrêterait de porter des slips en dentelle… Toute la nuit, elle avait prié, se demandant si Sa réponse se manifesterait sous la forme d'une voix dans sa tête, d'une lumière blanche, ou d'un ange avec une multitude d'yeux et une épée de feu, qui lui parlerait en une langue qu'elle ne reconnaîtrait pas mais comprendrait tout de même. Dolly avait attendu, les membres raides à force de rester dans la même position pendant tant d'heures, le visage encore meurtri par le cocard que lui avait fait Samuel. À la fin, vidée par sa veille prolongée, elle avait le sentiment que c'était Dieu qui l'avait frappée, en fait.

« Dolly. » Le pasteur Lewis s'était levé en la voyant. « Qu'est-ce que je peux faire pour vous ? »

Il lui avait adressé un grand sourire, et elle s'était dit : Merci, mon Dieu. Je vais m'en sortir. Cet homme va m'aider.

« C'est au sujet… eh bien, c'est au sujet de Samuel.

— Venez vous asseoir, avait-il dit, lui faisant de la place sur le petit canapé de son bureau. Et si vous m'expliquiez de quoi il s'agit ? »

Dolly avait croisé soigneusement ses mains sur ses genoux en espérant que le pasteur n'allait pas remarquer les taches de nicotine sur ses ongles.

« Il frappe mes fils. »

Elle avait dû s'interrompre, surprise de l'avoir dit tout haut. Quelque part, elle ne croyait pas en être capable, pas après tout ce temps.

« Continuez, avait-il dit.

— Il… » Dolly s'était éclairci la gorge. Sa bouche était très sèche. « Il y a trois soirs, il a vraiment perdu les pédales. Je veux dire, on n'a jamais vu une chose pareille, Ed, c'était… » Elle se masse le front. « Jude est à l'hôpital, Samuel l'a poussé dans l'escalier.

Et Noah, franchement, je sais qu'il n'aurait pas dû… Mais ce n'était pas une raison. »

Elle s'était frotté les yeux du plat de la main.

« C'est très perturbant d'entendre ça, Dolly. La Bible est très claire là-dessus, quand un homme punit ses enfants, ça doit être dans le seul but de leur apprendre une leçon et de leur inculquer le respect. » Le pasteur Lewis avait levé les mains comme s'il s'attendait à recevoir quelque chose. « *Pères, n'irritez pas vos enfants, mais élevez-les en les corrigeant et en les instruisant selon le Seigneur.* Éphésiens, avait-il ajouté. J'ai l'impression que Samuel a perdu de vue le devoir que le Seigneur lui a confié. Je vous recommanderais de me l'envoyer pour que je puisse en discuter avec lui.

— Eh bien, d'accord, mais qu'est-ce que je dois faire, moi ? Appeler la police ? »

Le pasteur Lewis gratte la petite fossette de son menton.

« La loi de cet État protège le droit d'un homme à punir ses enfants comme il l'entend.

— Oui, mais…

— Dolly, je pense vraiment que vous devriez m'envoyer votre mari. Il a peut-être perdu la voie, ce qui n'a rien d'étonnant pour un homme dont la foi a subi autant d'épreuves. La meilleure chose que vous puissiez faire pour Samuel, c'est prier qu'il retrouve le droit chemin. Le reste, vous nous le laissez, à moi, et à l'homme en haut. »

Dolly n'en croyait pas ses oreilles. *Il a jeté mon petit garçon dans l'escalier !* Elle avait frotté furieusement le maquillage sur les arêtes de son nez.

« Il n'y a pas que les garçons. Il m'a frappée d'abord.

— Ah, là, c'est un tout autre problème, Dolly, et ça on peut le régler ensemble, j'en suis certain.

— Oui. » Elle avait respiré profondément, pleine de gratitude. « Merci.

— Réfléchissez, maintenant. Qu'est-ce que vous avez fait pour mettre Samuel tellement en colère ? »

La question lui avait fait l'effet d'un coup dans le sternum.

« Pardon ?

— Vous savez, qu'est-ce que vous avez fait pour l'énerver, au départ ?

— Je n'ai rien fait du tout. Il a perdu les pédales, comme j'ai dit.

— Dolly. » Le pasteur Lewis avait incliné la tête sur le côté et lui avait fait un sourire étrange. « J'ai le sentiment qu'il vous faut prier pour trouver la réponse. Quand vous aurez compris comment la dispute a commencé, vous saurez comment les éviter à l'avenir. Vous voyez ce que je veux dire ?

— Mais… » Elle le dévisageait. « … Mais il m'a donné un *coup de poing*.

— Dolly, votre mari a eu la vie dure. Il a vécu des choses que nous ne pouvons même pas imaginer, vous et moi. Je suis certaine que vous le saviez quand vous l'avez épousé, mais c'est forcé qu'il y ait des moments où il a besoin de *vous* pour l'aider à être l'homme que Dieu a voulu qu'il soit. Comment peut-il diriger la maison sans le soutien de sa femme ? Je ne sais pas où j'en serais sans Eleanor, parfois. Priez, Dolly. Quand vous aurez bien prié, vous comprendrez pourquoi il vous a frappée. »

Eleanor Lewis, en train d'installer le pied de micro pour le sermon du lendemain, avait regardé Dolly quitter le bureau de son mari. Cette dernière longeait le mur avec lenteur, comme si elle ne pouvait pas tenir debout toute seule. Visiblement inconsciente de la présence de témoins, elle s'était tout d'un coup laissée tomber lourdement sur une chaise, dans le coin le plus reculé de l'église, et s'était mise à pleurer – les sanglots bruyants, disgracieux que ne s'autorisent que les gens qui se croient seuls.

Eleanor avait levé les yeux au ciel et remonté un peu le micro. Dolly Blake n'est pas franchement la première femme à cesser d'aimer son mari, s'était-elle dit. Il n'y a pas de quoi étaler son chagrin de façon si théâtrale. Imaginez un peu si tout le monde en faisait autant. Il y a des choses qu'il faut savoir supporter en silence, comme Jésus a supporté sa couronne d'épines.

À présent

Une impression de vide règne dans le camping. Le dimanche matin, la plupart des gens sont à l'église, mais entre les balançoires rouillées et le mobile home extra-large se tient un homme mince vêtu de sa seule salopette. S'il a froid, il ne le montre pas, mais Emma serre son blouson contre elle en le voyant.

« Je cherche Shana Tyson », lance-t-elle.

Le visage de l'homme n'affiche pas la moindre expression, mais il ne la quitte pas des yeux une seconde en accrochant la mangeoire pour oiseaux à l'auvent de son mobile home. Emma ne sait pas trop quel genre de volatiles il espère attirer dans cette région. Elle n'a jamais remarqué une faune extraordinaire au camping, à part peut-être les corbeaux qui se groupent sur les fils téléphoniques ou les animaux morts que les gens rapportent parfois chez eux pour les manger.

« Shana ! appelle-t-il soudain, et une jolie fille passe la tête par la porte.

— Qu'est-ce qu'il y a, Papa ?

— T'as de la visite. »

Emma se racle la gorge, se balance un peu sur ses pieds, comme si elle hésitait à faire demi-tour. C'était une idée débile. Peut-être.

Mais Shana Tyson lui sourit.

« Emma, c'est ça ? Je te connais, t'es l'amie de Rat.

— De temps en temps. »

Shana rit. « Oui, c'est un mec "de temps en temps". » Elle montre la porte du pouce. « Tu veux entrer ? C'est pas un problème, hein, Papa ? »

Son père cligne doucement des yeux en la regardant.

« Comme tu voudras, princesse. »

Elle l'embrasse sur la joue au passage et, avant de refermer la porte, Emma a l'impression de le voir sourire.

L'intérieur du domicile des Tyson n'a rien à voir avec celui de Rat. Ils ont un vrai canapé, même s'il est petit, une pendule à coucou au mur, et un service de table assorti qui sèche à côté de l'évier. On est chez des gens, des vrais, se dit Emma, pas au milieu d'une accumulation de saletés. Elle fronce les sourcils en regardant le camping-car de Rat de l'autre côté du terrain par la fenêtre.

« Désolée si mon père t'a fait peur. »

Emma lève les yeux.

« Non, pas de problème. »

Shana se penche à côté d'elle et passe une main dans ses cheveux épais en regardant la silhouette courbée de son père qui arrache les mauvaises herbes de la clôture.

« Il n'est plus le même, depuis qu'il est revenu. Il a été en Irak, tu comprends. »

Emma l'ignorait. Elle ne sait pas grand-chose des habitants du camping.

« Il y a beaucoup de mecs comme lui, poursuit Shana. Maman les appelait des hommes-fantômes. Ils errent comme s'ils ne savaient plus vraiment qui ils étaient. On nous dit de respecter les militaires, mais seulement quand ils meurent pour nous. À croire qu'on les punit pour avoir survécu. » Elle pousse un soupir et se redresse. « Tu cherches Rat ? Je crois qu'il est sorti. Sa moto n'est pas là.

— En fait, c'est toi que je cherchais. » Emma se souvient du visage rayonnant de Shana sur l'un des Polaroid accrochés au mur de Hunter. « Je voulais te demander un truc, si tu veux bien.

— Ah, bien sûr, quoi donc ?

— C'est au sujet de Hunter Maddox. Tu le connais ?

— Ah, lui. » Shana rit. « Je veux dire, pour organiser une teuf, il sait y faire, mais à part ça, il est un peu barge. » Elle fait le geste de tirer sur un joint. « Beaucoup trop de fumette, si tu vois ce que je veux dire. Je suis surprise qu'il n'ait pas encore été éjecté de l'équipe de basket. »

Emma fait un grand sourire. Shana lui plaît, c'est décidé.

« Pourquoi tu t'intéresses à Hunter ?

— Je crois qu'il connaissait ma meilleure amie. »

Le visage de Shana redevient brusquement sérieux.

« Attends, la fille Blake ? Tu crois que Hunter sait quelque chose ?

— Peut-être. Je sais pas trop. Est-ce qu'il lui arrive d'être, genre, agressif envers toi ? Tu sais, sexuellement ?

— Nan, nan. Pas Hunter. Certains des mecs de l'équipe peuvent avoir les mains un peu baladeuses, des fois, mais lui, il n'est pas comme ça. Il est vraiment sympa avec les filles.

— Ah.

— Son père, par contre… Il vient ici, de temps en temps, le gros Jerry, il raconte qu'il vient juste vérifier que tout se passe bien, mais il sort des trucs vraiment bizarres. Style la semaine dernière, il a dit que je m'étais "remplie partout où il faut". Tu vois, ce genre de trucs. Papa peut pas blairer Jerry, mais personne ne lui fait de remarques, parce que c'est le proprio. En plus il est pote avec le pasteur. » Tout à coup, Shana pose une main sur le bras d'Emma. « Je suis désolée pour ta copine. Elle était sympa, Abigail. Un peu spéciale, ouais, mais elle était cool. »

Emma déglutit. Pourquoi les gens n'arrêtent-ils pas de parler d'Abi au passé, comme s'ils avaient déjà tiré un trait sur elle ?

« Tu la connaissais aussi ? »

Shana hausse les épaules.

« Pas bien, mais elle venait aux soirées de Hunter, des fois. Là-haut, dans les bois. Et elle prenait n'importe quoi, cachetons et tout, tout ce qu'elle pouvait se faire refiler. Elle me faisait de la peine. Tu comprends, les gens comme ça, c'est toujours qu'ils essaient d'échapper à quelque chose. »

Le mot « cachetons » fait l'effet d'une douche froide à Emma.

« Non, Abi ne prend pas de drogue. Elle n'est pas comme ça. »

Shana plisse les lèvres et presse le bras d'Emma.

« Oh, mon chou.

— Non, c'est ma meilleure amie, je la connais.

— Tu crois ça ? »

25

« L'Amérique est en guerre, tonne le pasteur Lewis. Ce pays est pris dans une guerre contre la drogue et nous, mes chers frères et sœurs, nous sommes sur la ligne de front. »

Il fait froid dans l'église. Les radiateurs ne fonctionnent pas, même s'ils continuent de gémir comme s'ils essayaient de prendre de l'élan pour se mettre en route, et tous les fidèles sont en manteaux et blousons, telle une petite masse un peu pathétique qui tente de se tenir chaud sous le regard du pasteur. Noah se frotte les yeux et fait la grimace lorsque ses doigts appuient trop fort sur sa pommette encore douloureuse. À côté de lui, sa mère se ronge les ongles dans ses mitaines. De temps à autre, elle tourne la tête pour examiner l'assemblée, comme si elle cherchait quelqu'un. À moins qu'elle ait peur qu'on l'observe. La légère pression contre son épaule droite indique à Noah que Jude recherche un peu de chaleur, et il a suffisamment froid lui aussi pour ne pas repousser son frère.

« Le problème de notre société avec la drogue est aussi ancien que la civilisation elle-même. La drogue rend celui qui la prend esclave de ses sensations, elle est un faux prophète, une religion chimique. »

Le pasteur Lewis porte une écharpe blanche qui a dû coûter cher, déduit Noah, car il a pris la peine de l'entretenir de manière qu'elle reste parfaitement immaculée. Il descend de son estrade et se met à faire les cent pas devant les fidèles ; il marche lentement, posément, mais il ne les quitte du regard à aucun moment. On croirait même qu'il ne cligne pas des yeux.

« Ce qui me choque le plus, mes frères, mes sœurs, ce qui me choque le plus c'est que les graines de l'addiction puissent être plantées si tôt. J'ai consulté des sites Internet, comme ils en font maintenant, et certains disaient dès treize ans, voire douze. Certains disaient que les mères héroïnomanes peuvent donner naissance à des bébés qui sont déjà dépendants à l'héroïne. Des *nouveau-nés*. Eh bien, ça m'a fait réfléchir. On peut diriger notre colère contre les dealers et les fournisseurs, mais les drogués ? Ils méritent notre compassion. Qu'est-ce que je suis en train de vous dire ? Aimez le pécheur, détestez le péché ! Et ceux qui ont été entraînés malgré eux, dans un moment de faiblesse, à consommer une substance addictive, ont davantage besoin de notre amour que de notre condamnation. »

Quelques rangées plus avant, Noah voit Andie Maddox passer un bras autour de l'épaule de son fils et la presser doucement.

« Ce que ça m'apprend, c'est que ces jeunes personnes, qui tombent si facilement sous l'influence de la drogue, ont dans leur vie un besoin qu'ils veulent combler. Un besoin spirituel. Ils ont besoin de croire en quelque chose, de pouvoir se tourner vers quelque chose. La pire chose qui puisse arriver à quelqu'un, c'est de ne croire en rien. Le cœur du problème de drogue de ce pays, c'est *le vide spirituel*.

« Bien sûr, il est naturel de vouloir trouver un coupable à toutes ces horreurs qui frappent notre société. Il est tout à fait naturel de vouloir trouver quelqu'un contre qui diriger sa colère. On connaît tous le vieil adage sur le Seigneur et Ses voies impénétrables – mais croyez-moi quand je vous dis que les voies du diable sont *toujours* évidentes. Et si vous voulez accuser quelqu'un dans l'ici et maintenant, il y a dans notre ville un individu qui travaille pour le diable. »

Hunter Maddox se redresse d'un coup, et le bras de sa mère glisse de son dos.

« Mon fils m'a appris une nouvelle très perturbante jeudi dernier. Il m'a dit qu'il avait assisté à un deal de drogue ici même, à Whistling Ridge. Et derrière cette entreprise, qui d'autre que ce petit gitan arrogant ? »

Quelque chose se coince dans la gorge de Noah. Du coin de l'œil, il aperçoit Jude qui le regarde. Les paroissiens remuent sur leurs sièges, décroisent les jambes, murmurent tel le vent dans l'herbe.

« Mes frères, je vous le demande, quel droit a cet étranger de venir dans notre ville pour intoxiquer nos enfants ?

— Écoutez, écoutez ! » s'écrie Jerry Maddox.

Noah se sent soudain trop grand parmi ses voisins qui approuvent en hochant la tête, et il s'enfonce sur son siège, serrant et desserrant les poings, jusqu'au moment où Jude lui prend la main. Pour la première fois depuis très longtemps, il le laisse faire.

« Dans Jean, 8, 7, Jésus dit : *Que celui qui est sans péché jette la première pierre*, or nous sommes tous des pécheurs, ne l'oublions pas dans notre colère. C'est le Seigneur qui punit les pécheurs, mais c'est à nous de reconnaître quand Dieu cherche à agir à travers nous. Dans des cas pareils, la Bible le montre clairement. Lorsque Jésus a trouvé les marchands dans le temple, qu'a-t-il fait ? Lorsqu'il a trouvé des gens dans la maison de son Père – dans la maison même de Dieu – en train de vendre à la criée et de marchander comme si ce lieu saint n'était guère plus qu'un marché ordinaire, mes frères, mes sœurs, qu'a-t-il fait ? Je vais vous le dire, ce qu'il a fait. Jésus est entré dans ce repaire de voleurs et il a renversé leurs tables, il a fait tomber leurs pièces ! Il a frappé un grand coup pour ceux d'entre nous qui accordent plus de valeur à la vie spirituelle qu'aux gains terrestres, et donc, comme Jésus, nous ne devons pas avoir peur de nous en prendre à l'impiété quand nous en sommes témoins. »

Le pasteur Lewis remonte sur sa petite estrade, et il y a un sourire dans ses yeux, si ce n'est sur ses lèvres, lorsqu'il ajoute : « Nous sommes dans une période d'incertitude, mais je peux vous garantir une chose, c'est que ceux qui corrompent les innocents seront punis par le sang et le feu. »

« Je n'ai jamais aimé cet endroit, observe l'agent Saidi. Ça me fout les jetons. »

Debout dans les ruines de l'ancienne maison Winslow, avec la mousse accrochée aux poutres noircies du toit et le vent qui siffle dans les fissures du mortier, Gains est forcé d'acquiescer.

« Vous croyez vraiment qu'il y a quelque chose ici ? » demande Saidi en farfouillant dans les fougères avec ses gants en latex.

Gains glisse ses pouces dans les passants de sa ceinture et serre la mâchoire. Il est difficile d'imaginer qu'il y ait grand-chose.

« Dans sa déposition initiale, Emma Alvarez a parlé de signes d'activité ici la nuit de l'incident, mais on n'a pas vérifié à ce moment-là. Il faut juste qu'on procède par élimination.

— Ça nous donne un truc à faire en attendant le retour sur ce gilet, au moins, soupire Saidi en se penchant sur le côté pour s'étirer. Vous êtes pas à l'église, aujourd'hui, alors, chef ?

— Comme vous pouvez le constater. Je peux pas dire que je sois spécialement assidu… et vous ? »

Saidi pousse un petit rire.

« Vous croyez qu'il y a une mosquée à Whistling Ridge ? »

Au-dessus de leurs têtes, le ciel est une épaisse couverture blanche, annonciatrice de la neige qui tombe déjà dans les montagnes alors que septembre s'apprête à laisser place à octobre. Aujourd'hui, Gains s'en aperçoit, ça fait exactement trois semaines que la disparition d'Abigail a été signalée. Il aurait tant voulu que ce soit vrai, qu'elle se soit tout bonnement barrée – il ne le lui aurait pas reproché, avec une famille pareille. Mais depuis qu'ils ont repêché ce gilet en laine dans la rivière, il lutte contre l'impression grandissante qu'il s'est trompé, et qu'ils ont manqué leur chance de la retrouver un jour.

« Dites, chef, observe soudain Saidi, accroupi dans la terre, vous trouvez pas que le sol est un peu irrégulier, là ? »

Noah défait sa ceinture de sécurité, bondit de sa voiture avant même d'avoir coupé le contact, et se précipite de l'autre côté du camping à grandes enjambées, indifférent à la boue qui éclabousse ses habits du dimanche.

« Hé, Rat, ouvre-moi ! »

La sensation lourde de l'orage qui approche s'est installée dans l'atmosphère, et Noah serre son blazer contre lui d'une main, résolu à tambouriner de l'autre sur la porte tant qu'il n'aura pas de réponse, quitte à s'écorcher.

Lorsque Rat ouvre enfin, il a un bigoudi sur le devant de la chevelure et une cigarette entre les lèvres, comme une pin-up bas de gamme.

« T'entres pas ici avec tes pompes pleines de boue », dit-il avec un grand sourire en jetant son mégot vers Noah d'une pichenette.

« OK, n'importe. » Noah passe une main dans ses cheveux, qui sont mouillés de sueur à la racine. « Écoute, il faut que tu te tires d'ici, t'es en danger.

— Le danger, c'est mon truc, bébé.

— Sans déconner, tu peux arrêter, une minute ? Ce bâtard de Dalton Lewis t'a vu l'autre soir aux Tall Bones. Il a raconté à son père que tu fais du trafic de drogue et maintenant toute la ville est en ébullition. »

Rat se penche dehors et jette un coup d'œil alentour.

« OK, tu ferais peut-être mieux d'entrer, finalement. »

Noah a toujours aimé le camping-car. C'est comme un prolongement de Rat, et ça lui semble important.

Il se souvient d'y être entré par un après-midi torride, en été, et d'avoir vu les pages de poésie punaisées aux murs : tout à coup, savoir que Rat aimait Bukowski lui avait paru plus intime que le fait qu'ils étaient sur le point de coucher ensemble. À présent, il dit : « J'imagine que ça va pas t'être difficile de partir. T'as qu'à mettre le moteur, après tout. »

Rat fait la grimace.

« Qu'est-ce qui te fait penser que je vais me tirer ? J'ai pas peur d'une bande de ploucs intégristes.

— Ben tu devrais. Mon père est avec eux. »

Il remarque que Rat porte une des vieilles chemises en flanelle qu'il a laissées ici il y a plusieurs mois, et qu'il a les pieds nus. Noah sent ses genoux flancher.

« Je crois pas pouvoir te protéger, si tu restes. Pas contre mon père.

— J'ai pas besoin que tu me protèges. Je me débrouille très bien tout seul. J'ai toujours fait comme ça, mais… » Tendrement, il effleure la joue entaillée de Noah. « Si je pars, tu viendras avec moi ? »

Un coup lourd à la porte les sépare. Rat va ouvrir, son bigoudi toujours dans les cheveux, toujours pieds nus et, subitement, il a l'air tout petit face à Jerry Maddox et au shérif Gains qui se tiennent sur le seuil.

« Rat Lăcustă ? » demande Gains, mais ce n'est pas vraiment une question. Noah ne sait pas où se mettre tandis que les deux hommes fouillent des yeux le camping-car.

Rat croise les bras.

« Je peux vous aider ? »

Jerry fait : « C'est bien lui. Je demande à tous les locataires de me montrer leur permis de port d'armes, et je me souviens de celui-ci – un 9 millimètres semi-automatique. Saletés de gitans, tous des criminels. »

Noah se mord la lèvre et va se poster derrière Rat.

« Hé, de quoi s'agit-il ?

— Ça ne vous concerne pas, Mr Blake. » Gains montre un sachet transparent contenant un revolver. « Mr Lăcustă, s'agit-il de votre arme à feu ? »

Pour la première fois de tous ces mois, depuis que Noah le connaît, Rat n'a rien à dire. Il se contente de fixer le revolver et de hocher bizarrement la tête, comme si elle n'était pas bien reliée à son corps.

« Mais Rat, qu'est-ce que c'est que cette histoire ? T'as pas de revolver. »

Par l'espace entre leurs épaules, Noah voit les nuages d'orage qui s'accumulent à l'horizon.

« Mr Lăcustă, annonce Gains, vous allez devoir nous suivre. »

26

Il tombe une fine pluie glacée quand Emma se fraie un chemin entre le trailer des Tyson et le camping-car. Devant, les empreintes sont trop nombreuses et elle se demande qui est venu là. Malgré ses couches de pulls, son écharpe et son blouson, elle frissonne en constatant que la porte est entrouverte et, sans savoir pourquoi, même au moment de frapper, elle devine que Rat ne va pas répondre. Cela ne lui semble pas correct d'entrer quand il n'est pas là.

« Emma ? »

À sa surprise, c'est Noah Blake qui pousse la porte, lentement, comme s'il avait peur de qui il allait trouver. Il a toujours eu l'air d'avoir peur de quelque chose, se dit-elle.

« Où est Rat ? » demande-t-elle.

Ça lui a fait bizarre, d'être dans le camping sans le voir. Cette rancœur qui s'est immiscée entre eux la dérange, qui s'attarde comme un nuage noir à l'horizon, alors elle s'est dit qu'elle allait faire un saut, tenter de réparer ce qui s'est brisé quand il l'a plantée là l'autre soir.

Noah hausse les épaules d'un geste exagéré, ruinant la silhouette d'enfant de chœur que lui donne sa chemise du dimanche. Ses cheveux roux sont de la couleur d'une joue après une gifle sur la toile de fond blanche du camping-car, et cette gifle, elle la sent tant ils lui rappellent Abigail.

« Noah, il est où ?

— Rat est parti. La police l'a emmené. »

Il lui raconte ce que Dalton Lewis a vu aux Tall Bones, la teneur du sermon, l'agitation qu'il a causée. Lorsqu'il parle du revolver et de la douille retrouvée dans les bois, elle repense au Polaroid sur le mur de Hunter, Rat avec des fleurs dans les cheveux et un pistolet sur les genoux.

« Ils pensent qu'il a tué Abi ? Ils pensent que c'est *lui* ? »

Ça la gêne d'être dans le camping-car en l'absence de Rat. Dehors, la pluie s'est intensifiée et tambourine sur les vitres en une épaisse couche mouvante, et un éclair envoie des veines incandescentes dans le ciel. Une bouteille entamée trône sur le plan de travail. Noah boit une longue gorgée, clairement pas la première, et fait la grimace.

« De l'eau-de-vie de pêche. Qui boit ce genre de merde, hein ? »

Emma fixe la bouteille dans sa main.

« T'en veux ?

— Je devrais pas…

— Vas-y, je m'en fiche. » Il presse la bouteille contre sa poitrine. « Ça m'évite de boire seul. »

Elle renverse la tête et avale une longue gorgée, reconnaissante, car ça lui a manqué, la chaleur de l'alcool qui se répand dans son corps comme autant de mains qui la rattraperaient, comme pour dire : *Tout ira bien, maintenant, on te tient*, sauf que le goût collant qui s'impose dans un deuxième temps la rattrape.

« Eau-de-vie de pêche, mon cul. J'ai jamais mangé une pêche qui ait ce goût-là.

— Il l'a pas fait, tu sais, dit soudain Noah. Ce que tu as dit… Rat, il a pas tué Abi. »

Emma ne sait que répondre à ça. Elle se laisse tomber sur le tas de couvertures de Rat et boit une autre longue gorgée, puis s'essuie la bouche du revers de la main, comme un garçon, parce qu'une petite partie d'elle est encore en admiration devant Noah Blake, le grand frère d'Abigail. Une petite partie d'elle se rappelle encore le besoin impérieux qu'avait Abi de l'impressionner, lui.

« Écoute, dit-elle. Je sais pas qui tu t'imagines qu'est Rat, mais tu te trompes. Je crois pas que j'aie obtenu une seule réponse franche de sa part depuis que je le connais.

— T'es beaucoup venue ici boire sa gnôle, hein ?

— Quelquefois. » Emma regarde l'étiquette qui se détache de la bouteille. « Pas souvent.

— Il a pas fait ça. » Noah regarde fixement la pluie sur les vitres. « Il est pas ce que dit tout le monde. C'est un mec bien.

— Qui vend de la drogue, achète de l'alcool à des mineures, et possède secrètement un revolver dont il nous a jamais parlé, ouais, super. Il y était, aux Tall Bones, la nuit où Abi a disparu. Il te l'a dit, ça ?

— Dis donc, tu ferais peut-être bien de te calmer sur la morale, si t'as l'intention de continuer à boire la gnôle qu'il a payée.

— Si ça se trouve, ce mec a tué ta sœur, Noah. Pourquoi tu le défends, bordel ?

— Parce qu'il *l'a pas fait.* »

Emma s'aperçoit qu'elle a eu une conversation très semblable avec Hunter Maddox il n'y a pas si longtemps, quand il l'a conduite chez lui. *C'est mon ami*, a-t-elle dit ce soir-là, et Hunter a ri comme si elle lui faisait de la peine.

« T'as l'air bien sûr de toi », dit-elle, sans méchanceté, car Noah lui fait un peu de peine aussi.

Il croise étroitement les bras.

« Eh bien, il se trouve que j'étais avec lui, tu vois ?

— Tu veux dire… *avec lui* avec lui ?

— Oh, ça va. Fais pas comme si Abi te l'avait jamais dit. »

Dans la manière dont il la regarde à cet instant, elle le revoit tel qu'il était il y a quatre ans : debout dans l'escalier, le visage fendu et tuméfié, les traits tellement déformés qu'on aurait dit un tableau surréaliste, et elle entend Abigail : *Papa a dit que tu ne devais plus venir à la maison.*

« Merde, Noah, je savais pas du tout.

— Ah ouais ? Faut croire qu'elle était à peu près aussi fière que moi de ce qui s'est passé, à l'époque. » Noah boit encore un coup à la bouteille. « J'en reviens pas qu'elle t'ait jamais raconté ça. »

Apparemment, il y a beaucoup de choses qu'Abi ne lui a pas racontées.

La scierie est à l'arrêt le dimanche. L'arôme riche du bois coupé sature encore l'atmosphère mais, sans la fumée qui s'élève des cheminées, le va-et-vient des corps ou le grondement constant des machines, Hunter s'y sent comme étranger.

Son père referme le tiroir du haut de son bureau en le voyant sur le seuil de la porte.

« Qu'est-ce que tu fais là ?

— Je suis venu voir le roi à sa cour. »

Jerry se lève, une main encore sur la fente du tiroir.

« Tu devrais être à la maison. Tu es encore puni jusqu'à demain.

— Tu as fait arrêter Rat Lăcustă ?

— C'est ça, le sujet ? J'ai pas de temps à perdre à parler de ce branleur. Crois-le ou non, Hunter, il y en a parmi nous qui ont un vrai travail.

— Rat n'a rien fait.

— Ce n'est pas ce que dit Ed Lewis, et j'aurai toujours plus confiance en la parole d'un homme de Dieu qu'en celle d'un fichu gitan. En plus, qu'est-ce que son revolver faisait dans les bois, à ton avis ? Tu t'imagines qu'il l'a juste laissé là par accident et qu'il est jamais retourné le chercher ? »

Hunter fourre les mains dans les poches de son teddy.

« Quelqu'un a pu le lui voler.

— Ah, ça serait bien commode pour lui, j'en suis certain, mais dans le fond, ça change rien. C'est pas comme si un de ces petits minables du camping allait se dénoncer pour le sauver. » Jerry arrange un tas de papiers sur son bureau. « Maintenant, si on reparlait de ces fascicules que ta mère a commandés, Hunter ? Tu les as regardés, alors ? Le temps passe à toute vitesse, tu sais ?

— Comment tu peux penser à des trucs pareils alors qu'une fille a disparu ?

— Hunter, tu as un brillant avenir devant toi. Il n'y a pas de raison que tu ne puisses pas entrer dans une bonne fac, si tu arrives simplement à mettre un point final à ces histoires de drogue. Ta mère et moi, tu comprends, on n'a pas envie de te voir finir comme Noah Blake, à faire le serveur pour le restant de tes jours parce que t'as pas assuré. » Jerry se gratte la nuque. « Les Blake, ils sont comme ça, fiston. Je l'ai vue traîner sur le camping, cette fille. Elle était exactement comme les autres. Tu ferais mieux de te la sortir de la tête une fois pour toutes. Elle cherchait les emmerdes. »

Hunter le déteste. Il déteste sa masse épaisse, et tout l'espace qu'elle occupe dans cette petite pièce, dans cette petite ville.

« Et si c'est *moi* qui l'ai volé ?

— Quoi ?

— Si c'est moi qui ai volé le flingue de Rat ? Je devrais me dénoncer ?

— Qu'est-ce que tu racontes ? Dis-moi que t'as pas volé ce revolver.

— Qu'est-ce que je dois faire, Papa ? Que ferait un bon chrétien ? »

Jerry agrippe son fils par le bras et l'entraîne dehors, traversant toute la salle principale jusqu'à sa voiture.

« Monte, dit-il, et il pousse Hunter si fort que celui-ci trébuche. J'ai dit monte. Je te ramène à la maison. Qu'est-ce qui te prend, bordel ? Quel genre de fac va t'accepter si tu t'amuses à voler des armes à feu, à ton avis ? Et moi et ta mère ? Tu crois qu'on aurait l'air de quoi ? Je te laisserai pas bousiller ton avenir pour une espèce de délinquant, tu m'entends ? Je vais pas te quitter des yeux tant que ce mec n'aura pas été inculpé, et il va l'être, Hunter. Tu as entendu ce qu'a dit Ed Lewis ce matin : nous sommes prêts à chasser le mal de cette ville. Le sang et le feu. Tu peux compter là-dessus. »

Gains s'adosse au bureau et croise les bras.

« Vous parlez très bien anglais, Mr Lăcustă. Vous avez tout appris en Amérique ? »

Il est étrange, ce gosse, se dit-il. Il rigole comme une baleine alors qu'un sachet plein de preuves est posé juste devant lui, et il ne porte même pas de chaussures.

« On avait Cartoon Network, en Roumanie, dit Rat, comme s'il avait un bonbon acide dans la bouche.

— Ah bon ? Et donc vous avez appris tout ça en regardant *Les Super Nanas* ? Ça, c'est impressionnant.

— Qu'est-ce que ça peut faire, où j'ai appris l'anglais ? Je croyais que vous vouliez m'interroger au sujet du revolver ?

— Fiston, on n'a pas beaucoup d'étrangers qui viennent s'installer à Whistling Ridge, mais ce printemps, vous arrivez en ville, et peu de temps après, votre revolver se trouve correspondre à une douille retrouvée sur la scène du lieu de disparition d'une jeune fille. Personne ne sait rien sur vous. Ça met les gens à cran, vous comprenez ? Ils vont trouver quelque chose à vous coller sur le dos quoi qu'il arrive. C'est comme ça que ça marche par ici, c'est tout. Mais vous voyez, moi, je ne pense pas que vous ayez de raison de tuer Abigail Blake, que le revolver vous appartienne ou pas, et je suis prêt à m'en tenir à mon idée, alors donnez-moi un coup de main. Qui êtes-vous, fiston ? Qu'est-ce que vous faites là ? »

Rat joue distraitement avec le croc de loup qui pend à son oreille.

« Mes parents ont vécu sous Ceauşescu. Vous pouvez faire le flic sympa tant que vous voudrez, mais la police, je sais ce que c'est. »

Gains pousse un soupir.

« Bon, c'est un début, j'imagine. »

Les doigts de Rat se posent maintenant sur le dessus de la table, qu'il se met à tapoter avec une nervosité que Gains reconnaît.

« Écoutez, fiston, plus vite vous commencerez à être franc avec moi, plus vite vous pourrez sortir, et plus vite on pourra aller fumer une clope, vous et moi. »

Toute la pièce ressemble à la face intérieure d'un pansement, et l'appât de la nicotine semble fonctionner.

« J'ai appris l'anglais en Angleterre. » Rat ne regarde pas Gains mais le grain du bois sur la table, qu'il suit de l'ongle rongé de son pouce. « J'ai habité là-bas. Pendant un bon moment.

— Comment vous êtes-vous retrouvé en Amérique ?

— Ça s'est trouvé comme ça, *la naiba*. On n'entendait parler que de ça, quand j'étais petit – l'Amérique par-ci, l'Amérique par-là. Je me suis dit que ça valait le coup de voir si c'était à la hauteur de sa réputation.

— Et alors ?

— C'est à peu près ce à quoi je m'attendais, oui. Plein de petits hommes qui se prennent pour des caïds parce qu'ils parlent au-dessus d'un certain niveau de décibels et qu'ils ont une arme à feu. » Rat le regarde par-dessous ses cils. « Mais le paysage est pas mal.

— Vous avez une arme à feu, Mr Lăcustă.

— Justement. J'essayais de m'intégrer, c'est tout.

— Parlez-moi de ce revolver. » Gains fait le tour du bureau pour aller s'asseoir en face de lui. « Quand on est venu vous chercher, vous nous avez dit qu'il vous avait été volé. Si c'est le cas, pourquoi n'avez-vous pas signalé sa disparition ?

— Je sais pas, il s'est passé d'autres trucs, j'ai été distrait. C'est pas ce qui manque, les distractions, dans le coin. Et comme je l'ai dit, je n'ai pas une très grande estime pour les forces de l'ordre.

— Vous avez une idée de qui a pu vous le prendre ? »

Rat hausse les épaules.

« Un des jeunes du camping, sans doute. C'était en mai. On traînait tous ensemble, à ce moment-là, on tirait au pistolet sur des cannettes, on fumait des joints, tout ça. Écoutez… » Il enfonce les ongles dans le dessus de la table. « Je n'ai pas tué Abigail Blake. Je la connaissais même pas.

— Pourtant, vous connaissez son frère. Il était dans votre camping-car quand on est venus vous arrêter. »

Rat se contente de le dévisager avec ses yeux en cristal taillé qui donnent l'impression à Gains que quelqu'un est en train de verser de l'eau froide dans le dos de sa chemise.

« Bon, écoutez. » Il frotte le moignon d'un de ses doigts. « Pouvez-vous au moins me dire où vous étiez la nuit où Miss Blake a disparu, la nuit de cette fameuse fête ?

— Non.

— Bon Dieu, fiston. La température commence à grimper salement, par ici – les gens se posent beaucoup de questions sur ce qui est arrivé à cette fille, et en ce qui les concerne, vous constituez une réponse on ne peut plus valable. Rendez-vous service et répondez-moi franchement.

— Je vous réponds franchement. Je ne peux pas vous dire où je me trouvais.

— Mais comment ça, vous ne *pouvez* pas ? »

Rat se renfonce dans son siège, étire un bras derrière lui, puis hausse les épaules en regardant le shérif.

« Ce secret ne m'appartient pas. »

À première vue, Jude pense que la chambre d'Abigail n'a pas changé. C'est un peu le bazar, mais c'est un bazar familier, comme si sa sœur pouvait encore entrer d'une minute à l'autre pour ramasser son bandeau par terre ou jeter son pull sur le dossier de sa chaise. Mais plus il reste assis sur le lit, plus il voit à quel point tout a commencé à changer. Trois semaines qu'elle a disparu – cinq cent quatre heures. À l'heure qu'il est, ses dents pourraient être en train de tomber. Sa chambre, elle aussi, se décompose graduellement. Des crayons ont roulé du bureau et disparu ; ses livres sont couverts de poussière ; tout est froid et vaguement moite au toucher. Jude ne peut pas le supporter.

Il sait ce que sa mère croit : que s'ils laissent la chambre exactement telle qu'elle est, ils garderont Abigail auprès d'eux. Mais une chambre a besoin de vie, sans quoi la poussière va s'accumuler jusqu'à ensevelir complètement sa sœur. Alors Jude déplace sa brosse à cheveux, regonfle son oreiller, arrange les habits dans son armoire. Ce n'est pas grand-chose, mais ça suffit à lui donner le sentiment qu'elle est encore en vie, comme si, peut-être, il allait passer un peu plus tard devant sa porte ouverte, constater tous ces petits changements et se dire : Abi est rentrée.

Jude ne sait pas encore très bien ce qu'il a vu dans les bois, entre son frère et le garçon roumain. Ou plutôt, il sait ce qu'il a vu, mais il ne sait pas très bien ce que ça signifie. Le son qu'a émis Noah, la façon dont il a ouvert sa ceinture – ça lui a rappelé autre chose, une scène d'il y a plusieurs mois, qui n'avait pas paru si bizarre que ça sur le moment, mais maintenant… Il ne connaît pas grand-chose au sexe, donc il ne sait comment l'expliquer, mais c'est sans doute un de ces trucs sur quoi il interrogerait sa mère, s'il avait une mère normale. Il va chercher un signe, au lieu de ça, décide-t-il. Comme a dit le pasteur Lewis : *C'est à nous de reconnaître quand Dieu cherche à agir à travers nous.* Si ce qu'il a vu était vraiment ce qu'il a cru voir, Dieu trouvera le moyen de le lui révéler. Dieu donnera à Jude les mots pour le dire à sa mère.

Au fond de l'armoire d'Abigail, il y a une boîte à chaussures, et Jude sait déjà qu'il va l'ouvrir, alors même qu'il se l'interdit. La fille sur les Polaroid ressemble à sa sœur, elle a les mêmes cheveux roux, le même visage en pointe, les mêmes membres déliés, mais il n'a jamais vu sa sœur rire comme ça, il ne lui a jamais vu l'air si *libre.* Il passe en revue les photos d'Abigail en train de danser, tête renversée et mains en l'air, il voit ses bras enlacer des jeunes du camping, ses jambes nues patauger dans la rivière tandis qu'elle adresse un sourire rayonnant au photographe.

Puis, au fond du tas, la voilà avec une cigarette aux lèvres, vêtue d'un teddy vert et blanc aux manches trop longues pour elle. À côté d'elle, le Roumain, un bras autour de ses épaules.

27

Dolly Blake, debout dans le hall du poste de police, ne se souvient pas de la dernière fois que son mari a daigné lui donner la main. Mais cet après-midi, il a dit : « Dolly, il paraît que la police tient le coupable, ils ont arrêté le gitan qui a pris Abi. » Et maintenant, le voilà qui frotte son pouce contre ses phalanges, comme si c'était normal entre eux. Et la voilà qui n'attend qu'une chose, qu'il cesse.

« On veut le voir », dit Samuel à la policière de l'accueil. C'est une jeune femme au visage plutôt austère, mais elle n'a clairement pas la personnalité qui va avec, car elle recule d'un air craintif quand Samuel se penche vers elle.

« Nous voulons voir le fils de pute qui a tué notre fille.

— S'il vous plaît, monsieur, personne n'a été inculpé officiellement. Personne n'a même été arrêté.

— Alors secouez-vous. On veut voir le type que vous détenez, n'est-ce pas, Dolly ? »

Dolly hoche la tête une fois. Elle ne sait pas vraiment ce qu'elle éprouve. On lui a dit qu'Abigail était une personne disparue, et maintenant les gens disent qu'on l'a abattue, et tout ce que Dolly a envie de faire, c'est de secouer quelqu'un par les épaules jusqu'à ce qu'on lui donne une réponse – la bonne réponse : sa fille est-elle morte, ou pas ? Est-ce que c'est ça, finalement, la conclusion ?

Elle entend une porte s'ouvrir dans le couloir, et les pas qui s'approchent résonnent bien trop fort aux oreilles de Dolly, qui n'a pas fumé une cigarette de la journée car « ça va encore me coller une migraine, femme ». Elle presse la main de Samuel car elle ne sait que faire de ses doigts, mais il doit interpréter son geste autrement, car il déclare : « Ma femme veut voir l'homme qui a tué sa petite fille. » Il dit « ma femme » comme s'il en était fier.

« Monsieur, je suis désolée, dit la réceptionniste, mais nous ne… »

Dolly n'entend pas la suite et sans doute que Samuel non plus, car du couloir émergent le shérif Gains, un peu rouge, et le jeune Roumain, qui a un bigoudi dans les cheveux mais pas de chaussures. Et entre eux deux, les épaules voûtées et la lèvre toute mâchonnée, leur Noah en personne.

« C'est quoi ce bordel ? »

Samuel lâche immédiatement la main de Dolly et, sans savoir l'expliquer, elle a la sensation qu'il est gêné que Noah ait été témoin d'un geste si intime entre eux.

« Gains, vous relâchez ce gitan ? Qu'est-ce qui se passe ici, nom de Dieu ? »

Gains hausse les sourcils, comme si l'idée même de ce qui se passe était trop vaste pour être observée correctement.

« Je n'ai aucune raison de prolonger l'incarcération de Mr Lăcustă.

— C'est pas ce que j'ai entendu dire. » Samuel aspire l'intérieur de sa joue, donnant à un côté de son visage un aspect particulièrement émacié. « Je le tiens de Jerry Maddox en personne. Ce petit salaud a descendu ma fille.

— J'aimerais que vous baissiez la voix, Mr Blake. »

Gains ramène ses épaules en arrière et Dolly a envie de le piétiner. C'est bien beau, de jouer les caïds devant mon mari, mais c'est moi qui vais devoir en assumer les conséquences, si vous le mettez en rogne.

« Baisser la… Mais vous vous foutez de moi ? Vous laissez ce type qui m'a pris ma fille en liberté ! »

Dolly jette un coup d'œil à Samuel qui gonfle les narines, puis elle tente de capter le regard de Noah, mais il fixe obstinément la moquette. Le Roumain, elle s'en rend compte, n'a pas quitté son fils des yeux une seule seconde. Ça lui fait presque mal de le constater maintenant. Personne ne l'a jamais regardée comme ça, elle.

Quand Gains réplique : « Monsieur, votre fils lui a fourni un alibi », Dolly découvre avec un vertige qu'elle sait exactement ce qu'il entend par là.

Lorsque Rat rentre chez lui, Emma a presque fini la bouteille. Elle l'observe par la fenêtre tandis qu'il traverse, pieds nus, les ombres du grillage projetées par le soleil couchant. L'orage a laissé un goût de rouille dans l'atmosphère, et la révélation de Noah Blake n'a pas aidé.

« Alors tu couches avec lui », dit-elle, la voix pâteuse.

Rat ferme la porte et s'appuie contre la table, comme un vaisseau qui coule.

« T'es un vrai fils de pute.

— *Drăgusă...*

— Non. » Elle secoue la tête. « Non, t'as pas le droit de m'appeler comme ça et d'agir comme si tu tenais à moi. C'était lui, n'est-ce pas ? Le soir où tu m'as plantée aux Tall Bones avec Hunter... c'est *lui* que tu allais retrouver ?

— T'as vu comment son père l'a amoché. J'étais obligé d'y aller.

— Ouais, ben les Maddox m'ont amochée, moi.

— Emma...

— T'étais censé m'aider à découvrir ce qui est arrivé à Abigail et peut-être que tu t'en fiches, d'elle, mais elle était la seule amie qui ait jamais compté pour moi alors t'as pas le droit de la mépriser comme si elle méritait pas ton attention. »

Le visage de Rat se durcit et, pendant un instant, elle voit nettement leur différence d'âge.

« Tu sais, dit-il, j'étais content quand j'ai vu ta voiture sur la route. Je voulais te remercier. Noah m'a dit que c'était toi qui l'avais encouragé à aller faire une déposition pour me tirer de là.

— C'était il y a une demi-bouteille, quand je t'aimais encore. »

Il n'y a pas d'encens dans le camping-car et, tout à coup, Emma en ressent l'absence – une espèce de froideur, mélangée à un parfum de pêche artificielle et à l'odeur terrienne de boue croûteuse sous les pieds nus de Rat.

Il se laisse tomber sur une chaise à côté de la table.

« Je t'ai jamais demandé de m'aimer. »

Par la fenêtre, Emma voit un attroupement se former. Un mélange de flanelle élimée, de jeans délavés, et de chemisiers et vestes froissés. Ils parlent assez fort pour qu'elle entende le bourdonnement de leurs voix, mais pas pour qu'elle puisse distinguer les mots. Parmi les hommes, elle reconnaît le père de Shana Tyson, avec son air vidé.

« Bon, je vais y aller, dit-elle, et elle se lève péniblement. J'ai envie de rentrer.

— Je crois pas que tu devrais conduire, *drăguță*. T'as beaucoup…

— Je t'ai dit de pas m'appeler comme ça. Putain, tu crois que tu peux tout te permettre grâce à ta *petite gueule*, et le pire, c'est que c'est vrai, on te passe tout, comme on vient de le voir. Tu t'en tires toujours comme une fleur. »

Elle essaie de le dépasser, vacillante, et il avance une main pour la remettre d'aplomb, mais au choc sourd d'un objet métallique cognant la paroi du camping-car, il la retire.

Dehors, les voix enflent. Rat jette un coup d'œil par le côté de la fenêtre, puis baisse promptement la tête et fait signe à Emma de l'imiter, juste au moment où une pierre fait voler des éclats de verre sur le sol.

Quelqu'un gueule : « Espèce de fils de pute ! Espèce de sale fils de pute ! »

« Tu vends de la came à nos enfants, t'as assassiné cette fille ! »

« Allez, sors un peu, enculé de gitan ! »

Quelque chose s'écrase contre l'autre côté de la porte, et Emma sent un hurlement menacer dans sa gorge, mais Rat plaque la main sur sa bouche et l'attire sous la table.

« Je suis là, ça va aller. On va s'en sortir. »

Il l'enveloppe dans ses bras jusqu'à ce qu'elle cesse de trembler, et ils restent blottis l'un contre l'autre dans l'obscurité de plus en plus dense tandis que les habitants de Whistling Ridge jettent toutes leurs pierres.

28

Quand Noah gare son pick-up, son père l'attend dans l'allée. Pendant un moment, ils se fixent sans un mot. Noah a l'impression de voir des étincelles sortir de Samuel comme d'un câble électrique dénudé. Il sait que plus longtemps il attend, plus ça devient inévitable. C'est comme quand il faut faire craquer une articulation raide, se dit-il : ce n'est pas agréable, mais il vaut mieux s'en débarrasser au plus vite.

En fin de compte, ça n'a rien à voir. Samuel le cogne du revers de la main, et Noah sent l'alliance de son père s'imprimer en plein dans sa mâchoire. Il titube un peu et mord son propre poing pour se retenir d'émettre le moindre son.

Samuel secoue la tête : « J'espère que tu sais que tu as humilié cette famille. »

Ensuite, Noah se déplace dans la maison avec gêne, écoutant sa mère qui déballe des sacs de courses en bas, le bruit sourd et monotone de son père qui coupe du bois dehors, la mélodie indistincte qui s'échappe des écouteurs de Jude, le silence obstiné de la chambre d'Abigail. Ils prennent tout l'espace, et il ne sait pas où se mettre.

Dans sa propre chambre, Noah a l'impression familière que Dieu regarde par-dessus son épaule.

J'espère que tu sais que tu as humilié cette famille.

Noah a envie de lui tordre le cou : Espère de Salopard, Tu crois pas que j'ai essayé ?

Quand il avait quinze ans, Noah s'est inventé une femme. Dans la Bible, la femme de Noé n'était pas nommée, mais on lui avait dit au catéchisme qu'elle s'appelait Naamah, donc c'est ainsi qu'il appelait cette épouse imaginaire. Dans sa tête, elle ressemblait un peu à la mère dans *La Famille des collines*, parce que les parents regardaient tout le temps cette série à l'époque. Naamah était très gentille, elle l'appelait toujours « chéri » comme à la télé. Parfois, quand il avait eu une rude journée au lycée, il parlait à sa femme. « Chérie, tu n'as pas idée de la journée que j'ai passée », disait-il, et il l'imaginait en train de lui répondre : « Mon chéri, tu t'en sors très bien, ne t'en fais pas. » Il avait maintenu Naamah en vie pendant trois mois, l'arrosant comme une fleur de toutes les choses qu'il avait apprises sur le mariage en observant ses parents. Un jour, naturellement, elle l'avait quitté.

Après ça, il s'était contenté de prier. C'était un cycle brutal : il se rendait dans ce qu'il imaginait être les recoins secrets d'Internet pour regarder des photos d'hommes, et ensuite il priait, comme pour s'attacher à un mât dans la tempête, retenu par chaque prière comme par une corde qui lui déchirait la chair quand il se débattait. Il priait jusqu'à être en sang. À seize ans, il avait fondu en larmes quand le pasteur Lewis – *le pasteur Lewis*, rien que ça – avait doucement touché la peau nue de son avant-bras, et le pasteur y avait vu une manifestation du sacré. Noah avait tellement peur, planté là, essuyant ses larmes de ses mains, que tout le monde voie qu'il était un imposteur.

« Qu'est-ce que j'aurais dû faire ? dit-il à présent, soutenant le regard de Dieu. Mentir ? Tu voulais que je mente et que je les laisse arrêter un innocent pour un crime qu'il n'a pas commis ? C'est un péché aussi. C'est un péché pire que l'amour. »

Sur le palier, sa mère lui annonce qu'il doit dîner dans sa chambre ce soir.

« Ton père ne veut pas te voir à table.

— *Maman.*

— Je suis désolée, Noah. »

Non, tu ne l'es pas, se retient-il de dire.

« Félicite-toi déjà qu'il n'ait pas… »

Elle entre dans sa chambre et avance la main comme si elle allait toucher sa mâchoire encore rouge et douloureuse, et il se penche vers sa main. L'enfant qui subsiste en lui espère que peut-être, cette fois, elle va se ranger de son côté. Mais au dernier moment, elle recule.

« Mesure ta chance. »

Une fois qu'elle est partie, Jude apparaît sur le seuil.

« Salut, Noah.

— Quoi ? T'es venu me cracher dessus, toi aussi ? »

Son frère tient un Polaroid serré dans sa main.

« Faut que je te montre un truc.

— Ben garde-le pour toi. »

Noah le pousse d'un coup d'épaule, ne s'arrêtant pas même quand il entend Jude tituber contre sa canne.

Il claque la porte et, pendant que son frère tambourine sur le bois en disant : « Allez, s'il te plaît, faut vraiment que tu voies ça », Noah met son oreiller sur sa tête et pense : Naamah, chérie, tu n'as pas idée de la journée que j'ai passée.

Alors

On est le premier soir de juin, à cette étrange charnière entre les saisons où le paysage semble brièvement plein d'énergie avant la longue léthargie de l'été. Le soleil s'attarde au-dessus de l'horizon pendant plus d'une heure, comme s'il regrettait de devoir se coucher, mais lorsqu'il sombre enfin, la musique démarre et les guirlandes lumineuses s'allument telles des toiles d'araignées colorées entre les mobile homes.

Le père de Shana est en ville pour un truc à l'église, et ce soir, ils se rassemblent tous dans le trailer des Tyson. Shana prépare des cocktails avec du jus de fruits bon marché et de la vodka encore plus bas de gamme, fournie par Rat, qui joue « Sympathy for the Devil » sur la guitare de sa grand-mère tandis que les frères Weaver tirent les cheveux de Beth Farmer et que Bryce Long sniffe un grand trait de méthadone sur la table basse.

« OK, mec, tout doux, dit Hunter, donnant une petite tape sur l'épaule de Bryce. Vas-y mollo, sinon on va tomber en rade avant que la soirée commence. » Il jette un coup d'œil à Abigail, assise du bout des fesses sur le canapé, les genoux contre la poitrine. « Ça va ? »

Elle pince les lèvres et fait oui de la tête.

Environ une heure plus tard, il la retrouve avec Bryce dans la minuscule salle de bains des Tyson, en train de se faire une ligne sur le rebord du lavabo.

« Putain, mec, t'es en train de liquider tout mon stock.

— C'est bon, Hunter. » Bryce lui fait signe de sortir. « Je te rembourserai, t'inquiète.

— Ouais, mais…

Il regarde Abigail : elle a le visage rose et bouffi, comme si elle avait pleuré.

Rat arrive derrière son épaule et fusille Bryce du regard.

« Tu devrais pas lui en donner, *pizda*. Tu vois pas qu'elle est bourrée ? »

Abigail sourit, mais d'un sourire trop large, pas naturel, et quand elle tente de se redresser, ses jambes flageolent et elle bascule en avant. Rat s'avance aussitôt pour la relever, mais elle se débat et lui donne des coups sur la poitrine.

« Ôte tes sales pattes de moi, dit-elle d'une voix pâteuse. J'imagine même pas où elles se sont baladées. »

Rat la lâche brusquement et elle se rattrape au lavabo à grand-peine.

« Tu sais quoi, dit-il d'une voix soudain coupante, ton frère a raison. Tu peux être une vraie garce. »

Abigail ouvre la bouche, mais ne parvient qu'à le fixer des yeux sans rien dire. Puis elle écarte Bryce et Hunter à coups de coude et retraverse le salon d'un pas furieux, jusqu'à la porte.

Bryce se passe la main sur la figure.

« Putain, vous cassez trop l'ambiance, les mecs. »

Il les écarte pour sortir à son tour, mais quand Hunter s'apprête à en faire autant, il sent une main sur son bras.

« Hé, Maddox. » Le visage de Rat s'est complètement distendu. Il a l'air fatigué et lointain, vidé de toute combativité. « Tu veux pas baiser, des fois ?

— Non ! T'es cinglé, mec ? Non mais t'as pris quoi ? Parle moins fort ! »

Rat pousse un soupir et renverse la tête contre le mur ; Hunter remarque l'anneau de poudre blanche incrusté sous ses narines.

« Elle aurait pas dû dire ça, tu sais. Sur moi. Et le regard qu'elle m'a jeté… Elle aurait pas dû faire ça.

— Ouais, je sais, mec, je sais. Je vais lui parler. » Hunter lui donne une tape maladroite sur l'épaule. C'est la réaction hétérosexuelle attendue, se dit-il. « Bois un peu d'eau, OK ? »

Rat hausse les épaules et plisse les yeux en regardant les taches sur le sol en plastique.

« Hé, Hunter ?

— Ouais ?

— Les gens d'ici vont avoir ce qu'ils méritent. Tu verras. »

L'air est vif lorsque Hunter sort du trailer dans la nuit. Les petites guirlandes lumineuses de Shana font planer une lueur trouble sur le parc. Il prend un instant pour respirer, humer l'odeur de pin et de mauvais alcool pendant que la brise rafraîchit la sueur sur son visage. Le son étouffé de la musique semble élargir l'horizon. Au loin, il y a autre chose, au-delà de tout ça : il y a des gens qui apprécient la compagnie les uns des autres.

Tout à coup, le son de la voix de son père le ramène au présent.

« Tu devrais faire attention, dit Jerry. Les jeunes du camping, il y en a qui peuvent être un peu brutaux. »

Il parle plus doucement que Hunter n'en a l'habitude, celui-ci sait donc aussitôt que ce n'est pas à lui que s'adresse son père.

Il se glisse sur le côté du mobile home des Tyson, se tapit contre les bardeaux, sentant la terre humide sous ses chaussettes, et jette un coup d'œil au coin. Ils se tiennent à peine à cinquante centimètres l'un de l'autre. Son père a la main sur l'épaule d'Abigail, qui tient un gobelet d'eau. Elle sourit – un vrai sourire cette fois – et dit : « Merci, Mr Maddox.

— C'est rien, ma chérie. Je voudrais pas qu'il arrive quelque chose à une gentille petite comme toi. »

29

À présent

Le soleil fait une apparition éclair entre les nuages bas et laiteux au moment où Emma s'engage sur Elkstone Bend, vers la maison Maddox.

La soirée d'hier a été atroce. Quand elle est rentrée, elle a cru que sa mère était soûle, mais en fait, elle a découvert que, vraiment en rogne, les gens peuvent se mettre dans un état tout aussi minable. Melissa ne lui avait jamais hurlé dessus auparavant, pas comme ça.

« Tu peux pas continuer à disparaître comme ça, Emma. J'étais à *deux doigts* d'appeler la police !

— Je suis juste allée voir une copine.

— Ah bon ? Et quelle copine, Emma ? Quelle copine ? Parce qu'un truc est sûr, c'était pas Abi. Et, bon sang, c'est pas vrai que tu es encore bourrée ? Après tout ce qu'on a dit ? Tu détruis ton corps, Emma. Tu te détruis. Quand tu seras plus vieille, que tu auras le foie bousillé, la tremblote et les dents pourries, tu te détesteras pour ce que tu t'es fait ! »

Qu'est-ce que ça changera ? a pensé Emma. Je me déteste déjà.

« T'essaies de me punir parce que ton père n'est pas là ? T'imagines pas ce que c'est dur d'être ta mère, par moments. »

Ensuite, elles ont dit des choses qu'elles ne pensaient pas. Elles ont dit aussi des choses qu'elles pensaient. Quand elles en ont eu fini, Emma a guetté un long moment les bruits familiers de sa mère en train de s'affairer dans sa chambre mais, le matin, en filant en douce, elle l'a retrouvée recroquevillée sur le canapé, pas démaquillée.

Assis dehors, sur les marches, Hunter ôte la boue de ses baskets avant de partir au lycée quand Emma se gare. Elle est encore chargée de la colère de son engueulade avec sa mère, mais celle-ci a affûté le désespoir maniaque de l'ivresse d'hier, et à présent, elle se sent d'humeur téméraire et constructive.

« Est-ce que tu donnais des drogues à Abigail ? »

Hunter retire un petit morceau de terre séchée de la semelle de ses chaussures d'une pichenette.

« Qu'est-ce qui te fait dire ça ?

— Tu l'as emmenée à toutes ces soirées. En haut. Tu lui filais des drogues ?

— Tu déraillles.

— C'est Shana Tyson qui me l'a dit.

— Ah, ben dans ce cas, qu'est-ce que t'attends ? » Il avance les poignets. « Vas-y, passe-moi les menottes.

— Tu trouves ça drôle ?

— C'est toi qui es ridicule, là. Je n'aurais jamais rien fait pour nuire à Abi. » Il gratte un autre éclat de boue du bout de l'ongle. « On était amis.

— Amis ? Avec toi ?

— Mais oui, pourquoi pas ? T'étais pas la seule à avoir le droit de la connaître. »

Tu ne la connaissais pas, se dit Emma. Ni elle ni Abigail n'avaient beaucoup d'amis. Abi n'aurait jamais eu l'égoïsme de cacher quelqu'un à Emma comme ça ou, pire, de la remplacer.

« Je ne te crois pas.

— Crois ce que tu veux, je m'en fous. Mais je ne lui ai pas donné de drogues. Par contre, elle… elle en prenait, quelquefois. Via d'autres gens.

— Elle n'aurait jamais fait ça. »

Hunter la regarde comme Shana Tyson hier. *Oh, mon chou.* Une brise cinglante fait bruisser les feuilles des trembles mais Emma a trop chaud dans son blouson d'hiver.

« Non, tu… tu lui as *fait* quelque chose. Puis tu as appris qu'elle l'avait dit à ma mère, alors tu l'as attirée dans les bois, et…

— Putain, c'est ça que tu penses de moi ?

— Je ne… Non, je… » Elle l'a pensé tout ce temps, alors elle ne comprend pas pourquoi c'est si difficile de le dire maintenant. « Mais pourquoi l'emmener dans les bois ce soir-là aux Tall Bones ? Je sais que c'était toi.

— Je l'ai emmenée nulle part. Elle est venue avec moi, c'est tout. » Il baisse les yeux sur ses baskets. « Elle voulait juste que je lui file un peu de coke. Elle voulait pas que tu voies.

— Non, Abi n'était pas comme ça. Je l'ai connue toute ma vie.

— Ce n'était pas quelqu'un de très heureux, Emma. Je suis désolé. Mais elle parlait de toi tout le temps.

Elle t'adorait, crois-moi, mais elle voulait pas que tu voies ce côté d'elle. »

Emma enfonce le plat de ses mains dans ses yeux et tente de se concentrer sur cette pression afin d'oublier les questions qui se multiplient dans sa tête : Abigail, Abi, qui es-tu, à la fin ? Qu'est-ce qui allait si mal que tu ne pouvais pas me le dire ? Qu'est-ce que tu essayais de cacher ?

« Hé, fait Hunter, ça va ? Tu ferais bien de t'asseoir, peut-être. »

Elle obéit, car elle ne sait que faire d'autre. Le contact de la pierre fraîche la fait redescendre un peu.

Abigail a vu les vergetures sur les cuisses d'Emma, elle a vu les autres lycéens mettre à nu tous ses complexes avec leurs réflexions sur sa taille, ses mensurations ou sa race, elle l'a écoutée sangloter tout son soûl au téléphone dans les accès de désespoir. Abigail voulait tout savoir sur Emma, elle a tout fait sortir en tirant les fils un à un comme si elle défaisait un tricot, et il fut un temps où elle lui donnait des bouts d'elle-même en échange. Emma a laissé Abigail la connaître. N'est-ce pas ça, l'amour ? Mais a-t-elle compris si mal Abigail, de son côté ? Tout lui revient d'un coup : les airs lointains de son amie pendant l'été, quand elle se grattait convulsivement, l'air constamment épuisée, et Hunter qui avait semblé presque sympa avec elle le soir du bal. Bordel, comment se fait-il qu'elle n'ait rien vu ?

À côté d'elle, Hunter sort une cigarette de sa poche.

« Ça te dérange pas ? »

Emma secoue la tête.

« Mes parents me tueraient s'ils savaient. Les éliminatoires de l'État par-ci, la fac par-là, bla-bla-bla. »

Parfois, Emma aimerait savoir fumer. Peut-être qu'elle ferait ça au lieu de boire.

« Dis, je peux te demander un truc ? Comment ça se fait que tu parlais avec Shana, déjà ? Je savais pas que vous étiez copines.

— On l'est pas. » Emma fixe le lichen qui pousse sur le ciment. Je n'ai qu'une amie, se dit-elle, et maintenant je ne sais même plus qui elle est. « Je lui posais des questions sur toi. »

Hunter pousse un petit rire.

« Et qu'est-ce qu'elle avait à dire, cette bonne vieille Shana ?

— Elle m'a pas crue quand je lui ai dit que je pensais que tu avais fait quelque chose à Abi. Elle a dit que tu étais sympa, c'est tout. Pas comme ton père. Lui, elle l'aime pas trop.

— Ouais, ben, bienvenue au club. Ce salopard s'imagine qu'il peut tout se permettre sous prétexte qu'il possède la moitié de la ville et qu'il est pote avec le pasteur. » Il tire sur sa cigarette, les yeux plissés, le regard vers les bois. « Ça fait, genre, trois semaines. Tu savais ça ? Trois semaines entières depuis qu'Abi…

— Oui, je sais.

— Ah, tiens, tu veux voir un truc ? » Il sort une enveloppe de sa poche intérieure. « J'avais prêté mon appareil à Beth Farmer ce soir-là, et elle m'a enfin donné les photos qu'elle a prises. C'est toi et Abi, là, regarde. »

Leurs visages ont le côté éthéré que le flash donne souvent sur les photos argentiques, et les pupilles d'Abigail sont rouges, ce qui lui donne un air un peu démoniaque, mais c'est bien elles deux. Emma se rappelle le moment où Beth a pris la photo

– « Souriez, les filles », a-t-elle lancé, et Abigail a passé un bras autour des épaules d'Emma et l'a embrassée sur la joue. Sur le moment, elle a eu l'impression d'un privilège, mais en regardant maintenant la photo, on dirait plutôt un geste de tendresse envers un enfant. Condescendant. Emma en veut un peu à Abi. Elle en veut un peu à Hunter, aussi, de lui montrer l'image et de gâcher son souvenir.

« Tu peux la garder, si tu veux, dit-il.

— Non, merci. »

Ils restent assis dans le froid encore un moment – ni l'un ni l'autre n'est prêt, apparemment, à ajouter quoi que ce soit pour l'instant – jusqu'à ce que la cigarette consumée de Hunter lui brûle les doigts. Il pousse un juron et la jette. À côté de lui, Emma, très silencieuse, regarde fixement la photo d'elle et Abigail. Puis, tout à coup, elle lève l'image et dit : « Est-ce qu'Abi portait ce gilet en laine quand vous êtes partis dans les bois tous les deux ? »

Hunter plisse les yeux en regardant le Polaroid.

« Je sais pas, ça ne me frappe pas. »

Et je le saurais, se dit-il. Il se souvient du reste de la soirée avec une clarté abominable.

« T'es sûr ?

— Bah, je sais pas, peut-être. C'est possible. Qu'est-ce que ça peut faire ? C'est juste un pull.

— Le shérif Gains dit qu'ils ont retrouvé un gilet en laine dans la rivière à côté des Tall Bones il y a quelques jours. Un gilet plein de sang. »

Hunter aimerait fumer une autre cigarette, mais c'était sa dernière.

« Vous avez vu quelqu'un, cette nuit-là, dans les bois ? demande Emma.

— Tu lâches jamais, toi, hein ?

— Je tiens à Abi. Je croyais t'avoir entendu dire que toi aussi.

— Ouais, bon, OK. » Hunter écarte ses cheveux de son visage. « C'est qu'il y avait beaucoup de monde, à la soirée, tu vois ?

— Oui, mais quand toi et Abi vous vous êtes éloignés pour… » Elle fait la grimace. « … pour vous défoncer, ou je sais pas quoi, est-ce que vous avez vu quelqu'un, à ce moment-là, dans la forêt ? Quelqu'un qui n'avait rien à y faire ? »

Hunter ferme les yeux un bref instant. *Quelqu'un qui n'avait rien à y faire.* C'est moi, qui étais là où je n'aurais pas dû être, se dit-il.

Mais le gilet, il n'aurait pas dû être là non plus. Elle le portait bien, non, quand c'est arrivé ? Il se rappelle son expression – presque un sourire – quand la tache a grossi sur la laine pâle, bon marché. *Putain, Abi.* Mais si elle le portait à ce moment-là, comment s'est-il retrouvé en aval de la rivière ? Il a pu se retirer tout seul, en s'accrochant à quelque chose, peut-être, mais en même temps, il ne peut s'empêcher de penser : Les filles mortes ne retirent pas leurs habits.

« Qu'est-ce qu'il y a ? demande Emma. J'ai l'impression que tu allais dire quelque chose. »

Hunter jette un coup d'œil par-dessus son épaule, vers les fenêtres sombres de la maison de ses parents.

« Il y avait bien quelqu'un d'autre, dit-il doucement. J'ai vu mon père dans les bois. »

En train d'enterrer le sachet de coke dans la ruine Winslow, à ce qu'il semble, mais Jerry aurait aussi bien pu le vider dans les toilettes, alors que faisait-il là-bas ? Le sentier sur lequel Hunter l'a aperçu mène à toutes sortes de pistes forestières. Il se rappelle cette soirée de juin, la façon dont son père a posé la main sur l'épaule d'Abigail derrière le trailer des Tyson, la façon dont il l'a regardée, même quand elle s'est éloignée. S'il avait pu, à ce moment-là, Jerry Maddox lui aurait retiré ses vêtements.

Il se ronge l'ongle du pouce pour occuper ses mains et sa bouche. À l'idée de ce que son père est susceptible d'avoir vu, il tressaille. Mais pire, à présent, il se demande : que son père a-t-il bien pu faire ?

30

Quand on parle du loup, se dit Emma en redescendant le flanc de la montagne lorsqu'elle repère Jerry Maddox en train de planter une pancarte dans l'herbe morte devant le camping : « RÉSERVÉ AUX AMÉRICAINS ». L'espace d'un instant, elle entend de nouveau les cris, sent les bras de Rat autour d'elle quand ils se sont blottis tous deux sous la table tandis que les photos et les livres de poche valsaient autour d'eux, les ampoules explosaient et les bougies se renversaient, faisant couler par terre de la cire à moitié durcie. C'est le souvenir du pouls rapide et terrifié de Rat quand quelqu'un a hurlé « Retourne dans ton pays », qui la décide à arrêter la voiture.

« Hé ! » Elle baisse sa vitre au maximum et se penche au-dehors. « Hé, oh, vous pouvez pas faire ça !

— Vous êtes sur ma propriété.

— C'est pas légal.

— C'est mon terrain, je peux faire exactement ce que je veux, jeune femme, y compris vous tirer dessus pour violation de propriété, alors redémarrez le moteur et circulez. » Jerry agite le pouce en direction de la ville. « Et laissez mon fils tranquille, pendant que vous y êtes. »

En rentrant la tête, Emma marmonne : « C'est ça que vous avez dit à Abi, aussi ?

— Quoi ? »

Quand elle lève les yeux, il est là, qui la surplombe. Il a des yeux morts, se dit-elle, des yeux de requin, tandis qu'il pose une main sur le toit de sa voiture et se penche sur elle.

« Vous devriez pas vous amuser à proférer ce genre d'accusations. Vous pourriez causer de vrais ennuis à quelqu'un un jour. »

Il la fixe, et pas comme l'autre soir, quand sa femme se tenait à côté de lui. Là, c'est différent : elle a soudain l'impression d'être en sous-vêtements. Les requins se nourrissent dans un accès de frénésie, et, chez lui aussi, elle sent quelque chose d'un peu frénétique, un élément perturbant dans l'espace qui les sépare. Est-ce de cette façon qu'il a regardé Abigail ? Peut-être que Hunter a mis le doigt sur un truc, là.

Emma déglutit. Sa bouche est sèche, sa voix calme : « Laissez-moi tranquille. »

Jerry se redresse.

« Non, *vous*, laissez-moi tranquille, jeune femme. Et vous avisez pas de dégoiser sur des trucs dont vous ignorez tout. » Il secoue la tête, et la lumière se reflète sur les parties de son crâne où ses cheveux se raréfient. « Z-êtes aussi pourrie que votre père, et regardez où ça l'a mené. »

Ces mots lui font l'effet d'un seau d'eau en pleine figure.

« Mon père ? » Elle le dévisage. « Que voulez-vous dire ? »

Mais Jerry donne un brusque coup de pied contre le flanc de voiture, qui la fait sursauter sur son siège.

« Je t'ai dit de foutre le camp d'ici. Tu sais pas lire ? Réservé aux Américains ! Allez, dégage ! »

Emma regarde la poitrine de sa mère monter et descendre irrégulièrement et se demande si elle est en train de rêver. Elle hésite presque à la réveiller. Melissa sent le savon et un léger relent d'oignon, et Emma s'accroche à la familiarité de cette odeur – elle se demande si elle en aura encore le droit après avoir dit ce qu'elle a à dire.

Les cheveux pâles de sa mère sont étalés sur l'oreiller, mais dans la lumière de la fin de matinée qui filtre doucement par les persiennes, Emma constate qu'il y a davantage de gris autour des tempes qu'avant. Ce signe manifeste de vieillissement, ça la perturbe un peu. Elle a toujours eu l'impression que l'âge de sa mère était une donnée stable, qu'elle aurait toujours à peu près quarante ans, qu'elle les avait toujours eus. Cette impression n'est guère corrigée par le fait qu'elle ne sait rien de sa vie avant qu'elle-même n'y entre. Mais justement, se dit-elle, c'est bien tout le problème, non ?

« Em, c'est toi ? » Melissa roule sur le dos et ouvre doucement les yeux. « Zut, je me suis endormie ?

— C'est pas grave, tu te lèves toujours tard en automne. »

Emma le dit comme si elle était fière de connaître ce détail, et c'est le cas – elle est fière de connaître un détail intime sur sa mère. Quand Melissa sera en colère contre elle, ce qui va inévitablement arriver, elle chérira tous ces petits faits comme des trésors, décide-t-elle.

« Tu fais une drôle de tête, Em. Tout va bien ?

— Il faut que je te pose une question. Sur Papa.

— Tu sais que je n'aime pas… » Melissa s'assoit dans son lit et écarte les mèches de son visage. « Je préfère ne pas parler de lui, tu le sais. »

Emma déglutit, et respire profondément, s'emplissant les narines de l'odeur de savon et d'oignon de sa mère.

« Ce n'est pas juste qu'il est parti, si ? Il lui est arrivé quelque chose.

— Ah çà, si, il est parti. »

Emma a un seul souvenir, et encore, il est fragmentaire : l'angle de l'épaule de son père, la lumière du réverbère devant la porte ouverte, le sang sur ses mains.

« Je le revois en train de te crier dessus le soir de son départ. »

Melissa triture le duvet entre ses doigts.

« Je t'en prie, Maman, c'est important. Tu sais où il est, maintenant, Papa ? C'est juste qu'à entendre Jerry Maddox on aurait dit…

— Jerry Maddox ? Qu'est-ce que tu fabriquais, à parler avec lui ? Ne t'approche pas de cet homme, Em. Il est pourri jusqu'à la moelle.

— Tu me dis tout le temps de pas m'approcher des gens, mais tu me dis jamais pourquoi. Il a fait quelque chose à Papa ? Ou bien c'est le shérif Gains ?

— Emma, *ça suffit.* » Des fils de coton cèdent dans les doigts de sa mère avec un bruit de déchirure. « J'ai dit que je ne voulais pas en parler. Bon sang, pourquoi tu ne peux pas respecter ça ? »

Doucement, Emma dit : « Je te respecte, Maman », parce qu'elle sait que c'est ce que sa mère demande, en fin de compte.

« Tu mets ton nez dans des histoires qu'il vaut mieux ne pas connaître, fais-moi confiance. » Melissa secoue la tête et s'essuie la joue du revers de la main. « Ton père est parti. Restes-en là. Ça vaut mieux pour toi.

— Mais c'est mon *père* !

— Ça, oui. » Melissa pousse un petit rire. « Et il a vraiment assuré, pour ce qui est de m'aider à t'élever. Il mériterait une médaille, Miguel. Em, il ne te reconnaîtrait même pas dans la rue.

— Maman…

— Pour l'amour du Ciel, Emma, *laisse tomber.* »

Hunter l'appelle à l'heure du déjeuner.

« J'ai eu ton numéro par Shana. » Il a la voix rauque, comme s'il venait de fumer, et elle entend des bavardages lointains sous les gradins. « Tout va bien ?

— Oui. » Emma s'assoit sur son lit, jambes croisées. « Pourquoi ça n'irait pas ?

— Mon père est rentré avant que je parte pour le lycée et il était *furax*. Il a dit que tu étais allée le surprendre au camping et que tu t'étais mise à lancer des accusations.

— Ah.

— C'est vrai ?

— Quoi ? Non. Enfin, j'ai peut-être évoqué Abi vite fait, mais c'était rien. Franchement. C'est lui qui a posé cette pancarte. Tu l'as vue ?

— Je l'ai vu la dessiner, oui.

— Elle est assez ringarde. »

Hunter éclate de rire, ce qui semble les étonner tous les deux.

Ne prends pas trop tes aises, se rappelle-t-elle. Même s'il a dit la vérité sur Abi, même s'il ne l'a pas violée, il l'a quand même laissée se démonter la tête à la cocaïne. Quel genre d'ami fait une chose pareille ? Et en plus, il est l'un d'entre *eux*. Au souvenir de la soirée du bal, son visage la brûle encore de honte. Le fils du pasteur Lewis et les autres mecs de l'équipe de basket, la façon dont ils l'ont encerclée dans le gymnase du lycée, les trucs qu'ils ont dits… C'est de ce monde que vient Hunter Maddox. Elle ne doit pas l'oublier.

« Dis, souffle-t-il, et la douce incertitude dans sa voix lui donne envie d'oublier tout ce qu'elle vient de penser. T'étais sérieuse, au sujet de ce gilet ?

— Bien sûr que oui. Le shérif Gains m'a affirmé qu'ils l'ont retrouvé dans la rivière. Et toi, t'étais sérieux quand t'as dit que t'avais vu ton père ce soir-là ? »

Elle enroule une mèche de ses cheveux autour de son doigt et serre jusqu'à ce que la peau devienne toute blanche.

« Oui, je l'ai vraiment vu. Il m'a dit qu'il était allé à la maison Winslow, mais… Je sais pas, maintenant j'en suis plus si sûr. »

Juste à l'endroit où j'ai vu de la lumière, se dit-elle.

« Peut-être que tu peux vérifier. D'après toi, s'il a des trucs qu'il veut que personne voie, il les cacherait où ?

— Je sais pas trop. Enfin… Ah, si, putain, son bureau à la scierie. Quand j'y suis passé l'autre jour, on aurait dit qu'il planquait un truc.

— Tu crois que tu pourrais t'y introduire ? » Hunter se tait un instant et Emma grimace. « Pardon. Je m'emballe. C'est un peu dingue, tout ça. »

Après un silence, il reprend : « Tu sais que je les ai vus ensemble ? Abi et mon père ? Au camping, cet été ?

— Comment ça, “ensemble” ?

— Ils discutaient, c’est tout, mais il y avait un truc chelou. Lui, il était chelou. » Hunter pousse un petit gémissement. « C’est un tel bordel. Cette coke que vous avez trouvée, toi et Rat, elle était à moi, au départ. »

Ce qui surprend le plus Emma, c’est le peu d’étonnement que ça lui cause. Après tout ce qu’elle a entendu ces derniers jours, elle ne sait plus quoi penser de quiconque à Whistling Ridge.

« Je peux pas rentrer dans les détails maintenant, reprend Hunter, mais mon père a enterré la coke à la ruine Winslow, ou en tout cas c’est ce qu’il dit. Il a voulu me faire croire que c’est pour ça qu’il était dans les bois la nuit où Abigail a disparu, mais j’arrête pas de penser à sa manière de se comporter avec elle. Il y avait un truc chelou. »

À l’autre bout du fil, Emma entend sonner la cloche signalant la fin de la pause déjeuner. Hunter ajoute :

« La scierie est toujours déserte le dimanche. Si j’y vais le week-end prochain, après la tombée du jour, ça devrait le faire. Tu veux venir avec moi ?

— Quoi… entrer dans le bureau de ton père par effraction ?

— Peut-être que t’aurais moins les boules en pensant à sa pancarte débile. »

Par la porte ouverte de la chambre, Emma voit sa mère couchée dans son lit, qui lui tourne le dos. Tout à l’heure, elle s’est levée, douchée, habillée, a préparé un vague petit déjeuner tardif, mais ensuite elle s’est mise à errer tel un fantôme dans la maison, suivant, comme en transe, un itinéraire qu'elle était seule à comprendre. Puis elle est retournée se coucher – sans quitter ses chaussettes, son maquillage, ses boucles d'oreilles, et Emma s'est dit que c'était aussi gênant que de la voir nue.

« Entendu, dit-elle à Hunter. Pour ce que je fais, de toute façon.

— Cool. On a qu'à y aller avec ma voiture – ça fera moins bizarre. Je passerai te prendre à 18 heures dimanche prochain. Mais ça reste entre nous, OK ?

— OK.

— Dis, Emma ?

— Oui ?

— Je suis désolé pour mon père. »

Emma se laisse tomber en arrière sur le lit et fait une grimace. C'est beaucoup plus dur de le haïr quand il parle comme ça. Est-ce que c'est pour ça qu'Abi a choisi de se confier à lui ? Mais regarde où ça l'a menée. Emma se dit : *Je ne dois pas faire la même erreur.*

31

Le dimanche, tandis que l'église se vide, Samuel saisit son fils aîné par le bras et lui dit : « Attends là. »

Les gens qui sortent en file indienne font mine de ne pas les voir, ces deux hommes bourrus plantés devant la porte. Noah évite soigneusement de regarder son père, lui aussi – il garde sa joue meurtrie du côté du mur pour que personne ne la voie – donc il ne sait pas que Samuel le fixe. Il ne sait pas que dans sa tête, Samuel a toujours l'âge de Noah, il lui ressemble comme deux gouttes d'eau – après quoi ça lui fait un choc de croiser son reflet et de se rendre compte qu'il est pratiquement un vieillard. *Mon fils a toute ma jeunesse et il la fout en l'air.* Samuel pense ça, de temps en temps, mais les autres jours, il reconnaît qu'il n'en a pour ainsi dire pas eu, de jeunesse. Il a tué une femme d'une balle dans le dos quand il n'avait que dix-huit ans. Comment rester jeune après ça ?

Une fois que tout le monde est parti sauf le vent qui pousse des brassées de feuilles mortes à travers le parking, Samuel dit : « Je ne voulais pas en arriver là. »

Noah se contente de mâchonner sa lèvre, comme il le fait toujours.

« Tu vas attraper un ulcère, fiston, arrête ça. » Samuel secoue la tête. « Il y a des trucs que j'ai vus au Viêtnam… Je comprends la honte, va pas croire que je ne la comprends pas. Le Seigneur comprend la honte. *Il ne permettra pas que vous soyez tentés au-delà de vos forces ; mais avec la tentation, Il préparera aussi le moyen d'en sortir, afin que vous puissiez la supporter.* Il n'y a pas de condamnation pour ceux qui marchent sincèrement dans la lumière de Jésus-Christ, rappelle-toi bien ça. Mais en règle générale, mon gars, on ne scie pas la branche sur laquelle on est assis. Ici, c'est mon lieu de culte. Je ne voulais pas en arriver là.

— Oui, m'sieur.

— Mais après le cinéma que tu as fait au poste de police la semaine dernière, après ton petit coup de pub avec cette saleté de gitan, je ne crois pas qu'on ait tellement le choix. »

Il faut qu'on nous voie y faire quelque chose, se dit Samuel, sans quoi quel père ça ferait de moi ?

« Tu écoutes le pasteur Lewis, maintenant. Il saura t'aider. Rappelle-toi ton Esaïe : *Mais le Seigneur, l'Éternel m'a secouru ; c'est pourquoi je n'ai point été déshonoré ; c'est pourquoi j'ai rendu mon visage semblable à un caillou, sachant que je ne serais pas confondu !* »

Noah met ses mains dans ses poches.

« Allez, vas-y, dit Samuel. Je vais chez O'Shannon's. Envoie-moi un texto quand tu auras fini. Je passerai te prendre.

— Oui, m'sieur. »

Samuel se dit que son fils a une voix fatiguée.

« Noah. » Le pasteur Lewis lui sourit. « Entre, assieds-toi. »

Le chauffage de l'église n'a pas encore été réparé, mais dans le bureau du pasteur, il y a un petit radiateur soufflant qui ronfle, et Noah a trop chaud avec sa veste en velours épais et son écharpe. Il s'assoit sur la petite chaise en plastique – une chaise d'enfant, du catéchisme –, et regarde le pasteur joindre les mains sur son bureau.

« Bon, ton père m'a un peu parlé de ce qui t'arrive au téléphone. Je dois te dire, je le constate chaque fois que je vais à des conférences et que je rencontre des hommes qui exercent le même métier que moi, il est évident que ce genre de choses sont de plus en plus courantes. Tu ne dois pas te juger seul coupable, Noah. La société dans laquelle nous vivons célèbre – et même encourage – les comportements homosexuels, et vous autres, pauvres enfants, vous êtes assaillis par cette propagande vingt-quatre heures sur vingt-quatre, de tous les côtés, avec vos réseaux sociaux et vos séries télé. Ce n'est pas étonnant qu'une telle confusion règne chez les jeunes d'aujourd'hui. »

Noah remue sur la petite chaise, tentant de faire passer un peu d'air dans sa veste. Il a l'impression de cuire à petit feu.

Le pasteur Lewis lui sourit une fois de plus.

« Je te connais depuis ta naissance. Je sais que tu es un bon garçon. Tu n'as pas envie d'inquiéter tes parents, si ? Tu n'as pas envie de leur ajouter un stress supplémentaire quand ils doivent faire face à ce qui est arrivé à ta sœur ?

— Non, m'sieur. »

Qu'est-ce que vous savez de ce qui est arrivé à ma sœur ?

« Ça fait plaisir d'entendre ça, Noah. Ça fait plaisir. Bon, ton père a dit que tu t'intéressais aux options thérapeutiques proposées par notre église ?

— Les options thérapeutiques ? »

Dans le bureau étouffant, Noah sent la sueur coller ses vêtements aux contours de son corps. Ce n'était pas censé se passer comme ça. Il a entendu ses parents en parler, il savait que son père comptait l'emmener voir le pasteur, et Noah a passé le plus clair de la nuit à réviser des citations du Lévitique, de l'Épître aux Romains et de l'Apocalypse, apprenant comme une affreuse comptine chaque argument que pourrait soulever le pasteur et toutes les paroles de Jésus en personne que lui pourrait employer pour le contrer. Il a tout préparé (et bon sang, il aurait dû le faire plus tôt, car il avait énormément de trucs à dire sur l'amour, Jésus, et Noah a même commencé à se sentir, si ce n'est mieux, *moins mal*, déjà), mais à présent, il prend conscience que le pasteur et lui lisaient déjà deux scénarios différents bien avant que Noah n'ait mis le pied dans son bureau.

« Tu as l'air inquiet, là, fiston. Tu n'en as pas discuté avec ton père ? » Le pasteur hoche sagement la tête. « Je comprends ton inquiétude : l'honnêteté entre les membres d'une famille est importante, mais tu dois comprendre qu'à travers tes actions, c'est *toi* qui as été malhonnête. Pas seulement envers ta famille, mais aussi envers toi-même. » Il sourit de nouveau. « Ton père veut seulement ce qu'il y a de mieux pour toi, afin de t'aider à voir l'amour de Dieu et de Jésus-Christ. »

Noah n'en revient pas.

« Mon père ? » Il tend le cou, inclinant la tête pour que le pasteur le voie bien, et désigne les croûtes sur ses joues. « C'est mon père qui a fait ça. » Il se tourne de l'autre côté, et montre au pasteur Lewis l'hématome de la semaine passée sur sa mâchoire. « Et ça. Et ce n'est pas non plus la première fois. Mon frère vient ici avec sa jambe bousillée toutes les semaines, et vous n'avez jamais dit un mot là-dessus. Maintenant ma sœur a disparu et vous, vous voulez parler de l'amour de Dieu ? Eh bien, il est où ? Parce que ça, nous, on l'a jamais vu. »

Le sourire du pasteur Lewis a disparu.

« *Comme un père a compassion de ses enfants, l'Éternel a compassion de ceux qui le craignent.* Il réserve Son amour à ceux qui craignent Dieu, Noah. J'ai l'impression que tu n'en fais plus partie. »

Est-ce que ça peut vraiment être de l'amour, si Dieu doit vous menacer d'abord pour l'exiger ? Noah repense au jour, il y a maintenant des mois, où il a demandé à Rat s'il pouvait l'embrasser, debout dans la ruine Winslow, avec le soleil qui ruisselait entre les arbres. Et Rat a souri – un vrai sourire, pas le rictus qu'il fait tout le temps, langue entre les dents, pour attirer l'attention – et s'est hissé sur la pointe des pieds pour l'embrasser d'abord. Il n'y a pas eu de marchandage, pas d'intimidation, aucun des stratagèmes habituels de Dieu. Ça, c'était de l'amour, et Rat ne lui a jamais demandé de prouver qu'il avait du cran pour le recevoir.

« Non », confirme Noah.

Le pasteur Lewis le regarde en clignant des yeux.

« Pardon ?

— Je… » Il se sent planer légèrement au-dessus de la chaise. Il n'est pas debout, mais il n'est plus assis non plus, comme s'il n'arrivait pas tout à fait à se décider. « Si je veux de la peur, j'irai trouver mon père, la peur de Dieu, j'en ai assez.

— Dans ce cas, Noah, je crains que… » Le pasteur Lewis écarte les mains en l'air avec la même indolence que Noah quand il doit annoncer à des clients qu'ils n'ont plus de bagels. « … tu sois perdu. »

Noah le dévisage. Aucun des passages qu'il a mémorisés hier soir ne l'a préparé à ça.

« Comme l'a écrit saint Jean dans sa Première Épître, *Si nous confessons nos péchés, il est fidèle et juste pour nous les pardonner, et pour nous purifier de toute iniquité.* Mais Dieu ne peut pas te montrer Sa clémence, Noah, si toi, tu ne Lui montres pas que tu comprends où tu as fauté.

— Je vous l'ai dit, je ne veux pas de Son pardon. Et Jésus a dit…

— Ce n'est pas Jésus qui le dit, c'est moi. Tu ne peux être guéri que si tu veux l'être, donc tant que tu ne veux pas l'être, tu es perdu. Et tu n'as pas plus ta place ici que chez ton père. »

« Melissa.

— Dolly.

— Quoi… t'es encore venue m'apporter un gratin ? »

Quelque chose dans sa voix pousse Melissa à laisser deux bons mètres entre elles tandis qu'elle la suit dans la cuisine. Elle pue le tabac ; Melissa doit respirer par la bouche.

« T'as qu'à le laisser là, sur le côté. »

Dolly montre le plan de travail du bout du coude, déjà pressée de s'allumer une Dunhill.

« En fait, je n'ai rien apporté. »

Melissa lève ses mains vides, et Dolly se contente de hocher la tête mécaniquement, et parle en recrachant sa fumée.

« Tu vas devoir m'excuser. J'ai autre chose en tête ces derniers temps.

— Tu tiens le coup ?

— À ton avis ? Personne ne me dit rien. La police ne veut même pas me confirmer si le sang sur le gilet de ma fille était le sien ou non. Ils doivent savoir, maintenant. »

Ah oui, le gilet de la pauvre petite.

« Ça peut mettre du temps, Dolly. Surtout s'ils ont dû l'envoyer à Denver. J'imagine qu'ils ont beaucoup plus d'affaires dans ce genre à régler, là-bas.

— Tu veux dire des meurtres ? » Dolly secoue la tête. « Ils s'en fichent, c'est tout. Dès le moment où elle a disparu, ils ont à peine fait semblant de s'intéresser à son cas, ils se sont mis en tête qu'elle avait fugué. Et maintenant ils refusent de me donner la moindre réponse. » Elle s'appuie contre le rebord de la table et regarde Melissa de la tête aux pieds. « Qu'est-ce que tu veux, alors ?

— Eh bien, à vrai dire, ça ne te dérange pas si je m'assois ?

— Samuel ne va pas tarder, pour ta gouverne. »

Melissa a la sensation que ces mots sont destinés à l'effrayer, mais elle s'assoit néanmoins à la table, trop fatiguée pour avoir peur ou rester debout. Elle observe Dolly qui guette par la fenêtre de la cuisine. Les bords de la vitre sont opacifiés par une crasse innommable.

À l'époque où Melissa amenait Emma pour jouer, cette maison lui donnait toujours l'impression d'un endroit qui allait vous coller à la peau comme une tache impossible à retirer. Il y avait toujours des carreaux manquants devant la porte du fond, le plâtre boursouflé derrière l'évier. Mais c'est pire à présent, lui semble-t-il – peut-être parce qu'une enfant a disparu, ou peut-être parce que Dolly Blake lui fait l'effet d'une étrangère alors qu'elles étaient autrefois amies.

« Ça t'arrive, que tes enfants te mentent ? demande Melissa.

— Ça t'arrive, que ta fille te dise la vérité ? »

Melissa sourit, prenant ça pour une plaisanterie.

« À ce point-là ?

— Je ne t'ai pas ouvert ma porte pour que tu me juges.

— Non, je ne…

— Mon Dieu, tu n'as pas idée. » Dolly renverse la tête en arrière, les yeux mi-clos, ses ongles jaunis tapotant légèrement sur le plan de travail, en rythme. « Je suis pas une mauvaise mère, tu sais.

— J'ai jamais dit ça.

— T'es pas une mauvaise mère non plus. Des fois, je me dis que toutes les mères ont peur de mal faire, mais quand je pense à la mienne, je… » Elle se redresse, autant que possible pour un arbre tordu comme elle. « Tu as de la chance de n'avoir qu'une gosse. Des fois, je voudrais n'en avoir qu'une aussi.

— Oh. »

La bouche de Dolly tremble et elle tire goulûment sur sa cigarette.

« C'est pas que je les aime pas, mais je ne suis pas douée pour être mère, et ça me fout les boules. Il n'y a qu'avec Abi que j'ai assuré, peut-être parce que c'est une fille… Sam ne peut pas supporter les garçons, et il ne peut pas me supporter parce que je les ai eus. » Sa voix s'étiole. « Ma petite fille. Elle est partie maintenant. »

Dolly devient rouge et se couvre le visage.

Melissa se lève et lui masse doucement l'épaule.

« Hé, ça va aller, tout va s'arranger.

— Non, tu ne comprends pas. Tu te prends pour quelqu'un de bien, et tu crois que tu peux me remonter le moral en venant ici avec toute ta *bienveillance*, mais tu ne sais pas ce que j'ai fait.

— Tout le monde commet des erreurs, Dolly, c'est normal.

— Non, pas comme ça. Pas comme ce que j'ai fait. »

Melissa passe un bras autour de ses épaules et Dolly se laisse aller contre elle.

« Je ne me prends pas pour quelqu'un de bien, tu sais, reprend Melissa après un silence. Tu dis que je me prends pour quelqu'un de bien, mais ce n'est pas le cas, Dolly.

— Mais tu l'es, Mel, tu es une femme bien. Pas comme moi. Des fois j'ai l'impression d'être complètement pourrie de l'intérieur, que si on m'appuyait dessus trop fort, ma peau… » Elle ferme sa main libre. « Et je serais toute grise et moisie en dessous. »

Je sais, a envie de dire Melissa, je sais exactement de quoi tu parles, car ça, c'est le sentiment de culpabilité, et il me ronge aussi.

« Dolly, j'ai commis un acte terrible, un jour. »

Pourquoi je suis venue ici ? se demande Melissa. Peut-être que son amie lui manquait, tout simplement.

Ça n'a pas été facile de voir Samuel réduire sa liberté de mouvement d'année en année, restreindre la liste des gens autorisés à lui rendre visite, les sommes qu'elle peut dépenser, les personnes qu'elle a le droit de voir, et quand. *Sam a vraiment besoin de moi à la maison*, prétextait autrefois Dolly, et Melissa a fini par se lasser d'essayer.

Ou peut-être que, au fond d'elle, ce qu'elle veut vraiment, c'est que le chagrin de cette autre femme ouvre une brèche de lumière dans le sien.

« Tu as perdu ta fille, dit-elle. J'ai peur d'être en train de perdre la mienne, moi aussi. »

Dolly lève les yeux.

« Il est arrivé quelque chose à Emma ?

— Elle m'a posé des questions sur son père, l'autre jour. » *Bon sang, j'aurais pu gérer ça mieux.* « Et depuis, elle me regarde comme si j'étais transparente, tu sais, comme si elle ne me voyait même pas. Comme si elle voyait quelqu'un d'autre. »

Par la fenêtre, Melissa contemple les mauvaises herbes qui envahissent le jardin des Blake, les os d'animaux suspendus aux arbres, les feuilles mortes qui s'accumulent dans les creux. Emma jouait là, dans le temps. Une part d'Emma restera toujours dans cette maison, et elle prend conscience que c'est pour ça qu'elle est venue.

« J'ai peur qu'Emma découvre ce qui s'est vraiment passé. »

Melissa se dit que ça l'aurait soulagée, à ce moment-là, que Dolly la questionne, qu'elle tire le passé d'elle tel le venin d'une morsure de serpent. Mais Dolly ne semble pas l'entendre. Elle se gratte la tête, faisant tomber une pluie de pellicules sur le devant de son pull, et réplique d'une voix distraite : « Moi aussi, j'ai commis un acte terrible un jour. Et je crois que c'est peut-être pour ça qu'Abigail est partie. »

32

« Eleanor ! »

Dolly entend la voix grêle d'Ann Traxler s'élever dans l'allée adjacente au rayon surgelés et elle immobilise doucement son chariot.

« Eleanor, c'est vrai, ce qu'on raconte sur le fils Blake ?

— Ann, franchement… Il s'agit d'une conversation privée entre mon mari et un de ses paroissiens. »

Depuis la visite de Melissa cet après-midi, Dolly est sur les nerfs, et elle se dit que si la femme du pasteur se tenait en face d'elle en cet instant, elle serait capable de lui foncer dessus avec son chariot.

« Mais il t'a raconté, non ? insiste Ann. D'après Maggie Tucker, on ne parle que de ça au poste de police, de ce qu'il a fait, ce garçon. Et Debbie m'a confié qu'elle avait vu son abominable père s'attarder à l'église avec lui ce matin après la messe. »

Dolly agrippe la poignée du chariot si fort qu'elle a l'impression que ses os vont transpercer la peau de ses doigts. Bon Dieu, Sam, tu avais dit que tu allais juste parler à Noah. Je te l'ai demandé : Ne l'emmène pas voir Ed Lewis, ça ne regarde pas cet homme, et tu m'as promis : Non, on va juste parler.

« Bon, apparemment tu sais déjà tout, fait Eleanor, alors qu'est-ce que tu veux que j'ajoute ? »

Mais en fait, elle est juste en train de la chauffer – Dolly l'entend dans sa voix. Eleanor excite son auditoire comme une pom-pom girl juste avant les buts.

« Tout ce que je sais, reprend-elle, et Dolly remarque qu'elle n'a même pas la décence de baisser la voix, c'est qu'il a été extrêmement grossier avec Ed. Il l'a traité de fasciste et de raciste.

— Tu plaisantes !

— Par chance, Ed a la peau dure, contrairement à la plupart des gens de nos jours, mais franchement, c'était ahurissant.

— J'y crois pas. »

Moi non plus, se dit Dolly. Elle n'imagine pas Noah, toujours taiseux, toujours voûté, en train de traiter quiconque de fasciste.

« Tu sais ce qu'on dit, Ann, les chats ne font pas des chiens. Les parents n'ont pas fait leur boulot, là. Les jeunes d'aujourd'hui, il y en a qui ne sont pas élevés comme il faut. »

Dans le rayon surgelés, Dolly a l'impression qu'elle vient de recevoir un ballon de foot en pleine figure.

« Mais quand même, dit Ann. *Gay* – c'est pas de la gnognotte. Je me demande ce que le père aura à en dire.

— Oh, ça m'étonnerait qu'il dise quoi que ce soit. À mon avis, il va juste flanquer une dérouillée au fils, et c'est pas moi qui vais verser une larme. Qui aime bien châtie bien, tu sais. Si tu savais comment il s'est comporté avec ce pauvre Ed.

— Pauvre Ed, approuve Ann.

— Il faisait seulement son travail – le travail du Seigneur, en plus. Un péché est un péché, quelle que soit l'époque dans laquelle on vit. Si personne ne défend les vraies valeurs… »

Dolly repense à ce qu'elle a dit à Melissa cet après-midi : *C'est pas que je les aime pas, mais je suis pas douée pour être mère*, et décide que ça suffit. Elle s'engage dans l'allée où se trouvent les deux femmes, tête haute derrière son Caddie, comme elle en avait l'habitude avant qu'Abigail disparaisse. Du coin de l'œil, elle entrevoit Ann Traxler ouvrir la bouche, mais se contente de lancer « Bonsoir, mesdames » et passe son chemin.

Derrière elle, Eleanor marmonne : « Oh là là, Ann. T'aurais pas dû parler si fort. »

Noah se gare devant le camping avec un bidon d'essence qu'il a volé à l'arrière du pick-up de son père. Il serait venu plus tôt, mais depuis son passage au poste de police le week-end dernier, il sent les yeux de Samuel sur lui chaque fois qu'il jette ne serait-ce qu'un regard vers la porte. Après son entrevue avec le pasteur Lewis, cependant, Noah n'en a plus rien à faire.

Bien que ce soit le soir, aucune lumière ne brille dans le camping-car, et il se demande d'abord si Rat est là, mais quand il s'approche, il sent l'odeur de clope qui vient de l'intérieur. Quand il s'avance vers la porte, quelque chose crisse sous son pied. Levant sa botte, il voit du verre brisé luire dans le clair de lune.

« Hé, Rat, c'est moi. T'es là ? »

Il tire sur la porte coulissante, laissant passer une bande de lumière orange, et c'est là qu'il se rend compte que les fenêtres ont été recouvertes de chatterton.

« Qu'est-ce qui s'est passé ici ? »

Rat est assis par terre, la guitare de sa grand-mère sur les genoux. Tous les meubles qui n'étaient pas cloués au sol ont disparu, ainsi que presque tout ce qui était accroché au plafond – ses cartes postales, ses poèmes, les plans de son pays. Le manche de sa guitare pendouille comme un bras cassé, et il caresse l'une des mécaniques avec son pouce en disant : « Des gens de ton église sont passés me faire une petite visite la semaine dernière. Tu savais pas ? »

Noah s'approche de lui, prend son menton dans sa main. Malgré la nuit d'automne, la peau de Rat est chaude et ses yeux rougis, comme s'il était entre deux crises de larmes.

« Ils t'ont pris tes affaires ?

— Ils les ont cassées. J'ai dû presque tout balancer.

— Merde. T'aurais dû m'appeler.

— Je t'ai déjà causé assez d'ennuis comme ça. C'est bon, ils ont laissé tomber au bout d'un moment. Je pense qu'ils ont cru que j'étais pas là. »

Noah s'assoit à côté de lui, soudain épuisé par l'adrénaline qui l'a fait tenir depuis le moment où il est sorti du bureau du pasteur Lewis.

« Je te l'avais dit, mec. T'aurais dû quitter la ville avant que ça dégénère. »

Rat baisse les yeux sur sa guitare cassée.

« Ça allait, en fait, mais je me suis assis pour jouer et… C'était tout ce que j'avais, tu vois. Tout ce qui me restait d'avant.

— Avant que tu viennes en Amérique, tu veux dire ? »

Noah le regarde prudemment ; il a l'impression d'être en train d'essayer d'amadouer un animal sauvage pour le faire manger dans sa main.

Rat secoue la tête.

« J'ai pas eu l'occasion de te remercier dignement, si ? Pour être venu témoigner, je veux dire.

— C'est normal.

— Allez, Blake, je sais ce que ça t'a coûté. » Il passe un doigt sur la mâchoire de Noah, sur l'ecchymose brunâtre qu'y a laissée Samuel le week-end dernier. « Je suis désolé.

— En définitive, je me suis dit… » Noah pousse un soupir. « Mon vieux, tu me chamboules. Toi et tes doigts de guitariste de blues. La façon dont tu me regardes, des fois, ça me donne l'impression d'être quelqu'un de complètement différent, et, je sais pas, ce quelqu'un, c'est peut-être lui que je suis censé être.

— Blake.

— Je sais pas comment dire ce que j'essaie de dire, mais il faut que tu comprennes que j'essaie de le dire.

— Mais d'où ça sort, ça, tout à coup ? »

Noah ne peut pas lui parler de ce qui s'est passé ce matin, du pasteur Lewis. Il ne croit pas pouvoir jamais en parler à personne. Le mot « thérapie » lui fait encore l'effet d'une tache de gras rebelle. Ce terme s'accompagne d'images floues d'aiguilles et de vomissement et, même s'il suppose que la thérapie de conversion ne se passe plus tout à fait comme ça, il ne parvient pas à les chasser. Pas de cette manière, en tout cas. Quand il a quitté le bureau du pasteur, il était tellement en colère que c'était comme si quelqu'un lui enfonçait les ongles dans le cuir chevelu. Il avait envie de pulvériser tout ce qui lui passait sous la main et, à mesure que la journée s'est écoulée, loin de se dissiper, ce sentiment s'est mué en une masse pointue et concrète, et il a su exactement ce qu'il voulait briser.

« Je suis désolé pour ton camping-car, dit-il. Il y a quelque chose qui ne tourne pas rond, chez ces gens.

— Ouais, qu'est-ce que tu veux... »

Rat pince l'une des cordes de la guitare. Le son est si mélancolique que la poitrine de Noah se gonfle d'une puissante nostalgie.

« Je peux t'aider à leur rendre la monnaie de leur pièce, pour de bon. »

Rat pousse un soupir.

« Des promesses, encore des promesses, Blake.

— Non, je suis sérieux. Tu veux mettre le feu à l'église avec moi ? »

La fréquence radio ne cesse de se brouiller sur les portions de route isolées entre la ville et la scierie, et des fragments de conversations disparates jaillissent par intermittence dans la voiture. À un moment, il y a un bruyant éclat de friture, et Emma et Hunter se jettent un coup d'œil lorsqu'une voix étouffée se met à réciter : *Et tu mangeras le fruit de tes entrailles, la chair de tes fils et de tes filles que l'Éternel, ton Dieu, t'aura donnés.*

Les abruptes parois rocheuses, recueillant les ombres du crépuscule, rendent tout secret par ici. Les bâtiments agricoles désaffectés se confondent avec les fourrés, tout de planches brisées et de tôle ondulée, avec « JÉSUS SAUVE » peint en lettres de trois mètres de haut sur un côté. Emma trouve ça curieux qu'un lieu tel que la scierie, qui emploie tant de gens et fait tourner une grande partie du commerce de la ville, soit situé si loin. Elle n'est jamais allée jusque-là, en fait. Tandis qu'ils passent devant un coyote mort pendu par la queue à une clôture, elle prend conscience que personne ne sait qu'elle est là, pas même sa mère, qui travaille tard à la clinique. S'il m'arrive quelque chose, se dit-elle, il pourrait s'écouler des jours avant qu'on ne me retrouve.

La scierie est baignée dans le halo poisseux de l'éclairage industriel nocturne. Ce sont seulement les lampes extérieures qui sont allumées en permanence, lui garantit Hunter. Il n'y aura personne dedans. Il se gare derrière un arbre de façon que sa voiture soit invisible de la route, et tous deux traversent à la hâte la cour pleine de bois et entrent par la sortie de secours.

Ils se faufilent devant les machines silencieuses, avec leurs lames crantées qui luisent faiblement dans le faisceau de la lampe torche de Hunter. Le bureau de son père est situé en haut d'une volée de marches, surplombant le grand atelier de la scierie, et la porte est fermée à clé.

« Tiens ça deux secondes », dit-il, tendant la lampe torche à Emma. Il sort un porte-clés et l'agite sous ses yeux. « Papa n'a même pas remarqué. »

Emma se rembrunit.

« Tu trouves pas ça bizarre que ce soit si facile ?

— Tu préférerais que ça soit plus dur ? » Il déverrouille la porte et lui fait signe d'entrer. « Va fouiller le bureau. Je monte la garde.

— Je croyais que t'avais dit qu'il n'y avait personne.

— Et toi, t'as dit que c'était trop facile. Je rajoute un peu de piment à l'aventure pour te faire plaisir, c'est tout. »

Emma lève les yeux au ciel et replace la torche dans la main de Hunter, s'éclairant avec la lumière de son portable à la place. La pièce n'est pas grande, et le bureau occupe presque tout le fond, mais elle perd courage en exhumant les livres de comptes les uns après les autres.

« Hunter, c'est juste de la compta. Des chiffres, et rien d'autre.

— Non, pas possible. Il y a forcément autre chose. » Il jette un coup d'œil sommaire en bas, quitte son poste et l'écarte d'un petit coup de coude. « Essaie les tiroirs. Il regardait quelque chose là-dedans l'autre jour, je te l'assure.

— Déconne pas, Hunter. Il y a rien. Partons vite avant de nous faire choper.

— Du calme, je t'ai dit, il y a personne. »

Il ouvre d'un coup sec le tiroir du fond, avec un bruit qui fait tressaillir Emma.

« J'ai pas envie de me retrouver encore nez à nez avec ton père. »

Hunter fait une drôle de tête en enfonçant la main plus avant dans le bureau.

« Attends.

— Quoi ? »

Il ressort sa main, tenant un petit tube de baume à lèvres à la fraise.

« Oh, putain. » La pomme d'Adam de Hunter remonte et descend brusquement tandis qu'il déglutit. « C'était à elle, n'est-ce pas ? »

Une lumière s'allume en bas, éclairant subitement le bureau.

Emma arrache le baume à lèvres à Hunter et le remet dans le tiroir.

« Cache-toi, siffle-t-elle. Vite, derrière le bureau. Hunter, *magne-toi.* »

Elle parvient tout juste à le faire accroupir à côté d'elle lorsqu'ils entendent des pas dans l'escalier.

33

Dolly met de l'eau à chauffer et regarde son mari empiler des bûches à côté de la porte du fond. Tout à coup, elle s'imagine en train de jeter sur lui la bouilloire brûlante, et de l'atteindre en pleine tête avec le métal chauffé à blanc.

« Tu pourrais pas t'en acheter une autre ? dit-il sans lever les yeux. J'ai horreur du bruit qu'elle fait, celle-là. »

Oui, se dit-elle, l'atteindre en pleine tête, et peut-être qu'il exploserait comme les bouteilles de bière sur lesquelles il faisait des cartons avec Abigail, sur la clôture au fond du jardin. Lui briser le crâne comme il a brisé sa volonté. Elle n'arrive pas à se sortir ça de la tête, ce qu'elles ont dit au Safeway ce soir-là, Ann Traxler et la femme du pasteur : *Les parents n'ont pas fait leur boulot.* Avant cet instant, elle aurait pu être d'accord. Elle aurait pu se ranger à l'idée qu'elle était une mauvaise mère aussi facilement qu'elle aurait retiré une vieille paire de bottes, mais aujourd'hui, quelque chose a changé. Aujourd'hui, Melissa est venue dans sa cuisine, s'est tenue là où

Samuel est accroupi en ce moment, comme s'il ne lui faisait pas peur. Il y a des années, il lui a clairement fait comprendre – avec le revers de sa main et la boucle de sa ceinture – qu'ils ne devaient plus recevoir d'invités dans cette maison, et que Dolly ne pouvait voir que les gens qu'il décrétait admissibles. Et pourtant, Melissa a osé entrer sans hésiter. Samuel n'était pas là, donc, sur le moment, il n'a rien pu faire pour l'en empêcher. À présent, l'idée même de s'opposer à lui donne à Dolly un frisson délicieux.

« Pourquoi t'as fait ça ? » demande-t-elle.

Samuel se lève et s'essuie les mains sur son jean, répandant des bouts d'écorce partout sur le sol.

« Fait quoi ?

— Je t'ai dit hier soir que je ne voulais pas que tu emmènes Noah voir Ed Lewis, mais j'ai surpris une conversation d'Eleanor au Safeway. Elle en parlait, Sam. »

Samuel lève les yeux au ciel et lui tourne le dos.

« Les femmes d'ici, elles feraient bien d'arrêter de dégoiser à tort et à travers.

— Mais pourquoi t'as fait ça ? Je t'avais dit que je…

— Un infirme et un pédé, c'est ça que tu m'as donné, Dolly. C'est ça, les garçons que je suis censé élever. Bordel, tu peux pas m'en vouloir si j'essaie de les guérir.

— Que *je* t'ai donnés ? C'est toi qui as poussé Jude dans l'escalier !

— Et tu n'y étais absolument pour rien, n'est-ce pas ? Ça n'avait rien à voir avec l'éducation que tu leur donnes, si ça a dégénéré ? Tu leur passes toujours tout, à croire que ce que je dis n'a aucune importance dans cette maison. J'essaie seulement de leur montrer la volonté du Seigneur, Dolly. Je pense à l'éternité, là – je pense à leurs âmes.

— Ah, vraiment ?

— Si tu veux qu'ils nous rejoignent au paradis, Dolly, c'est maintenant qu'il faut faire des efforts. »

Dolly se mord la lèvre. Elle a pris plaisir à voir l'expression d'Ann Traxler quand elle lui est passée devant tout à l'heure au supermarché. Elle a pris plaisir à se ranger du côté de son fils.

« Et ton âme, à toi, Sam ? dit-elle. Si le paradis est peuplé d'hommes qui frappent leurs enfants, je préfère tenter ma chance ailleurs.

— Espèce de… ! »

Cela faisait un moment qu'il ne l'avait pas cognée. Le contact de ses jointures lui paraît presque familier, et elle ferme les yeux, car c'est autant un soulagement pour elle que pour lui en cet instant. Un bouillonnement sauvage enfle en elle, et pendant un bref instant, une toute petite voix qui ressemble à la sienne, en plus jeune, chuchote : Vas-y, frappe-moi encore, et peut-être que cette fois, je te rendrai tes coups.

« Maman ? »

Jude se tient sur le seuil, appuyé sur sa canne. Il est tout pâle, et Dolly sait, à la façon dont ses yeux ne cessent de dériver vers son père, qu'il a tout vu.

« Qu'est-ce qu'il y a ? demande-t-elle, et Samuel souffle bruyamment.

— Ta mère et moi, on essaie d'avoir une conversation.

— Je… je sais, mais…

— Vas-y, accouche. »

Dolly remarque que son fils déglutit péniblement en jetant un coup d'œil à la joue cuisante de sa mère, puis de nouveau à son père.

« C'est juste que… Noah ne répond pas au téléphone… Maman… Tu m'avais dit de l'appeler… Il ne répond pas… Noah a disparu. »

Rat danse dans l'église. Noah répand de l'essence sur les chaises, la moquette et l'estrade où le pasteur Lewis s'installe toujours pour prêcher, tandis que Rat renverse la tête en arrière et tremble, comme transpercé par l'Esprit. L'odeur d'essence donne un vertige à Noah, qui dit : « Passe-moi ton briquet. »

Rat reprend soudain son sérieux.

« Tu comptes pas réellement mettre le feu, si ?

— Tu croyais qu'on allait faire quoi ?

— Je sais pas, juste foutre un peu le bordel.

— C'est pas gratuit. Ils l'ont mérité. Toute cette ville mérite de cramer.

— Ils vont te crucifier. »

Noah éclate de rire, mais Rat enfonce les doigts dans ses cheveux emmêlés.

« Ils vont te tuer, cette fois, Blake, je déconne pas. Ton père et ce prêcheur de mes deux. Ils vont te tuer. Ça vaut pas la peine.

— Alors quoi ? On reste les bras croisés ?

— Alors on fait nos valises et on se casse, Blake. Viens, pars avec moi.

— Tu comprends pas. » Noah presse son front contre le sien. « Je dois le faire. Il faut qu'*ils* éprouvent ça à leur tour. »

L'haleine de Rat est chaude contre sa bouche.

« Il y a d'autres moyens, *dragă.* »

Dès qu'une chose sent l'essence, tout sent l'essence, se dit Noah, même Rat, qui prend son visage à deux mains et l'embrasse, vivement, tendrement, et murmure : « Là… là », et l'embrasse de nouveau. « C'est comme ça qu'on fout le feu. »

Pendant que sa mère sent le revers de la main de son mari contre son visage, Noah passe ses mains sur un corps qu'il a appris par cœur comme une comptine en braille et, dans les flaques rouge et bleu que dispensent les vitraux, il se met à genoux pour recevoir sa communion privée. Son Dieu connaît son nom et l'appelle à pleins poumons, bras écartés comme le Christ en croix, et leurs réponses résonnent dans la salle vide qui empeste l'essence.

Samuel a emmené Jude pour qu'il l'aide à chercher Noah, et c'est Dolly qui répond au coup de fil du shérif Gains.

« Je vois, dit-elle.

— Dolly, je suis désolé.

— Non. Merci. Bonsoir, shérif. »

Elle est contente qu'il n'y ait personne dans la maison pour l'entendre s'effondrer sur le sol en gémissant.

Est-ce que tout est sa faute ? Elle a avoué à Melissa qu'elle avait commis un acte terrible dans le temps. Fait une chose terrible à Abigail. Mais est-ce là le châtiment que lui octroie Dieu – de perdre sa seule fille ? Elle a envie de s'arracher les cheveux, de laisser des fragments de cuir chevelu pleins de sang partout dans le salon pour que Samuel les retrouve quand il rentrera à la maison. En quoi c'est le projet divin, tout ça ? Pourquoi Dieu a-t-Il abattu notre petite fille ?

D'une voix forte, elle dit : « J'en ai assez de Toi. »

Dans le couloir, les pierres colorées de la croix lui font des clins d'œil, comme si elles savaient quelque chose que Dolly ignore, et la lumière arrogante se reflète sur chacune de leurs facettes vulgaires. Jusqu'au moment où Dolly s'empare de la bouilloire et la fracasse en plein milieu. Ses bras remuent avec une rage inépuisable, la boule de colère dans sa poitrine est de nouveau chauffée à blanc.

Enfin, elle laisse échapper la bouilloire qui tombe bruyamment sur le plancher tandis que Dolly se relève, haletante, entourée d'éclats de pierres. Le trou dans le mur menace, telle une gorge obscure menant au tréfonds de la maison. Elle n'a jamais regardé derrière la croix, pas depuis qu'elle l'a accrochée là, mais elle est certaine que cette balle de papier froissé ne s'y trouvait pas à l'époque.

La flamme dans sa poitrine s'éteint immédiatement lorsqu'elle reconnaît l'écriture de sa fille. Les longues boucles des G et des Y, les lettres qui penchent furieusement à droite, les petits ronds qu'elle traçait au-dessus des I et des J – Oh oui, oui, se dit-elle en pressant les pages contre ses lèvres avant même de les lire. Elles ont même gardé son odeur, presque imperceptible. Les pages sont toutes déchirées d'un côté, visiblement arrachées, et Dolly comprend sur-le-champ qu'il s'agit du journal intime de sa fille.

Dis-moi, supplie-t-elle en commençant à parcourir les lignes, dis-moi tes secrets, ma chérie.

Dis-moi ce qui s'est passé.

« Hunter, je sais que tu es là. »

Derrière le bureau, les yeux de Hunter sont immenses et pâles dans la pénombre.

« Je sais que c'est toi qui as pris mes clés », poursuit son père. Il s'avance d'un pas lourd dans la pièce. « Tu croyais sérieusement que j'allais pas remarquer ? »

Emma se plaque une main sur la bouche pour assourdir sa respiration. Hunter se mord la lèvre.

« Je sais pas ce qui te prend de venir fouiner ici en pleine nuit. »

Le plancher grince quand Jerry fait encore un pas.

« Mais sors de là, on va en parler entre hommes. »

Emma sent Hunter presser sa main, et il lui souffle : *Fuis*. Elle secoue la tête. La pièce est trop étroite et Jerry est baraqué : elle n'arrivera pas à passer derrière lui. Hunter la regarde comme s'il comprenait, mais avant qu'elle puisse l'arrêter, il se lève.

« Ah, te voilà, fait Jerry. Explique-moi un peu ce que tu fabriques ici ?

— Papa, tu as fait quelque chose à Abigail Blake ?

— Mais bordel, Hunter, on s'en fout, d'elle. Je croyais qu'on en avait fini avec ça.

— Apparemment, on s'en fout pas tant que ça, vu que tu as gardé son baume à lèvres.

— Ah. Écoute, Hunter. C'est pas ce que tu crois. Viens, maintenant. Ta mère s'inquiète.

— Merde, Papa. Toute la ville va vouloir ta tête, quand ils vont l'apprendre.

— Apprendre quoi ? C'est juste un baume à lèvres, ça ne veut rien dire du tout.

— Comment tu peux continuer à raconter des salades comme ça ? Comment tu peux continuer à mentir ?

— Oh, alors maintenant, c'est mon fils, le dealer, le voleur de flingue, qui va me donner des leçons d'honnêteté. »

À la mention de l'arme, Emma laisse échapper un petit cri sourd et, de sa cachette, elle entend le silence se faire dans la pièce.

« Il y a quelqu'un d'autre ici, Hunter ?

— Non.

— Si, il y a quelqu'un. »

Le plancher grince lorsque Jerry pousse son fils et se penche par-dessus le bureau. Emma tente de se blottir encore plus au fond, mais c'est trop tard ; il l'attrape par le poignet et la force à se redresser.

« Regardez-moi ça. Tel père, telle fille. »

Il serre son poignet si fort qu'elle a l'impression que sa main va sauter comme un bouchon de champagne.

« Papa, lâche-la. Elle n'a rien fait.

— Tu crois que tu sais quelque chose ? » Jerry prend maintenant Emma par l'épaule et la secoue légèrement. « Tu crois que tu sais quelque chose sur moi ? Je peux m'occuper de toi comme je me suis occupé de ton père, petite fille, et va pas croire que j'hésiterai. »

Emma ne peut pas parler, pas même respirer.

« Allez, Papa, lâche-la. On dira rien à personne, je te le jure. Mais laisse-la, maintenant.

— Reste en dehors de ça. Ces gens-là, il faut qu'ils apprennent, un jour ou l'autre.

— Putain, Papa », dit Hunter, et il lui donne un coup de poing dans la figure.

Jerry lâche Emma et elle fonce vers la porte, sans même s'arrêter pour vérifier que Hunter la suit. Elle se précipite vers la sortie de secours et court jusqu'à ce que sa poitrine lui fasse mal et que sa gorge soit si sèche qu'elle a un goût de sang au fond de la bouche. Des branches s'accrochent à ses vêtements et dans ses cheveux tandis qu'elle file à travers les bois, le cœur battant si vite qu'elle le sent cogner contre ses côtes, certaine qu'il va lâcher d'une seconde à l'autre.

Elle sait qu'elle n'a pas pu courir plus de huit cents mètres – elle voit encore la cheminée de la scierie derrière les cimes des arbres – mais elle a l'impression que cela fait des heures qu'elle abuse de ses forces quand elle rejoint la route et pose les mains sur ses genoux pour soulager ses muscles en prenant de grandes goulées d'air. Débouchant du virage dans son pick-up, Samuel Blake parvient à enfoncer sa pédale de frein *in extremis*.

34

Alors

Abigail, assise sur le rebord de sa fenêtre, les jambes nues, pendues dans le vide, est écœurée par la monotonie vaporeuse de juillet. À voir le soleil qui descend au-dessus des montagnes, on croirait que Dieu a cassé un œuf sur les crêtes et que le jaune phosphorescent coule dans les sillons creusés il y a longtemps par les glaciers. Une petite brise agite le carillon en os de son père dans les arbres en dessous, et Abigail s'enfonce les ongles dans les cuisses.

À 8 h 30, sa mère vient lui dire bonsoir.

« Il y a école demain, ma chérie. Te couche pas trop tard.

— Bonne nuit, Maman. »

Sa mère remue les doigts comme si elle disait au revoir à un bébé. Abigail serre les dents et sourit.

Un peu plus tard, Noah se tient sur le seuil de sa chambre, voûté, comme s'il ne savait pas trop comment remplir l'espace. Il a une large auréole de chair mâchée juste au-dessus de l'œil. Il lui demande s'il peut lui emprunter son fond de teint compact.

« T'as fait quoi ? » Ils savent tous les deux qu'elle veut dire : T'as fait quoi pour mettre Papa en rogne ?

« J'ai mis tous les restes dans le même Tupperware.

— Une erreur de débutant », fait Abigail. Leur père n'aime pas que ses aliments se touchent ; mais elle le sait parce qu'elle lui a demandé, un jour, et il lui a expliqué (une histoire de dinde et de poubelle, d'il y a longtemps). Elle ne l'a pas appris à coups de poing.

Les traits de Noah se durcissent.

« Tu comptes me le passer, ton maquillage, ou pas ? Je peux pas aller bosser demain avec une tronche pareille.

— Hé, fait-elle une fois qu'elle lui a donné le poudrier et qu'il s'apprête à partir. Depuis quand tu t'es mis à fumer ? »

Les joues de Noah deviennent aussi rouges que l'ecchymose qui se forme sur son front.

« Je fume pas.

— Pourtant tu sens la clope. » Elle lui jette un regard qu'elle espère plein de sympathie. « Tu devrais t'acheter du déodorant et t'en pulvériser partout. Et toujours te laver les dents illico quand tu rentres. S'ils te questionnent, dis juste que tu as piqué une des Dunhill de Maman. »

Noah la dévisage.

« Je fume pas », répète-t-il, et il part sans refermer la porte.

Elle se félicite qu'il ne lui ait pas demandé comment il se fait qu'elle sache si bien comment masquer la fumée.

À 23 heures, elle reçoit un message. *Au bout de la rue*, dit-il. Elle retire son pyjama et enfile la petite robe en velours noir qu'elle cache au fond de son placard. Elle doit la remonter sur ses hanches quand elle descend le treillis, mais il n'y a personne pour la voir. C'est toujours le premier plaisir de la soirée : ça lui donne un petit frisson, d'être ainsi dénudée dans le noir.

Hunter l'attend au bout d'Hickory Lane. Il prépare un trait de méthadone sur le tableau de bord de sa voiture et ils en sniffent la moitié chacun, puis baissent les vitres et hurlent comme des coyotes en partant dans la nuit.

« Tu m'as pas dit comment ça s'était passé, s'enquiert-elle pendant qu'ils avalent des kilomètres de forêt dans l'obscurité.

— Un peu bizarre, je dirais. Il a fallu que je trouve le mec au troisième étage d'un parking. Avec les néons tout pourris qui n'arrêtaient pas de clignoter et tout. On se serait cru dans un film d'horreur. »

Abigail hoche la tête comme pour dire : *Oui, je me doute, tu es très courageux*, parce que les hommes ont besoin qu'on les caresse dans le sens du poil. Elle comprend ça, désormais.

« Mais t'as chopé, quand même ?

— Oh, ton vieux pote a pécho, oui, t'inquiète. » Il lui fait un grand sourire. « J'y ai laissé toutes mes économies, mais ça vaudra le coup. »

Abigail ne va pas pleurer pour lui : c'est sans doute le seul ado de la ville à avoir autant d'argent de poche par mois.

« Trente grammes de coke. Personne ne peut choper ce genre de matos par ici. On va se faire un max de fric. C'est le pied, Abi. »

C'est le pied, mais ni l'un ni l'autre ne sourit.

Ils continuent de rouler, dépassant cabanes et pavillons branlants sur l'herbe haute, tels des squelettes d'animaux morts depuis longtemps, leurs phares tremblotant avec un grésillement qu'Abi jure pouvoir entendre de l'intérieur de la voiture.

Au bout d'un moment, elle demande : « C'était comment, Boulder ?

— T'es déjà allée à Boulder.

— J'ai l'impression que ça fait des années. »

C'est peut-être le cas.

Hunter pousse un soupir.

« Bah, tu vois le genre, Boulder, quoi. J'ai essayé de commander un muffin, non seulement y avait pas de gluten dedans, mais y avait pas de sucre non plus. Un muffin sans sucre. Comme si le monde était pas suffisamment décevant comme ça. »

Abigail sourit. Hunter arrive à la faire sourire, de temps en temps, et ça suffit. Elle regrette de ne pas l'avoir accompagné, mais rien qu'à voir la pancarte pour Denver, elle aurait sans doute eu envie de se tailler illico, or elle sait qu'ils ne peuvent pas faire ça, qu'ils doivent bien préparer leur coup.

Elle essaie d'imaginer ce que ça lui fera quand ils traverseront la frontière de l'État. Hier soir, elle a regardé sur Internet, et elle espère que ce n'est pas vrai – que le Kansas ne se borne pas à des kilomètres et des kilomètres de néant, de routes désertes, de rangs de maïs silencieux et de relais routiers tous identiques. Est-ce que c'est vraiment à ça que ressemblera la liberté ? *Au moins, ça ne sera pas comme ici.*

Il y a des jeunes entre les arbres, en haut, à côté des Tall Bones. Ils s'excitent les uns les autres, se frottent comme des chiens en chaleur, se font des lignes qu'ils sniffent sur les bras, le ventre et les omoplates de leurs voisins. Certains des mecs se collent quelques beignes, en souriant, du sang entre les dents.

Hunter sort son Polaroid, prend des photos et, comme d'habitude, personne ne propose d'en prendre une de lui. Quand il commence à s'ennuyer – Abigail sait qu'il s'ennuie parce qu'il se met à picoler –, il s'assoit sur le coffre de sa bagnole et fourgue des rails de la coke qu'ils viennent de rapporter pour deux fois le prix où elle circule à Boulder. Ils lui colleraient sans doute des beignes, à lui aussi, s'ils savaient qu'il les entube, mais la plupart d'entre eux n'ont jamais mis les pieds à Boulder. La plupart d'entre eux n'ont jamais mis les pieds nulle part.

Abigail préfère se défoncer que se soûler. Il n'y a jamais que de la bière à picoler, avec ces gens-là, et l'odeur lui rappelle son père. Elle aime bien pouvoir sniffer quelque chose dans un billet roulé. Quand elle fait ça, elle a l'impression d'être en harmonie avec elle-même : une raclure, se dit-elle. Je suis la pire des raclures.

Après deux lignes, elle grimpe sur le toit de la voiture de Hunter et se met à danser, parce que c'est là que tout le monde converge pour lui acheter sa coke, donc c'est là qu'elle sera vue. Cole et Luke Weaver lui gueulent de retirer sa robe. Elle remonte un peu le bas et secoue son derrière, renvoie ses cheveux en arrière et se passe les mains sur le corps. Bryce Long lui crie qu'il l'aime. Oui, se dit-elle. Je suis belle. Je suis une raclure, je suis belle et vous me voulez tous, mais c'est moi qui maîtrise, je peux tout vous reprendre d'un coup.

« Arrête ! s'écrie-t-elle. Non, j'ai pas… *Arrête !* »

Bryce la plaque contre l'arbre d'un bras et fourre sa main entre ses jambes.

« Mais si, t'as envie… Tu danserais pas comme ça si t'avais pas envie, alors reste tranquille, maintenant. »

Elle voit les lumières de la fête un peu plus loin à travers les branches et elle tente de hurler, mais il presse sa bouche de force contre la sienne et l'embrasse violemment, étouffant le son.

Non, non, non, ce n'est pas comme ça que c'était censé se passer, se dit-elle, paniquée. Tu as envie de moi parce que je te donne envie de moi, mais tu n'as pas le droit de me *prendre*, ce n'est pas comme ça que ça marche, tu gâches le jeu, tu gâches tout. Elle plante ses dents dans la langue de Bryce et il s'écarte brusquement avec un cri.

« Espèce de *sale pute* ! »

Elle a le goût de son sang dans la bouche. Il prend son élan comme pour la frapper, mais elle lui flanque un coup de genou entre les jambes et prend la fuite pendant qu'il titube encore sur les aiguilles de pin.

Ensuite, elle s'enferme à clé dans la voiture et se recroqueville sur le siège en attendant qu'ils rentrent tous chez eux. Elle observe la poussière accumulée dans les rainures du volant, la trace sale des mains de Hunter en haut du vieux cuir blanc, de chaque côté, et elle a l'impression que les empreintes des mains de Bryce sont gravées sur elle de la même façon. Peut-être que c'est ça que ressent Noah quand leur père le frappe. Une petite partie d'elle aspire à la présence de son frère mais, de manière bien plus réelle, elle voudrait qu'Emma soit là, blottie contre elle, et qu'elles parlent de ce qu'elles vont faire du reste de l'été. Boire de la limonade les pieds dans la rivière, peut-être, ou remonter la Trail Ridge Road en voiture pour profiter des neiges de la saison dernière sur les crêtes ; se réveiller tôt pour aller voir des élans dans le parc national, ou louer un bateau à Grand Lake. Peut-être qu'elles pourraient même aller jusqu'à Boulder, faire du shopping, ou quelque chose. Des occupations quelconques de filles normales. La douceur de leur jeunesse lui manque. Emma ne pose jamais les mains sur Abigail que pour la serrer dans ses bras.

La pendule du tableau de bord indique près de 3 heures du matin quand Hunter monte dans la voiture. Il regarde ses cheveux en bataille, pleins de fragments d'écorce, la bretelle de son soutien-gorge qui pend sur son épaule.

« Abi, qu'est-ce qui s'est passé ? »

Abigail remonte ses jambes, tentant de se faire aussi compacte que possible.

« J'arrive pas à savoir si j'ai envie de tous les baiser ou de tous leur casser la gueule. »

Hunter rit, mais elle le regarde et il s'arrête.

« Pardon, je… C'est assez marrant.

— Non, c'est pas marrant. J'ai l'impression d'être en train de couler. Je suis tellement en colère tout le temps. Tu sais ce que c'est d'être constamment en rogne ?

— Ça m'arrive. »

Elle sait qu'il sait, un petit peu, alors elle n'insiste pas.

« Combien on s'est fait ?

— À peu près cent cinquante dollars. Pas mal pour une première soirée, non ?

— Pas mal.

— Dis, Abi. » Il a l'air très adulte et sérieux, tout d'un coup, et ça la rend nerveuse. « Tu vas en parler à Emma ? »

Elle enfonce ses ongles dans ses genoux.

« Laisse Emma en dehors de ça. Elle a déjà assez de soucis comme ça. »

C'est moi qui suis censée la protéger, se dit-elle, et je ne peux pas le faire si je coule. En plus, qu'est-ce qu'Emma penserait d'elle si elle savait ? Que penserait n'importe qui ? Elle pourrait perdre la seule véritable amie qu'elle ait jamais eue.

Hunter ne compte pas. Il est un moyen.

« Mais tu sais que tu peux me parler, n'est-ce pas ? Je veux dire, tu veux en parler ? »

Elle lève les yeux sur lui, et la lueur faiblissante du feu de camp par la fenêtre de la voiture adoucit son visage carré, le rendant presque beau. Quand tu parles comme ça, se dit-elle, j'aimerais pouvoir éprouver quelque chose pour toi, n'importe quoi.

« Tu sais déjà tout ce qu'il y a à savoir », dit-elle. Mais la vérité, c'est que même si l'intention la touche, elle ne peut plus blairer les gens qui lui demandent si elle va bien. Elle a l'impression d'être tout le temps en train d'essayer de deviner les réactions que les autres attendent d'elle et, par conséquent, les conversations deviennent épuisantes, elle est sur le fil du rasoir en permanence. Il arrive qu'elle se trompe – elle rit quand elle ne devrait pas, ce genre de choses – et ils comprennent alors qu'elle ment depuis le début. Cette Abigail Blake, doivent-ils se dire, en regardant son jeune visage souriant, quelle menteuse.

35

À présent

Frissonnante à l'arrière du pick-up de Samuel, le visage strié de terre et de sueur, Emma ne dit pas un mot. Jude n'arrête pas de se retourner, mais elle regarde droit devant elle.

« Papa, je crois qu'on devrait l'emmener à l'hôpital.

— Tu veux que je me tape toute la route jusqu'à Estes ? » Samuel jette un coup d'œil par-dessus son épaule. « T'en fais pas pour elle. Elle est sans doute juste défoncée comme tous ces petits branleurs. Cette ville court à la catastrophe, Jude, tu m'entends ? »

Ils roulent jusqu'au bout de la rue d'Emma, et là, Samuel s'arrête sans couper le moteur et dit : « Allez, sors de là. » Quand Emma défait lentement sa ceinture de sécurité, il crie : « Ouste ! », comme s'il parlait à un chien.

« Papa, et Noah ? » Jude regarde Emma diminuer dans le rétroviseur du pick-up tandis qu'ils s'éloignent.

Son père grogne.

« Comme on fait son lit, on se couche. Tu fermes à clé quand tu rentres à la maison, et tu le laisses pas entrer. Il aura qu'à dormir dans le jardin. Je m'occuperai de lui demain.

— Oui, m'sieur », fait Jude. Puis il ajoute : « Tu viens pas ?

— Ça te regarde, microbe ? Je te dépose, il faut que quelqu'un garde un œil sur ta mère, mais je dois aller quelque part. »

Tu ne *dois* pas aller au pub O'Shannon's, se dit Jude. Tu dois m'aider à trouver mon frère. Je ne peux pas le perdre lui aussi.

Emma s'assoit sous la douche et laisse l'eau brûlante dissoudre la sensation des mains de Jerry Maddox sur ses poignets et l'odeur de sueur infecte du pick-up de Samuel Blake, et elle s'efforce de ne pas penser à ce qui a pu arriver à Hunter, de ne pas d'inquiéter pour lui, parce que qu'a dit son père ? Hunter a volé un flingue.

Rat lui en a parlé, du revolver. Cet après-midi-là, au camping, quand les pierres ont cessé de voler par les fenêtres, elle était tellement secouée et ivre d'alcool bas de gamme qu'elle a exigé des explications. Son revolver a disparu il y a des mois, lui a-t-il affirmé. D'après lui, c'était sans doute un des potes de Hunter qui avait fait ça pour déconner, mais maintenant, elle pense avoir une idée précise de l'identité du voleur.

Pendant qu'Emma se frotte le visage pour retirer la terre, Jude Blake se tient dans le vestibule jonché de pierreries et tente de nouveau d'appeler son frère, mais, pour la cinquième fois, une voix robotique lui annonce que ce numéro n'est pas joignable pour l'instant.

Du canapé, Dolly, assommée par le Valium que lui a donné son fils, l'entend sangloter doucement dans le vestibule, mais elle n'a pas le désir d'aller le trouver. Elle voudrait ne plus jamais faire le moindre mouvement. Les pages du journal intime d'Abigail chiffonnées dans sa main, elle ne se lèverait pas même si la maison prenait subitement feu, se dit-elle.

Les Lewis, répondant enfin à une alerte du système d'alarme de l'église, arrivent à la First Baptist Church de Whistling Ridge et constatent la présence d'une affreuse odeur d'essence. À part ça, le bâtiment n'a pas été endommagé et rien n'a été volé, le pasteur en est à peu près certain, mais on y a laissé quelque chose – une unique boucle d'oreille en forme de croc de loup, abandonnée en hâte sur la moquette.

La piste lui fait l'effet d'être la colonne vertébrale du monde. Pour Noah, assis dans la pénombre, les mains coincées sous les aisselles, il est difficile de distinguer la limite entre les arbres et les montagnes.

Ils ont dormi un petit moment dans le pick-up, garés sur le bord d'une route de campagne, appuyés l'un contre l'autre. Mais quand Noah s'est réveillé, il a encore senti l'odeur d'essence qui leur collait à la peau, alors ils sont repartis vers les hauteurs, dépassant les Tall Bones pour se diriger vers les cimes. À présent, perchés tous deux sur le capot, ils respirent l'air frais sucré et l'odeur de feu de bois qui s'élève des cabanes dissimulées plus bas, dans la forêt.

Ici, il y a des congères qui ne fondent jamais, qui arrivent à la taille de Noah par endroits, et elles baignent le paysage dans un silence profond. Rat dit que ça lui rappelle la Transylvanie.

« C'est là-bas que tu vivais ? demande Noah.

— Ouais, j'habitais dans le château de Dracula. Je me prélassais dans mes fourrures et j'allais à la chasse avec les loups tous les jours.

— Ce que tu peux être con, t'en loupes jamais une.

— La Transylvanie, c'est le trou du cul du monde, mais il y a des forêts magnifiques. Et il y a ma grand-mère, et sa guitare. »

Comme les doigts de Rat deviennent tout rouges, Noah les prend dans les sien et souffle doucement dessus.

« Ça te manque, des fois – la Roumanie, je veux dire ?

— Pas vraiment. J'étais petit, alors tout ça, c'est très flou. L'Angleterre, c'était plus chez moi. » L'haleine de Rat fait des nuages dans l'air glacial. « Les messes étaient super longues, par contre, ça je m'en souviens. Si tu crois que les baptistes c'est l'horreur, ben t'as jamais été à une messe orthodoxe.

— Tu m'avais jamais dit que t'allais à l'église.

— Ben voilà, c'est fait. » Rat fait claquer sa langue, et sourit en regardant leurs mains, paume contre paume. « Au fait, tu sais, tu m'as jamais vraiment répondu, jusque-là. Tu veux t'enfuir avec moi, Noah Blake ? »

Noah retire les bagues de Rat et entrelace leurs doigts.

« On irait où ?

— Où tu veux, n'importe où, mais loin d'ici – de cette ville, de ces gens tellement furieux parce que Jésus ne les change pas en vin. »

Noah a la sensation qu'il est sur le point de retirer la housse de protection d'un meuble ancien, précieux, remisé dans une pièce où il n'est pas entré depuis très longtemps.

« J'ai toujours eu envie d'aller en Californie.

— Ah bon ? » Rat soulève leurs mains entre eux. « On pourrait faire ça en public, en Californie ? »

Ça, Noah n'en est pas certain. Le mot « public » réveille la douleur de son ecchymose à la mâchoire.

Ils restent assis encore un petit moment, main dans la main, jusqu'à ce que le ciel soit bleu et jaune, et que le vent les refoule dans le pick-up.

Tandis qu'ils redescendent de la montagne, Rat pose les pieds sur le tableau de bord et dit :

« Je vais te dire un truc qui me manque.

— Oui ?

— Je n'entends jamais ma langue d'origine sauf si je la parle moi-même. »

Noah lui jette un regard en biais.

« Apprends-moi quelque chose, alors.

— Tu veux apprendre le roumain.

— Dis pas ça comme ça. Allez, apprends-moi. Si c'est important pour toi… »

À voir le sourire que lui fait Rat à ce moment-là, il a l'impression que des fleurs éclosent dans sa poitrine, et il n'entend pas son téléphone vibrer sur le siège arrière – un nouvel appel manqué de son frère.

La maison sent le renfermé, et il y a des morceaux de pierres colorées entre les lames du plancher. La croix de sa grand-mère a disparu, remarque Noah, mais quelqu'un a punaisé un carré de papier cadeau par-dessus le trou dans le mur. Il s'en félicite. L'idée de le revoir, même après toutes ces années, le heurte avec une puissance qui le surprend.

« Je me suis dit que tu voudrais pas voir ça, dit Jude, appuyé sur sa canne sur le seuil du salon. T'étais où ? Je t'ai appelé toute la nuit. »

Il n'a pas l'air fâché, mais il n'a pas l'air complètement lui-même non plus – comme s'il avait pris un an avec chaque heure que Noah a été absent.

Ça ne sent pas bon, tout ça.

« J'étais sorti, c'est tout. Depuis quand ça t'intéresse ? »

Noah s'apprête à s'éclipser, mais Jude se plante devant lui et bloque le passage.

« Papa et moi, on est partis à ta recherche.

— Eh bien, ça a dû être très sympa, un petit tête à tête père-fils.

— *Où* tu étais ? Il m'a abandonné ici pour aller picoler. J'ai dû m'occuper de Maman tout seul.

— Qu'est-ce que tu veux dire ? Qu'est-ce qu'elle a, Maman ?

— Elle… Je sais pas. Quand je suis arrivé, elle était assise par terre dans le vestibule. Elle s'est arraché un paquet de cheveux.

— Ça, c'est tout Maman. Elle sait toujours se rendre utile en temps de crise.

— Non, tu comprends pas, elle voulait pas se calmer. J'ai dû lui donner du Valium. » Jude regarde ses pieds. « J'ai jamais vu un truc pareil. J'avais l'impression d'avoir affaire à une folle.

— C'est peut-être bien le cas. » Noah s'appuie à son tour contre l'encadrement de la porte. « Tu sais qu'un jour je l'ai trouvée dans la baignoire tout habillée ? Il y a genre, quelques mois, je suis rentré du boulot, et elle était assise dedans, avec tous ses vêtements.

— Oh, merde. » Le visage de Jude se contracte, comme s'il s'apprêtait à pleurer. « Qu'est-ce qui se passe ? Pourquoi ça nous arrive à nous ?

— Dis pas des conneries pareilles. Tu sais à quel point t'as l'air débile, quand tu dis ça ? On dirait un pèlerin qui a peur que la récolte soit mauvaise, ou je sais pas quoi. »

Jude déglutit.

« Dieu ne permettrait…

— Ça n'a rien à voir avec Dieu, pauvre imbécile. Dieu, Il fait rien du tout. Il se contente de chuchoter à l'oreille des gens qu'ils ne valent pas un pet de lapin, et les gens prient inlassablement en espérant qu'Il va arrêter, mais Il arrête pas, et à la fin, ils deviennent cinglés. C'est tout ce qu'Il fait, Dieu. Il rend les gens cinglés, mets-toi ça dans le crâne et grandis ! »

Jude le regarde fixement, ses yeux de plus en plus rouges se gonflent de larmes, et momentanément, Noah se sent coupable. Ou peut-être se sent-il coupable depuis le début, depuis le jour où, à cause de quelques photos sur son ordinateur, son petit frère a été poussé dans l'escalier. Peut-être que ça lui faisait tellement mal de devoir renoncer à la Californie que c'était plus facile d'en vouloir à Jude – le voir boitiller dans la maison avec sa canne rappelait quotidiennement à Noah que son inconduite était à la racine de tout ça – que de s'avouer ce que son frère avait perdu, lui aussi.

Mais, à ce moment-là, Jude pousse quelque chose dans la main de Noah. Sa voix est froide – plus âgée, encore une fois – quand il dit : « C'est toi qui as besoin de grandir. »

Noah baisse les yeux sur le Polaroid, sur Rat en sueur, ivre et nonchalant, un bras autour d'Abigail qui porte une robe qu'il ne lui a jamais vue, les deux jetant un regard blasé à l'objectif, et pendant une seconde de plus qu'il ne l'avouerait jamais, il pense : Oh, mon Dieu – pourquoi *ça* nous arrive à nous ?

36

Il se rappelle le jour où il a perdu ses doigts. Eli Gains s'est pris la main dans un piège en acier lors d'une expédition de chasse avec son frère, à l'époque où il y avait encore deux personnes pour l'appeler Eli. Son frère, Abel, était l'un d'eux, et il est mort d'un cancer du côlon l'année suivante. L'autre, c'était Bonnie Harris, qui n'avait qu'à battre des cils pour qu'il sèche ses cours à l'école de police afin d'aller fumer de l'herbe avec elle dans son appartement un peu crade, à Denver. Il l'avait demandée en mariage avant l'accident, mais après, quand le moment est venu de choisir sa bague, elle lui a dit : *Je vois pas à quel doigt tu comptes la passer*, et il a eu l'impression qu'elle lui claquait la porte au nez. Ils se sont séparés deux mois plus tard. Elle faisait la grimace chaque fois qu'il la touchait avec cette main.

Puis, un après-midi, bien des années plus tard, il a posé la même main sur le dos d'Abigail Blake, et elle n'a pas eu le moindre mouvement de recul. Il ne le regrette pas, même aujourd'hui. Pendant un instant, il s'est senti *normal* pour la première fois depuis tellement longtemps, et il se rappelle avoir pensé : Il existe encore des gens sur cette terre pour qui nous ne sommes pas seulement la somme des choses terribles qui nous sont arrivées.

« Chef, vous m'écoutez ? »

Gains lève les yeux. Le pasteur Lewis tapote nerveusement le dossier d'une chaise en plastique de l'église.

« Oui, m'sieur. Vous me parliez de l'essence. »

Il en sent encore un vague relent, comme un souvenir dans l'atmosphère.

« Il va falloir qu'on fasse nettoyer la salle à fond, bien sûr.

— Et vous n'avez pas une idée de qui a pu faire ça ?

— Oh non, c'est des choses qui arrivent, n'est-ce pas ? Un mystère. Mais on s'est dit qu'il valait mieux le signaler quand même. »

Le pasteur secoue la tête, et c'est certainement un effet de lumière – sans doute parce que Gains n'a pas dormi, hanté par la détresse dans la voix de Dolly Blake au téléphone – mais il a l'impression de voir les coins de la bouche du pasteur Lewis se retrousser légèrement, comme s'il s'efforçait de contenir un sourire. Ça lui fait froid dans le dos.

« Vous êtes assez occupés comme ça, j'en suis sûr – avec cette affaire de disparition qui n'est toujours pas résolue. » Le pasteur se redresse et passe ses pouces dans sa ceinture. « L'enquête a progressé récemment, chef ? Rien que moi, dans ma profession, les paroissiens me confient souvent leurs soucis, et je peux vous dire que beaucoup de gens se font un sang d'encre, en ce moment. Ça fait plus d'un mois que cette pauvre enfant a disparu, n'est-ce pas ?

— C'est exact, m'sieur. Mais je n'ai pas le droit de discuter d'une enquête en cours, vous comprenez.

— Oh non, bien sûr que non. Je ne voulais pas empiéter sur votre domaine. Mais – vous savez comment sont les gens quand ils commencent à se chercher un coupable. Ce pauvre vieux Miguel Alvarez en savait quelque chose, et ça ne lui a pas franchement porté chance, en définitive. Les gens veulent que ça se termine, chef, vous pouvez comprendre ça, non ? Ils veulent juste pouvoir accuser quelqu'un. »

Le pasteur Lewis est plus petit que Gains, mais il dresse le menton quand il parle, comme s'il essayait de le toiser. Gains s'efforce de maintenir une posture détendue.

« Eh bien non, je ne suis pas certain de vous comprendre, pasteur. »

Ed Lewis sourit.

« Oh, je crois que si, Eli. »

« Tu fais une sale tête », observe Rat en descendant du toit du camping-car d'un bond.

Noah fait tomber sa cigarette d'une chiquenaude.

« Qu'est-ce que t'as fait à ma sœur ?

— Ta *sœur* ? De quoi tu parles ? » Rat jette un coup d'œil à la ronde, mais il n'y a personne en vue entre les plaques de métal rouillé et de bardeaux pourris. « Enfin, Blake, je la connaissais à peine, ta sœur.

— Tu parles d'elle au passé. »

Tout le monde fait ça, Noah le sait. Tout le monde s'est mis à agir comme si elle était morte dès l'instant où les affichettes signalant sa disparition ont été placardées. Rien à attendre des enfants Blake, tous des bons à rien, et si même le pasteur n'arrivait pas à se soucier de leur sort, pourquoi les paroissiens s'en seraient-ils préoccupés ? Mais Rat, lui, s'en était soucié – soucié de Noah, au moins – et à présent, l'idée qu'il ait pu mentir depuis le début, qu'il puisse avoir une responsabilité dans le sang qu'ils ont retrouvé sur le gilet de sa sœur, dans l'état de sa mère ce matin, recroquevillée comme un cadavre sur le canapé… Il a pu retourner aux Tall Bones cette nuit-là, après le départ de Noah. Ce n'est pas impossible. Noah a l'impression que ses yeux vont lui sortir de la tête.

« Écoute, dit Rat, posant ses mains sur ses hanches, si t'as quelque chose à me dire, vas-y. »

Noah serre les dents si fort que sa mâchoire lui fait mal, mais les mots ne sortent pas, en tout cas rien d'intelligent – il est seulement le mec qui prononce *car-mel* – alors il plaque juste le Polaroid contre la poitrine de Rat.

Rat baisse les yeux sur la photo, les écarquille soudain.

« Ça ne me dit rien du tout…

— Oh, arrête ton char.

— Je te le jure sur les os de ma grand-mère, Blake. Je me souviens pas de ça. »

À présent, à la lumière du jour, Noah voit bien les cernes gris sous ses yeux.

« Hunter Maddox en prenait tout le temps, des photos comme ça. On a fait quelques soirées avec lui – tous les jeunes du camping, et lui, c'est comme s'il avait rien de mieux à faire. Il prenait des photos. Mais j'étais toujours complètement fraca, Blake, je te le garantis. Je me rappelle, genre, un tiers de ces soirées, au mieux.

— Qu'est-ce que tu fous à traîner avec des adolescentes, déjà ? J'ai vu les bouteilles que t'as achetées pour Emma Alvarez. T'es qui, à la fin ?

— Je suis le genre de mec dont le camping-car se fait défoncer par la moitié de la ville, Blake. J'ai pas franchement le luxe de choisir mes amis. » Rat fait une moue. « Et que les choses soient claires, il y a jamais rien eu entre Emma et moi. C'est une gamine qui se sent seule, elle avait juste envie qu'on fasse attention à elle. Et tu sais, c'était peut-être pas la seule.

— Toi, t'attires l'attention de tout le monde, c'est tout le problème ! »

Rat se cogne le front du plat de la main.

« Donc, quoi, tu t'imagines que je couchais avec ta sœur ? Tu t'imagines que je l'ai assassinée ? J'étais avec toi, ce soir-là, tu te rappelles ? Alors où tu veux en venir, là, au juste ?

— Je ne… » Noah enfonce ses dents dans sa lèvre inférieure. « Est-ce que tu es gay, seulement ?

— Quoi ?

— Peut-être que ton truc, c'est les adolescentes, alors c'est plus facile si… si personne ne te soupçonne parce que tout le monde te croit gay. J'étais juste un alibi commode, c'est ça ?

— Blake. » Rat parle d'une voix calme, mais c'est le calme de quelqu'un qui n'a plus rien à ajouter. « Je voudrais que tu t'en ailles. »

Noah le fixe sans mot dire, et Rat croise les bras et penche la tête sur le côté.

« J'ai parlé en roumain ? J'ai dit va-t'en, allez. Avant que je dise quelque chose qui va vraiment te faire mal. »

Alors

Est-ce que c'est vrai, Dolly ? Ce que ce garçon m'a dit, est-ce que c'est vrai ? Espèce de petite salope de merde...

Jude regarde sa mère, qui est endormie à présent, des croûtes de sang dans les cheveux, et il se rappelle son père en train de lui crier ça, le dernier soir de mars, quand il y avait encore de la neige sur le sol. Il n'était sans doute pas censé entendre, car c'était après l'heure de leur coucher, et leurs parents avaient tendance à oublier leurs enfants à ce moment-là. Il y avait eu un bruit sourd, le son de petits objets qui se répandaient par terre, le claquement du cuir sur la peau nue, suivi d'un faible gémissement, un gémissement de sa mère, il le savait pour l'avoir déjà entendu.

« T'es vraiment une pauvre débile, Dolly. Une pute. Tu croyais vraiment que tu pouvais me cacher ça ? »

Son père aboyait comme un gros loup haletant, et Jude avait imaginé de la bave sanguinolente écumant au coin de sa bouche.

« Sam, je te jure, j'ai jamais…

— Nom de Dieu, me regarde pas comme ça ! Essaie pas de me foutre la honte. Lève-toi ! C'est tout ce que tu sais faire, me foutre la honte, Dolly. »

Le plancher avait grincé juste devant la chambre de Jude et il s'était redressé. La porte s'était entrouverte et une étroite bande de lumière était arrivée du palier, suivie de près par Abigail.

« Jude ? Jude, t'es réveillé ? »

Il n'avait pas osé allumer de peur d'attirer l'attention de son père, mais il avait senti le poids d'Abigail au pied du lit.

« Je suis réveillé.

— Il lui donne des coups de ceinture. T'as entendu ? »

Jude s'était demandé pourquoi elle était venue – sûrement pas juste pour lui dire ça. Il se dit à présent que peut-être, elle se sentait coupable. Peut-être savait-elle que c'était d'elle qu'il était question.

« T'as peur ? »

Il avait menti.

« Non.

— Moi oui, avait-elle dit, et il l'avait crue. J'arrête pas de me dire que ça va recommencer. Qu'il va encore perdre les pédales, tu vois ? »

Jude avait senti sa jambe tressaillir sous les couvertures. Oui, il voyait, avait-il confirmé.

Le matin, assise à table, leur mère était toute raide. Il y avait une grosse ecchymose d'un gris jaunâtre sur sa mâchoire, et elle avait versé du jus d'orange sur ses céréales, à la place du lait. Les enfants Blake s'étaient regardés et avaient su – dans la compréhension muette qui se noue parfois entre les frères et sœurs – qu'ils avaient tous le sentiment que c'était la conclusion logique de la vie de leur mère : leur père allait finir par la rendre folle. Jude savait aussi qu'il était sans doute le seul à s'en soucier encore.

Plus tard, cependant, une fois que Noah et Samuel étaient partis travailler, en attendant sa sœur dans l'entrée tout en s'efforçant de ne pas regarder la grosse croix couvertes de pierreries qui étincelaient dans le soleil printanier, Jude avait surpris une conversation entre Abigail et sa mère dans la cuisine.

« Maman, faut absolument que je te parle d'un truc.

— Pas maintenant, ma chérie. »

Il avait entendu le tintement des couverts tandis qu'elles débarrassaient la table.

« Je sais, Maman, mais… »

Elles s'étaient mises à parler trop bas pour qu'il distingue la suite, mais tout à coup, sa mère avait poussé un petit cri et quelque chose était tombé par terre. Quelques instants plus tard, Abigail l'avait rejoint d'un pas décidé, la joue rouge vif.

« Elle t'a giflée ? »

Sa sœur avait mis son sac d'école sur son épaule et ouvert la porte.

« Pourquoi elle a fait ça ? De quoi tu voulais lui parler ?

— Allez, viens, on y va. » Abigail s'était essuyé le visage sur sa manche. « Je vais me démerder toute seule. »

37

À présent

Jerry Maddox a la tête entre les mains lorsque le téléphone du bureau sonne. Bon Dieu, quelle nuit. Hunter et cette petite imbécile qui s'introduisent ici comme si tout ça n'était qu'une récréation et qu'ils jouaient aux détectives. Jusqu'où va-t-il devoir aller pour que son fils comprenne les enjeux ? Ce n'est pas souvent qu'il lève la main sur lui. Si on cogne trop fréquemment son chien, un jour, il finit par vous mordre, c'est ce que disait tout le temps son père, mais hier soir, quand il a vu Hunter devant le tiroir ouvert, Jerry a paniqué.

Le baume à lèvres d'Abigail Blake s'y trouve toujours. Il a vérifié. Il n'aurait jamais dû atterrir là au départ, il le sait à présent. Il aurait dû le jeter.

Le téléphone continue de sonner, et il est à moitié tenté d'arracher le cordon et de tout balancer dans l'escalier. Mais à quoi bon ? Tous les gars de l'atelier verraient la scène, et il aurait l'air de quoi ? *Jerry a pété un câble*, concluraient-ils, or il est impératif qu'il paraisse maître de lui-même, et ce plus que jamais.

« Scierie Maddox, annonce-t-il en se massant les yeux. Jerry Maddox pour vous servir.

— Jerry, je suis content de tomber sur toi, dit le pasteur Lewis, beaucoup trop énergique pour un lundi matin. Ça va ? T'as l'air un peu crevé.

— C'est rien. Et de ton côté, tout va bien ?

— Eh bien non, justement, Jerry. On a un problème sur les bras. »

Il écoute le pasteur débiter les détails sur son système d'alarme, le prix du nettoyage d'une moquette, et quelque chose au sujet d'une boucle d'oreille retrouvée par terre. Jerry s'appuie sur son coude et s'efforce de ne pas laisser son esprit divaguer. Tout ça pour lui annoncer en définitive qu'il y aura un service spécial ce soir à l'église. Pourquoi Ed Lewis ne pouvait pas commencer par là, ça le dépasse, mais c'est sûr qu'il aime bien s'écouter parler.

« Nous faisons le travail du Seigneur, Jerry. C'est particulièrement important, ce qui se trame. Et j'ai besoin de savoir que je peux compter sur ton soutien. »

Jerry laisse échapper un soupir involontaire.

« Tu l'as, Ed.

— J'espère que tu prends ça au sérieux. Il faut faire quelque chose, comme avec Miguel Alvarez. Chaque abus de confiance sera jugé par Dieu. » Le pasteur prend la même voix qu'à l'église, forte, sentencieuse et légèrement délirante. « Je t'ai aidé avec Alvarez, Jerry. C'est un prêté pour un rendu. »

Jerry se passe une main sur le visage. Alvarez est la dernière chose à laquelle il ait envie de penser pour l'instant. D'abord la fille de ce dernier qui fourre son nez partout, et maintenant Ed Lewis – pourquoi les gens ne peuvent-ils pas laisser le passé à sa place ?

« L'impiété a pénétré parmi nous, continue le pasteur. Il est temps de mettre fin à ce chaos. Les habitants de cette ville ont peur, à juste titre. Mais ils te respectent autant que moi, Jerry. Tu es leur patron, leur propriétaire, tu as de l'influence, et c'est de ça que je vais avoir besoin ce soir… Dis, Jerry, tu es toujours là ? Qu'est-ce qui t'arrive aujourd'hui ? »

Les yeux de Jerry s'égarent une fois de plus sur le tiroir. Il vaut sans doute mieux éviter qu'Ed apprenne l'existence du baume à lèvres, pour l'instant. Autant faire ce qu'il demande. Après tout, se dit Jerry, t'as intérêt à ce qu'il soit de ton côté si ça finit par se savoir.

Emma tire sur sa manche à fond pour dissimuler son poignet contusionné. C'est léger, mais elle n'a pas envie que quelqu'un le remarque pendant qu'elle marche en ville. Quelque part, elle espère que si elle cache la meurtrissure, elle oubliera qu'elle se trouve là : la marque des doigts du père de Hunter quand il a serré comme s'il voulait lui briser la main. Aucun homme ne l'a jamais touchée comme ça. Avec un geste empreint d'une telle violence, impliquant qu'il pourrait faire bien pire, si la fantaisie lui en prenait. Encore aujourd'hui, ce souvenir lui fait trembler les mains lorsqu'elle s'apprête à pousser la porte de l'Aurora.

« Emma. » Chrissy Dukes lui sourit au tintement de la clochette. « Toujours pas au lycée, hein ? T'en as, de la chance. »

Emma fait un petit bruit neutre, jetant un coup d'œil à la ronde, mais c'est lundi matin et, pour l'instant, elle est la seule cliente.

« Noah est là ?

— Eh bien non, il a appelé pour dire qu'il n'était pas bien. Il fait ça, des fois, tu sais, quand il ne veut pas qu'on voie… » Chrissy se tapote la joue, à l'endroit où, l'autre jour encore, Noah était salement écorché. « J'essaie de pas l'embêter avec ça. »

Emma se dit qu'elle a l'air d'avoir sincèrement de la peine, et elle se demande si Noah se doute une seconde qu'il y a quelqu'un, ici, qui a de l'affection pour lui.

La clochette retentit de nouveau et, cette fois, c'est Hunter. Il salue Chrissy d'un hochement de tête.

« Plus personne va au lycée, ou quoi ? dit celle-ci.

— J'ai des trucs plus importants à faire, pas vrai ? » Hunter lui fait un clin d'œil, et elle fait mine d'être outrée, par jeu.

Emma ne l'invite pas à s'asseoir à sa table habituelle – celle qui est devant la fenêtre, bien en vue de sa mère à la clinique de l'autre côté de la rue – mais se glisse sur une banquette dans le fond, où ils seront cachés du comptoir par les dossiers.

« Elle a pas tort, cela dit, fait Emma. Comment ça se fait que t'es pas en cours ? »

Hunter hausse les épaules.

« J'y étais, mais j'ai reçu ton message, tu disais qu'il fallait qu'on parle.

— Oui, mais je pensais plus tard. T'étais pas obligé de venir tout de suite.

— Peut-être. Mais j'étais inquiet pour toi. Tu sais, après hier soir. »

Emma frotte son poignet à travers son pull.

« Y a pas mort d'homme.

— C'est ma faute. On n'aurait pas dû y aller. C'est juste, je trouvais que mon père était tellement protecteur quand il s'agissait de son bureau, je me suis dit tu pourrais y trouver un truc.

— C'est *toi* qui as trouvé un truc. »

Hunter laisse échapper un rire fatigué.

« Ouais, ça j'ai bien remarqué.

— Et toi, t'as pas trop galéré ? J'ai couru sans m'arrêter – je savais pas si tu suivais ou... » Elle remarque pour la première fois qu'il n'est pas assis tout à fait droit. « Il t'a frappé ? »

Hunter grogne et remonte un peu son hoodie aux couleurs de l'équipe de basket, révélant une tache rouge qui se transformera sans doute en hématome. Jerry Maddox n'est pas Samuel Blake – la blessure ne va pas envoyer Hunter à l'hôpital – mais Emma n'en tressaille pas moins.

« Oh merde, Hunter, je suis désolée.

— Bah, tant pis. Valait mieux qu'il me fasse ça à moi qu'à toi, hein ? »

Il aurait mieux valu qu'il ne le fasse à personne. Elle a envie de poser les mains sur lui à travers la table. Abigail disait que c'était ce qu'ils faisaient à l'église, de temps à autre, quand quelqu'un avait besoin d'absorber la force de toute l'assemblée. J'ai envie de mettre mes ecchymoses sur les tiennes, se dit-elle. Elle imagine que sa peau serait chaude.

« Alors, tu voulais me parler de quoi ?

— Oh, je... » Elle ne s'attendait pas à le voir arriver avec ces blessures de guerre, preuves vivantes qu'il s'est mis en danger pour elle. « C'est rien.

— Allez, dis-moi, qu'est-ce qu'il y a ? »

Elle ne parlera pas du revolver, décide-t-elle. Pas encore. Ce ne serait pas juste de l'accuser de quelque chose alors qu'il vient de se prendre une dérouillée pour la protéger. De plus, même s'il a réellement volé l'arme de Rat, ça ne veut pas dire qu'il ait tiré. *Il ne m'aiderait pas, dans le cas contraire. Si ?*

« Peut-être qu'on prend les choses à l'envers, dit-elle donc. Style, on devrait peut-être se concentrer sur ce qu'a fait Abi, plutôt que sur ce que quelqu'un lui a fait.

— Comment ça ? Comment mon père aurait son baume à lèvres s'il ne le lui avait pas pris ? C'est complètement tordu, tout ça.

— Je suis d'accord, mais ça ne suffira sans doute pas au shérif. Après tout, il est toujours possible qu'elle l'ait juste laissé échapper, et qu'il l'ait ramassé. Il nous faut un truc plus solide. » Elle se frotte le poignet. « On devrait s'en tenir à Abi, reconstituer ses derniers faits et gestes. Ça pourra peut-être nous aider. Vous avez fait quoi dans les bois, tous les deux ? Tu lui as donné la coke, et ensuite ? »

Hunter se gratte le dos de la main. « Je sais pas. J'étais assez déchiré. À un moment donné, on est partis chacun de notre côté, il me semble. Je suis rentré à la maison et j'ai regardé la fin du match des Buffalo.

— Alors tu sais pas où elle a pu aller ensuite ?

— Elle a toujours aimé traîner aux Tall Bones. Elle est peut-être tout simplement restée là-bas. Elle disait que c'était le squelette d'une créature ancienne gigantesque, qu'avant même qu'il n'y ait des humains dans la forêt, elle était pleine de…

— D'animaux géants, oui, sourit Emma. Elle me disait la même chose. D'après Gains, ils ont passé tout le secteur au peigne fin, mais je trouve que ça ne ferait pas de mal d'y retourner pour voir. Tu comprends, si on sait qu'on cherche un truc qui a un rapport avec ton père, ça nous donne une longueur d'avance sur la police, au moins. »

Hunter se gratte la main un peu plus fort.

« Tu veux que je vienne avec toi ? On a plus de chance de trouver si on s'y met à deux.

— T'es sûr ? »

Pendant un instant, elle pense à Rat, comment il a éclaté une bouteille de whisky et dit : « Ne va pas dans les bois, *drăguță* », rien que pour pouvoir garder ses propres secrets. Mais Hunter veut l'aider – mince, c'est même lui qui propose, alors que ce serait tout aussi facile de la prendre de haut comme tous les autres mecs du coin. Elle trouve ça bizarre, à présent, d'avoir pu penser qu'il était comme eux.

« Oui, dit-il. On fait équipe, toi et moi. »

Il pose ses coudes sur la table et lui sourit.

Le revolver. *Il faut que tu l'interroges sur le revolver.* Mais elle aime la façon dont ils mettent en commun leurs blessures – la blessure identique de l'absence d'Abigail. Après tout, Emma n'a que dix-sept ans, et aucun garçon ne lui a jamais souri comme Hunter Maddox le fait en cet instant.

Alors

« Maman, il faut absolument que je te parle d'un truc. »

Dolly revoit sa fille debout dans la cuisine, le premier matin d'avril, et se rappelle avoir pensé qu'Abigail portait plus de maquillage que d'habitude. Il ne lui est pas venu à l'idée à l'époque qu'elle essayait peut-être de dissimuler quelque chose.

« Pas maintenant, ma chérie. »

La marque de la ceinture de Samuel dans le dos de Dolly lui cuisait encore, et l'hématome sur sa mâchoire rendait l'ensemble de son visage douloureux. Tout, de la lumière du matin au tintement de la vaisselle, ne faisait qu'empirer les choses.

« Je sais, Maman, mais… » Abigail avait baissé la voix, jetant un regard méfiant vers le couloir en se penchant en travers de la table. « Maman, tu peux m'emmener à la clinique ? »

Dolly s'était figée, une pile de bols sales dans les mains, une boule de céréales détrempées collant à son pouce.

« La clinique ? Pourquoi tu aurais besoin d'y aller ?

— J'ai besoin… » Abigail évitait son regard. « Je crois que j'ai besoin de…

— Abi, qu'est-ce qu'il y a ? »

Elle se rappelle comment toute couleur avait quitté le visage de sa fille. La pilule du lendemain, avait-elle dit. Et Dolly lui avait flanqué une gifle.

Elle se dit à présent que c'était à cause du contrecoup de la fureur de son mari qu'elle avait réagi ainsi. Le lendemain de *quoi* ? Pendant que Dolly prenait une dérouillée, sa petite fille faisait le mur et cherchait les ennuis. Vraiment ? Dolly n'avait pu supporter cette idée. Quelle enfant stupide. Samuel ne lui pardonnerait jamais s'il l'apprenait : il avait un rapport *bizarre* au sexe, ce qui signifiait que Dieu avait un rapport *bizarre* au sexe, ce qui faisait que c'était un problème pour tout le monde. Samuel ne frapperait pas Abigail, pas sa précieuse Abi, mais Dolly, en revanche… Il dirait que c'était *elle* qui avait la responsabilité de leur fille, et il aurait raison. Mais comment Abigail avait-elle pu se montrer si imprudente ? Se souciait-elle si peu de ce qui arrivait à sa mère ?

Dolly avait regardé sa fille se précipiter dans l'entrée, où l'attendait Jude. Elle n'avait pas entendu ce qu'ils s'étaient dit : elle parvenait à peine à se concentrer sur quoi que ce soit, si ce n'est sur sa main qui la brûlait maintenant. Il lui faudrait encore deux cigarettes pour oublier la douleur, et une autre pour apaiser sa colère contre sa fille et, tout en fumant, Dolly s'était dit : Ça doit être ça qu'éprouve Samuel en permanence.

Des mois plus tard, elle n'avait pu avouer à la police qu'elle avait frappé sa propre fille. Elle n'avait pu encaisser l'idée que des gens puissent savoir qu'elle n'était pas si différente de son mari, et par conséquent le shérif Gains n'avait jamais su pour la pilule non plus.

C'est ce qui la hantera dans les années à venir. Cet acte terrible. Si seulement Dolly avait dit quelque chose, si elle avait interrogé Abigail, au lieu de se lamenter sur son propre sort, tout aurait pu être différent.

38

À la fin avril, il fait assez doux pour que les élèves du lycée de Whistling Ridge passent la pause déjeuner dehors. C'est par un de ces débuts d'après-midi que Hunter trouve Abigail assise sur les gradins, un cahier sur les genoux.

« T'écris quelque chose ? » demande-t-il, et elle sait que c'est lui avant même qu'il ait ouvert la bouche – elle le reconnaît à sa carrure imposante, à son odeur de vestiaire.

Emma dit qu'il vaut mieux les ignorer, les mecs comme lui, mais aujourd'hui, Emma est à la maison, malade, et Abigail a deux frères de trop pour avoir peur des garçons, alors elle se contente de lui faire un doigt d'honneur.

Hunter fait claquer sa langue et rit.

« C'est pas très sympa, dis donc. Je croyais que t'étais une gentille petite chrétienne. »

Fais pas ton malin avec moi, se dit-elle. On va à la même église. Comme tout le monde ici. Mais elle a soudain cruellement conscience des traces rosacées sur ses genoux, et elle tente de repositionner son cahier pour les dissimuler. Le mouvement doit attirer l'œil de Hunter, qui se penche et le lui arrache des mains.

« Hé !

— Qu'est-ce que t'écris là-dedans ? Un putain de roman ? Allez, fais voir un peu ton futur Pulitzer ! »

Il se met à tourner les pages, et Abigail a la sensation d'être en train d'essayer de hurler dans un rêve, mais qu'au lieu d'un cri traduisant toute l'intensité de sa terreur, elle se réveille seule dans le noir, tout juste capable de produire un chuchotement.

« Rends-moi ça. Rends-moi ça *tout de suite.* »

Mais il a trouvé la page. Elle sait qu'il l'a trouvée, car elle l'entend respirer, et ses yeux vont de gauche à droite et de droite à gauche, comme s'il relisait ces lignes encore et encore, ainsi qu'elle le fait.

Rends-moi ça, supplie-t-elle muettement, mais elle sait que ça ne sent pas bon. Il a déjà lu. Il sait déjà. Quand elle en prend conscience, ses yeux se mettent à la brûler et se remplissent de larmes. Il va répéter ce que j'ai écrit à tout le monde, se dit-elle, puis il leur répétera que j'ai pleuré.

Ça a été difficile, tous ces mensonges. Elle transporte ce secret en elle comme un poids, une lourdeur entre ses hanches, ou une chaîne à son pied. Un mensonge comme celui-ci n'est rien d'autre qu'un fardeau, et elle ne veut le transmettre à personne d'autre, surtout pas à quelqu'un qu'elle aime. Mais elle sait qu'elle ne pourra pas le cacher éternellement. Elle a envie de pleurer parce que, en un sens, c'est aussi un soulagement que, désormais, quelqu'un d'autre sache. Même si ce quelqu'un est Hunter Maddox.

Elle ne s'attend pas à ce qui se passe ensuite. Hunter pose le cahier à côté d'elle sur le métal chaud des gradins puis, prenant une longue inspiration, il s'assoit à son tour. Il passe ses jambes sur le côté, comme elle, et tous les deux se balancent comme ça pendant un moment dans la douce brise printanière, rafraîchie par l'odeur propre de l'eau de fonte venue des Rocheuses. Sur le parking, le goudron est blanc de pétales de sorbier incrustés par les piétinements et les pneus des voitures. Les quiscales picorent les restes de frites de la cafétéria dans les barquettes abandonnées, et on entend le son de l'entraînement des pom-pom girls par les fenêtres ouvertes du gymnase. Abigail est contente que Hunter n'ait rien à dire, car elle sait que sinon il dirait une bêtise, et elle a envie de s'imprégner de ces sons et de ces odeurs pendant qu'elle le peut encore.

Tout va changer maintenant, elle s'en rend compte. Tout va changer parce que quelqu'un sait ce qui lui est arrivé.

À présent

Finalement, la vibration de son téléphone réveille Dolly. Que lui a donné Jude, déjà ? Toutes les couleurs dans la chambre lui semblent trop criardes. Et la maison – la maison semble trop silencieuse. C'est comme si, pendant qu'elle dormait, Dieu l'avait placée au sommet d'une montagne. Il n'y a rien – pas le chant des oiseaux dehors, ni l'épicéa bleu qui cogne contre la fenêtre, ni le vent qui s'engouffre sous la porte. Dolly a l'impression d'être dans l'œil d'un cyclone.

Sauf que ce fichu téléphone n'arrête pas de vibrer. Elle farfouille dans les plis du duvet jusqu'à ce qu'elle le trouve, mais ses doigts n'obéissent guère aux ordres de son cerveau, et elle appuie malencontreusement sur *Répondre* au lieu de *Raccrocher*. Elle dit presque *Oh, merde*, mais se félicite de s'être abstenue, car c'est la voix grêle d'Ann Traxler qui retentit au bout du fil.

« Dolly, vous êtes là ? C'est Ann, de l'église.

— Oui, je sais.

— Oh, vous avez la voix à moitié endormie. Vous faisiez une sieste ? J'aime bien faire la sieste dans l'après-midi, de temps en temps. Je ne vous ai pas réveillée, j'espère ? »

Dolly se mord la joue.

« Vous appeliez pour… ?

— Je ne savais pas si quelqu'un d'autre vous avait prévenue, c'est tout. Mais je pensais qu'il fallait que vous sachiez qu'il y a une messe spéciale ce soir. Vers 18 heures, a dit Eleanor, je crois. Un truc vraiment important. Tout le monde sera là.

— Ah. »

Ça lui paraît étrange que le reste du monde pense encore qu'elle est la même que celle qu'elle était hier. Ils n'ont pas idée. Ann Traxler, qui hier, au Safeway, disait : *On ne parle que de ça au poste de police, de ce qu'il a fait, ce garçon* – Ann ne se doute de rien. Elle a juste appelé Dolly comme si tout était pour le mieux dans le meilleur des mondes. (Et franchement, qui est-elle pour parler de son Noah comme ça, comme si Austin n'était pas un petit merdeux qui tapissait encore leur maison de papier toilettes quand il était en cinquième ?)

Ann est sans doute comme elle est à cause de cette femme qui est morte dans son salon de coiffure il y a quelques années. Elle est tombée raide morte pendant le shampooing, et Ann racontait qu'elle ne s'en était rendu compte qu'après avoir rincé la crème réparatrice. Dolly se souvient d'avoir pensé à l'époque qu'il y avait quelque chose de complètement grotesque dans l'idée de laver les cheveux d'une morte, et elle comprenait pourquoi Ann voulait en parler à qui était là pour l'entendre, pour essayer de se raccrocher à quelque chose. Mais depuis lors, elle déblatère sur tout et n'importe quoi, comme si la mort de cette femme avait fait céder un barrage dans sa gorge.

« Alors, vous serez là ? Ce serait vraiment sympa de vous voir, Dolly.

— Je ne sais pas. Je ne pense pas.

— Écoutez, Dolly, au sujet de ce que vous avez pu entendre au Safeway, moi et Eleanor, on ne voulait… »

Dolly coupe la communication et fourre le téléphone sous son oreiller. Pour la première fois, elle se dit que ça n'a pas dû être très marrant pour cette dame non plus, de mourir en entendant la petite voix grêle d'Ann Traxler.

Elle se lève à grand-peine et s'aperçoit – avec un sentiment d'horreur qui, elle en est sûre, appartient à sa mère – qu'elle porte encore ses habits de la veille. Personne ne devrait aller se coucher avec ses chaussettes. C'est bon pour les gens qui ont la goutte, ou ce genre de choses. Ça lui donne l'impression d'être ringarde, puis tout simplement vieille.

Avec un soupir, elle va appuyer sa tête contre la fenêtre, et regarde son haleine embuer doucement la vitre. Noah et Jude sont dans le jardin. Elle a vaguement conscience qu'on est lundi, et que Jude devrait être au collège, et Noah au travail, mais elle ne parvient pas à trouver l'énergie de s'en inquiéter. Noah ratisse les feuilles mortes devant la cabane du fond, dont le bois est si battu, si détrempé qu'on croirait qu'elle s'enfonce paresseusement dans la terre. Jude, assis à même le sol, regarde la porte de la cabane qui bat dans le vent.

Il a l'air lugubre, son patient petit Jude. Ils ont l'air lugubre tous les deux. Pendant un moment atroce, elle se demande s'ils savent. Mais elle met la main dans sa poche et sent les pages chiffonnées du journal intime de sa fille, et elle est rassurée : Non, ils ne peuvent pas savoir. Il n'y a que moi qui ai lu ça.

À présent, elle est presque certaine qu'Abigail est morte. Même si le shérif Gains ne lui avait pas annoncé les résultats des analyses du sang sur le gilet hier soir. *On ne peut toujours pas être sûr que le coup était fatal*, a-t-il dit. *Tant qu'on n'a pas de corps, on ne peut être sûr de rien.* Mais si ce qui est écrit sur ces pages est vrai, ça n'a pas grande importance. Si c'est vrai, alors Abigail était morte longtemps avant la nuit où elle a disparu.

Quel mot sombre, quel mot creux : « morte ». Ce genre de mot vous assomme d'un grand coup sur la nuque si vous le laissez faire, mais Dolly sait qu'elle ne doit pas, pas encore. Elle s'y livrera plus tard, quand elle aura décidé ce qu'elle doit faire de ces extraits du journal intime de sa fille. D'ici là, elle doit emballer étroitement ses sentiments et les remiser dans une boîte, pour plus tard. Les garçons sont des créatures si étranges, plus solides qu'elle par bien des côtés, mais si fragiles par d'autres. Ils vont avoir besoin qu'elle soit forte maintenant.

Ce n'est pas la mère qu'elle s'imaginait devenir lorsque la sage-femme a placé Noah dans ses bras pour la première fois. Sa peur de son mari, de ses poings et de ses cris, l'a poussée à mettre son bonheur, à lui, au-dessus du sien et de celui de ses enfants, mais qu'est-ce donc qu'un amour qui passe d'abord par la menace ? Et qu'est-ce qui ne tourne pas rond chez Samuel, pour qu'il veuille être aimé de cette façon ? Quelle misérable créature elle est devenue, en l'épousant. Elle a la sensation que l'amour est un concept très lointain, qu'elle ne mérite pas d'atteindre. Mais elle est maintenant capable de voir que ce n'est pas Samuel qui a raccroché si souvent au nez de Melissa Alvarez, qui a démissionné du comité des femmes de l'église, qui a refusé le réconfort de ses bras à ses fils. C'est Dolly, depuis le début. Il l'a enfermée dans une telle honte qu'elle s'est isolée de sa propre initiative.

Et à présent, à cause de ça, sa fille est probablement morte. Elle doit l'annoncer à ses fils. Elle va devoir l'annoncer à tout le monde, à un moment donné, afin que personne ne puisse la prendre par surprise, au Safeway, et lui demander si elle a du nouveau concernant Abigail. Mais comment une mère annonce-t-elle que son enfant est mort ? Elle imagine déjà la scène : ils voudront qu'elle soit malheureuse, car c'est à ça qu'ils s'attendent, donc c'est ce qui les mettra le plus à l'aise. Si elle essaie d'être autre chose, les gens seront déconcertés, et ils lui retireront toute sympathie. Le problème, c'est que Dolly ne sait même pas encore ce qu'elle éprouve.

Il devrait y avoir un numéro vert, se dit-elle, en observant ses fils en silence dans le jardin, qui ne se regardent pas vraiment dans les yeux. Un service qui prenne ces choses en charge à votre place. Un numéro qu'on puisse appeler, et qui annonce à tout le monde que l'un de vos enfants est mort, alors de grâce, pas de questions.

Emma balance légèrement les hanches en remontant la rue principale. En la regardant s'éloigner, Hunter, debout devant le *diner*, se demande pourquoi il a flippé comme ça. Quand il a vu son message tout à l'heure, il a eu une nausée atroce : Emma pose tellement de questions. Franchement, ça lui va bien, elle a beaucoup d'énergie, il ne l'avait jamais remarqué, mais elle ne lui laisse pas toujours le temps de préparer ses réponses. Or il a besoin de temps, pour certains des problèmes qu'elle soulève.

Son téléphone vibre dans sa main. Numéro inconnu, annonce l'écran, mais il décroche tout de même – il y a encore quelques personnes du lycée ou du camping qui l'appellent pour de la coke.

« Hunter, j'écoute », dit-il.

Silence.

« Allô ? »

Rien.

Hunter déglutit. Il regarde autour de lui, mais la rue est pratiquement déserte. Il protège sa bouche d'une main et chuchote : « Abi ? »

Il ne reconnaît pas la voix qui répond. Ça pourrait être un homme, mais le son est étranglé, comme si la personne parlait à travers un coussin.

« Tu sais ce que je peux te faire.

— Qui est-ce ?

— Tu sais ce que je peux te faire si tu parles. »

Hunter se fige. Sa gorge est affreusement sèche, mais il se force à répondre.

« Je l'ai dit à personne. Je le jure.

— T'avise pas de reparler à la fille Alvarez. Tu sais ce que je peux lui faire, à elle aussi. »

39

Jude voudrait n'avoir jamais montré cette photo à Noah. Son frère tourne en rond à pas lourds dans ses bottes à bout coqué, anciennement à leur père, et regarde d'un air meurtrier les bûches et les feuilles mortes, le visage aussi sombre que le ciel au-dessus d'eux est d'un blanc aveuglant. C'est un de ces après-midi qui font mal à la tête, quand la lumière semble s'infiltrer par les côtés de vos globes oculaires et s'enfoncer par à-coups dans votre crâne. Jude a envie de rentrer. Il fait froid assis par terre, mais il n'aime pas l'idée de laisser Noah tout seul quand il est comme ça.

Ce n'était sans doute rien, Abi et le Roumain. Ce mec apprécie vraiment son frère : Jude l'a bien vu quand il est resté là, estomaqué, au supermarché, comme si Noah venait de lui flanquer un coup de poing dans l'estomac, ce jour-là. Mais c'est ce que Jude a éprouvé aussi, quand son frère est rentré ce matin et qu'il lui a dit : *Pauvre imbécile. Dieu, Il fait rien du tout. Mets-toi ça dans le crâne et grandis.* Noah ne cogne pas comme le fait leur père, mais il n'en sait pas moins mettre les gens à terre.

Si on te gifle sur la joue droite, tends la joue gauche. Jude arrache un brin d'herbe et regarde le vent le soulever dans sa main. Il espère qu'il ne va pas arrêter de croire en Dieu. Dieu est comme ce bâton sur lequel il s'appuie. À ses séances de kiné, on lui dit que peut-être un jour il pourra de nouveau se tenir debout sans, et ce jour semble presque effrayant par son éloignement, même s'il le souhaite ardemment. Mais si quelqu'un lui retirait sa canne maintenant, il tomberait. Peut-être devrait-il aussi attendre un jour où il pourra tenir debout sans Dieu, mais pour l'heure, il a seulement l'impression que ça le ferait tomber de beaucoup plus haut.

Le vent s'intensifie, faisant s'écrouler le tas de feuilles de Noah, qui crie quelque chose vers le ciel juste au moment où la porte de la cabane claque. Jude se redresse vivement en entendant ce bruit. Il n'a jamais aimé cette cabane. Leur père y conserve de vieux cadavres – des ratons laveurs, des putois, parfois des chevreuils, il vend leur fourrure à des boutiques en ville et conserve les os en décoration –, mais Jude l'aime encore moins ces derniers mois. C'est dans la cabane qu'il a vu ce qu'il a vu, une nuit où il y avait encore de la neige sur le sol : une chose abominable pour laquelle il ne trouve pas de mots. Le vent retombe à présent, la porte s'ouvre et Jude doit détourner la tête de peur de voir de nouveau cette abomination.

Son estomac gargouille et il s'aperçoit qu'il a faim. Il a mangé un toast ce matin (il a voulu en apporter un à sa mère aussi, seulement elle dormait encore, assommée par le Valium), mais l'heure du déjeuner est passée depuis un bout de temps, et il est à peu près certain que Noah n'a rien mangé de la journée.

« On devrait aller faire des courses », dit-il.

Noah s'appuie sur son râteau et se passe une main dans les cheveux.

« Je suppose que tu veux que je te conduise.

— Je peux essayer de te faire un croque-monsieur, si ça te dit. »

Jude a regardé son frère en préparer assez souvent, les soirs où leurs parents étaient trop occupés ou trop en colère pour nourrir leurs enfants. Ça lui paraissait presque normal, à l'époque, tous trois assis sur la moquette élimée du salon, à boire du thé sucré en riant à cause des longs fils de fromage fondu. Souvent, leur père cognait sur le sol de l'étage au-dessus, et leur gueulait de la fermer ; alors le visage de Noah se refermait et il se retirait dans sa chambre. Mais à cette époque, de temps à autre, il leur arrivait de jouer à être comme tout le monde.

Noah pousse un soupir et appuie son front contre le manche de son râteau, comme s'il avait envie de se faire un trou dans la tête.

« Bon, OK, dit-il enfin. Attends-moi dans le pick-up. »

Jude se relève à l'aide de sa canne, mais il s'attarde un moment, regardant son frère s'essuyer le visage sur sa manche. Est-ce qu'il pleurait ? Jude ne s'en est pas rendu compte. Il veut que Noah sache qu'il est désolé. Désolé de lui avoir montré la photo, ou peut-être juste désolé que la photo existe. Peut-être qu'elle lui rappelle d'autres photos, il y a des années à présent, et tous les ennuis qu'elles ont entraînés. *Dieu ne te déteste pas pour ça*, se dit Jude, espérant que son frère peut absorber ses pensées dans l'atmosphère. Dieu ne déteste personne : c'est ce qui Le caractérise.

Mais à ce moment-là, Noah dit : « Je t'ai dit d'aller m'attendre dans le pick-up. Tu veux faire des courses ou pas ? » et Jude se rend compte que son frère n'a absolument pas entendu ce qu'il pensait.

Pendant un quart de seconde, comme il s'apprête à y aller, il croit apercevoir le visage de leur mère à la fenêtre, à l'étage. Il a envie de lui parler, mais on dirait qu'elle observe tout le temps depuis un point situé à une distance infranchissable. Jude baisse la tête et traverse rapidement le jardin en boitillant, sans relever les yeux. Il ne peut pas en être sûr, mais il lui semble qu'elle regardait la cabane, elle aussi.

Je vous en prie, Seigneur, se dit-il, que dois-je faire ? Que faire quand je sais quelque chose que je ne devrais pas savoir ?

Emma n'a pas bu une goutte d'alcool depuis une semaine. Sept jours pleins. Elle n'y a même pas vraiment pensé, jusqu'au moment où elle traverse le rayon bière et vin au Safeway avec Melissa : l'envie est toujours là, une espèce de faim qui gronde dans son ventre, mais ses contours sont plus doux, plus vagues, comme un souvenir à demi oublié.

Elle ne se raconte pas que c'est fini. Elle a été assez naïve pour le penser la semaine dernière, jusqu'à sa visite au camping-car de Rat, quand Noah lui a passé la bouteille d'eau-de-vie de pêche. La faim s'était réveillée violemment à ce moment-là, elle s'était mise à la ronger jusqu'à ce qu'elle ait envie de s'arracher l'estomac. Quand ces gens étaient arrivés et s'étaient mis à jeter des pierres sur les fenêtres, et que Rat l'avait tenue dans ses bras sous la table, tout lui avait semblé tellement surréaliste que ce n'était que la sensation très physique du verre se brisant sous ses pieds, tandis qu'elle retraversait le camping pour rejoindre sa voiture, qui l'avait convaincue que c'était bien arrivé. Ensuite, elle n'avait eu qu'un désir, se débarrasser de ce souvenir. Elle avait vomi, bu autant d'eau qu'elle avait pu en avaler, puis elle avait dormi d'une traite jusqu'au matin.

À son réveil, Emma avait eu le sentiment qu'une limite avait été franchie, que, quelque part, ce qui s'était produit dans le camping-car de Rat aurait pu être évité si elle n'avait pas été soûle. Elle n'avait rien bu ce jour-là – mais elle était allée trouver Hunter, et il lui avait donné matière à réfléchir, donc elle n'avait pas bu le lendemain non plus, ni le surlendemain, et à présent voilà qu'une semaine s'était écoulée. C'est ce qu'il y a de bien avec Hunter. Il ne la gave pas d'alcool en lui ordonnant de ne pas poser de questions, comme faisait Rat. Hunter est différent. Il veut l'aider.

« En quel honneur, ce sourire ? »

Melissa lui donne un petit coup de coude tandis qu'elles sillonnent le rayon boulangerie.

« Je suis de bonne humeur, c'est tout. »

Emma passe le bras autour de la taille de sa mère et la serre contre elle, humant son odeur de savon et d'oignon. Elle a l'impression que quelqu'un lui gonfle des ballons dans la cage thoracique et qu'elle risque de s'envoler d'une minute à l'autre.

Mais à ce moment-là, Melissa annonce : « Oh, les fils de Dolly », et Emma doit redescendre de son nuage. La mélancolie des frères Blake a toujours semblé avoir une orbite à elle, mais cet après-midi, ils semblent particulièrement sinistres.

« Noah, demande Melissa, comment va ta mère ? Elle avait l'air un peu à cran hier, quand je suis passée. »

Emma se dit que sa mère est bien polie. Dolly Blake est toujours à cran.

Noah se cramponne à son sachet de pain de mie – *parfait pour griller*, dit le paquet – comme à une bouée au milieu d'un lac, et quand Melissa mentionne sa mère, il le serre encore plus fort.

« Maman est fatiguée, ces temps-ci, répond-il. Toute cette histoire avec Abi. Ça fait presque un mois, maintenant.

— Un mois et un jour, ajoute Jude. Sept cent quarante-quatre heures. »

Ça semble trop peu à Emma.

« La pauvre, je ne peux pas imaginer, fait Melissa. Vous savez, si elle a du mal à dormir ou quelque chose comme ça, vous n'avez qu'à l'envoyer à la clinique. On a un nouveau…

— Non, coupe Noah. Elle n'a pas de mal à dormir. Merci. »

Jude a fait quelques pas vers un étalage de kouglofs, mais il fixe Emma des yeux. Elle laisse sa mère, qui adresse un sourire gêné à Noah, et s'avance vers lui comme on s'approcherait d'une biche dans la forêt.

« Salut, ça va ? »

Jude tapote la poignée de sa canne du bout des ongles.

« Qu'est-ce que tu faisais sur la route hier soir ?

— Ah. » Elle a réussi à ne pas y penser depuis qu'elle a laissé Hunter au *diner*, mais à présent le souvenir lui retombe dessus tel un filet. « Je cherchais un truc, c'est tout.

— Un truc en rapport avec Abi ?
— Qu'est-ce qui te fait dire ça ?
— T'essaies pas de découvrir ce qui s'est passé ? Je crois pas que la police fasse beaucoup d'efforts. Ils nous appellent presque plus. Ils veulent même pas nous dire ce qu'il lui est arrivé d'après eux. Le shérif Gains dit qu'officiellement elle est disparue, mais… »
Jude a le même regard un peu fou que sa mère. Il presse ses lèvres et tapote sa canne, mais il ne cesse de la fixer.
« Jude, tu sais quelque chose ? »
Il arrête de tapoter.
« Quoi ? »
Il regarde par-dessus son épaule, à présent, en direction de son frère, toujours cramponné à son sachet de pain de mie. Noah lance, non sans douceur : « Allez, mon gars, on y va » et Jude s'éloigne en boitillant, recommençant à regarder tout sauf Emma.
« Les pauvres, dit sa mère tandis qu'elles observent les frères disparaître au coin de l'allée. C'est vrai qu'ils sont bizarres comme tout, mais quand même. Imagine un peu ce qu'ils doivent vivre.
— Ouais, approuve Emma. Bizarres. »

Parler à Jude a tout fait remonter, et quand elles arrivent à la maison, Emma essaie d'appeler Hunter.
Voleur de flingue – c'est ce qu'a dit son père. Jerry Maddox les a coincés dans son bureau et l'a traité de voleur de flingue.
Emma ne sait de la balistique que ce qu'elle en a vu à la télé, mais *a priori*, les flics n'auraient pas arrêté Rat si son arme ne correspondait pas à la douille qu'ils ont retrouvée. Elle sait que Rat n'a rien à voir

là-dedans parce qu'il était en train de s'envoyer en l'air avec Noah Blake, mais quelqu'un a tiré un coup de feu cette nuit-là. Quelqu'un a répandu ce sang sur le gilet de laine d'Abigail, seulement ça ne peut pas être Hunter. Ça ne se peut pas. Après tout, il l'aide. Il s'est fait cogner par son père pour elle. Il y a une autre explication, elle en est certaine. Il faut juste qu'elle lui parle.

Mais Hunter ne décroche pas. Ni la première fois, ni la seconde. L'appel part systématiquement sur messagerie, et Hunter, assis tout seul dans sa chambre avec une cigarette qui tremble entre ses doigts, regarde son téléphone sonner, sans oser répondre.

40

Alors

« Nous pouvons être des étrangers pour nous-mêmes, mais Dieu nous voit », déclare le pasteur Lewis. Agrippé à sa bible, il est une silhouette obscure, sans visage dans le contre-jour, avec la lumière de l'été qui afflue par la vitre derrière lui. « Le Seigneur connaît vos cœurs, à tous, jusqu'au dernier. Il voit le péché, mais Il voit aussi le choix conscient que vous avez tous fait de venir ici aujourd'hui, dans Sa maison, pour rendre grâce à Sa gloire et, lorsque le temps sera venu, séparer les brebis d'avec les boucs. Ceux qui ont été justes au nom du Seigneur seront toujours justes. Dieu nous *voit*, mes frères et, par conséquent, Il nous *connaît* – mais le connaissez-vous ? »

Abigail se pose la question.

Les Blake sont toujours les premiers à quitter l'église, car ce sont eux qui s'assoient le plus près de la porte, dans le fond, et tout le monde semble estimer que c'est là leur place. Et ils n'ont jamais essayé de s'asseoir ailleurs. Épongeant son front moite tandis qu'ils sortent l'un après l'autre pour rejoindre le parking, la mère d'Abigail dit : « Je voudrais passer au supermarché avant de rentrer. »

Son père secoue la tête.

« Dolly, tu y es allée hier. L'argent, ça pousse pas dans les arbres. »

Abigail danse d'un pied sur l'autre, sentant la chaleur du béton à travers la fine semelle de ses chaussures.

« Je viens avec toi, Maman.

— Sam, tu veux quelque chose ? »

Samuel jette un coup d'œil à sa femme et à sa fille, puis crache par terre.

« Un pack de six Lone Star. »

Dolly entraîne Abigail et Jude vers l'autre bout du parking pendant que les autres paroissiens émergent de l'église, clignant des yeux dans le soleil de midi comme s'ils se réveillaient d'un long sommeil.

« Noah, tu viens ? lance leur mère par-dessus son épaule.

— Je vais faire un tour en bagnole. »

Abigail le regarde s'en aller dans l'autre sens, le dos voûté, les épaules remontées, les poings au fond des poches. Presque arrogant dans sa réserve. Il va dans les bois. Elle le sait parce qu'elle l'a suivi.

Dans les ruines de l'ancienne maison Winslow, Noah pousse Rat contre la maçonnerie éboulée et l'embrasse avec ses dents contre sa gorge. Il le baise jusqu'à ce qu'il cesse de parler anglais et ils s'écroulent dans les fougères tendres tandis que la brise de la montagne souffle sur eux, rafraîchissant leurs torses couverts de sueur. En cet instant, ils ne sont pas seulement deux quasi-inconnus couchés sur la terre, ils sont une chose infiniment plus douce : des lettres d'amour anciennes, des poèmes d'Oscar Wilde, des lèvres pressées tendrement contre le dos d'une main – ils sont des amants. L'épaule de Rat est lustrée comme de la cire contre la joue de Noah, et il sait qu'il lui suffirait de bouger imperceptiblement pour l'embrasser à cet endroit.

Au lieu de ça, il dit : « Je crois que je m'y prends mal.

— Fais-moi confiance, l'enfant de chœur, tu t'y prends très bien.

— M'appelle pas comme ça. Et tu sais que c'est pas ça que je voulais dire. »

Rat se soulève sur un coude, faisant son sourire en demi-lune, et les branches de tremble encadrent son visage comme une couronne païenne.

« OK, Blake, alors explique-moi ce que tu voulais dire.

— Je ne… » Noah se mord la lèvre impatiemment. Frustré que les mots ne sortent pas comme il le voudrait. « Je suis pas comme toi. Je sais pas comment on fait. Je fais pas partie de "la communauté" comme toi.

— Qui a dit que j'en faisais partie ? ricane Rat. Écoute, Blake, si tu parles de la communauté gay ou je sais pas quoi, c'est pas une espèce de club archisélect dans lequel il faut prendre sa carte pour valider ce que tu ressens. » Il souffle dédaigneusement et coince ses cheveux derrière son oreille. « Genre, je parie que tu te tapes pas tous les repas de quartier, les pièces de théâtre scolaires et les soirées danses trad de Whistling Ridge, mais tu fais quand même partie de cette stupide ville, non ? Il existe une communauté si tu as besoin du soutien des tiens, mais c'est tout. C'est pas une obligation.

— Je crois pas que je puisse appeler personne "les miens".

— Mais si, dit-il, passant le pouce sur la ligne brisée du nez de Noah. Il y a moi, non ? »

Noah laisse Rat se pencher et l'embrasser. Il se dit : *Nous pouvons être des étrangers pour nous-mêmes, mais Dieu nous voit.* Le soleil de l'après-midi baigne Rat d'une chaude lumière verte et, lorsque Noah le regarde dans les yeux, il lui rend son regard.

Au Safeway, Abigail et Jude se plantent au rayon frais pour profiter du brumisateur installé au-dessus des légumes. Ils ne s'en trouvent pas particulièrement rafraîchis, mais ça fait rire Jude, et Abigail l'aime pour ça, pour son rire. Personne d'autre chez eux n'en semble capable.

« Arrêtez ça, tous les deux, les gronde leur mère. Vous allez abîmer vos habits de messe. »

Le supermarché est plein de touristes. Abigail ne peut voir leurs yeux sous leurs grosses lunettes de soleil ; petite, elle se demandait s'ils avaient même des yeux. Elle les déteste, car ils ne l'aideront pas. Tant de fois, depuis la nuit où leur père a fait le trou dans le mur, elle a brûlé de courir vers l'un d'eux pour lui dire : « Je vous en prie, emmenez-moi, il se passe des choses affreuses ici », mais elle ne le fait jamais. Ils la prendraient pour une folle, et ils auraient peut-être raison.

« Abi, ma chérie, tu veux des fraises ? »

Quand sa mère soulève une barquette, Abigail remarque que les fruits sont déjà en passe de se gâter, trop rouges et mous, comme du sang et des tripes.

« Non, merci, Maman. Elles seront pourries le temps qu'on arrive à la maison.

— Elles sont pas chères.

— On pourra pas les manger. Elles vont se perdre. »

Dolly hausse les épaules et met tout de même la barquette dans son chariot.

« Non, Maman, vraiment.

— Tu changeras peut-être d'avis tout à l'heure. »

Tout à coup, Abigail a envie de hurler, envie de cogner sur la poignée du chariot jusqu'à ce que tous ses doigts soient rouges et gluants comme les fraises. Non, se dit-elle. Maman, j'ai dit NON. Pourquoi tu ne m'écoutes pas ? Pourquoi personne n'écoute jamais ?

Jude place la main sur son bras.

« Tout va bien, Abi ?

— Faut que j'aille aux toilettes. »

Tandis qu'elle traverse le supermarché d'un pas précipité, elle entend le pasteur Lewis en train de dire : *Le Seigneur connaît vos cœurs, à tous, jusqu'au dernier.* Enfermée dans les toilettes, elle déroule des kilomètres de papier et les fourre sous sa jupe, entre ses cuisses nues, jusqu'à ce qu'elle ne sente plus d'espace entre les deux. *Il voit le péché.* Elle laisse sa tête retomber contre le carrelage frais et inhale profondément l'odeur étouffante de désinfectant, la respiration hachée.

Non. Elle a dit *non.* Quand est-ce que ce mot a perdu sa signification ?

À présent

Quand Noah et Jude rentrent du supermarché, leur mère est appuyée contre le plan de travail et fume avec application. La maison a toujours pué la clope, mais c'est la première fois que Noah se surprend à vraiment détester l'odeur. Peut-être qu'elle lui rappelle un peu trop quelqu'un d'autre. Peut-être. Tout ce qu'il sait, c'est qu'il doit sortir de là, alors il s'éclipse dans le jardin pour finir de ratisser les feuilles mortes abandonnées un peu plus tôt.

Il se dit que maintenant, peut-être, il comprend pourquoi sa mère a besoin de s'occuper constamment les mains, tous les membres, même. Depuis cette entrevue dans le bureau du pasteur Lewis, Noah a l'impression d'être une marionnette qui, découvrant soudain qu'on lui a coupé les cordes, vient de se lever pour s'en aller. Sauf qu'à présent, sans Rat, il ne sait plus où se mettre. Il ne sait plus comment continuer.

Il sort son téléphone et constate qu'il a un appel manqué et un message vocal. Il est content de ne pas voir son propre visage lorsque les mots retentissent.

« Salut, Blake, c'est moi. Écoute, je me tire d'ici. Ça va me prendre un petit moment de mettre tout en ordre dans le camping-car, mais je pense que je serai prêt à partir vers 18 heures. J'ai pas menti, tu sais, ni au sujet de la photo, ni du reste. Je t'attendrai. Une heure. Et si tu viens pas… Bon, j'espère que tu vas venir, Noah. »

41

« Gardez-vous des faux prophètes. Ils viennent à vous en habits de brebis. » Le pasteur brandit sa bible. « Mais au-dedans ce sont des loups ravisseurs. »

Assis coude à coude avec Bryce Long, Cole Weaver et les autres gars de l'équipe de basket, des mecs, des vrais, Dalton Lewis regarde son père prêcher sur sa petite estrade. Il sent encore un relent d'essence, à demi couvert maintenant par l'odeur musquée des paroissiens une fois terminée leur journée de travail. Après les cours, sa mère l'a fait mettre à genoux pour frotter la moquette jusqu'à s'en écorcher les mains et, à présent, faisant craquer ses doigts rouges, il se réjouit intérieurement que le gitan ait perdu sa boucle d'oreille. Oh, ce qu'il est content.

« Cet étranger, il débarque en ville avec sa grosse moto et ses cheveux longs, et certains d'entre nous se laissent embobiner par ses paroles mielleuses, son soi-disant idéalisme, son progressisme. Certains d'entre nous lui offrent l'hospitalité de bonne foi, l'invitant à se mêler à notre précieuse communauté. Mais derrière notre dos, il corrompt nos enfants avec drogues et perversion homosexuelle. »

Lorsque le père de Dalton parle d'*hospitalité de bonne foi*, Jerry Maddox hoche vigoureusement la tête et regarde ses voisins d'un air insistant jusqu'à ce qu'ils l'imitent.

« Dans la Bible, quand Matthieu évoque le loup en habit de brebis, c'est précisément de ce genre de séducteur qu'il parle, mais mes frères, vous saurez exactement quand on tente de vous égarer, car ces gens ne sont pas fidèles aux enseignements de Jésus-Christ. Non, il devrait être clair pour nous tous qu'aucun bon chrétien n'irait entraîner un membre *de cette assemblée même* à commettre le péché de sodomie. Aucun bon chrétien n'irait tenter d'intoxiquer des mineurs avec des substances illégales et addictives. Et aucun bon chrétien ne tenterait d'*incendier* un lieu d'adoration du Seigneur ! »

Plusieurs fidèles étouffent un petit cri dans les rangs. Toute l'assemblée s'agite comme si le père de Dalton avait flanqué un coup de pied dans une fourmilière.

« Mais moi… » Le pasteur Lewis secoue la tête, main sur le cœur, affectant un chagrin si profond que Dalton lui-même y croit presque. « Il me revient de prendre mes responsabilités ici, comme nous tous. Ce n'est que quand nous suivons sincèrement la parole de Dieu, quand nous vivons, respirons et prêchons le message de Dieu à chaque tournant – ce n'est qu'ainsi que nous pouvons reconnaître un loup lorsqu'il s'installe en notre compagnie. Et mes frères, mes sœurs, quel loup avons-nous laissé entrer ! »

Là, le père de Dalton sort de sa poche la boucle d'oreille du gitan, qu'il brandit bien haut de façon que le croc de loup jette une lueur mauvaise dans l'éclairage jaune.

« De nos jours, on nous traite d'intolérants quand nous essayons de défendre nos droits de citoyens moraux de ce monde et, par-dessus tout, de chrétiens. Eh bien, moi, je dis que nous avons été aussi tolérants que possible, vous ne croyez pas ? Dans le Livre de l'Exode, il est dit clairement que si malheur arrive, le coupable paiera vie pour vie, œil pour œil, dent pour dent, main pour main, pied pour pied – incendie pour incendie, mes frères, *incendie pour incendie* ! »

Et c'est cette formule que scandent les paroissiens en sortant de l'église – ils s'entassant dans leurs voitures et pick-up et se dirigent en convoi vers le camping dans les hauteurs. Dalton fait un saut au rayon bricolage du Safeway avec les autres mecs de l'équipe de basket pour acheter des torches de jardin. Devant la caisse automatique, il beugle quelque chose sur la justice et la moralité, et deux types en train de payer au rayon épicerie se joignent à eux. Dalton s'imagine, un bref instant, que c'est ce qu'éprouve son père quand il se tient face à ses fidèles, et ça lui plaît. Aboyant comme une meute de chiens sauvages, les jeunes gens brandissent leurs flambeaux de fortune face à la nuit qui tombe.

Dolly frissonne et se recroqueville dans son manteau. L'enseigne électrique de la clinique est allumée – elle déconne un peu, mais elle s'intègre tout de même au bourdonnement choral de la nuit américaine – et pourtant il n'y a personne à l'intérieur. Elle s'en veut de n'être pas venue plus tôt, quand elle était sûre que Melissa était encore de service. Melissa aurait su quoi faire de ces pages de journal intime ; elle aurait pu l'aider. Mais pour l'instant, Seventeenth Street est étrangement déserte. Le sol humide est baigné du reflet des néons, et on entend la mélopée lointaine et familière du CD du *Meilleur du violon irlandais* qui s'élève du pub O'Shannon's, à une centaine de mètres de là, cependant il n'y a pas un chat dans la rue. Même pour un lundi soir, Dolly sent qu'il y a quelque chose d'anormal.

Elle sursaute en entendant des pas dans la ruelle d'en face. Sauf que ce sont des pas trop légers et trop rapides pour appartenir à un homme, et quand la petite Chrissy Dukes débouche sur le trottoir, Dolly pousse un soupir de soulagement. Elle lève une main pour la saluer, mais la jeune femme se précipite jusqu'à l'Aurora, haletant comme si elle avait couru tout du long, et après avoir brièvement bataillé, en vain, avec ses clés, elle finit par tambouriner contre la vitre du plat de la main.

« Papa ! Hé, Papa ! » Elle recule, et crie en direction de la fenêtre à l'étage. « Papa, faut que tu descendes tout de suite, c'est Beau, il a pris le pick-up ! »

Mais il n'y a pas de lumière et personne ne répond.

Dolly agite de nouveau la main.

« Chrissy ? Tout va bien ?

— Oh, Mrs Blake ! » Chrissy se prend la poitrine. « Vous m'avez flanqué la trouille. »

La fille est trop petite, elle a trop de poitrine, et les cheveux trop raides pour être Abigail, mais Dolly se surprend à lui dire doucement : « Qu'est-ce qu'il y a, ma chérie ?

— C'est mon frère, il est allé écouter cette saleté de sermon. Bon Dieu, Mrs Blake, je jure qu'ils sont tous partis lyncher ce pauvre gars.

— Quel gars ?

— Vous savez, ce gars ! Celui dont ils disent tous… » Elle baisse les yeux un instant sur les chaussures de Dolly et lorsqu'elle les relève, elle a les joues très roses. « Il venait ici de temps en temps. Je sais juste que Noah l'aimait beaucoup, c'est tout.

— Attends, tu veux dire le gitan ? »

Chrissy se mord la lèvre et fait oui de la tête.

« Je suis hyper inquiète pour Beau – vous connaissez mon frère ? Ces mecs avec qui il traîne, ils peuvent être super méchants, et il se laisse entraîner très facilement. J'ai pas envie qu'il fasse quelque chose qu'il va regretter. »

Une gentille petite, se dit Dolly, de s'inquiéter pour son frère comme ça.

« Écoute-moi, ma chérie. On va aller au poste et prévenir le shérif.

— Non, non, pas possible ! Il y avait des flics, à la messe, Mrs Blake. Je les ai vus. Ils vont laisser faire, je le sais. »

Dolly regarde le petit nuage de vapeur qui s'élève à chacune des petites respirations nerveuses de Chrissy et essaie de réfléchir, mais la seule chose qu'elle parvient à visualiser, c'est le visage du jeune gitan. Elle le revoit au poste de police avec son bigoudi, la façon dont il regardait Noah ce jour-là.

C'est seulement lorsqu'elles se taisent toutes les deux qu'elle s'aperçoit qu'elle n'entend plus la musique de chez O'Shannon's. Les deux femmes s'enfoncent dans la nuit, et Dolly ne sait pas ce qu'elle essaie de distinguer, mais elle est presque certaine d'entendre au loin un concert de moteurs qui se dirigent vers la route de la montagne.

42

Alors

« Tu vas pas dans les bois pour te trouver, explique Samuel à sa fille quand elle a treize ans. Tu vas dans les bois pour te perdre, et tu le dois, sans quoi la forêt saura que tu n'es pas à ta place et elle t'emportera dans ses mâchoires. »

Ils randonnent sur le souvenir d'une piste ancienne désormais encombrée de cadavres gris d'arbres tombés. Quelque part, un peu plus haut, Samuel entend une chute d'eau, mais le son voyage différemment dans la forêt et il est difficile d'évaluer à quelle distance pour l'instant. Il l'explique à Abigail, qui hoche la tête, son visage patient luisant de sueur.

« Si un jour tu te perds par ici, tu cherches la rivière, dit-il. La Big Thompson coule vers l'est et traverse la ville, donc à partir de là, tu peux retrouver ton chemin.

— Mais je vais pas me perdre, si ? Je t'ai, toi. »
Elle lui donne un petit coup de coude, et il lui répond :

« Bien sûr, ma petite, je laisserai rien t'arriver si je peux l'empêcher. Mais c'est ça le truc avec la nature – on ne peut pas toujours l'empêcher. »

Ils arrivent devant les vestiges d'une vieille clôture couverte de mousse et à demi enfoncée dans la terre. En l'enjambant, Abigail se prend le pied dans un fil barbelé qui lui déchire l'arrière de la cheville.

« Tout va bien, tout va bien. » Samuel la fait asseoir parmi les aiguilles de pin printanières, retire son débardeur et en tamponne la blessure pour éponger le sang. « Voilà, tiens-le bien serré. Dis, Abi, écoute-moi bien, il faut que tu fasses ce que je dis. »

Il voit sa fille cligner fort des yeux, fixant le tissu autour de sa cheville, que des taches rouge sombre commencent à traverser.

« Qu'est-ce que je dis toujours à ton frère ? Qu'est-ce que tu obtiens si tu pleures ?

— Une lèvre fendue.

— C'est ça. Maintenant tiens bien, appuie bien fort, et ça va s'arrêter, OK ? »

Il pose une main sur le sommet de sa tête et ses cheveux sont doux et chauds. Pendant un instant, il est de retour dans la jungle, la main dans les cheveux d'Alex Major pour le faire tenir immobile alors qu'il se convulsait sur le sol chauffé par le soleil – Samuel avait beau appuyer sur le trou dans son ventre de toutes ses forces, il perdait tout son sang.

« Dis à ma mère que j'ai pas pu faire autrement », avait demandé Alex. Il n'avait que dix-huit ans, comme Samuel. « Que mourir dans un endroit comme ça. »

À présent, Samuel regarde sa fille qui tressaille à peine en appuyant sur sa plaie. Elle serre la mâchoire comme si elle savait qu'elle a un travail à accomplir et comptait le mener à bien sans une plainte. Chaque fois qu'il peut lui enseigner quelque chose, ça donne du sens à tout le reste.

Son débardeur plein de sang fermement attaché autour de la cheville d'Abigail, ils continuent jusqu'à la chute d'eau. Quand, à leurs ombres sciées, il voit qu'il est midi, ils s'allongent sur les rochers au bord de la rivière, mangent les barres chocolatées que Dolly leur a emballées, et écoutent l'eau couler.

« Ça a toujours été mon bruit préféré, lui dit Abi. Ça m'aide à faire taire tout le reste.

— Je vois ce que tu veux dire, ma petite. » Le soleil cogne sur les rochers sous ses mains, et il s'efforce de chasser le jeune Alex Major de ses pensées.

Il aurait eu cinquante-huit ans cet été, s'il avait survécu. Pareil que Samuel. Ce n'est pas humain, de mourir comme ça, se dit Samuel, mais il lui arrive de se demander si c'est humain de vivre comme ça. Ses articulations le font souffrir et n'arrêtent pas de craquer, ces derniers temps ; parfois le son des coups de feu l'excite, d'autres fois, le plus léger bruit lui donne envie de s'arracher les oreilles. Et lorsqu'il ferme les yeux, encore maintenant, assis dehors dans le Colorado, par une journée ensoleillée, les ombres de la jungle sont toujours là, le corps de la pauvre Hoa en train de le fuir ne le quitte pas. C'est comme si quelqu'un avait soudé la forme de la jeune femme à l'intérieur de ses paupières.

Mais lorsqu'il les rouvre à présent, il y a Abigail, allongée sur le rocher, ses bras minces couverts de taches de rousseur coincés sous sa tête, ses cheveux roux brillants. Comme un phare. C'est ça qu'elle est pour lui. Quand il se perd dans ces souvenirs sombres, abjects, il parvient toujours à retrouver son chemin vers elle, sa lumière, son guide. Elle est plus facile à trouver que Dieu, quelquefois, même s'il ne l'avouerait jamais à personne.

L'eau bouillonne et fait des bonds comme si elle était vivante. Samuel se dit : À l'automne, je l'emmènerai en aval pour pêcher des saumon kokani pendant qu'ils remontent le courant. Je lui montrerai comment préparer ses propres mouches, et on pêchera notre dîner, on le fera cuire sur place, à la belle étoile. Il ne peut imaginer, assis là parmi les arbres silencieux avec sa fille, en écoutant la rivière, que ce sera leur dernière excursion dans les bois ensemble. Deux semaines plus tard, il battra son frère jusqu'au sang à cause de quelques photos sur son ordinateur, et Abigail, son Abigail, refusera désormais de rester seule avec lui.

Pour l'instant, il lui sourit et dit : « Dis, ma petite, enlève tes chaussures. Je vais t'apprendre un nouveau truc aujourd'hui. »

Abigail fait ce qu'il lui dit, avec une petite moue lorsqu'elle décolle le tissu gluant de sa cheville.

« Je crois que ça s'est arrêté de saigner.

— Je te l'avais dit. Maintenant, viens là. Tu te rappelles que je t'ai raconté que des fois on devait se cacher du Viêt-cong en plongeant sous l'eau ? »

Elle le regarde en plissant les yeux dans le soleil.

« Qu'est-ce qu'on fait ? »

Samuel regarde la rivière qui tourbillonne sous le martèlement incessant de la cascade.

« Tu vas apprendre à retenir ta respiration. »

À présent

« Où est ta mère ? »

Samuel, dans le vestibule, fixe l'emplacement de la croix de pierreries manquante sur le mur. Le contour est toujours là, car la peinture s'est défraîchie autour, mais à présent, le trou est recouvert par un morceau de papier cadeau, vers lequel Jude jette des coups d'œil pleins de remords. Les paillettes qui scintillent à la lumière semblent les narguer tous les deux.

« J'ai dit où est ta mère ?

— Elle est sortie tout à l'heure, elle n'a pas précisé où elle allait. Papa, elle a été bizarre toute la journée. J'ai essayé de t'appeler, mais…

— J'étais à la scierie, tu le sais bien, non ? Je suis sorti hier soir et j'ai travaillé toute la journée, ce qui est plus que je peux en dire pour toi, mon vieux. Pourquoi j'ai reçu un appel pour me prévenir que t'étais pas au collège ?

— Je devais rester avec maman.

— Ton frère aurait dû s'occuper de ça. Il est où ?

— Il a dit qu'il allait prendre de l'essence. »

Son fils jette un coup d'œil à la pendule et tapote sa canne d'un doigt.

Samuel montre le papier cadeau d'un signe de tête.

« Ça s'est passé quand ?

— Je ne sais pas, m'sieur. Enfin, c'est moi qui ai mis le papier, mais la croix avait déjà été enlevée quand je suis rentré hier soir.

— Et ta mère en a pas parlé ?

— Non, m'sieur. Elle a pris un Valium, et elle a dormi toute la journée. »

Samuel hoche de nouveau la tête et s'étire un peu le dos.

« Ta mère, elle devient un peu folle, de temps en temps. Tu le sais, n'est-ce pas ? Pas très claire dans sa tête. »

Jude regarde de nouveau le carré de papier sur le mur et plisse les lèvres.

« Je ferais bien d'aller la chercher. Pas bon pour une femme de traîner en pleine nuit quand elle a pas toute sa tête.

— Oui, m'sieur. »

Samuel se frotte les yeux et, en écartant son fils pour passer, il se dit, à sa propre surprise : C'est un bon garçon, Jude.

Dans la cuisine, il se sert un verre d'eau et s'appuie contre l'évier, écoutant le petit bruit régulier de la canne de son fils sur le plancher tandis que celui-ci s'approche de la porte de la pièce. Sans cette canne, il aurait peut-être pu en faire quelque chose, de celui-là. Jude n'a pas la flamme qu'avait Abi, mais il sait obéir, en bon petit soldat. C'est dommage, vraiment. Trop d'années les séparent à présent – cinquante, s'il ne se trompe – et ça fait plus long que la vie entière de la plupart de ses amis. Il lui vient à l'idée que peut-être, il devrait dire ça à son fils, ou quelque chose dans ce goût-là, ou au moins : T'es un bon petit gars. Mais à quoi cela servirait-il à présent ?

Samuel lève les bras au-dessus de sa tête et tire sur son coude pour faire craquer son épaule en poussant un grognement sonore. Sur le seuil de la cuisine, Jude le regarde bizarrement, comme s'il venait tout juste de le reconnaître.

Le téléphone d'Emma sonne juste au moment où elle se met à table pour dîner avec sa mère.

« Tu ne réponds pas ?

— Maman, on a jamais l'occasion de dîner ensemble. Ils rappelleront ou laisseront un message, si c'est important.

— Mais c'est qui ? »

Emma jette un coup d'œil sur l'écran.

« Oh, c'est bizarre, c'est Jude.

— Jude Blake ? Tu ferais mieux de répondre alors. C'est peut-être au sujet de sa mère.

— Emma ? » La voix de Jude semble très proche, mais avec un léger écho, comme s'il tenait ses mains en coupe autour du combiné. « Salut, Emma. Tu peux parler, là ? Il faut que je te dise un truc.

— Qu'est-ce qui va pas ?

— Je n'arrive pas à communiquer avec ma mère ou Noah, mais il faut que tu… C'est juste, si t'essaies vraiment de découvrir ce qui est arrivé à Abi, il y a une chose qu'il faut que tu saches. C'était à la toute fin du mois de mars, je crois que j'ai vu… »

Il y a un bruit sourd, et la ligne devient silencieuse.

43

Au moment où Noah arrive, le camping-car est déjà en feu. Il sent la chaleur sur son visage en descendant de son pick-up, et voit la fumée qui s'élève au-dessus des arbres avant les flammes elles-mêmes. Mais, d'instinct, il sait ce qui brûle.

Il était 18 h 30 quand Noah a quitté la maison. Il a lancé : « J'ai presque plus d'essence. Je fais un saut à la station-service, tu le diras à Maman quand elle reviendra. »

Jude a répondu : « Tu peux prendre du dentifrice ? J'ai oublié d'en acheter tout à l'heure », et Noah a promis d'y penser, puis il a fourré sa valise à l'arrière de son pick-up et il a quitté la maison de son père. Je t'attendrai, avait dit Rat. Une heure. Noah a pensé à la manière dont Rat l'a regardé, cet après-midi-là, dans les bois, il y a des mois, et il a pensé à la tête qu'a fait Rat en lui disant de ficher le camp ce matin même et, une fois au volant, il a appuyé sur le champignon.

À présent, il traverse le camping en courant, dépassant les habitants qui se tiennent sur le toit de leurs mobile homes pour regarder, enjambant les sillons profonds et boueux laissés dans la terre par un chaos de voitures et de pick-up, écartant la foule de pékins qui hurlent comme des coyotes, rendus encore plus inquiétants par leurs tenues du dimanche.

Un feu de cette ampleur n'a pas vraiment de forme. Ce n'est qu'une énorme masse de flammes et de fumée qui jaillit des fenêtres brisées, d'un orange vif qui tranche sur le ciel nocturne. La porte s'arrache, noire et incandescente, et tout le véhicule se met à céder par le milieu. La fumée épaisse qui pue le métal brûlé bloque toute vue de l'intérieur, et laisse un goût bizarrement sucré au fond de la bouche.

La chaleur est pareille à une chose solide qu'il lui faut extraire à mains nues, et quelqu'un le saisit par-derrière et tente de le retenir. Du coin de l'œil, il aperçoit le pasteur Lewis, d'une pâleur fantomatique dans la pénombre. Les contours de sa silhouette palpitent dans l'air brûlant qui brouille la vue de Noah.

« Le feu est l'instrument purificateur du Seigneur ! crie le pasteur, bras levés. Si malheur arrive, tu paieras brûlure pour brûlure ! »

Noah ne se souviendra pas de ce qu'il dit à ce moment-là, s'il dit quoi que ce soit, car c'est là que commencent les hurlements. Des jeunes mecs dans la foule – des jeunes qu'il a connus toute sa vie – se mettent à pousser des hourras en agitant des torches au-dessus de leurs visages zébrés de sueur. Les êtres humains, en fin de compte, brûlent sans originalité. Les êtres humains, quand ils brûlent, hurlent comme des animaux, et ni les hourras des garçons, ni les diatribes du prêcheur, ni le feu lui-même qui gronde aussi fort que le moteur d'un semi-remorque, ne parviennent à couvrir ce son.

Noah décoche une ruade à l'homme en sueur qui le retient et le sent fléchir. Il se libère et flanque un coup de coude dans les dents d'un autre qui tente de le saisir par le bras. Quelqu'un le frappe entre les épaules avec un objet dur, et il chancelle mais ne tombe pas. Au moins, son père lui a appris ça.

Il croit, à la dernière minute, par-dessus les beuglements des hommes et des femmes, par-dessus le crépitement de la fournaise, entendre sa mère crier son nom. Mais à ce moment-là, Rat pousse un nouveau hurlement, et il ne reste que le feu.

Dolly, qui est arrivée juste à temps pour voir Noah disparaître dans le camping-car en flammes, repense au fameux matin, dix-huit ans plus tôt, où, en rentrant à la maison, elle a trouvé son fils enfermé dans le placard de la chambre. *Tu pues, c'est immonde*, c'est ce qu'elle dit à un petit garçon qui attendait seulement qu'on le prenne dans ses bras, et à présent, elle se demande : « C'est à ça que je l'ai poussé ? »

Elle hurle son nom jusqu'à se déchirer les cordes vocales, et la femme du pasteur doit la retenir pour l'empêcher de le suivre dans le brasier.

« Il est mort ? » demande quelqu'un.

Dolly regarde son fils sortir du camping-car en titubant et déposer le corps de ce pauvre garçon dans l'herbe avant de tomber à genoux à côté de lui, crachant de la fumée par violents haut-le-cœur.

Elle s'avance vers lui d'un pas vacillant.

« Noah ! »

Il y a un mouvement dans la foule, certaines personnes courent vers leurs voitures, d'autres jouent des coudes pour mieux voir.

« Qu'est-ce qui se passe ? »

« Qu'est-ce qui est arrivé au fils Blake ? »

Et quelqu'un crie : « Appelez les pompiers avant que la forêt se mette à cramer ! »

Le visage noirci de Noah se tord lorsqu'il baisse les yeux sur la silhouette avachie dans ses bras.

« Réveille-toi, Rat. Je t'en prie, réveille-toi… »

Il semble de nouveau si petit, si jeune. Dolly dit : « Je suis là, t'en fais pas. »

Elle s'agenouille dans la terre à côté de lui et pose les doigts à la base du cou de Rat. La texture de sa peau n'est pas normale au toucher. Sa tête roule sur le côté, mais il ne bouge pas.

« Bon sang, Ed, je crois qu'il est vraiment mort.

— Doux Jésus. »

Ann Traxler est suffisamment proche pour que Dolly entende sa voix familière s'adresser au pasteur : « Vous avez laissé tout ça aller beaucoup trop loin.

— Une ambulance ! s'écrie Dolly. Appelez une ambulance, quelqu'un ! Je sens son pouls ! »

C'est Ann qui finit par appeler les secours. Dolly ne l'apprendra que par la suite mais, à partir de là, elles se regarderont différemment.

Noah, les joues striées de larmes, tente d'essuyer la suie du visage de Rat, qu'il frotte frénétiquement en murmurant : « Je t'en prie, je t'en prie… » Dolly pose les mains sur celles de son fils. Elle devine à ce qu'elle sent de la peau de Rat, toute noueuse comme une pelote de cordes emmêlées, qu'il vaut mieux que Noah ne voie pas ce qu'il y a sous la crasse.

Derrière elle, elle entend le pasteur Lewis qui dit : « Laissez-le. C'est la volonté de Dieu. » Il tend une main, qui semble briller, tant elle est propre, à la lueur des flammes. « Reviens en ville avec nous, Noah, on va te purifier. Reviens sur la voie du Seigneur. »

Dolly repousse sa main et se lève. *Toutes ces années à regarder les ecchymoses sur le visage de mon fils, et c'est maintenant que vous avez envie de le nettoyer ?*

« Ne vous approchez pas de Noah.

— Allons. » Les flammes claquent, les moteurs vrombissent au loin, et le camping-car fond avec un bruit de gémissement, mais le pasteur parle encore d'une voix incroyablement calme. « Le Seigneur nous l'explique très bien dans l'Exode, Dolly. Si malheur arrive, le coupable paiera vie pour vie, œil pour œil, et cet individu comptait nuire à notre église.

— Mais… » Dolly se campe bien sur ses jambes et, quelque part, au fond d'elle, elle pousse un petit rire amer, car elle sait, au moins, que si quelqu'un s'avise de la cogner, elle saura recevoir les coups. « Et le Sermon sur la montagne ? Vous en faites quoi ? *Vous avez appris qu'il a été dit, œil pour œil, dent pour dent, mais moi je vous dis : Si quelqu'un te frappe sur la joue droite, présente-lui aussi l'autre.* Vous en dites quoi, de *ça ?* Maintenant, reculez, ou Dieu m'en garde, Ed Lewis, je vais quand même vous flanquer une gifle, et je vous garantis qu'elle sera cinglante. »

Priez donc pour ça, si ça vous amuse.

Lorsque les secours arrivent, la chaleur du feu a diminué et la peau de Rat est froide sous les doigts de Dolly qui tient une de ses mains gercées. Elle prend celle de Noah aussi, et tous trois s'accrochent les uns aux autres en une espèce de prière, jusqu'au moment où les urgentistes chargent Rat à l'arrière de l'ambulance. Puis Dolly sent le poids de son fils qui s'effondre contre elle. Elle manque s'étouffer à cause de l'odeur d'essence et de tissu brûlé qui colle à ses vêtements et à sa peau, mais enfin, tandis qu'il sanglote dans ses cheveux, elle le prend dans ses bras.

« Oh, dit-elle en lui caressant la nuque. Oh, mon petit garçon. »

44

« Ils veulent pas me laisser voir mon visage. »

Rat, vautré sur le flanc, fixe Noah d'un regard vide avec son seul œil dégagé. Tout le côté droit de son visage est recouvert de gros carrés de gaze, et Noah n'a pas voulu entendre les mots que les médecins ont prononcés hier soir, il les a repoussés dans le fond de sa tête, secrètement certain qu'ils doivent se tromper quelque part. Des mots tels que « graves brûlures du haut du corps », « cécité temporaire », « cicatrices permanentes » – ils ne pouvaient s'appliquer à quelqu'un qu'on connaît. Ce n'était tout bonnement pas possible.

Noah s'étire le cou pour tenter de soulager la raideur provoquée par le fait d'avoir dormi assis sur une chaise.

« C'est sans doute seulement jusqu'à ce que tu récupères la vue de cet œil. »

Le médecin de Rat a parlé d'un glaucome aigu par fermeture de l'angle, causé par un excès soudain de pression, et lui a recommandé d'arrêter de fumer.

Peu après qu'ils sont arrivés au centre hospitalier d'Estes Park, sur l'autre flanc de la montagne, un second médecin, une femme, a emmené Noah dans une petite chambre. Elle lui a demandé de retirer son tee-shirt pour qu'elle puisse écouter ses poumons avec un stéthoscope froid. Elle a bandé les brûlures superficielles sur ses avant-bras, puis lui a donné un gant de toilette et lui a dit qu'il pouvait se laver la figure dans son lavabo. La bonté élémentaire de cette inconnue au milieu de la nuit lui a fait venir les larmes aux yeux.

Sa mère l'attendait quand il est ressorti. Elle a posé une main fraîche sur son front comme elle faisait quand il était petit et jouait les malades pour éviter l'école. « Ils pensent qu'il va s'en sortir », lui a-t-elle annoncé, et il s'est demandé si elle le faisait marcher.

Elle est partie à présent : elle avait un paquet d'appels manqués de Jude. Noah est content, en un sens, car ce qu'il redoutait, si elle était restée un peu plus longtemps, c'était que l'affection subite qu'elle a trouvée pour lui se mette à s'estomper. Il ne sait toujours pas vraiment qu'en penser, mais il a décidé qu'il songerait à tout ça plus tard. Rat a besoin qu'il soit présent, même s'il ne le dira jamais.

En le voyant allongé sur son lit d'hôpital, le mot « suspendu » lui vient à l'esprit. Quelque chose en Rat lui rappelle le son des carillons en os d'animaux de son père, par un jour sans vent, incertains de leur fonction.

Les mains de Rat sont recouvertes d'épais bandages, et seul le bout de ses doigts est visible. Ce sont elles qui ont le plus souffert, a dit le médecin. Il essayait sans doute d'éteindre les flammes. Noah a envie d'y poser ses lèvres et de dire : Elles vont guérir et retrouver leur force, et je t'achèterai une nouvelle guitare pour que tu te refasses de la corne au bout des doigts, et de nouveaux livres pour que tu puisses apprendre de nouveau à sentir les pages sous ta peau. Il a envie de se pencher en avant tout de suite, de dire ça à Rat, et de l'embrasser, de l'embrasser, mais lorsqu'il regarde à nouveau, ça lui retourne l'estomac. Il ne peut s'en empêcher : Rat n'a plus d'ongles.

« Je suis désolé, dit Noah, et Rat détourne les yeux.

— Je suis affreux.

— Non, pas du tout.

— Dommage que tu aies… » Sa voix est frêle, râpeuse. Il lève une main, la tourne dans un sens puis dans l'autre, et ils regardent tous les deux ses bouts de doigts nus. La main, aussi, semble suspendue dans le vide, jusqu'à ce que Rat la laisse retomber lourdement le long de son corps.

En milieu de matinée, une infirmière vient voir comment évolue son visage. Elle soulève la gaze avec une pince à épiler, et Noah entraperçoit la peau en dessous, toute rouge et pelée.

« Essayez de positiver », dit l'infirmière avant de partir, et Noah ne sait pas trop auquel des deux elle s'adresse. Il met ses mains dans sa poche. Ça lui semble obscène de les laisser en vue.

« Hé. » Il parle doucement, comme s'il craignait que sa voix prenne trop de place et rebute Rat. « Est-ce que tu veux que j'appelle quelqu'un pour toi ? Je sais pas, tes parents, ils savent où tu es ?

— Mes parents ?

— Oui, ou quelqu'un de ta famille, n'importe. Je sais pas. Tu as bien quelqu'un, non ? »

Rat fixe le sol.

« Non. »

Noah ne sait pas quoi répondre à ça, alors il se contente de plonger ses dents dans sa lèvre inférieure et essaie de réfléchir à un moyen de se rendre utile. Rester assis là sans rien faire lui donne envie de s'arracher les ongles aussi. Il doit y avoir quelqu'un d'autre en ville qui a de l'affection pour Rat, quelqu'un d'autre qui ne se fout pas que la moitié de son visage ait cramé. Noah le regarde, main bandée sur la bouche, son œil visible plissé, comme s'il ne voulait laisser voir à personne qu'il pleure. Il se dit : Je ne peux pas être la seule personne qui aime la manière dont tes lèvres se retroussent davantage d'un côté que de l'autre quand tu souris, ou le circuit de tes veines dans tes poignets, ou la vue des empreintes de tes pieds mouillés après la douche. D'après lui, les jeunes du camping n'en sont pas plus affligés que ça : certains de ses *amis* étaient là hier soir, agitant leurs torches. Mais Emma Alvarez – elle, elle l'appréciait, il n'y a pas si longtemps. Non ?

« Je descends juste dans le hall passer un coup de fil, dit Noah. Je reviens tout de suite, OK ? »

Il tire le grand rideau bleu autour du lit en sortant, afin que Rat puisse pleurer tranquillement, sans témoin.

Le chagrin vient par vagues. Noah s'en rend compte en se dirigeant vers le hall à grands pas. Un instant il peut dire tranquillement que tout ira bien et *le croire*, d'autant que le fait que Rat ait besoin qu'il le dise lui donne l'assurance nécessaire, mais le suivant, il est brusquement submergé par l'horreur de la situation. *Comment*, bordel ? Comment un groupe d'humains peut-il faire une chose pareille à un autre être humain ? Ces gens qu'il a connus toute sa vie, ils viennent de mettre le feu à quelqu'un, comme on se retrouve pour un repas de quartier.

« Ne compte pas sur la police pour faire quoi que ce soit, lui a dit sa mère hier soir. Certains des hommes du shérif étaient là et ils n'ont pas levé le petit doigt. On ne peut pas leur faire confiance, Noah. On ne peut faire confiance à personne, à partir de maintenant, on peut juste se faire confiance l'un à l'autre, tu comprends ? »

Mais Noah a bien vu, à la manière dont elle le regardait avec ses grands yeux fous, qu'elle ne parlait pas uniquement de l'incendie.

Dolly s'arrête dans Seventeenth Street, coupe le moteur, et se laisse aller sur l'appuie-tête un bref instant pour tenter de s'éclaircir les idées. Le simple fait de garder les yeux ouverts sur la route en rentrant d'Estes lui a demandé un gros effort, mais elle doit encore déterminer ce qu'elle va faire au sujet des pages du journal d'Abigail.

La police a abandonné les recherches, elle le sent. Depuis quand n'ont-ils pas interrogé un témoin, à sa connaissance ? Le sang sur le gilet a suffi à les convaincre de jeter l'éponge sur une affaire qui s'avérait trop difficile à élucider. Même la ville va s'en désintéresser, après ce qui s'est passé hier soir. Elle n'irait pas porter le journal intime à la police, de toute façon – encore moins depuis qu'elle a vu ces officiers en uniforme dans la foule, sans complexe, devant le camping-car en feu – mais il faut qu'elle le montre à quelqu'un. Quelqu'un qui puisse l'aider à décider quoi faire ensuite.

Dolly regarde la clinique par la fenêtre de la voiture. Melissa est une femme raisonnable ; c'est une bonne mère. Elle savait toujours faire la part des choses, autrefois, quand elle lui rendait encore visite. Elle a toujours senti le malheur de Dolly et la présence funeste de Samuel dans la maison, même si elle n'a pas eu la naïveté de tenter d'y faire quelque chose. Et Melissa comprend – c'est le plus important, le journal étant ce qu'il est. Elle comprend les erreurs que peut commettre une mère. Elle saura ce qu'il faut faire.

Soudain, un petit coup sur la vitre fait sursauter Dolly. Ann Traxler, sur le trottoir, tente de regarder à l'intérieur de la voiture en fronçant le nez.

Dolly baisse sa vitre : « Je peux vous aider ?

— Dolly, dit-elle. Vous ne croirez pas ce qui m'est arrivé ce matin. Je n'ai jamais vu une chose pareille.

— Ça peut attendre ? Je dois voir le médecin.

— Je veux bien le croire, mais écoutez-moi bien, Dolly Blake. Votre mari, il s'en tirera pas comme ça ! »

Dolly déglutit.

« Qu'est-ce qu'il a encore fait ?

— Il a failli me brûler la cervelle, rien que ça ! Je voulais prendre des nouvelles du petit gitan, vous comprenez, savoir ce qu'il lui était arrivé, alors je suis passée chez vous, et bien sûr, vous n'étiez pas là, vous étiez à l'hôpital, sauf que je n'y ai pas réfléchi. Quand j'ai remarqué que votre voiture n'était pas là, j'avais déjà sonné. Et là-dessus votre mari a ouvert la porte avec un *fusil* pointé sur ma tête, il a *exigé* de savoir ce que vous *fichiez*, et dit qu'il allait me faire sauter la cervelle si je ne lui disais pas… »

Ann doit s'interrompre pour reprendre son souffle, mais Dolly a déjà rallumé le moteur.

« Vous lui avez dit que j'étais à l'hôpital ?

— Bien sûr que oui.

— Oh, Ann, c'est pas vrai. Vous avez vu Jude ?

— Quoi ?

— Pendant que vous étiez à la maison, vous avez vu si Jude était là ?

— Croyez-le ou non, Dolly, je m'inquiétais davantage du canon braqué sur moi. Vraiment, votre bonhomme, il a un truc qui ne tourne pas rond du tout. »

Première nouvelle, se dit Dolly, et elle appuie sur l'accélérateur.

Il n'y a pas trace de Samuel ni de Jude quand elle rentre. Dolly éprouve une affreuse sensation de déjà-vu en allant de pièce en pièce, en appelant son fils, et cette fois elle regarde dans tous les placards, tous les débarras, mais son plus jeune reste introuvable.

Elle se précipite dans le jardin en criant son prénom jusqu'à ce que le vent repousse l'air dans sa gorge. Puis, tandis qu'elle s'enfonce les ongles dans le cuir chevelu d'angoisse, elle entend des bruits sourds, quelque chose de dur qui cogne contre du bois. Guidée par le son, elle fait le tour de la maison, jusqu'à la cabane. La porte tressaute dans son cadre, comme si on la bourrait de coups de l'intérieur.

« Jude ! Jude, c'est moi !

— Maman ! »

La porte est fermée par un épais cadenas et il n'y a pas trace de la clé. Elle fait le tour de la cabane pour voir s'il y a des outils qui traînent, un sécateur qu'elle puisse utiliser pour couper le cadenas, mais ne trouve que des éclats d'os et de ramures abandonnés dans l'herbe haute.

« Tu m'entends, Jude ? » Elle glisse les doigts par la fente entre la porte et le cadre. « Je sais pas quoi faire. »

Elle sent ses doigts froids contre les siens.

« J'ai cru qu'il allait te tuer, Maman. Il t'attendait derrière la porte avec son vieux fusil. J'ai cru qu'il allait t'abattre.

— Toi, ça va ? Il t'a frappé ? »

Son fils se tait mais, dans le silence momentané, une idée vient à Dolly.

« Il a emporté le fusil ?

— Je sais pas. Il m'a enfermé là, alors j'ai pas vu. Je l'ai juste entendu partir avec le pick-up.

— OK. » Dolly redresse les épaules. « Ne t'affole pas. Je reviens tout de suite. »

Elle trouve le M-16 de Samuel dans le couloir, calé contre le mur, grossièrement dissimulé par leurs manteaux d'hiver. Elle avait peur qu'il l'ait emporté à l'hôpital, mais il est furieux, pas stupide : il ne prendrait pas le risque d'introduire un fusil d'assaut dans un bâtiment protégé par des vigiles armés – ils l'abattraient à vue. Il y a une boîte de cartouches aussi, mais le M-16 est déjà chargé. C'est vrai qu'il ne bluffait pas quand il menacé d'abattre Ann Traxler, conclut-elle. Ou de m'abattre, *moi*.

Au départ, Dolly tente de marteler le cadenas avec le manche du fusil, mais elle ne possède pas la force brute de son mari et parvient à peine à faire une rayure dans le métal.

« OK. » Ça fait longtemps qu'elle n'a pas tiré. Samuel a essayé de lui apprendre quelquefois, avant leur mariage, mais elle n'a jamais été aussi douée que lui, ou que leur fille. « OK. Jude, éloigne-toi le plus possible de la porte.

— Qu'est-ce que tu fabriques ?

— Fais ce que je te dis. »

Au bout de cinq coups approximatifs, le cadenas est assez entamé pour que Jude parvienne à ouvrir la porte d'une poussée. Il est à quatre pattes, sa canne cassée en deux dans le coin derrière lui ; elle n'a pas besoin de lui demander qui est le responsable. Elle s'agenouille dans l'herbe et prend son fils dans ses bras. Il est un peu raide, lui semble-t-il, mais ça peut aussi venir d'elle. Ils vont mettre du temps à trouver leurs marques, ensemble.

« Jude, pardonne-moi de t'avoir laissé seul avec lui. Noah était en danger – j'ai pas réfléchi, j'essayais d'aider ton frère mais… on dirait que je n'arrive jamais à vous aider, tous, hein ? » Elle le serre plus fort. « Mon Dieu, je n'ai pu aider aucun d'entre vous.

— Maman. » Jude se recule, et son visage semble soudainement plus vieux. « Est-ce que tu sais ?

— Est-ce que je sais quoi ? »

Il jette un coup d'œil derrière lui, aux recoins sombres de la cabane, juste au moment où la porte se referme en claquant.

« Est-ce que tu *sais* ? »

45

Au moment où Dolly parle avec Ann Traxler dans la rue, Emma arrive au centre hospitalier d'Estes Park. Sa main hésite sur l'épais rideau bleu autour du lit, car elle craint de ne pas réagir comme il faut en voyant la personne de l'autre côté. Elle n'a jamais vu de grand brûlé.

« Il s'inquiète beaucoup de son apparence, l'a prévenue Noah au téléphone. Enfin, bien sûr, il est dévasté par tout ce qui s'est passé, mais tu sais comment il est. Ça lui ferait pas de mal de voir une amie. »

Super, en théorie, mais et si sa vue la dégoûte et qu'elle ne fait qu'aggraver les choses ?

Noah tire le rideau avant qu'elle ait le temps de tourner les talons.

« Hé, Rat, regarde qui est là. »

La silhouette sur le lit lève une main qui semble appartenir à un costume d'Halloween, toute bandée de blanc. Il n'a que la moitié du visage de Rat, un seul de ses yeux bleus perçants, et le reste est dissimulé par la gaze. La peau qu'elle entrevoit sous le cou est zébrée d'épaisses cicatrices rouges, et hérissée comme la peau d'un poulet qu'on vient de plumer.

« *Drăgusă* », souffle-t-il.

Sa voix est très faible, mais le mot l'accroche, et elle sent aussitôt qu'elle est au bord des larmes.

« Comment ça va ? »

Emma s'assoit au bord du lit. Son instinct lui dicte de l'enlacer, mais elle a peur qu'un morceau de lui ne lui reste entre les doigts. Elle n'est pour rien dans ses brûlures, elle le sait, mais en le regardant, un sentiment de culpabilité l'envahit malgré elle, tel un tissu chaud contre ses joues. *Nous sommes tes amis, et nous avons laissé faire ça.* Comme avec Abi.

« J'ai connu mieux, réplique Rat.

— Ben pourtant t'es parfait, va. Je serais toujours partante pour sortir avec toi, si t'étais pas gay. Et dealer. »

Emma fait un grand sourire et le coin de la bouche de Rat tressaute.

Tous les trois, ils passent un moment ensemble, s'efforçant d'oublier qu'il y a un monde au-delà du rideau qui les en sépare. Rat se fatigue vite à cause de son traitement antidouleur, et il finit par s'assoupir. Emma regarde Noah le regarder et lui demande : « Que disent les médecins ? Il va s'en sortir ? »

Noah hoche la tête, sans quitter Rat des yeux.

« Ils parlent de faire une greffe de la peau sur ses bras. Ça a l'air affreux comme ça, mais apparemment ça cicatrise plutôt vite. Ils estiment qu'il sera rapidement sorti.

— Noah, ce que tu m'as dit au téléphone, ce qu'ont fait ces gens… je suis vraiment navrée.

— Tu savais que c'était ma mère qui... » Il se frotte les yeux. « Elle a suivi l'ambulance en voiture jusqu'ici. Ma mère. T'y crois, toi ? Elle a été super bizarre, super gentille. Elle a même dit qu'elle allait appeler notre assurance pour essayer de trouver une couverture à Rat. Et je me suis à moitié énervé contre elle. »

Emma n'avait jamais imaginé, jusque-là, que Noah puisse détester sa mère autant que son père. Elle a toujours considéré Dolly Blake du point de vue d'une femme, et elle l'a toujours plainte d'avoir épousé un homme pareil. Elle n'a jamais vraiment songé à ce que ça pouvait faire aux garçons d'être traités de la sorte par leur père, et de voir leur mère rester les bras croisés.

« Je crois que c'est normal d'être un peu fâché contre elle. »

Noah secoue la tête.

« Ça ne donne jamais rien de bon, quand je m'énerve contre elle. Soit je m'en prends plein la gueule, soit c'est elle, et ensuite... Je sais pas, ça craint.

— Qu'est-ce que tu veux dire ?

— Eh bien, par exemple, avant, des fois, j'essayais de mettre Papa en colère contre elle. Je me disais que si elle prenait à son tour, peut-être qu'elle y ferait quelque chose. Une fois, en particulier... »

Il lève soudain les yeux sur elle.

« Continue ?

— Non, laisse tomber. » Il se mord la lèvre. « Jude m'a dit hier que tu essayais de découvrir ce qui est arrivé à Abi ? »

Emma tire sur un fil qui dépasse de sa veste en jean.

« Pour être honnête, je suis encore plus paumée que quand j'ai commencé.

— Ah çà, c'est tout Abi.

— Au fait, en parlant de ton frère – j'ai reçu un appel super bizarre de lui hier soir. Il a expliqué qu'il avait un truc à me dire, à propos d'Abi, puis la ligne a coupé. »

Noah fait la grimace.

« T'as essayé de le rappeler ?

— Oui, mais je suis tombée sur la messagerie. Ça m'arrive tout le temps ces derniers jours, cela dit, donc je sais pas. Truc de garçons, hein ? »

Alors

Le dernier jour du mois de mars, un épais manteau de neige couvre encore les Rocheuses, et les habitants de Whistling Ridge se lèvent tôt pour déblayer leurs allées, saler les routes et les trottoirs car il a gelé dans la nuit.

Noah et son père dégagent Hickory Lane, puisque personne d'autre ne le fera. Le soleil levant donne à la neige une teinte un peu pêche, et Noah se rappelle que, quand ils étaient tous beaucoup plus jeunes, il en faisait des boules avec une cuillère à glace et les servait à son frère et sa sœur. Cet été, ça fera quatre ans que le trou est dans le mur. Quelquefois Jude lui manque, leurs rapports, avant. Ils ont une telle différence d'âge que Noah se racontait, à part lui, que Jude était son fils, et il était extrêmement fier de s'en occuper mieux que leur père. Ce n'est pas pareil avec Abigail, en revanche. Peut-être que cette rancœur leur passera

– Noah l'espère, en un sens : c'est épuisant, parfois, d'être en colère. Mais elle ne peut que difficilement lui manquer, vu qu'on n'arrête pas de lui coller son exemple sous le nez.

« Je devrais faire venir ta sœur, dit son père. Elle serait plus rapide que toi. »

Alors pourquoi tu ne le fais pas ? se dit Noah. Il a envie de se recoucher, de se lover dans son lit où il aura chaud aux mains et aux pieds, et de s'immerger dans un livre, jusqu'à oublier sa sœur, son père, eux tous.

« Ça te fait quoi, mon gars ? De savoir qu'une fille pourrait faire un boulot d'homme mieux que toi ?

— Elle est même pas de toi », marmonne-t-il.

Samuel s'arrête et le regarde avec surprise.

« Qu'est-ce que t'as dit ? »

Enhardi par l'hésitation de son père, Noah répète, plus fort : « Abi n'est même pas ta fille. Maman a eu une liaison.

— Fais attention à ce que tu dis sur ta mère.

— La fois où elle s'est enfuie à Longmont.

— Ferme-la. »

Noah recule d'un pas pour se mettre hors de portée de son père.

« Elle me l'a dit.

— Tu mens… Tu me mens, et celui qui dit des mensonges n'échappera pas au châtiment. »

Noah ajuste sa prise sur le manche de sa pelle, brièvement possédé par l'idée d'assommer son père. Mais quand Samuel, haletant dans l'air froid, lui saute brusquement dessus, Noah laisse échapper sa pelle et s'enfuit en courant dans la rue, les cris de son père étouffés par la neige.

À ce jour, il ne sait toujours pas pourquoi il a dit ça. Il cherchait à le blesser, mais pourquoi cette insinuation ? Sa mère s'était enfuie à Longmont, un jour, c'était vrai. À l'époque où elle buvait des litres de gin, faisant tout son possible pour ne pas rester enceinte de Jude, elle avait raconté à Noah toutes sortes d'anecdotes bizarres dans ce goût-là. Elle lui avait raconté qu'un gentil monsieur l'avait aidée à porter sa valise et lui avait offert un verre dans un bar, mais en aucun cas que la soirée s'était terminée au lit. Noah s'en souvient parce que, quelques minutes après, il a dû lui tenir la tête pendant qu'elle vomissait, et il s'est dit qu'il faudrait qu'un homme soit fou pour vouloir de sa mère.

Mais ce matin-là, en retirant des pelletées de neige sur Hickory Lane, c'était la pire chose qui lui soit venue à l'esprit – parce que Samuel Blake était extrêmement fier de sa fille, encore plus que de ses années au Viêtnam, ou de l'Alléluia qu'il entonnait plus fort que tout le monde à l'église, tandis que Noah se voyait dénier toute fierté.

Son père avait raison, bien sûr : ni Noah ni sa mère n'allaient s'en sortir comme ça. Samuel avait retiré sa ceinture et les avait fouettés avec la boucle, qui leur avait laissé de profondes marques en travers des épaules. Le plus triste avait été d'entendre sa mère avouer – son séjour d'une nuit dans un motel à Longmont, du moins – comme si elle se disait que ça allait le faire cesser, alors même que la boucle lui revenait en boomerang dans la mâchoire. Elle avait perdu une dent ce soir-là, mais elle n'avait jamais demandé la moindre explication à Noah, et il avait supposé que ça la gênait qu'il se souvienne de l'épisode du motel et de lui avoir tenu la tête au-dessus des W-C.

Leur châtiment était inévitable. Noah le savait dès l'instant où il avait ouvert la bouche, mais le besoin de répliquer à son père avait été trop fort. Il n'avait jamais imaginé qu'Abigail puisse être punie aussi.

À présent

Emma, en quittant l'hôpital, remarque à peine Samuel Blake debout dans le hall, mais il l'appelle par son prénom.

« Hé, toi, lui dit-il, lui faisant signe d'approcher. Pourquoi je te tombe dessus partout où je vais ? »

Emma le trouve toujours assez repoussant, mais ce matin, il a l'air particulièrement négligé, comme s'il dormait par terre, en vrac, depuis deux jours.

« Je t'ai parlé, fillette. Tu as vu Dolly ? Elle est là ?

— Je crois qu'elle est rentrée. »

Emma ne veut pas le regarder dans les yeux, alors elle fixe ses mains tandis qu'il s'arrache les cuticules, un tic nerveux, visiblement. C'est à ce moment-là qu'elle remarque le bracelet. Il n'a rien d'extraordinaire, ce sont juste quelques douilles ternies enfilées sur une lanière de cuir, exactement le genre de trucs qu'Emma l'aurait imaginé porter, sauf qu'il est beaucoup trop petit et lui cisaille le poignet, laissant un sillon rouge dans sa peau.

Samuel la regarde, baisse les yeux sur le bracelet, puis fait volte-face et sort de l'hôpital à grands pas.

« Hé, attendez ! Où avez-vous… ? »

Il se déplace vite avec ses longues jambes, bien plus vite qu'elle, et le temps qu'Emma arrive à la porte, il est déjà en train de quitter le parking sur les chapeaux de roue dans son pick-up, manquant rentrer dans un autre véhicule à la sortie.

En se hâtant vers sa voiture, elle essaie à nouveau d'appeler Hunter. Comme il ne répond pas, elle finit par lui laisser un message.

« Dis, tu as toujours ces photos de la soirée aux Tall Bones ? Celle de moi et Abi ? Je vais passer. Faut que je vérifie un truc. »

Elle ne peut chasser l'impression d'avoir déjà vu ce bracelet.

46

Alors

Après avoir craché sa dent dans le lavabo avec une giclée de sang, la mère de Jude prend un demi-Valium et va se coucher. Jude se glisse dans la salle de bains et fixe la dent pendant ce qu'il croit être un long moment, s'émerveillant de la lenteur avec laquelle le sang glisse vers le trou de vidange, rouge sur la porcelaine blanche, comme un bâton de sucre d'orge. Finalement, Noah l'écarte de son passage pour aller prendre des antidouleurs dans l'armoire à pharmacie, après quoi ils se retirent dans leurs chambres respectives.

Étendu dans son lit, incapable de dormir, Jude écoute les sons de la maison qui sombre dans le silence et se dit qu'il est pareil à ce sang dans le lavabo – en train de glisser doucement vers quelque chose.

À minuit moins le quart, il est réveillé par des pas qui descendent l'escalier. Quand il entend la porte de derrière, il se glisse au pied de son lit pour regarder par la fenêtre. Tout est illuminé par la lune qui se reflète sur la neige et il voit parfaitement son père qui traîne sa sœur à l'autre bout du jardin, une main sur sa bouche, tandis qu'elle se débat.

Jude ne comprend pas : Papa ne frappe jamais Abigail. Il ne sait pas ce qu'il croit pouvoir faire en les suivant, mais il s'y sent contraint. Il n'a pas pu aider Noah ni leur mère, mais peut-être que cette fois… Il descend à pas de loup et traverse la cuisine, et se dit que le bon moment viendra, qu'il interviendra et fera cesser la violence.

Il y a de la lumière dans la cabane, filtrant dans la nuit entre les planches. Jude s'approche et se penche sur l'un des interstices. Il voit son père déboucler sa ceinture et la peur sur le visage de sa sœur lorsqu'elle recule contre le mur opposé. Jude revoit son père battre Noah et leur mère avec cette même ceinture un peu plus tôt dans la soirée, il revoit la même peur dans les yeux de sa mère, les estafilades rouges et sanglantes sur le dos de son frère. Et Jude n'a que douze ans, alors il place son poing dans sa bouche et retourne vers la maison en boitillant car il ne veut pas assister de nouveau à ça.

Mais en s'éloignant, ce qu'il entend, ce n'est pas le bruit du cuir sur la peau. Non, il entend sa sœur pousser un petit cri soudain, et son père émettre un son curieux, plaintif. Ce n'est pas avant cette journée dans les bois, des mois plus tard, quand il verra Noah déboucler sa ceinture du même geste fluide, qu'il comprendra ce dont il a vraiment été témoin.

À présent

Emma perd de vue le pick-up de Samuel sur la route de Whistling Ridge. Peut-être a-t-il pris une petite route pour éviter la circulation, ou peut-être qu'il fonce vraiment, mais au moment où le clocher familier de l'église apparaît entre les arbres, elle n'a plus moyen de savoir où il peut se trouver.

Elle tente de rappeler Hunter, mais toujours sans succès. Lorsqu'elle se gare devant chez les Maddox, sa voiture est la seule garée dehors, il n'y a pas trace de ses parents, et pourtant la porte est grande ouverte.

Elle s'approche lentement et s'éclaircit la gorge : « Bonjour ? »

Il y a une empreinte de main rouge sur le chambranle. Emma sent les poils se hérisser sur ses bras comme si des centaines de minuscules crochets enfoncés dans sa peau tentaient de l'arracher de ses os. Son instinct lui dicte de battre immédiatement en retraite, mais elle respire un grand coup et à l'intérieur une voix, faible mais familière, répond : « Hé ! Y a quelqu'un ? Au secours…

— Hunter ? »

Elle le trouve étendu sur le dos, dans le vestibule, le sang sur ses mains et ses vêtements imbibant peu à peu la moquette autour de lui. On a arraché tous les boutons de sa chemise. La plaie dans son ventre ressemble à une seconde bouche, et quand il essaie de remuer, elle s'ouvre, crachant encore du sang sur les mains d'Emma lorsqu'elle essaie de le toucher.

« Oh, mon Dieu, oh merde, Hunter ! Qu'est-ce qui s'est passé ? »

Sa tête verse sur le côté.

« Il m'a poignardé… Je suis allé ouvrir et il m'a poignardé direct.

— Qui ? Qui t'a poignardé ?

— Après ce qu'il lui a fait… ce qu'il a fait à Abi, je devais l'aider… »

Les paupières de Hunter battent comme s'il ne parvenait pas à garder les yeux ouverts.

« Oh, non, non, regarde-moi, je t'en prie. » Emma prend son visage et le secoue autant qu'elle l'ose. « Hunter, allez, me quitte pas des yeux, allez, regarde-moi. »

Quelque chose pour juguler l'hémorragie, c'est ça qu'il lui faut. C'est toujours ça qu'ils font à la télé.

« Attends deux secondes, je reviens tout de suite.

— Non, me laisse pas…

— Tu vas t'en sortir, je te promets. Tu sais ce qu'on dit, il faut une éternité pour mourir d'une plaie au ventre. »

Elle rit, seulement parce qu'elle a besoin de relâcher la pression, et que c'est ça ou fondre en larmes.

Dans la cuisine, elle attrape un essuie-mains décoré de petits pics-verts puis le rapporte dans le vestibule et le presse contre la plaie, tentant d'appuyer au maximum, bien qu'elle ait peur de lui faire encore plus mal.

« Dis, Hunter, tu les as, ces photos ? Celle de moi et Abi aux Tall Bones ? »

Il cligne fort des yeux et laisse de nouveau retomber sa tête.

« Je sais, Hunter, mais c'est vraiment important, c'est important pour Abi.

— En haut… dans le tiroir.

— Je vais aller les chercher, OK ? Mais il faut que tu… Là. » Elle prend ses mains et les place sur le torchon. « Merde… Tiens ça le plus fermement que tu peux, d'accord ? Je reviens tout de suite. »

Emma n'a jamais eu besoin d'appeler le 911, le numéro des secours, et elle doit s'y reprendre à plusieurs fois à cause de tout le sang qu'elle a sur les doigts. C'est une expérience tellement surréaliste qu'une petite partie d'elle en est presque galvanisée tandis qu'elle monte les marches quatre à quatre pour se rendre dans la chambre de Hunter, son portable coincé entre son menton et son épaule.

L'homme à l'autre bout du fil parle trop calmement, se dit Emma. Il prend son adresse et lui recommande de patienter. Ils vont envoyer quelqu'un aussi vite que possible, mais le trajet entre Estes et ce secteur de la ville prendra un certain temps : les petites routes de montagne ne sont pas faciles d'accès pour une ambulance.

« Et la police ? dit-elle, tandis qu'elle s'agenouille devant la table de chevet de Hunter et ouvre le tiroir. Mon ami a été poignardé. Ils ne devraient pas venir aussi ?

— M'dame, vous pensez que l'agresseur est toujours sur les lieux ?

— Non, mais je… »

Elle baisse les yeux sur le Polaroid dans sa main, son visage et celui d'Abi désormais recouverts des spires sanglantes de ses empreintes. Le bras d'Abigail est autour de ses épaules, et sa main pend juste au bord du cadre – et à son poignet, le même bracelet fait de vieilles douilles.

« Je sais qui c'est. »

Il connaît ces bois mieux que personne. Il a pu prendre un raccourci secret en partant de l'hôpital, sans qu'elle s'en doute une seconde.

« S'il vous plaît, il faut que vous contactiez le shérif Gains, de la police de Whistling Ridge. Dites-lui… dites-lui que nous savons ce qui est arrivé à Abigail Blake. »

Comme à la télé, se répète-t-elle, et c'est peut-être l'adrénaline qui la rend si certaine de la marche à suivre.

En bas, elle appuie bien l'essuie-mains sur la plaie de Hunter, tentant d'ignorer la chaleur du liquide gluant entre ses doigts, le goût du sang dans l'atmosphère, comme si elle avait une pièce de monnaie dans la bouche.

« Je vais attendre l'arrivée de l'ambulance.

— Emma, t'en va pas.

— Je reste jusqu'à ce qu'ils arrivent, je te le promets. Tiens bon, OK ? Mais ensuite je dois prévenir la famille d'Abi. Je peux pas le laisser leur faire ça aussi. »

47

Alors

C'est une nuit de petite ville typique – la dernière que verra Whistling Ridge avant bien des années, même si personne ne le sait encore.

Noah Blake s'efforce de ne pas regarder les taches de boue sur son jean en sortant du chemin de terre près de la maison Winslow. Son visage le brûle quand il voit Rat, pommettes hautes éclairées par la flamme de son briquet, diminuer dans son rétroviseur.

Assise au bas de l'escalier, Dolly fixe la croix sur le mur, et se demande si cette nuit est arrivée. Peut-être que ce soir son fils ne rentrera pas à la maison, et que dira-t-elle alors ?

Dans leur grande maison en bois, Jerry Maddox échange un regard anxieux avec sa femme en refermant avec du Scotch un vieux sac Safeway dans lequel il a emballé vingt grammes de cocaïne.

À la lisière des bois, Emma Alvarez hausse les épaules et dit : « Bon, ben, à demain », et retraverse les ombres des Tall Bones pour rentrer. Abigail regarde son amie disparaître, et son cœur lui fait aussi mal que si quelqu'un était assis sur sa poitrine. Le feu de joie crépite et les jeunes des mobile homes crient à la lune. De l'autre côté du champ, Rat apparaît, tirant sur sa cigarette, juste à temps pour voir Abigail s'enfoncer dans les bois.

« T'es sûre ? »

Hunter baisse sa lampe torche de façon à ne pas éblouir Abigail, mais il voit tout de même le pli qui se forme sur son front lorsqu'elle explique : « La semaine dernière, il a arraché les pages de mon journal – je sais que c'est lui. Il n'a rien dit, mais il a remis le cahier à sa place comme s'il voulait que je m'en rende compte. Il sait tout, Hunter. Et il sait que j'étais censée te retrouver ce soir. On n'a plus le temps. Il faut qu'on parte maintenant.

— Mais l'argent ? Mes parents ont trouvé la coke.

— Écoute, t'es pas obligé de venir si tu veux pas, mais moi, pas question que j'y retourne. »

La forêt grince autour d'eux, les frêles sapins se courbent dans le vent. Hunter la cherche dans le noir, il sent les veines gonflées sur le dos de sa main. Elle évite son regard, mais finit par lui rendre sa pression.

« Viens, dit-elle. Si on suit la rivière en allant contre le courant, on saura qu'on est dans la bonne direction.

— Et Emma ? Tu lui as dit au revoir ?

— Je t'ai dit, Emma, elle a assez de problèmes comme ça. » Abigail ouvre la marche, l'entraînant derrière elle. Les branches les giflent comme si elles essayaient de les retenir. « C'est mieux comme ça. »

Hunter ne voit pas son visage, mais il l'entend dans sa voix : elle ne pense pas ses mots.

« Si on ne dévie pas, on peut être à Estes avant le lever du jour et choper le bus pour Denver. Pas de voiture, pas de trace, rien du tout. » Elle ajoute : « T'as apporté le revolver que t'as piqué chez Rat, au moins ?

Il essaie d'ignorer la petite pique en fin de phrase, et l'assure que oui, bien sûr, il y a pensé.

« Mais je suis pas convaincu, hein. J'ai jamais tiré de ma vie. Je vois pas pourquoi on n'aurait pas pu tout simplement prendre un des fusils de chasse de mon père.

— Il aurait remarqué.

— Sans doute.

— Tu ferais mieux de me le passer. T'es pas un bon tireur.

— Tu crois pas sérieusement qu'on va en avoir besoin, si ? »

Dans le faisceau de sa lampe torche, il aperçoit son visage lorsqu'il lui passe l'arme.

« Hunter, on est dans la jungle, là. »

Samuel gare son pick-up entre les arbres, coupe les phares et disperse des branches mortes sur le pare-brise pour éviter que le feu de camp de l'autre côté du champ s'y reflète. Les jeunes dansent entre les pierres qui s'élèvent du sol comme les doigts du diable. Il repère les cheveux roux d'Abigail qui brillent à la lueur des flammes tandis qu'elle se fond dans la forêt, puis, restant protégé par les arbres, il contourne les Tall Bones pour la suivre. Le sol est encore détrempé à cause de la pluie qui est tombée dans la soirée, et il tâte du doigt une des empreintes d'Abigail. Ce n'est pas la première fois que Samuel doit suivre une proie sans être vu, et c'est assez facile de retrouver les vieux réflexes.

Ils font une pause à l'endroit où les arbres laissent place aux rochers, au bord d'une pente escarpée de trois ou quatre mètres, où la rivière a usé la terre. Même sans la lampe torche du fils Maddox, Samuel devine qu'il y a des rapides en dessous, un torrent tonitruant qui remplit la gorge et déborde dans les bois. Tapi entre les conifères, il observe les deux gamins qui s'adossent à un gros rocher pour reprendre leur souffle. Le garçon a l'air normalement fatigué, mais Samuel reconnaît chez Abigail la lassitude particulière qu'engendre l'hypervigilance. Elle tressaille au moindre bruit de la forêt. Un oiseau qui s'envole la fait sursauter et Hunter passe un bras autour d'elle. D'abord, elle se raidit, mais finit par se laisser aller contre lui.

« T'es pas en train de me sauver, tu le sais, n'est-ce pas ? dit-elle. T'es pas en train de me sauver, mais de m'aider. C'est pas la même chose. »

C'est à ce moment-là, quand elle a baissé sa garde, que Samuel surgit en avançant à grands pas dans la clairière avec un sourire carnassier. Abigail blêmit et cherche quelque chose dans son sac. Le fils Maddox se plante devant elle, bras levé, mais il n'y a pas tellement de conviction dans ses poings : il loupe le premier coup qu'il essaie de donner, et Samuel l'attrape par le devant de sa chemise et l'envoie valser sur le côté en lui flanquant un coup de pied dans les chevilles, si bien qu'il tombe tête la première.

« Abigail ! »

Elle a sorti un revolver, mais Samuel la saisit par le poignet et le lui confisque, arrachant son bracelet en douilles au passage.

« Arrête ça, Abi, tu m'entends ? Allez, viens, on rentre à la maison. »

Elle essaie de se libérer, puis renverse la tête en arrière et lui crache à la figure. Il lâche, juste une seconde, pour s'essuyer les yeux, mais Abigail part vers les rochers en courant.

« T'avise pas de me fuir, fillette ! T'as pas intérêt à me tourner le dos ! »

Et, à cet instant, il n'est plus dans les bois du Colorado, mais de retour dans cette clairière de Sơn Tịnh, fusil en main, avec les rires du bar qui flottent dans la nuit. Il voit le blanc des yeux de Hoa qui se libère et s'enfuit, écrasant les feuilles mortes de ses pieds nus. « Hé ! crie-t-il. Me fuis pas ! » Dans la dernière seconde avant qu'il appuie sur la détente, elle regarde par-dessus son épaule et la terreur qu'il voit dans ses yeux est si certaine qu'il jure pouvoir en sentir le goût : amer, âcre sur le fond de la langue, comme quand on lèche un citron avec une coupure dans la bouche. Dans la façon dont elle tombe, la façon dont elle s'affale dans la poussière, il voit encore ses yeux. À ses groupes de parole, au fil des ans, il entendra les hommes répéter qu'ils n'ont pas supporté les yeux : les yeux qui semblaient toujours leur dire quelque chose, après. Samuel n'a pas connu ce genre d'épiphanie – il n'y avait rien dans le regard immobile, silencieux de Hoa : pas de colère, pas de reproche, pas de pardon. Mais Dieu l'a pardonné, n'est-ce pas ? Dieu a compris. Samuel devait se débarrasser de la preuve, il était forcé – qu'aurait dit sa mère… ?

Quand il regarde de nouveau, la jeune Vietnamienne est partie, mais Abigail cramponne son épaule et une tache sombre s'étale sous sa main.

Samuel émet le même son que si quelqu'un venait de lui perforer les poumons. Abigail promène les yeux entre lui et le fils Maddox, les yeux si écarquillés qu'elle fait peur à voir, mais en ce dernier instant, lorsqu'elle se tourne de nouveau vers lui, Samuel a l'impression d'entrevoir l'ombre d'un sourire qui se dessine au coin de sa bouche. Peut-être est-ce juste un tour que lui joue la pleine lune. Une seconde plus tard, elle a disparu derrière le rebord des rochers, perdue dans l'eau furieuse en dessous.

Il ne sait pas combien de temps il reste accroupi là, sur ces rochers, à crier son prénom en regardant l'eau, avec l'air froid de la rivière qui lui fouette son visage. Un long moment, sans doute. Ses genoux ont l'air de le penser, vu comme ils craquent lorsqu'il se relève enfin. Lorsqu'il se retourne, le fils Maddox est toujours là, assis, adossé à un sapin, les jambes contre son torse, fixant l'endroit où se tenait tout à l'heure Abigail, soit trop secoué, soit trop stupide pour bouger.

Samuel prend une lente inspiration, soupesant les options qui s'offrent à lui. Il pourrait abattre le garçon aussi. Il le pourrait, bien sûr. Mais ça ferait aussi de lui le seul suspect que la police puisse placer ici. À supposer qu'ils arrivent jusque-là – cette bande de dégénérés issus d'une longue lignée de mariages consanguins, la police des montagnes –, mais tout de même. Ça ne fait jamais de mal d'avoir un plan B, et ce gamin, Samuel lit en lui à livre ouvert.

Il vide les balles restantes dans la rivière, essuie le revolver vide avec sa manche, et le jette sur les genoux de Hunter en passant.

« Voilà. Maintenant tu l'as tuée. »

Hunter se redresse prestement comme si Samuel venait de lui lancer une grenade dégoupillée. Il agrippe le pistolet et le fixe, bouche bée.

« Mais je l'ai pas tuée. J'aurais jamais…

— Je suis la seule autre personne à savoir ça. »

Le gamin le regarde encore sans mot dire, bouche ouverte, et Samuel se dit que si ce n'était pas le fils de son patron, il la lui aurait déjà refermée à coups de pied, faisant valser toutes ses dents trop bien rangées pour la peine.

« Tu veux te tirer de cette ville, pas vrai, fiston ? Tu veux aller à la fac ? Tu pourras pas si t'es coincé dans une cellule, et je sais ce qui leur arrive, aux petits mecs comme toi, en prison. Crois-moi, c'est pas le fric de ton père qui pourra t'aider, une fois là-dedans. »

Hunter ramène ses cheveux en arrière.

« Oh putain… Oh merde.

— Si tu souffles mot de tout ça à quiconque, t'apprendras à faire des schlass avec tes brosses à dents pour les seize ans à venir.

— Mais ça ? Qu'est-ce que j'en fais ? »

Hunter brandit le revolver, doigt sur la détente, comme s'il croyait encore à moitié pouvoir tirer. Aux yeux de Samuel, il ressemble à un homme qui tient sa propre bite flasque.

« C'est toi qui l'as apporté. Pas mon problème.

— Non, vous devez…

— Je dois rien du tout, petit morveux. Mais si tu fais ce que je dis et que tu la fermes, peut-être que je la fermerai aussi. »

48

À présent

Dolly manque de tirer sur Noah lorsqu'il passe la porte.

« Maman, bordel ! »

Elle abaisse le fusil, et tout son corps s'affaisse de soulagement. En entendant le pick-up dans l'allée, elle était tellement sûre que c'était Samuel qui rentrait.

« Qu'est-ce que tu fais là ? J'ai essayé de t'appeler, mais je croyais que tu étais à l'hôpital.

— J'y étais. » Noah a toujours les yeux fixés sur le fusil. « Mais Emma m'a dit qu'elle avait reçu un coup de fil bizarre de Jude, et j'ai commencé à me poser des questions… D'ailleurs il est où, Jude ? Il va bien ? »

Ça fait longtemps que Noah ne s'est pas enquis de son frère avec une telle inquiétude. Dolly s'en réjouirait presque, en d'autres circonstances.

« Il est dans le salon. Ton père a cassé sa canne.

— Il est où, Papa, là ? »

Elle presse le fusil contre sa poitrine, tel un souvenir précieux.

« Je pense qu'il va pas tarder. »

Dans le salon, Jude, assis dans une posture inconfortable sur le canapé, dit : « Tu vas pas vraiment le tuer, si ? »

Dolly pense à ce qu'il lui a raconté, à ce qui s'est passé dans sa propre cabane à outils, dans son propre jardin. À ce qu'Abigail a écrit sur ces pages arrachées.

« Maman, on devrait appeler la police.

— Avec quelle preuve ? Quelques lignes d'un journal intime ? Ce que tu crois avoir vu dans la pénombre ?

— Je *l'ai* vu.

— Ils n'en feront pas grand cas, pas sans… »

Pas sans son corps. Le pauvre corps d'Abigail. Ça ne suffira pas, qu'elle ait tout écrit à la main (ses chères petites mains !), ils ne s'en contenteront pas à moins d'avoir un cadavre à découper et à analyser.

« Je crois pas que les flics en aient quoi que ce soit à foutre, par ici », réplique Noah, et lorsque Dolly le regarde, il y a en lui une vraie froideur qui ne devrait pas la surprendre, pas après ce qu'il a vécu, mais qui la remue quand même. Elle l'a toujours dit : lorsque son visage se ferme comme ça, il ressemble à son père.

Dolly serre les dents. *Oh, mes enfants, qu'ai-je fait de vous ?* Mais l'heure n'est pas à l'autoapitoiement. Pour l'instant, elle doit s'armer de la résolution glaciale qu'apporte la fureur.

Samuel arrive peu après. Ils l'attendent dans le salon lorsqu'il entre, armé de son couteau de chasse, les mains tellement rougies par le sang qu'on croirait qu'il porte des gants.

« Eh ben, j'ai retourné toute cette chaîne de montagnes à votre recherche, mais vous êtes tous là, on dirait.

— Pose ce couteau », dit Dolly, agitant le canon du fusil.

Noah observe les mains de son père.

« C'est le sang de qui ? »

Samuel baisse les yeux comme s'il venait de le remarquer, mais se tourne aussitôt vers Dolly, qui raffermit sa prise sur son arme.

« T'as pas gagné le droit de te servir de ça. Pose-le avant de casser quelque chose, dit-il.

— Toi, t'as plus le droit de me parler comme ça. C'est fini.

— T'es en colère, Dolly, je le vois bien.

— Colère, c'est un mot trop doux. Maintenant pose ce couteau, Samuel. »

Une expression étrange passe sur son visage, presque comme s'il lui souriait et, dans un geste ostentatoire, il pose le couteau à ses pieds et lève les mains.

L'emmener dehors. C'est ce qu'elle a décidé. L'emmener dehors pour éviter le spectacle à ses fils. Ils en ont assez vu tous les deux.

« Votre père et moi, on va aller dans le jardin, annonce-t-elle sans quitter Samuel des yeux. J'ai des choses à lui dire.

— Maman, intervient Jude. Je crois pas…

— Toi et ton frère, vous restez à l'intérieur, c'est compris ? Vous restez dans cette pièce jusqu'à ce que je vienne vous chercher. »

On ne pourrait pas appeler ça une marche, la façon dont ils traversent la cuisine pour aller dans le jardin, avec elle qui avance doucement, le fusil prêt, la crosse calée contre sa hanche, tandis qu'il regarde derrière lui avec ce petit air ironique qui démange Dolly dans les doigts. Elle fait bien attention à garder ses distances : de près, il sait parfaitement comment désarmer quelqu'un, elle en a très bien conscience.

Dehors, elle pointe le canon du fusil vers la cabane.

« Dis-moi ce qui s'est passé avec Abigail là-dedans, dit-elle. Il faut que je l'entende de ta bouche d'abord.

— D'abord ? ricane Samuel. Et qu'est-ce qui vient ensuite ? Tu comptes vraiment me tirer dessus ? »

Dolly grince des dents.

« Tu as profité assez longtemps du silence de tes enfants. Si Jude a été obligé de s'infliger la torture de me le répéter, tu n'y couperas pas non plus.

— Dolly, tu comprends pas.

— C'était ta *fille*, Sam.

— Non, *non* – c'était la tienne. Tu as fait la pute avec un inconnu, et tu as ramené ce coucou dans mon nid.

— Elle avait tes cheveux, Sam, la même forme d'ongles que toi. Elle avait même ton mauvais esprit. T'étais tellement en colère contre moi que tu ne le voyais pas ? Je n'ai *rien* fait à Longmont. Je voulais juste partir loin de toi, exactement comme Abi. » Dolly presse la crosse du fusil sous son bras. « Où est-elle ? Je sais que tu l'as tuée. Je l'ai su dès que j'ai lu ce qu'elle avait écrit. Où est le corps de notre fille ?

— Elle est partie. La rivière l'a emportée.

— Je ne te crois pas. Bon Dieu, Sam, tu… Ta propre fille ! Accorde-lui au moins la dignité d'un cercueil et d'une pierre tombale. »

Samuel secoue la tête, rougit.

« Non. Je devais la sauver. Elle s'éloignait de moi en grandissant et je ne comprenais pas pourquoi, pas jusqu'à ce que Noah m'ait dit ce que tu avais fait. Là, tout s'est expliqué. Cette fille, c'était tout ce que j'avais, Dolly. Elle était la seule bonne chose à laquelle j'aie jamais contribué, mais en fait elle n'était même pas de moi. Je devais la ramener dans la famille, tu ne comprends pas ? Tu comprends pas, Dolly ? Non, bien sûr que non. Tu m'as jamais compris du tout, Dolly, mais Abi, elle était la seule qui savait arranger les choses, Dolly. Abi m'a pardonné, elle me pardonnait toujours.

— Abigail était une personne à part entière, Sam ! Elle n'était pas un truc que ta mère avait sorti de son chapeau pour te faire obéir, elle n'existait pas seulement pour apaiser ton sentiment de culpabilité. Elle était notre fille, notre seule fille, et elle ne peut pas te pardonner, Sam, parce qu'elle est morte. Parce que tu l'as tuée ! »

Samuel tend vers elle ses paumes ouvertes.

« Dieu me pardonne, Dolly. » Une mouche se pose sur son poignet à l'endroit où le sang est en train de sécher et commence à se frotter les pattes. « Je suis tel que le Seigneur m'a fait. Il comprend pourquoi j'ai fait les choses que j'ai faites. Et s'Il peut m'accorder son pardon, alors toi aussi.

— Ça prendra pas sur moi, ton cinéma ! » Dolly lève le fusil. « Dieu, Il vient toujours à point pour pardonner aux hommes les horreurs qu'ils font aux femmes. Mais Il n'empêche jamais que les femmes les endurent, ces horreurs.

— Ce qui est fait est fait, Dolly. C'est passé, et maintenant tout ce que je demande, c'est que ma femme accomplisse le devoir que lui donne Dieu, à savoir fermer sa gueule. » Samuel se gratte le menton, laissant une traînée de sang sur sa mâchoire. « Pose ce fusil, avant de te blesser. »

D'abord, Noah et Jude ne réagissent pas. Le son ressemble beaucoup à celui de la hache qui s'abat quand leur père coupe du bois. Puis Jude dit : « Mon Dieu », et Noah l'aide à gagner la fenêtre de la cuisine. Leur mère se tient debout, avec son fusil, son corps un trait immobile, tout droit, raide. Leur père est affalé par terre avec un trou à la place du visage. Sans vraiment réfléchir, Noah attire son frère contre sa poitrine pour lui épargner le spectacle.

Il y a toujours eu une petite partie de lui qui, à voir son père hurler vers le ciel en agitant sa bible dans tous les sens, a cru que Samuel Blake était Dieu Lui-même. Ce que Samuel haïssait, Dieu le haïssait, car ils étaient identiques ; la certitude avec laquelle leur père les punissait ne pouvait venir que de la colère du Seigneur. À présent, en regardant le sang et la chair qui restent, Noah comprend.

Mon père n'était qu'un homme, depuis le début.

49

Emma s'appuie contre sa voiture dans l'allée de gravier, les manches encore gluantes du sang de Hunter Maddox. Les phares des véhicules de secours inondent la maison Blake de bleu et de rouge, plus vifs que tout à l'heure avec le crépuscule qui gagne, tandis que les hommes du shérif s'affairent dans le jardin.

Les Blake se tiennent devant la maison. Dolly a une couverture autour des épaules. C'est censé aider, en cas de choc ; les ambulanciers en ont proposé une à Emma lorsqu'ils ont emmené Hunter tout à l'heure. Maintenant, elle regrette d'avoir refusé.

« Il m'a attaquée avec le couteau, explique Dolly au shérif Gains. J'ai eu de la chance de parvenir à attraper ce fusil à temps. Je ne voulais pas tirer, je le jure, mais j'ai paniqué et le coup est parti tout seul. »

Gains hoche lentement la tête, tout en notant son récit dans son carnet.

« Et vos fils, ils ont assisté à la scène ? »

À ce moment-là, Dolly lève les yeux, le visage sévère, et Emma est certaine qu'elle la regarde.

Noah dit : « Oui, m'sieur.

— La vache », soupire Gains, et il le répète plusieurs fois en relisant une poignée de feuilles de papier chiffonnées que lui a données Dolly. Puis il dit qu'il enverra quelqu'un dans la semaine pour interroger Jude, et Dolly ne quitte pas le sol des yeux. Le shérif lui touche brièvement le bras : « Toutes mes condoléances, Mrs Blake. »

Emma voit Noah donner une petite tape sur les épaules de Jude. Puis il se détache de sa famille et vient lui parler. Sa lèvre inférieure est salement mâchée, mais il dégage une sorte de grâce fatiguée.

« Putain, Noah.

— Ouais.

— Je sais pas quoi dire. »

Elle pense à ce que lui a murmuré Hunter tandis qu'il se vidait de son sang sur la moquette de ses parents avant l'arrivée de l'ambulance. Ce qu'il lui a murmuré au sujet de ce qui s'est passé dans les bois.

« Ton père a dit quelque chose sur Abi avant de… ? Désolée, je manque sans doute de tact. »

Noah jette un coup d'œil vers le shérif, qui discute avec un autre policier un peu plus loin. Baissant la voix, il dit : « Je vais t'envoyer quelque chose. Abi a écrit des trucs, et j'ai réussi à prendre des photos avec mon téléphone sans que Maman le remarque. C'est vraiment tordu, et je sais pas si ça répondra à tes questions, mais je me suis mis d'accord avec Jude, on pense que si tu veux, tu as le droit de voir ce qu'elle a écrit. Tu sais, puisque tu es la seule personne qui se souciait assez d'elle pour poser des questions, au départ. »

Emma sort son portable, encore couvert d'empreintes de doigts sanglantes, mais Noah l'arrête d'un geste.

« Non, pas ici. Lis ça plus tard, quand tu seras seule.

— C'est vrai, ce qu'ils disent ? Votre père vous a attaqués ? »

Noah a l'air de quelqu'un qui cherche à avaler un trop gros morceau.

« Il l'a fait très souvent. »

Devant la porte, Dolly passe un bras autour des épaules de Jude, qui ferme les yeux et se laisse aller contre elle. Tous deux ont l'air d'avoir enfin relâché une respiration trop longtemps contenue. Gains touche son chapeau et lance : « On vous appellera. » Emma range son portable dans son blouson sans ajouter un mot.

Trois jours plus tard, Emma rend visite à Hunter à l'hôpital d'Estes.

« On m'a fait une transfusion sanguine. C'était hardcore, putain.

— Comment tu te sens ?

— Oh, globalement, à deux doigts de me foutre en l'air. Je me nourris de bananes et de pain de mie pour l'instant – tu sais, le temps que mon estomac se remette, et le docteur a dit que je devais éviter la nicotine et le café. Zéro sur dix. Je recommande à personne de se prendre un coup de couteau dans le bide. »

Emma sourit et s'assoit sur le bord du lit.

« Je voulais t'envoyer un texto, mais j'ai réalisé que t'avais pas ton téléphone. T'as entendu ce qui est arrivé à Samuel ? »

Le soleil aqueux disparaît derrière un nuage et, sans la lumière aveuglante, Emma s'aperçoit que Hunter a le visage tout gris.

« J'ai entendu qu'il s'était pris une balle. » Il ajoute : « Mes parents sont venus hier. Ils ont raconté aux flics que Samuel en voulait à mon père pour une histoire de boulot, ou je sais pas quoi, et que c'est pour ça qu'il était passé à la maison m'embrocher. Ça leur évite les questions gênantes sur Abi, et comme ça, Papa peut faire bonne figure. *Jerry Maddox, visé par une agression violente à l'arme blanche, pleure pour son fils innocent, qui s'accroche à la vie en réanimation.*

— Ça en jette.

— Tu l'as dit. » Il pousse un profond soupir et renverse la tête dans le gros oreiller calé derrière lui. « Il est mort, c'est déjà ça. J'ai le droit de le dire ? En tout cas je le dis. Je suis content qu'on lui ait explosé la cervelle.

— Ouais », approuve Emma. Puis, après un petit silence qui semble savoir qu'il inaugure autre chose, elle demande : « Pourquoi tu m'as aidée ? Je veux dire, tu savais que c'était Samuel qui l'avait tuée, alors pourquoi tu m'as aidée à traquer ton père ?

— Putain, mon père. » Hunter pousse un petit grognement. « J'ai pas menti à son sujet. Je l'ai vraiment vu dans les bois cette nuit-là. Et puis franchement, il a gardé son baume à lèvres, bordel. Il était vraiment chelou avec Abi, et quand t'as parlé de ce gilet en laine, je savais qu'elle le portait quand… Je crois que je me suis dit qu'elle avait pu s'en sortir, sur quoi mon père était arrivé et… tu sais… l'avait achevée. » Il donne un faible coup de poing sur le matelas. « Je sais pas. C'est tellement dégueulasse, ce qui lui est arrivé. Je voulais juste me rendre utile. »

Emma joue avec la fermeture éclair de son blouson. Elle pense aux photos des pages un peu chiffonnées que Noah lui a envoyées ; quand elle a eu fini de les lire, elle a sorti leur dernier almanach du lycée et l'a rempli de toutes les photos et autres souvenirs d'Abigail qu'il lui restait, les pressant entre les pages comme des fleurs sauvages, avant de replacer l'album sous son lit. Des funérailles privées auxquelles personne d'autre n'a assisté. Le seul cercueil qu'Abigail aurait jamais.

« Je regrette qu'elle m'ait pas dit ce qui se passait.

— Abi s'inquiétait tout le temps pour toi. Elle disait que tu avais déjà assez de problèmes comme ça. Tu sais. »

Hunter la regarde de la tête aux pieds, et soudain Emma éprouve un malaise qu'elle ne saurait pleinement exprimer.

« Je lui ai jamais demandé de me sauver.

— Je crois pas qu'elle voyait ça comme ça. Elle voulait juste te protéger.

— Mais j'étais son amie – c'est moi qui aurais dû la protéger, *elle*. Bordel, comment ça se fait qu'elle préférait te faire confiance à toi plutôt qu'à moi ?

— Franchement, Emma, je crois que c'était la honte. Elle voulait pas que les gens la regardent autrement, surtout pas toi. Elle t'aimait. Et à sa décharge, elle me faisait pas confiance – pas au départ, en tout cas. J'étais juste un connard lambda qui avait lu son journal. » Il soupire et donne une pichenette distraite au tuyau qui sort de son bras. « Elle te faisait confiance, je te le promets, c'est juste qu'elle pensait que tu avais assez d'ennuis comme ça et qu'elle voulait pas t'entraîner dans ses problèmes. »

Emma pense aux réflexions que lui a faites le fils du pasteur au bal du lycée, au regard que lui a jeté Andie Maddox ce soir-là chez Hunter, au panneau « RÉSERVÉ AUX AMÉRICAINS » de Jerry au camping. Une jeunesse entière de mots et de coups d'œil qui lui ont parfois donné l'impression d'être une araignée emprisonnée sous un verre, qui regardait Abigail, dehors, vivre sans peur. Mais c'est une chose de se voir comme ça. C'en est une autre de constater que les autres ont pu vous voir comme ça aussi. Si Abigail avait choisi de souffrir en silence parce qu'elle pensait que sa meilleure amie était trop occupée par le harcèlement quotidien dont elle était victime, cela ressemblait fort à de la pitié. Et Emma a de nouveau l'impression que tout est sa faute.

Aurais-je dû être quelqu'un d'autre, se demande-t-elle, pour la sauver ?

La lanière de son sac à main se prend dans la poignée de la porte lorsqu'elle quitte l'hôpital, et la secousse la tire brusquement en arrière. Peut-être que si elle n'avait pas poussé un juron si sonore, le personnel de l'accueil n'aurait pas levé les yeux, et peut-être que Jerry Maddox ne l'aurait pas remarquée.

« Qu'est-ce que vous fichez là ? »

Il traverse le hall d'un pas décidé, et quelques têtes se tournent comme si sa colère formait un halo visible autour de lui.

« Vous avez pas déjà causé assez de problèmes à mon fils ? »

Emma respire un grand coup en s'efforçant de décrocher son sac de la porte. Pas maintenant, se dit-elle, de grâce, pas maintenant, pas quand Abi est... Mais la sangle est tout emmêlée et elle ne parvient pas à la retirer.

« C'est à cause de votre cinéma que Hunter a atterri ici, j'espère que vous le savez, fait Jerry. Avec ça, il ne va pas pouvoir participer aux éliminatoires, et si ça se trouve, il ne pourra jamais rejouer. Vous m'écoutez, au moins ? »

Emma a soudain l'impression que son cuir chevelu est trop petit pour contenir sa tête.

« Laissez mon fils tranquille, Miss Alvarez, ou vous allez finir comme votre père. »

À ces mots, elle lève le regard sur lui, plante ses yeux dans les siens, et y voit une joie mauvaise qui lui donne envie de partir en courant.

« Qu'est-ce que vous lui avez fait, à mon père ?

— Je soulignais juste ce qui risque d'arriver aux gens comme vous quand vous mettez le nez dans mes affaires. Mais, vous savez quoi, vous feriez peut-être bien de poser la question à votre mère. Moi aussi, je me suis toujours demandé où est-ce qu'il avait disparu. »

Jerry ramène ses épaules en arrière, et semble tout à coup prendre deux fois plus d'espace qu'avant. *Fuis !* se dit Emma.

« Je ne veux pas vous reprendre à tourner autour de mon fils. Vous avez fichu sa vie en l'air, vous comprenez ? Si je vous revois, je… »

Fuis ! Et c'est ce qu'elle fait, arrachant la lanière de son sac en courant vers le parking.

Dolly est devant la maison quand Melissa se gare. Elle a les bras chargés d'affaires de la cabane de son mari, qu'elle jette dans un feu au bout de l'allée.

« Tu brûles Jésus aussi ? demande Melissa.

— Tout doit disparaître. »

La bouche du Jésus en plastique s'ouvre de plus en plus grand tandis que les flammes le contractent.

« Je l'ai jamais aimé, celui-là, de toute façon. » Dolly s'essuie les mains sur les cuisses. « T'es venue voir la scène du crime ? La moitié de la ville a dû passer par là ces derniers jours. »

Le regard que lui lance Melissa est presque tendre.

« Je suis venue te voir, toi, bien sûr. Comment ça va ?

— Je ne sais pas. Je devrais savoir, j'imagine, mais je ne sais pas.

— Tu arrives à dormir ?

— T'es là en tant que médecin ?

— Non. Mon amie vient d'abattre son mari en état de légitime défense. Je m'inquiète pour elle, c'est tout. »

Dolly hoche la tête.

« Comment va Emma ? J'ai appris ce qui s'est passé avec elle et le fils Maddox. Et elle est venue, après Samuel, tu sais. Ça fait beaucoup en une seule journée. »

Emma avait du sang partout sur les manches, se rappelle Dolly, et elle se rappelle avoir pensé que c'était d'autant plus frappant que, par ailleurs, elle avait les mains à peu près propres. Les ambulanciers avaient dû les lui nettoyer avec des lingettes, mais personne ne pouvait rien faire pour le tissu. Elle imagine Melissa en train de frotter pour tenter de faire disparaître les taches, comme elle-même avait frotté le plancher du vestibule pour ôter le sang de son fils, le soir où ils avaient trouvé les photos sur l'ordinateur de Noah. Même s'ils survivent, se dit-elle, nous finissons toutes avec le sang de nos enfants sur les mains, d'une manière ou d'une autre.

« Emma s'en sort, je crois », dit Melissa, et Dolly a de la peine pour elle, car c'est ce qu'elle répond aussi quand les gens lui demandent des nouvelles des garçons.

Dolly se frotte les yeux. « C'est le feu », explique-t-elle. Le plastique brûlé la fait larmoyer un peu. Elle sait qu'elle devrait sans doute inviter Melissa à entrer, mais la maison est comme un habit géant qui ne lui va pas, et elle ne parvient pas encore à décider comment l'enfiler. Il lui semble important de faire comprendre les choses à Melissa, si elle ne veut pas voir son amie s'éloigner de nouveau.

« J'ai aimé ça, dit-elle enfin. Le tuer, je veux dire.

— Bon Dieu, Dolly.

— Dieu n'a rien à voir là-dedans. »

Melissa éclate de rire, un rire bref et soudain, et Dolly l'imite. Elles sont toutes deux contentes de trouver un moyen de relâcher la tension qui leur serre la gorge.

Puis Melissa reprend : « J'ai entendu ce que disent les gens, sur Abigail. Un peu, en tout cas. Sur… ce qu'il a fait. »

Ça doit être un des policiers qui a lancé la rumeur, se dit Dolly. Ça ne l'étonnerait pas, après qu'ils ont vu ce qu'avait écrit Abigail. Qui n'aurait pas quelque chose à dire après avoir lu ça ? Ou peut-être Maggie, la femme de Bill Tucker, qui fournit les repas et les cafés de la police. Ils cancanent tous à qui mieux mieux, comme quand Noah est allé fournir un alibi à Rat. Peut-être qu'ils ne pensent même pas à mal. Si on a assez de distance vis-à-vis d'un événement, il se transforme en simple anecdote, et les anecdotes, ça facilite la vie, quelquefois, Dolly le comprend très bien.

« Qu'est-ce qu'ils racontent, les gens ? demande-t-elle.

— Qu'il… » Melissa déglutit. « Et puis qu'il l'a tuée. Dans les bois, là où ils ont retrouvé la douille. »

Dolly confirme d'un hochement de tête.

« Ce n'est pas ta faute. Oh, Dolly, tu ne pouvais pas savoir.

— Abi a essayé de me le dire, un jour. Je crois que c'est ce qu'elle essayait de faire. Un matin, elle m'a demandé de l'aider à se procurer la pilule du lendemain et je… C'est le plus terrible, j'ai pas voulu en entendre parler, alors je lui ai donné une gifle. »

Dolly n'avait pas l'intention de lui révéler ça. Melissa a l'air mal à l'aise, et Dolly sent cette gêne commencer à prendre forme entre elles, telle une entité solide qui finira par les éloigner de nouveau, mais elle n'arrive plus à s'arrêter maintenant qu'elle a commencé. Exactement comme Ann Traxler au sujet de cette femme morte dans son fauteuil.

« Noah me déteste. Il s'est montré formidable dans toute cette affaire, mais il me déteste. Tu sais ce qu'il m'a dit, à l'hôpital, hier ? Je lui ai annoncé que j'avais réussi à obtenir une assurance pour son copain, et il a répliqué : "Et c'était où, tout ça, quand Papa a essayé de m'envoyer en *thérapie de conversion* ?" » Elle tressaille. « Oh, c'était affreux, Melissa. Il a sorti ça comme ça, devant l'infirmière. Et j'ai essayé de lui expliquer que je n'étais pas au courant – car je ne l'étais *pas* – mais il a répondu : "Tu savais toujours exactement ce qu'il allait faire, et tu restais les bras croisés."

— Oh, je trouve qu'il n'aurait pas dû dire ça.

— Mais il avait raison ! »

C'est ça qui la bouleverse le plus. Jusqu'à hier, jusqu'à ce que Noah lui hurle dessus devant cette infirmière et ce pauvre garçon brûlé, elle pensait que ce qu'elle avait fait à Samuel allait suffire. Qu'ils pourraient tous tomber d'accord pour repartir de zéro, désormais. Mais c'est elle qui a appuyé sur la détente, elle qui a eu le privilège de décharger toute sa colère dans la figure de Samuel Blake, pas ses fils. Et la colère, il faut que ça passe quelque part.

« J'ai détruit mes enfants, Mel. Tout ce temps, il leur arrivait des choses, et que j'aie su, pas su ou pas voulu savoir, ça n'y change rien. Ils ont quand même souffert. Et je n'ai rien fait. »

Elles restent face à face à se dévisager un moment, et Dolly essaie de deviner ce que Melissa pense d'elle.

Finalement, c'est elle qui reprend : « Je suis désolée pour ce qui est arrivé à Abigail. Mais Noah est toujours là, tu sais, et Jude aussi. Guérir, c'est comme déterrer des cadavres, sauf que certains ne t'appartiennent même pas. Je crois qu'avec le père qu'ils ont eu, tes fils ont certainement un petit cimetière bien à eux. Tu vas peut-être devoir le traverser une fois de temps en temps – ils vont peut-être même t'y entraîner, des fois – mais ça ne veut pas dire que tout est détruit pour toujours. "Détruit", c'est tellement définitif, comme mot. Dolly, tant que tes fils savent qu'ils ont quelqu'un pour les accompagner dans ce cimetière, je ne crois pas que tu doives t'inquiéter, la vie n'est pas finie. »

Dolly pousse un soupir et renverse la tête en arrière pour regarder le ciel d'un bleu délavé.

« Je vais à l'église depuis assez longtemps pour reconnaître le sentiment de culpabilité quand il me parle. Le corps de qui tu déterres, toi ? »

Elle sourit, mais lorsqu'elle regarde de nouveau son amie, Melissa a les yeux fixés sur le feu et paraît beaucoup plus vieille que Dolly ne l'a jamais vue.

« Celui de mon mari », dit-elle.

50

Emma est soûle quand sa mère rentre, et elle s'en fiche. Elle s'appuie contre le dossier du fauteuil et lève vers Melissa la bouteille de whisky qu'elle a réussi, cette fois, à piquer dans la boutique de Mr Wen. Les couleurs dans la pièce ne semblent pas vouloir rester tranquilles, mais sa mère, si : elle reste plantée là, les mains maladroitement jointes devant elle, comme dans une tentative de prière bâclée.

« Abi est morte. »

Sa mère, dont les amies sont encore vivantes, dit : « Je sais. Je suis désolée.

— Elle voulait pas me parler de ce qui lui arrivait parce que, apparemment, j'avais *assez de problèmes comme ça*. Tu savais ça, Maman ? Tu étais au courant, pour mes problèmes ? »

Melissa pince les lèvres un court instant, et Emma trouve son silence louche. Elle pense : J'ai volé cette bouteille d'alcool, Maman. Je t'ai menti. Si j'étais toi, je serais tellement furax que j'aurais envie de hurler.

Mais sa mère dit : « Je crois qu'Abigail subissait des choses qu'aucun d'entre nous n'aurait vraiment pu comprendre. » Puis elle ajoute : « Donne-moi cette bouteille, s'il te plaît, Em. On n'est pas obligées de discuter de la manière dont tu l'as obtenue pour l'instant, mais s'il te plaît, donne-moi la bouteille. »

Oh, se dit Emma, elle essaie d'être douce, comme si j'étais folle, ou je ne sais pas quoi. Ça lui donne envie d'être tout sauf douce.

« Je sais que tu sais quelque chose que tu ne me dis pas sur Papa.

— On va pas recommencer avec ça, Em. Je croyais que c'était réglé.

— J'en ai marre que tout le monde me cache des choses. C'est pas un problème pour toi, tu étais déjà quelqu'un avant de rencontrer mon père, mais tout ce que j'ai jamais eu, moi, c'est son absence !

— Emma…

— Toute ma vie, les gens de cette ville m'ont traitée différemment sous prétexte que je suis latina, et la seule personne qui aurait pu m'expliquer ça, qui aurait pu m'aider, c'était lui, et il a disparu. Je sais qu'il lui est arrivé quelque chose. Il s'est passé quelque chose, et tu refuses de me dire quoi. »

Melissa se frotte le coude.

« Je te *l'ai* dit, Emma. Il est parti.

— Les gens ne… Ils ne peuvent pas continuer à me quitter comme ça. C'est pas *juste*. Qu'est-ce qui lui est arrivé, ce soir-là, Maman ? Qu'est-ce qu'il lui a fait, Jerry Maddox ? Qu'est-ce que *tu* as fait, toi ? »

Lorsque Emma prononce ces mots, sa mère s'assoit. Elle s'assoit brusquement, comme si Emma avait traversé la pièce et l'avait poussée sur le canapé.

« Em… » Melissa se prend la tête dans les mains. « Ce n'était pas censé se passer comme ça. Je pensais aider… Je n'ai jamais voulu te faire de mal. » Sa mère fixe un point lointain sur le tapis, les mains écartées sur ses genoux, et prend une profonde inspiration. « Ton père, il saignait quand il est rentré à la maison. Jerry Maddox et les autres l'avaient gravement tailladé. Il avait encore des éclats de verre dans les mains. J'ai dû les retirer à la pince à épiler.

— Maman. »

Emma s'assoit à ses pieds. Elle se sent tout à fait comme une enfant en levant les yeux vers le visage de sa mère, mais les rides pâles qui s'y trouvent lui rappellent qu'elles sont toutes deux beaucoup plus vieilles à présent, et elle pose les mains sur les doigts exsangues de Melissa.

« Il travaillait à la scierie et, à l'époque, c'était la crise. Beaucoup de gens étaient furax parce que les salaires avaient été diminués, et ils ont lancé une rumeur comme quoi Jerry Maddox détournait des fonds. Sauf que Miguel a pris ça au sérieux, et il s'est mis à fureter en douce. Je crois même qu'il a trouvé quelque chose, parce qu'il a mis le shérif Gains dans le coup – il n'était pas shérif, à l'époque, mais simple flic – et Gains est allé en parler à son patron. Et le shérif de l'époque, Ringer, s'est empressé de tout répéter à Jerry Maddox, sous prétexte que ce salaud lui avait promis de l'aider à obtenir une promotion. Il lui a dégotté un poste à la mairie de Denver, je crois. Gains pensait sans doute faire son devoir, mais il aurait dû faire plus gaffe, dans un patelin comme celui-ci. S'il n'avait rien dit… »

Melissa aspire bruyamment, et Emma n'est pas sûre d'apprécier la façon dont sa mère la regarde.

« Tu sais ce qu'ils ont fait au jeune Roumain ? Eh bien, Jerry a toujours été comme cul et chemise avec le pasteur, et il s'est débrouillé pour lui faire dire toutes sortes d'horreurs dans ses sermons. À force d'écouter Ed Lewis dégoiser tous les dimanches, les gens se sont mis en tête que les travailleurs immigrés étaient la vraie raison de leur déclin financier. Miguel n'était même pas un immigré, il était d'Albuquerque, punaise, mais ces gens étaient incapables de faire la différence, ou alors ils s'en fichaient. Un soir, ton père est arrivé à la maison couvert de sang en expliquant qu'une bande de types de la scierie lui étaient tombés dessus et… »

Les larmes montent aux yeux de Melissa, même si elle ne pleure pas vraiment, pas encore.

« Il voulait qu'on s'en aille. Il voulait qu'on fiche le camp, comme ça, en pleine nuit. Il disait qu'il ne serait jamais plus en sécurité ici. Mais tu comprends, moi, je venais d'obtenir mon diplôme. J'y avais travaillé d'arrache-pied, j'avais investi un fric dingue, et j'allais devenir médecin, c'était *mon* truc. J'avais obtenu tout ça par moi-même, et je n'étais pas prête à y renoncer. On s'était mariés si jeunes et mon Dieu, Emma… Ton père, il voulait t'emmener avec lui. Il ne voulait pas abandonner sa petite fille. Il disait que j'avais beau avoir le teint bien blanc, toi, tu aurais toujours des problèmes ici. Mais tu nous as entendus crier, tu es descendue, tu l'as vu comme ça, avec le sang sur ses mains, et tu as été terrifiée. Oh, Em, tu avais tellement peur, tu ne voulais pas partir avec lui, tu t'accrochais à moi en pleurant, et je te serrais contre moi et je ne voulais pas te laisser partir. »

Emma la fixe. Le mascara de sa mère coule.

« Je l'aimais, ton père, je l'aimais vraiment, mais… J'ai pensé… » Sa voix se brise et elle se tamponne les yeux. « J'ai pensé que si je pouvais garder ça secret, ce que ces salauds ont fait à Miguel, tu ne serais pas obligée de savoir si jeune qu'il y a des gens qui peuvent être tellement haineux. Et j'avais honte de ce que j'avais fait, de l'avoir laissé partir comme ça alors qu'il n'avait personne d'autre. Je me suis autorisée à croire que c'était pour ton bien, mais au fond, le résultat, c'est que tu as grandi en pensant que ton père ne t'avait jamais aimée, or ce n'est pas vrai. Em, ça n'a jamais été vrai. »

Melissa se couvre le visage des mains et se laisse aller en avant dans une posture qui, aux yeux d'Emma, assise à ses pieds, ressemble à un glissement de terrain. Elle prend sa mère dans ses bras et l'attire aussi près que possible, comme pour essayer de la contenir.

« Oh, mon Dieu, Em, je suis tellement désolée. »

Emma a dit « désolée » tant de fois ce mois-ci, elle aussi, qu'elle sait ce que sa mère a besoin d'entendre.

« T'en fais pas. » Elle le dit pour elles deux. « C'est pas ta faute. »

Après un dîner insipide – des crackers et une banane – Hunter lève les yeux et voit son père au pied de son lit. Il a teint ses mèches grises et il porte une cravate.

« T'avais pas besoin de te mettre sur ton trente et un pour moi, Papa. »

Jerry Maddox lisse un pli imaginaire sur sa chemise.

« Une journaliste de Boulder veut faire un papier sur ton agression. C'est du sensationnel, Hunter. On a été pris en photo, ta mère et moi.

— Ah, super. Ils veulent une photo de moi ?

— Ils en ont déjà pris une avant que tu te réveilles de l'anesthésie. Apparemment, tu as l'air plus sympa quand tu es inconscient. »

Hunter siffle un petit coup, tout bas, et se laisse retomber sur son oreiller.

« Alors si je comprends bien, tu es toujours fâché que je me sois introduit dans ton bureau.

— Je peux m'asseoir ? »

Il sent le bout de son lit s'enfoncer sous le poids de son père. Jerry esquisse le geste de croiser les jambes, mais se ravise.

« Hunter, j'ai peur que tu te sois fait des idées, l'autre soir. Ce stick à lèvres, là – je ne le gardais pas parce que je… Elle l'a laissé échapper, tu comprends. C'était il y a une éternité, mais la fille Blake était complètement défoncée à je sais pas quoi, alors je lui ai donné de l'eau et on a discuté un peu, puis elle a fait tomber ce truc en partant. Alors… » Jerry lève les mains. « Je reconnais que je n'aurais pas dû le garder, que c'était complètement débile, mais je veux que tu comprennes bien que je n'ai jamais posé la main sur elle. Ce n'était rien. C'était une jolie fille, je l'appréciais, en toute innocence, voilà tout. Tu peux comprendre ça, non ?

— Maman sait que tu apprécies les jolies filles comme ça ?

— Allez, fais pas de mauvais esprit.

— Il faut bien que quelqu'un s'en charge.

— Tu sais, Hunter, j'arrive pas à comprendre ce que tu as dans le crâne. Samuel Blake est pas venu t'ouvrir les entrailles sans raison. Si tu étais impliqué dans une sombre histoire avec la fille Blake, tu aurais pu me le dire. Je t'aurais aidé. Je fais tout ce que je peux pour tenir ton nom en dehors de tout ça – bon sang, c'est pour quoi, la journaliste, à ton avis ? Mais là, tu as perdu ta place dans le championnat de l'État, et avec une blessure pareille, tu peux dire adieu au sport de compétition, et on dirait que tu t'en fiches.

— Mais *c'est* que je m'en fiche, Papa. C'est toi qui voulais que je fasse du basket, parce que c'est ce que toi, tu faisais au lycée, mais personne ne m'a jamais demandé ce que je voulais, moi.

— Eh bien, qu'est-ce que tu veux ? »

Hunter pousse un soupir et détourne la tête.

« Je ne veux pas finir comme toi. »

Il sent le matelas remonter un peu lorsque son père se lève.

« Cette journaliste, si elle te rend visite, j'apprécierais que cette histoire de stick à lèvres ne s'ébruite pas. Tu sais comment ils sont, à Boulder. C'est une femme très à gauche. Et ta mère… Ne lui en parle pas non plus. »

Hunter ferme les yeux et hoche la tête. *Tout ce que tu voudras, comme d'habitude, Papa.* Peut-être qu'il doit ça à son père. Il avait si désespérément envie de croire qu'Abigail avait survécu à cette chute – de croire que ce qui lui était arrivé, en définitive, pouvait être la faute de quelqu'un d'autre – qu'il était prêt à accuser son père, et sur quelle base ? Sur la foi d'une conversation entendue derrière le mobile home des Tyson ? Sous prétexte qu'il l'avait aperçu dans les bois en marchant péniblement dans la boue pour rentrer cette nuit-là ?

C'est sans doute le courant violent de la rivière qui lui a arraché son gilet, se dit-il. Et pourtant, quand il ferme hermétiquement les yeux à présent, il revoit le sourire étrange sur les lèvres d'Abigail quand elle a disparu derrière les rochers. Il repense à ses mots : *T'es pas en train de me sauver, mais de m'aider. C'est pas la même chose.*

Sur le trajet du retour, Jerry met son autoradio pour s'empêcher de réfléchir trop. Il ne ralentit que lorsqu'il remarque la voiture de la journaliste qui sort d'Elkstone Bend, et il s'arrête pour lui faire signe.

« Vous avez tout ce qu'il vous faut ? demande-t-il en baissant sa vitre.

— Oh oui. Ça va faire un papier formidable, Mr Maddox. »

Il pousse un soupir de soulagement sans se soucier qu'elle puisse le remarquer. « Bonne continuation, alors », lance-t-il, et il la salue d'un geste tandis qu'elle repart vers le centre à toute vitesse. Les femmes d'aujourd'hui, se dit-il. Ce néo-féminisme, ça ne remplace pas les bonnes manières.

Il se gare dans le staccato des ombres de la fin d'après-midi qui s'allongent dans le jardin, mais il laisse ses mains sur le volant encore un moment, même après avoir coupé le contact. Je ne suis pas un mauvais mari, se dit-il. Pas un mauvais père. Je suis un homme, et le Seigneur ne m'aurait pas fait comme ça si ça Le dérangeait tant que ça.

Assis là, il remarque que plusieurs trembles près du porche ont besoin d'une bonne taille : il va devoir s'y coller avant que l'hiver s'installe. La bâche sur le toit du garage s'est détachée et claque au vent, qui charrie une odeur puissante de feu de bois. Elle aussi, il va falloir s'en occuper, ainsi que de la latte descellée sur la véranda, qu'Andie remet tout le temps sur le tapis.

Il se laisse aller sur son siège et ferme les yeux. La vie va continuer. Hunter va se calmer.

Ce n'est que lorsqu'il descend de son pick-up que Jerry remarque l'inscription sur la porte. Pendant une affreuse minute, il croit que c'est du sang et s'étrangle, se rappelant le gros trou dans l'abdomen de Hunter à son arrivée à l'hôpital. En y regardant de plus près, il voit que ce n'est que de la peinture rouge, mais il se dit qu'il s'en serait sans doute moqué, en soi, de la matière, si seulement cette journaliste n'avait pas lu le message en épaisses majuscules : « JERRY LE RACISTE AIME LES ADOLESCENTES. »

Melissa retient les cheveux de sa fille tandis qu'elle vomit son Jack Daniel's.

« Maman. » La voix d'Emma résonne un peu dans la cuvette des toilettes. « Je crois que j'ai besoin de me faire aider.

— Tu veux que j'aille te chercher de l'eau, ou quelque chose ?

— Non, je veux dire… Par un professionnel. »

Melissa se fige un instant – ce mot, « professionnel ». Comme si ce qu'elle a à donner ne suffisait pas. Comme si ce qu'elle donne depuis le début n'avait jamais suffi, et que c'était pour cette raison qu'elles en arrivaient là. Si sa fille a besoin de se faire aider par un professionnel, quelle mère les gens vont-ils penser qu'elle est ?

Mais ça lui rappelle aussitôt Dolly – cette pauvre Dolly, qui a dit la même chose. Pendant une interminable seconde, elle s'imagine Abigail allongée, pâle et silencieuse, dans la terre, les lèvres bleues, les yeux vitreux, des feuilles mortes détrempées dans ses cheveux brillants. Puis tout à coup, c'est Emma qui gît là à sa place.

Melissa secoue la tête et masse les épaules de sa fille chérie pour se rassurer : elle est toujours là.

« Tout ce dont tu as besoin. On va trouver une solution. »

Lorsque le téléphone sonne, elles sont blotties ensemble sur le canapé. Emma a la tête sur les genoux de sa mère, qui lui caresse les cheveux. Ça sent un peu le vomi, mais ça n'a pas franchement d'importance : sa fille est en vie.

Le portable d'Emma ne cesse de vibrer, et finalement, agacée par le son, Melissa ramasse le sac d'Emma, et le déniche entre chouchous, tampons, et une bombe de peinture rouge. Elle ne reconnaît pas le numéro mais répond tout de même, pensant que c'est peut-être l'ami d'Emma qui est à l'hôpital. D'abord, elle n'entend rien, mais peu à peu, dans le lointain, se précise le son d'une respiration.

« Qui est-ce ? demande-t-elle. Vous voulez parler à Emma ? »

La respiration cesse et on entend plus qu'un crépitement de friture.

« Allô ? »

L'appel est coupé.

51

Le lendemain d'Halloween, tandis que les citrouilles grimacent encore sous tous les porches et que des emballages de bonbons crissent le long des trottoirs dans le vent de la montagne, une foule se forme devant le cimetière de Whistling Ridge pour regarder les Blake mettre Samuel en terre.

Les badauds tirent sur leurs écharpes et piétinent sur place pour se réchauffer tout en murmurant. Il y a Dolly, elle est tout en noir, les talons de ses plus belles chaussures sont toujours aussi usés, mais elle se tient bien plus droite, un bras autour de son plus jeune fils, qui garde la tête haute, défiant quiconque de les regarder trop longtemps. Et voilà Noah, les lèvres toujours gercées, le nez toujours cassé, mais à côté de lui, Rat retire ses grosses lunettes noires et incline un peu la tête pour sentir le soleil falot sur la moitié déformée de son visage.

Tout le monde observe Rat. Ils observent aussi le pasteur Lewis, qui préside la cérémonie. La rancœur plane, se dit Dolly, en regardant l'emballage d'une barre Hershey's qui brille sur le bord du cercueil de son mari. Les gens en veulent à Ed Lewis de les avoir incités à faire ce qu'ils ont fait cette nuit-là au camping. Ils se sentent coupables, mais ils refusent d'en porter la responsabilité, alors ils l'accuseront à la place. Une semaine plus tard, tout le monde commencera à se demander quand on a vu la famille Lewis pour la dernière fois.

« C'est à la sueur de ton visage que tu mangeras du pain, jusqu'à ce que tu retournes dans la terre, d'où tu as été pris ; car tu es poussière, et tu retourneras dans la poussière. »

Dolly ne sait pas ce qu'elle attend – de pouvoir faire son deuil, peut-être, en voyant la dépouille de Samuel s'enfoncer dans le sol. Ce n'est pas aussi simple que ça, elle le sait. Le deuil vient avec la compréhension, et elle ne comprendra jamais vraiment pourquoi il était comme ça. Il y aura des gens, dans les années à venir, qui hocheront la tête d'un air entendu, en disant que c'était à cause du Viêtnam, ou parce que Samuel était un « psycho- ou un névro-quelque chose », et elle répondra : « Oui, vous avez peut-être raison », mais ça n'élucidera rien. En ce sens, Abigail n'est pas le seul être qu'il a privé d'une sépulture.

En l'état, tout ce qu'elle peut faire, c'est brûler ses anges en plastique et ses carillons en os, et demander à quelqu'un de plâtrer le trou dans le mur ; ça devra suffire pour le moment.

Après la cérémonie, Noah dit : « Allez-y, Maman. Je vous rejoins à la maison. » Il reste debout devant la tombe avec ses bras sous les aisselles, tandis que les autres s'en vont lentement, l'un derrière l'autre, comme si, quelque part, ils ne voulaient pas que ça soit tout à fait fini. Il comprend. Les moments de transition comme celui-ci donnent l'impression que les choses seront différentes la prochaine fois, mais et si rien n'avait vraiment changé ?

Rat s'appuie contre une pierre tombale et sort un paquet de cigarettes si chiffonné que Noah ne comprend même pas de quoi il s'agit jusqu'à ce qu'il entende le déclic de son briquet.

« Hé, arrête ça.

— Blake, tu veux me tuer, là. Juste une. Je le répéterai pas, si tu le répètes pas.

— Tu sais ce que le médecin a dit pour ton œil.

— Ça va, mon œil. »

Rat baisse ses lunettes noires et hausse le sourcil qui lui reste.

Noah avance la jambe et tapote du bout de sa botte la petite croix en plastique qui marque pour l'instant la tombe de son père.

« Viens faire un tour », dit Rat.

Le cimetière est vide à présent, et tous deux se promènent en zigzag entre les tombes, bras dessus bras dessous, avec le vent d'hiver qui leur soulève les cheveux et fait claquer le rabat de leurs blousons.

« Ça t'arrive de parler à tes parents ? demande Noah.

— Je ne leur ai pas adressé la parole depuis mes… dix-huit ans, je crois ?

— Et c'est mieux comme ça ?

— Ah, je vois. C'est à propos de ta mère, pas vrai ? »

Noah lui donne un petit coup de coude.

« Change pas de sujet. »

Rat lui rend son coup de coude.

« Tu es en colère parce qu'elle refuse de s'engueuler vraiment avec toi. Je crois que tu vas devoir accepter qu'elle regrette.

— Certes, mais c'est pas si simple. Franchement, elle a déconné, tu crois vraiment qu'elle mérite qu'on passe l'éponge comme ça ? »

Rat fronce les sourcils, ce qui lui donne toujours l'air plus grave qu'il ne le souhaiterait, ces derniers temps, avec ce côté visible de son visage qui se plisse comme un vieux journal.

« Tu crois que c'est comme ça qu'on répare le monde ? dit-il. Tout le monde se met en colère et reste en colère ? Je sais qu'on a tous le fantasme de dire aux gens qui nous ont fait souffrir à quel point ils nous ont fait souffrir, mais la plupart du temps, ils ne le regrettent même pas, alors c'est quoi, la solution ? Tu comptes juste rester en rogne pour le restant de tes jours ?

— Mais toi, t'es plus en colère ? Pour le feu, je veux dire ?

— Eh, qui c'est qui change de sujet, maintenant ? »

Rat détourne son visage et Noah ne voit plus que le côté indemne.

Ils se sont arrêtés, et Rat piétine les feuilles mortes qui s'amassent sous ses pieds, mettant de la boue partout sur les bottes en cuir pointues que Dolly lui a achetées, curieusement, quand il est sorti de l'hôpital.

« Tu parles jamais de ta mère, toi, fait Noah.

— J'habitais dans un camping-car sur un autre continent qu'elle. J'imaginais que ça parlait par soi-même.

— Certes.

— Écoute, Blake, parole de quelqu'un qui n'a littéralement rien : un jour, tu vas vouloir une mère. Accepter ses excuses, ça ne veut pas dire que tu penses que ce qu'elle a fait n'était pas grave, ça veut juste dire que les choses peuvent changer, à partir de maintenant. Ce n'est pas ce que tu veux ? »

Noah le regarde arranger ses cheveux pour dissimuler son oreille difforme.

« Et pour ta gouverne, bien sûr que je suis encore en colère pour l'incendie. Mais ça sert à qui ? Je ne peux pas rester laid *et* malheureux, sans quoi même toi, tu vas te lasser de moi. »

Il commence à s'éloigner, mais Noah lui saisit le coude, et prend sa mâchoire couverte de cicatrices dans la paume de sa main.

« Dis pas ça.

— C'est pourtant vrai, Blake.

— Rien de tout ça – toi et moi – n'est arrivé parce que j'ai regardé un garçon et l'ai trouvé beau. C'est arrivé parce que quand je t'ai regardé, tu m'as rendu mon regard. Tu m'as vu. J'ai eu le sentiment que personne ne m'avait vraiment vu auparavant, et maintenant, je te vois aussi, tout pareil. Et je te rends toujours ton regard. »

Noah l'embrasse sur le sommet de la tête, et il se dit que ça lui plaît que Rat sente plus le shampooing que la clope, désormais. Il passe un bras autour de ses épaules.

« Tu n'auras jamais *rien*. Soit dit en passant. »

Ce n'est pas tant une veillée qu'une poignée de gens qui ne veulent pas laisser la famille seule. Melissa apporte un gratin. Ann Traxler, un plat plein de brownies qu'elle a faits elle-même. « Ce ne sont pas des brownies *qui font rigoler* », ne cesse-t-elle de répéter, et Dolly se dit que c'est le truc le plus absurde qu'elle puisse imaginer, Ann Traxler qui ferait des gâteaux à la marijuana, mais aussi que c'est dommage. Ça aurait rendu Samuel fou de rage.

Lorsqu'elle entend le grondement de la moto de Rat dans l'allée, et voit Noah, qui se tient derrière lui, en descendre, elle a l'impression puissante que la lame d'une guillotine vient de s'abattre entre eux. Il ne revient participer à la veillée que pour la forme : intérieurement, il a pris une décision, elle le voit. Il est déjà loin.

Elle a tant à lui dire, mais en définitive, tout ce qu'elle parvient à faire, c'est écarter ses cheveux brillants de ses yeux et lui dire : « C'est loin, la Californie. Tu vas me manquer. »

Noah hoche la tête, regardant ses bottes.

« Jude pourra enfin t'apprendre à passer des appels vidéo.

— Oh, bien sûr. »

Ce n'est pas seulement qu'il parte, c'est l'ensemble : le souvenir du poids de ce fusil dans ses mains, les cauchemars où elle se retourne et trouve Samuel encore couché à côté d'elle, et le fait – le fait atroce, lancinant – que sa fille est vraiment morte.

« Maman… »

Il hésite et, pendant un instant, elle ne sait pas s'il va le faire. Puis tout à coup, il la prend dans ses bras – comme ils sont grands désormais, comme elle se sent petite serrée contre lui. Il n'est plus le bébé à cause duquel son mari s'est mis à la haïr. Ça fait un bon moment.

« Promets-moi que tu appelleras, dit-elle. Quand tu auras le temps, bien sûr. Mais promets. »

Elle le lâche et regarde Rat qui fait essayer ses lunettes noires à Emma Alvarez.

« Il est gentil.

— Oui, très. »

Noah dit ça prudemment, comme si, peut-être, il soupçonnait une ruse, et Dolly ne peut pas s'empêcher de penser : c'est moi qui l'ai rendu comme ça. Cette pensée ne cessera de lui revenir, de temps à autre, pendant toute sa vie, au sujet de ses deux fils. Il y aura des coups de téléphone bourré en pleine nuit, des coups de téléphone rageurs, et des coups de téléphone qui se termineront par des je t'aime larmoyants. Il y aura un Thanksgiving où Noah partira en claquant la porte pour aller éclater une bouteille sur la tombe de son père. Il y en aura beaucoup d'autres qui ne se termineront pas comme ça, mais il y aura aussi une Saint-Valentin où Jude annoncera qu'il va divorcer, et un Noël où Noah refusera de rentrer. Chaque fois, Dolly se dira : *C'est moi qui les ai rendus comme ça.* Mais même s'ils n'en parlent jamais ni l'un ni l'autre, ce ne sera jamais elle que Jude et Noah accusent.

Le soir qui ravit les montagnes trouve Emma et Hunter aux Tall Bones, assis sur le coffre de la voiture de ce dernier. La première neige de la saison, mince et hésitante, tombe sur leurs cheveux et leurs épaules. À la lisière des arbres, les broussailles où Emma a vu Abi pour la dernière fois ont déjà disparu sous le tapis blanc.

Elle les a toujours trouvés inquiétants, ces hauts rochers pâles, mais à présent elle y voit un miroir de tout le reste : entre leur base qui s'enfonce dans la terre et leur sommet qui s'élève vers le ciel, ils représentent le point de rencontre entre deux mondes – le fixe et le possible, le passé et le futur.

Elle pourrait rester. Elle pourrait attendre que l'herbe pousse autour de ses chevilles et la fixe ici à son tour. Il y aura toujours une partie d'elle – elle le comprend à présent – qui restera ici, où se trouve sa mère, où se trouvait Abigail. Mais ailleurs, quelque part, il y a son père. Pour la première fois depuis ses quatre ans, elle sent qu'elle tend intérieurement les bras vers lui.

C'est étrange, cette sensation de transition que lui donne ce lieu. Elle imagine qu'elle peut les voir tous – ses amis, et quel mot –, leurs vies qui s'élèvent vers les hauteurs comme si chacun d'entre eux était un rocher dans ce cercle. Un jour (et elle en est sûre, bien qu'elle ne puisse dire pourquoi), en rentrant de Californie en voiture, Noah et Rat s'arrêteront à une station essence de l'autre côté des Rocheuses. Et Rat, dans la queue pour acheter des patchs de nicotine, verra une femme rousse, qui lui sourit comme si elle se souvenait presque de l'avoir vu à un autre endroit, dans une autre vie. Dehors, dans la lumière poussiéreuse, l'odeur de la résine des pins dans l'air les guidant vers Whistling Ridge, il observera cette femme qui montera dans une voiture avec un homme qui embrassera le sommet de sa tête, des enfants qui tireront ses cheveux roux et la feront rire. Et lorsque Noah, qui ne se mordra plus la lèvre et ne marchera plus voûté, dira « Qui c'est ? », Rat regardera simplement la voiture qui s'éloigne, laissant des offrandes en forme d'insectes sur le goudron. Il attendra que la poussière retombe pour dire « Personne, *dragă* », et qui pourra dire que ce ne sera pas vrai ?

« Em, tu trembles. Tiens. »

Hunter retire son blouson et le lui tend timidement.

Emma sourit et secoue la tête. Le blouson a une odeur de renfermé qui lui rappelle trop celui de Rat, qu'il lui a un jour donné ici, aux Tall Bones, quand ils étaient tous quelqu'un d'autre. Alors elle lui prend la main, et passe doucement son pouce sur ses phalanges, parce qu'elle veut lui dire, elle veut qu'il sache ce qu'elle sait désormais : *Nous ne sommes plus les mêmes.*

« On peut rentrer, tu sais, si t'as froid, dit-il.

— Dans une minute. Juste une minute. »

Elle a toujours aimé la neige, si douce et silencieuse, qui comble en tombant les creux du paysage. C'est de ça qu'ils ont besoin maintenant, se dit-elle, de ce moment de calme, juste pour eux, avant de continuer.

Remerciements

Je remercie mes éditrices, Kirsty Dunseath au Royaume-Uni et Kaitlin Olson aux États-Unis, pour le dévouement qu'elles ont montré envers ce roman et pour le plaisir que j'ai pris à travailler avec elles. Merci à Alison Barrow d'avoir assuré avec une telle passion la promotion de ce livre, et à toute l'équipe de Transworld, qui a énormément travaillé pour rendre sa sortie possible. Je remercie infiniment mon agente, la merveilleuse Alice Lutyens, pour tous ses conseils pertinents, tant sur la vie que sur l'écriture, et Sophia MacAskill chez Curtis Brown pour avoir lu mon livre.

Merci à Anna Davis et Jack Hadley à Curtis Brown Creative ; à l'équipe du cours d'écriture en ligne de CBS pour ses conseils avisés ; et à ma tutrice, Lisa O'Donnell, pour m'avoir donné confiance en mon écriture.

Merci à Aude Claret pour ses intuitions et ses encouragements constants. À Lucy et John pour leur patience et leur enthousiasme. À Jane Bailey pour son soutien sans faille, sans lequel ce livre n'aurait jamais pu être écrit.

Et enfin, merci à toutes les personnes entre le Texas et le Colorado qui m'ont fait partager leurs histoires dans un pays tellement divisé. Votre présence enrichit votre nation.

La photocomposition de cet ouvrage
a été réalisée par
GRAPHIC HAINAUT
76, rue de Nancy
59100 Roubaix

Imprimé en Espagne par
Liberdúplex
à Sant Llorenç d'Hortons (Barcelone)
en janvier 2023

Pocket – 92 avenue de France, 75013 PARIS

S32764/01